Kathinka Engel
Where the Clouds Move Faster

KATHINKA ENGEL

Where the Clouds move faster

Roman

PIPER

Mehr über unsere Autorinnen, Autoren und Bücher:
www.piper.de

Wenn Ihnen dieser Roman gefallen hat, schreiben Sie uns unter
Nennung des Titels »Where the Clouds Move Faster« an *empfehlungen@piper.de*,
und wir empfehlen Ihnen gerne vergleichbare Bücher.

Von Kathinka Engel liegen im Piper Verlag vor:

Finde-mich-Reihe:
Band 1: Finde mich. Jetzt
Band 2: Halte mich. Hier
Band 3: Liebe mich. Für immer

Shetland-Love-Reihe:
Band 1: Where the Roots Grow Stronger
Band 2: Where the Waves Rise Higher
Band 3: Where the Clouds Move Faster

Love-is-Reihe:
Band 1: Love is Loud – Ich höre nur dich
Band 2: Love is Bold – Du gibst mir Mut
Band 3: Love is Wild – Uns gehört die Welt

Inhalte fremder Webseiten, auf die in diesem Buch (etwa durch Links)
hingewiesen wird, macht sich der Verlag nicht zu eigen.
Eine Haftung dafür übernimmt der Verlag nicht.

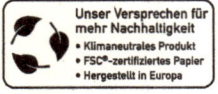

ISBN 978-3-492-06293-0
2. Auflage 2022
© Piper Verlag GmbH, München 2022
Dieses Werk wurde vermittelt durch die
Michael Meller Literary Agency GmbH, München.
Redaktion: Michelle Gyo
Satz: Tobias Wantzen, Bremen
Gesetzt aus der ITC Legacy
Druck und Bindung: CPI Books GmbH, Leck
Printed in the EU

Liebe LeserInnen,

»Where the Clouds Move Faster« enthält
Themen, die triggern können. Deshalb findet
ihr auf Seite 429 eine Triggerwarnung.

Achtung: Diese beinhaltet Spoiler für die
gesamte Geschichte. Wir wünschen euch allen
das bestmögliche Leseerlebnis.

Eure Kathinka
und euer *Heartbeats-by-Piper*-Team

Für Helena.
You're the Friedrichs to my Hain.
(Weil Kuchen. Weil Glühwein auf dem Boden.
Weil Haareschneiden. Weil Staubsauger.
Weil Sticker. Weil Obi. Weil Warschauer Straße.
Weil Weihnachten. Weil Postfach. Weil kein
Einkaufswagen. Weil »du-hu, Frau Hofmann«.
Weil du. Und noch mal weil Kuchen.)

1 *That's* not *what he said.* Nein. Nope. Mh-mh. Unter keinen Umständen hat er das gerade gesagt. Das geht nicht. Das kann nicht sein. Das *darf* nicht sein.

»Und ich weiß, dass dich das vielleicht überrascht und im ersten Moment überfordert. Ich bin mir ja nicht mal sicher, ob du auf Männer stehst. Hab dich irgendwie noch nie mit jemandem zusammen gesehen. Also dachte ich, Erwin, fass dir endlich ein Herz, und sag ihr, was du fühlst. Denn vielleicht hab ich ja Glück, und dir geht's auch so. Oder du denkst wenigstens drüber nach. Oder ...«

Er sieht mich direkt an, und mein erschrockener Gesichtsausdruck bringt ihn für einen Moment aus dem Konzept. *Zurückspulen.*

»Okay, du wirkst nicht, als würde es dir auch so gehen«, sagt er etwas leiser. Betreten blickt er wieder auf die Tischplatte.

Erwin, spul zurück, und sprich es einfach nicht aus.

Ich beginne langsam den Kopf zu schütteln. Hin und her. Hin und her. Nein. Einfach nein. Bitte nein. Warum? Warum muss er alles kaputt machen? Warum kann er seine blöden

Gefühle nicht einfach runterschlucken? Das ist natürlich ungerecht, das weiß ich. Trotzdem kann ich nichts gegen diese Gedanken tun. Denn das hier ist kein Happy End. Nicht für ihn, nicht für mich. Es macht alles kompliziert. Macht es *anders*. Macht es …

»Erwin …« Was tut man denn in so einer Situation? Schreiend wegrennen wird es wohl kaum sein. Was sagt man? Was kann man überhaupt tun? Wo ist diese Rewind-Taste?

Ich bin froh, dass Erwin einen öffentlichen Raum für dieses Gespräch ausgewählt hat. Der *Hideout,* unser Stammpub im Zentrum von Lerwick, ist die perfekte Mischung aus intimem zweitem Wohnzimmer und dennoch neutralem Gebiet. Auch wenn er ab jetzt für immer mit diesem Gespräch verknüpft sein wird. Unweigerlich. Mit Erwins brechendem Herz und meinem, das nun ebenfalls angeknackst ist.

»Effie, vielleicht darf ich noch eine Sache sagen? Bevor ich mich verkrieche?« Er versucht sich an einem Lächeln, aber es sieht so traurig aus, dass es in meinem Inneren richtig heftig sticht. Wie muss es dann erst in seinem aussehen? »Ich glaube, ich kenne dich ein bisschen. Und ich glaube, ich wäre richtig gut für dich. Wir zusammen. Wir wären richtig gut.« Ich kann sehen, dass da Hoffnung in seinem Blick ist. Hoffnung, gegen die er sich selbst wehrt. O Himmel, wie weh das alles tut!

»Aber wir waren doch schon gut zusammen«, sage ich halb erstickt.

»Zusammen zusammen. Richtig zusammen. Mit Küssen. Mit … Liebe.«

»Da war doch schon Liebe.« Meine Stimme ist ganz leise. Küsse. Es klingt so schön. Allerdings weiß ich gleichzeitig, dass das nicht geht. Es spielt keine Rolle, ob ich es will. Tatsache ist, dass ich es nicht kann. Und dabei bleibt es.

»Romantische Liebe, Effie. Ich glaube, ich könnte dich wirklich glücklich machen. Und ja, ich weiß, dass du gleich sagen wirst, du *bist* ja schon unverschämt glücklich. Aber ich würde jeden Tag versuchen, dich noch glücklicher zu machen. Ich würde alles für dich tun. Alles. Was immer du dir wünschst. Was immer du brauchst, ich gebe es dir. Ich bin ein echt guter Kerl, glaube ich. Zumindest versuche ich ...«

»Das weiß ich«, unterbreche ich ihn. »Erwin, das weiß ich doch alles.« Ich sehe ihn an. Meinen wunderbaren Freund, der nun leidet. Meinetwegen. Ich will das nicht, aber es gibt keine andere Möglichkeit.

»Ja, ich weiß, dass du das weißt. Ich möchte nur, dass du außerdem weißt, dass du das volle Programm von mir kriegen würdest. Alles.« Er sieht wieder auf. Da ist immer noch ein bisschen Hoffnung in seinem Blick. Das macht es noch viel schlimmer. »Du kriegst alles. Und wenn ich es nicht habe, dann besorge ich es. Schaff's mir drauf. Was immer.«

»Erwin ...« Ich sehe den Schmerz in seinen Augen, fühle den Schmerz in mir.

»O Gott.« Seine Stimme bricht. »Jetzt passiert es, oder? Jetzt zerschmetterst du mich.«

Meine Eingeweide sind eine fest zusammengekrampfte Masse. »Ich will dich nicht zerschmettern. Ich will, dass es dir gut geht. Ich will, dass du der fröhliche Erwin bist. Mein fröhlicher Freund Erwin. Aber eben nicht mein fröhlicher fester Freund Erwin.«

»Shit.« Er nickt. »Es ist nicht so, als hätte ich nicht auch ein bisschen damit gerechnet.« Seine Schultern sacken herab, seine Nasenflügel beben, und er nimmt einen Schluck Ale. Dann atmet er tief ein, als müsste er sich überwinden, weiterzusprechen. Ich fühle es so sehr. Fühle so sehr mit ihm. Was immer ihn zerschmettert, zerschmettert auch mich. »Du musst mir nichts erklären. Nur wenn du willst. Aber … gibt es einen Grund?«

Ich rutsche auf dem knarzenden Stuhl herum. Denn es ist nicht so einfach. Es ist sogar ein bisschen verflixt. »Es ist kompliziert«, sage ich und weiß im nächsten Moment, dass dieser Satz in keiner Welt jemals ausreicht. Nicht, nachdem Erwin mir gerade sein Herz ausgeschüttet hat. Auf eine so bezaubernde Weise, dass ich wirklich, wirklich wünschte, ich könnte mit ihm zusammen sein.

Erwin lacht müde. »Es liegt nicht an mir, es liegt an dir?«

»Nein, so meine ich das nicht.«

»Wie denn dann, Effie?« Er fasst an seinem Pintglas vorbei über den glänzend lackierten Holztisch und legt seine Hand auf meine. Sie ist warm. Bekannt. Ich erwidere die Berührung, und unsere Finger verweben sich ineinander. Auf freundschaftliche Art.

»Ich kann nicht mit dir zusammen sein.« Ich schlucke. »Du bist mein Zuhause. Du bist meine Familie. Du und die ganze Insel.«

»Ich glaub, ehrlich gesagt, nicht, dass ich deine Familie bin«, erwidert Erwin. »Oder zumindest hoffe ich das, sonst wären die Gefühle für dich ziemlich falsch.«

Sind sie ja auch, würde ich am liebsten sagen, doch wie soll er das verstehen? Dennoch muss ich versuchen, es ihm zu erklären. Wenigstens das bin ich ihm schuldig. »Die Gefahr, dass es nicht gut ausgeht, ist zu groß.« Unsere Blicke treffen sich. Er sieht so niedergeschlagen aus, dass ich ihn am liebsten in den Arm nehmen würde. Aber vermutlich macht es das für ihn nur noch schlimmer. So begnüge ich mich damit, seine Hand einmal fest zu drücken.

»Das würde es nicht.« Er klingt so sicher. Aber er kann sich nicht sicher sein. Niemand kann das.

»Ich kann das Risiko nicht eingehen, Erwin.« Mein Blick flackert zur Bar. Flackert zu dem Platz, an dem mein Dad immer saß. Ganz links. Ihn dort zu sehen, vor meinem inneren Auge, ist mir eigentlich Mahnung genug. Und in diesem Moment sehe ich noch jemand anderen dort. Mich selbst. Mich, die endet wie er. Die Konsequenzen, wenn es nicht gut ausgeht.

»Meinst du das ernst?« Er klingt nicht verurteilend. Oder aburteilend. Er ist ... einfach nur verwundert. Und ich kann es ihm nicht verübeln. Schließlich muss es ziemlich seltsam klingen, wenn man nicht in meinen Kopf gucken kann. Wenn man nicht weiß, was ich weiß. Wenn man nicht aus dem gleichen Holz geschnitzt ist.

Ich nicke. »Ja.«

»Aber – und hier geht's jetzt gar nicht mehr um mich, sondern ganz allgemein, Effie – verschließt du dich nicht vor etwas Schönem? Vor einem Happy End?«

»Gleichzeitig schütze ich mich vor einem Unhappy End.« Und ein Unhappy End kann ich nicht. Kann ich nicht ertragen, kann ich nicht durchmachen, kann ich nicht ... Ich kann es einfach nicht. Punkt. Denn ich habe gesehen, was es mit Leuten wie mir macht. Mit Leuten wie mir und meinem Dad.

»Ist das der Grund, warum du nie mit jemandem zusammen bist?«, fragt er, und ich nicke langsam.

Ich fühle mich seltsam ertappt, aber gleichzeitig ist Erwin mein Freund. Er darf diese Dinge über mich wissen. Und in diesem Moment *muss* er sie vielleicht sogar wissen. »Für mich ist es wichtig, dass die Dinge bleiben, wie sie sind.« Wieder geht mein Blick zur Bar. Ich sehe seinen vor Trauer gebeugten Rücken. Sehe seine grauen, strähnigen Haare. Sehe die leeren, glasigen Augen. »Alle sollen genau da bleiben, wo sie sind.«

Erwin folgt meinem Blick, und ich glaube, er weiß, dass ich an meinen Dad denke. »Aber du musst doch nicht ... Ich meine, ausgerechnet du ...«

Ich weiß genau, was er sagen will. *Ausgerechnet du, Effie. Du, die du immer guter Laune bist. Du, die du alle anderen mit deiner übersprudelnden Glückseligkeit ansteckst. Du, deren Leben eine stetige Aneinanderreihung von Happy Ends ist.* Warum sollte jemand wie ich Angst vor Unhappy Ends haben?

»Ich weiß«, sage ich leise. »Ich weiß, Erwin.«

»Ich respektiere deine Entscheidung, Effie. Auch wenn ...« Er kneift für einen Moment die Augen zusammen, als wären die Schmerzen zu groß, als könne er es nicht aushalten. »Auch wenn's gerade so hart wehtut, dass ich mich vielleicht erst mal übergeben muss.«

»Ach, Erwin.« Meine Stimme ist ganz hoch. »Wenn ich was tun kann ...«

Er zieht meine Hand, die immer noch mit seiner verschränkt ist, zu sich und presst seine Lippen darauf. Dann seufzt er so herzzerreißend, dass meine Augen auf einmal anfangen, zu brennen. »Nee, lass mal«, sagt er. »Vielleicht sollte ich besser nach Hause gehen.«

»Ach, Erwin«, sage ich wieder, und meine Stimme zittert. »Wir können auch noch ein bisschen hier sitzen und zusammen traurig sein.«

»Ich will nicht, dass du traurig bist. Das ist wirklich das Allerletzte, was ich will. Und mir ist im Moment, ehrlich gesagt, deutlich mehr nach Embryonalstellung und ein bisschen Weinen.«

»Erwin ...« In meiner Stimme liegt ein Flehen, aber es ist völlig sinnlos. Nichts, was ich sagen kann, macht Erwins Kummer besser.

»Ist schon in Ordnung. Also, nein, weit davon entfernt.«

Wieder ist da dieses freudlose Lächeln auf seinen Lippen. »Ich bin ja selbst schuld. Ich wusste, dass du wahrscheinlich nicht dasselbe für mich empfindest. Ich konnte allerdings wirklich keine Sekunde länger so tun, als wärst du nicht das wunderbarste Mädchen auf der ganzen Welt für mich. Zugrunde gegangen wäre ich also auf die eine oder die andere Art.«

»Es tut mir so leid«, sage ich. Von ganzem Herzen.

»Ach Quatsch.« Er erhebt sich. »Mir tut es leid.«

»Dir muss doch nun wirklich nichts leidtun.«

»Mir tut es leid, dass wir uns erst mal nicht mehr sehen können. Denn das schaffe ich wohl nicht, glaube ich.«

»Oh.«

»Ich dachte, es ist weniger schmerzhaft, wenn ich weiß, woran ich bin. Wenn ich wenigstens mal gesagt habe, was Sache ist. Erstaunlicherweise stellt sich jetzt heraus, dass das nicht mal im Ansatz stimmt. Es tut noch viel mehr weh als die Jahre vorher.«

»Die Jahre?« Ich wünsche mir so sehr, dass ich ihn falsch verstanden habe. Oder dass er einfach melodramatisch ist. Aber Erwin ist weder melodramatisch, noch hat er Probleme, sich zu artikulieren.

»Schön blöd, oder?«

»Du bist alles andere als blöd.«

»Na ja. Bis vorhin war ich einfach nur heimlich verliebt in Effie Linklater. Jetzt bin ich öffentlich verliebt in Effie Linklater und kann sie erst mal nicht mehr sehen. Doppelt blöd.«

»Und ich kann dich auch nicht mehr sehen«, sage ich und schlucke an dem dicken Kloß in meinem Hals vorbei.

»Dreifach blöd. Vierfach sogar, wenn man bedenkt, dass du bald Geburtstag hast.«

»Du weißt, dass ich meinen Geburtstag nicht feiern will.«

Keine Geschenke, keine Party, keine Gratulationen. Wie jedes Jahr wünsche ich mir einfach nur, dass mein Geburtstag und die damit verbundenen schweren Gedanken, die mich wie dunkle Wolken einhüllen, vorbeigehen.

»Und du weißt, dass ich es trotzdem jedes Jahr versuche. Außerdem hast du auch eine Liebeserklärung gekriegt, obwohl du sie nicht wolltest. Scheint also, als hätte ich vorhin gelogen, als ich gesagt habe, ich geb dir alles, was du willst. Scheint so, als würde ich dir einfach alles geben. Was du willst, was ich will, was ich nicht will und trotzdem geben muss, weil mein Kopf so ein blöder Mobber ist.«

Jetzt lachen wir beide. Ein bisschen gelöster, aber Erwins Gesichtsausdruck ist im nächsten Moment schon wieder herzzerreißend.

»Okay, Effie. Ich geh dann mal meine Wunden lecken.«

Ich stehe ebenfalls von unserem Tisch auf, um ihn zum Abschied zu umarmen. Doch er weicht einen Schritt zurück, streckt abwehrend einen Arm aus.

»Bitte nicht«, sagt er krächzend, und vielleicht muss auch ich nachher mein Herz zusammenkratzen.

Er geht an mir vorbei. An den Tischen, von denen an diesem späten Nachmittag nur ein paar besetzt sind. Am Tresen, hinter dem Joseph Garrioch, der Besitzer des *Hideout*, ein Glas abtrocknet. An den beiden alten Männern, die, wie mein Dad früher, jeden Tag an der Bar sitzen – meist schweigend, immer ein Pint vor sich. Der Teppichboden des Pubs dämpft Erwins Schritte, und ich sehe ihm nach, wie er mit hängenden Schultern und hängendem Kopf zur Tür geht. Er legt seine Hand auf den Knauf. Dann hält er kurz inne. Dreht sich um. Er sieht mich an – und ist im nächsten Moment mit ein paar großen Schritten wieder bei mir, um mich in eine feste Umarmung zu ziehen.

»Scheiß drauf«, sagt er und drückt mich eng an sich. Er vergräbt sein Gesicht in meinen Haaren und atmet zitternd aus. »Noch schlimmer kann's mir eh nicht gehen.«

Ich kann nicht verhindern, dass mir eine Träne die Wange hinabkullert. Beinahe kommt es mir falsch vor, dass ich nun auch noch weine. Erwin ist derjenige, der am Boden zerstört ist. Aber allein dieses Wissen reicht, um ebenfalls tiefe Verzweiflung zu spüren.

»Und Effie?«

»Hm?« Ich bin immer noch an seine Brust gedrückt, spüre seinen schnellen Herzschlag.

»Wenn was ist, bin ich auf jeden Fall trotzdem für dich da.«

»Das gilt andersrum genauso«, sage ich.

»Okay, sehr gut.« Er hält mich eine Armlänge von sich weg. »Denn weißt du, was? Ich hab gerade meiner besten Freundin gesagt, dass ich in sie verliebt bin, und jetzt ist mein Herz gebrochen. Scheiße, was?«

»Richtig scheiße«, sage ich.

Mit einem leisen Lachen lösen wir uns voneinander, und diesmal geht Erwin tatsächlich. Ich lasse mich zurück auf den Stuhl sinken. Das Ale, das Erwin vor mich gestellt hat mit den Worten, er müsse mir etwas sagen, etwas Wichtiges, und ich müsse ihn ausreden lassen, weil er sonst nie den Mut aufbringen würde, steht noch fast unberührt da. Erwins ist leer. Ich nehme einen Schluck, versuche gegen dieses beklemmende Gefühl von Verlust und gleichzeitigem Nicht-aus-meiner-Haut-Können anzuschlucken. Und anzuatmen. Gegen die Traurigkeit, die ich überall in meinem ganzen Körper spüre, als würde sie mich lähmen. Mir die Luft abschneiden. Alles erdrücken.

Effie mit fünf Jahren

2 Draußen ist es dunkel. Und es ist kalt. Marigold besteht sogar tagsüber auf Mütze und Schal, und deswegen hält Effie sich auch jetzt daran. Als könnte die Tatsache, dass sie das eine befolgt, den anderen Regelbruch aufwiegen. Denn dass sie nachts nicht mehr raus darf, weiß Effie. Und sie weiß auch, dass sie Licht machen müsste, um ihre Schuhe zu binden, doch das traut sie sich nicht. Es war riskant genug, sich an ihren schlafenden Schwestern vorbeizustehlen. Aber sie hat es geschafft. Und jetzt kann niemand sie aufhalten.

Sie legt die Fußmatte in die Tür, weil sie Angst hat, dass sie nachher, wenn sie zurückkommt, sonst nicht mehr ins Haus kann. Und dann läuft sie los. Sie ist froh um Mütze und Schal, weil ihr gepunkteter Schlafanzug kaum Schutz gegen den pfeifenden Wind bietet. Im Wind, sagt Marigold, verziehen sich die Wolken schneller. Und manchmal hat Effie das Gefühl, dass ihr Kopf in einer dicken Wolkensuppe festhängt. Wind kann also nur gut sein. Sie nickt entschlossen, um sich selbst Mut zu machen. Ein bisschen unheimlich ist es schon, ganz allein in der Dunkelheit unterwegs zu sein, aber sie kennt den Weg. Links, rechts, links, rechts. Heute Nacht fühlt es sich länger an als sonst, und als der Pub in Sicht kommt, zittert sie trotz Mütze und Schal.

Die Tür ist schwer. Sie stemmt sich mit ihrem gesamten Gewicht dagegen, um sie zu öffnen, jedoch erfolglos. Aber sie kann hören, dass es drinnen laut zugeht. Und fröhlich. Kein Wunder, dass ihr Dad so oft wie möglich hier ist, denkt sie. Denn zu Hause ist er immer nur traurig. Aber hier, hier kann man Spaß haben.

Zu ihrem Glück wird die Tür von innen geöffnet, und ohne dass jemand Notiz von ihr nimmt, witscht sie hinein. Kurz steht sie unentschlossen einfach da. Die Menschen nehmen sie nicht wahr. Niemand rechnet mit einem Kind, und deswegen senken sie die Blicke nicht weit genug.

Effie sieht sich um. Einige Menschen an den Tischen kennt sie. Aber ihr Dad ist keiner von ihnen. Ein paar Leute sitzen an der Bar. Einen nach dem anderen scannt sie.

Nicht Dad.

Nicht Dad.

Nicht Dad.

Nicht Dad.

Dad!

Entschlossenen Schritts geht sie auf ihn zu. Sie stellt sich neben den Barhocker, auf dem er sitzt und der fast so groß ist wie sie selbst.

Sie tippt sein Bein an. »Dad?« Erst merkt er es nicht, aber als sie mit der ganzen Hand auf seinen Oberschenkel klopft, dreht er sich um. Es dauert einen Moment, bis er nach unten sieht.

»Effie?« Er fokussiert sie.

»Hallo.«

»Was machst du denn hier?«

»Ich wollte dich besuchen.«

»Aber ...«

Sie kann nicht erkennen, ob er sich freut. Ist er böse? Bestimmt wird er Marigold erzählen, was sie gemacht hat. Und auf einmal kommt sie sich dumm vor. Klein und dumm.

»Du kannst doch nicht ...« Ihr Dad reibt sich über die Augen. »Deine Schnürsenkel sind offen. Na komm.« Er steht auf, beugt sich nach unten und bindet ihr die Schuhe.

»Ich wollte ...« Sie merkt, dass Tränen kommen. Aber dann wirkt sie noch mehr wie ein Kind. Wie ein dummes Kind. Deswegen schluckt sie. Konzentriert sich fest. »Ich wollte dich sehen.«

»Oh.« Auch ihr Dad schluckt. »Hm.« Er sieht sich um. »Dann ... äh ... lass mal schauen.« Von einem der hohen Tische an der Wand zieht er einen Barhocker neben seinen und hebt sie hoch. »Willst du was trinken?«

Effie nickt. Sie sitzt an der Bar. Neben ihrem Dad. Und sie darf etwas trinken! Das ist aufregend. Und ihr ist auch gar nicht mehr kalt.

»Was magst du denn?«

Sie zuckt mit den Schultern. »Darf ich eine Limonade?«

»Darfst du«, sagt ihr Dad. Er lächelt sie an. Und obwohl das hier so ein fröhlicher Ort ist, sieht sein Lächeln traurig aus.

»Hey, Joseph, eine Limonade für die junge Dame bitte.« Ihr Dad nennt sie *junge Dame,* und Effie fühlt sich seltsam stolz.

Effie kennt Joseph. Und er kennt sie auch, trotzdem sieht er ein bisschen erschrocken aus, als er sie nun erblickt. Ihr Dad nickt ihm zu, und kurz darauf steht ein Glas mit Limonade vor ihr. Obwohl Effie schon die Zähne geputzt hat. Marigold darf hiervon wirklich nichts erfahren.

»Du kannst nicht einfach herkommen«, sagt ihr Dad. Aber er klingt nicht böse.

»Warum nicht?«

»Der Pub ist kein Ort für Kinder.«

Eben noch war sie eine junge Dame, jetzt ist sie ein Kind. Immerhin hat sie eine Limonade, von der sie einen Schluck nimmt.

»Außerdem ist es schon spät. Du solltest längst schlafen.«

»Ich weiß.« Denn natürlich weiß sie das. Aber sonst sieht sie ihren Dad ja nie! Und sie vermisst ihn. Sie vermisst auch ihre Mum, obwohl sie die nie kennengelernt hat. Und über die darf sie nicht reden. Deswegen ist die Vermissung ihres Dads viel schlimmer zu ertragen.

»Du kannst deine Limonade trinken, dann bringe ich dich nach Hause.«

Also trinkt Effie so langsam wie nur irgend möglich. Sie zwingt sich zu winzigen Schlucken, obwohl es so gut schmeckt. Sie versucht den Gesprächen um sich herum zu lauschen, aber alle reden durcheinander.

»Das war echt ein richtig dickes Teil«, sagt einer der Fischer, die jeden Tag mit ihren Booten aufs Meer hinaus fahren.

»*That's what she said*«, ruft ein anderer, und alle lachen an diesem fröhlichen Ort. Sogar ihr Dad lacht. Und das ist das schönste Geräusch von allen. Nur kurz. Nur ganz leise. Aber es ist ein Lachen, und das macht Effie froh. Denn er lacht so gut wie nie.

»Was trinkst du da?«, fragt sie ihren Dad, weil sie gern mehr von seiner Stimme hören will.

»Stout.«

»Darf ich probieren?«

»Nein, das darfst du wirklich nicht«, sagt er sanft und streicht ihr einmal über ihre roten Haare.

Wenig später nimmt er sie an der Hand. Er ruft Joseph ein »Bis gleich« zu, was bewirkt, dass es um Effies Kopf herum ein bisschen wolkiger wird. Sie hatte gehofft, er würde auch zu Hause bleiben. Sie fühlt sich wohler, wenn er da ist. Oder wenigstens Marigold. Aber an den meisten Abenden sind es nur Nessa, Fiona und sie, weil Marigold wegen ihres Rückens nicht immer auf dem Sofa schlafen kann. Wenn sie eine Mum hätten, wäre es einfacher. Die könnte oben schlafen. Im großen Bett. Aber Effie sollte nicht mal an sie denken. Sonst werden wieder alle traurig. Noch trauriger.

Sie schweigen auf dem Weg nach Hause, während ihr Dad Effies Hand hält, und das ist schön. Vor allem, weil die Hand auf diese Weise warm bleibt.

Vor der Bruce Crescent Nummer 12 will ihr Dad den Schlüssel zücken, da sieht er, dass die Tür offen ist. Er schüttelt den Kopf, aber wieder schimpft er nicht.

Er schiebt Effie nach drinnen in die Wärme. Dann kniet er sich vor sie.

»Das darfst du nie wieder machen, hörst du? Es ist zu gefährlich, wenn du in der Dunkelheit allein unterwegs bist.«

Effie will etwas entgegnen. Denn sie kann gut auf sich selbst aufpassen. In die Schule geht sie auch allein. Ja, okay, zusammen mit Fiona. Aber sie *könnte* es allein.

»Ich hab mich gefreut, dass du mich besucht hast, aber ich mache mir zu große Sorgen, wenn du in der Nacht allein draußen bist.« Er erhebt sich wieder.

Ich mach mir auch Sorgen, will sie sagen, doch die Wolken um ihren Kopf verwirren ihre Gedanken, sodass sie einfach ihre Arme um die Beine ihres Dads schlingt.

»Ach, mein kleines Mädchen«, sagt er. Und ja, das ist sie

wohl. Keine junge Dame. Ein kleines Mädchen. »Sei nicht traurig.« Aber er hat gut reden. Er kann ja auch zurück in den lustigen Pub. »Du musst einfach lächeln. Dann ist es nicht so schwer. Dein Lächeln macht die Welt froher.«

»Auch dich?«, fragt Effie.

»Auch mich.« Allerdings zeigt er es nicht.

»Kannst du ...« Effies Stimme ist ganz piepsig. »Kannst du vielleicht niemandem sagen, dass ich ...«

»Wenn du mir versprichst, dass du das nicht wieder machst, bleibt es unser kleines Geheimnis«, sagt ihr Dad, und sie nickt.

»Auch das mit der Limonade?«

»Was meinst du?«

»Na, weil ich hab doch schon Zähne geputzt.«

»Von mir erfährt niemand etwas.«

Sie nickt. Einen Moment steht sie unschlüssig am Fuß der Treppe. Ihr Dad will wieder los, das sieht sie. Aber sie wünscht sich wirklich, er würde bleiben.

»Gute Nacht, Effie.«

»Gute Nacht, Dad.«

Dann geht er zurück in den Pub. Und sie schleicht sich nach oben und in ihr Bett, wo sie versucht, gegen das Weinen, das rauswill, anzulächeln, bis sie einschläft. Denn wenn man lächelt, ist es nicht so schwer.

3   »Gut, dass du da bist, Effie.« Nessa, meine älteste Schwester, streckt ihren Kopf aus der Küche. »Kannst du kurz hier übernehmen? Das muss gerührt werden, damit es nicht anbrennt.«

»Bist du sicher, dass ich die Richtige für den Job bin?« Ein kleiner Scherz, obwohl mir wirklich nicht nach Scherzen zumute ist.

»Gleichmäßig rühren. Das schaffst du.«

Ich schäle mich aus meiner nassen Regenjacke, stelle die Schuhe ordentlich unter die Garderobe und übernehme am Kochtopf. Offenbar macht Nessa Marmelade. Die dunkelrote Masse duftet fruchtig süß.

»Fiona? Fiona? Herrgott, wo ist die denn?« Nessa hat Fionas Telefon in der Hand. »Das klingelt schon die ganze Zeit. Hochzeitskram. Ich bin zweimal drangegangen, aber natürlich kann ich die Fragen nicht beantworten.«

Seit Fiona ihren Freund Connal gefragt hat, ob er sie heiraten will, ignoriert sie ihr Handy gekonnt. Sie will eine kleine Hochzeit, nichts Großes – sehr zur Enttäuschung von ganz Lerwick.

»Fi, dein Handy klingelt schon wieder. Und hier, Joseph hat angerufen und wollte wissen ...«

Ich höre, wie Fiona das Wohnzimmer durch die Terrassentür betritt.

»Mach wenigstens das Handy aus, wenn du keine Lust drauf hast.«

»Du musst ja nicht drangehen.«

»Das klingelt von morgens bis abends. Leute, die gratulieren, Leute, die zusagen, obwohl sie nicht eingeladen sind ... Woher wissen die das überhaupt alle?«

»Schätze, Connals Mum hat es hier und da fallen lassen.«

»Großartig. Jedenfalls ...«

»Hey, was haltet ihr von einem gemütlichen Abend?«, frage ich aus der Küche heraus. »Schwesterliche Eintracht, Gemütlichkeit, ausgeschaltete Handys?« Ich kann es nur ganz schwer ertragen, wenn Nessa und Fiona sich anzicken. Vor allem seit Fiona wieder da ist, bedeutet mir die Harmonie zwischen uns dreien alles.

»Wenn Fiona ihr Handy ausmacht, bitte.«

»Wenn Nessa Gemütlichkeit kann, bitte.«

»Ich hab euch lieb.« Mit dem Kochlöffel in der Hand laufe ich ins Wohnzimmer und umarme beide mit einem breiten Lächeln, um die Stimmung aufzuhellen.

»Und wer rührt jetzt die Marmelade?«, fragt Nessa, aber es ist mir egal. Ich drücke sie einfach noch fester an mich, und das bringt sie zum Schweigen.

Die Marmelade ist nicht verbrannt. Die schwesterliche Eintracht ist wiederhergestellt, und wir sitzen bei offener Terrassentür auf dem Sofa und lauschen dem Regen. Ich liebe das Geräusch. So klingt eine lebendige Welt. Mein Strickzeug liegt unangetastet auf dem Couchtisch. Eigentlich bin ich gerade dabei, Strickwaren für Marigolds Laden vorzuproduzieren. Die Touristensaison ist in vollem Gange, jeden Tag legen Kreuzfahrtschiffe im Hafen an und spülen für ein paar Stunden ihre Passagiere in die Innenstadt von Lerwick. Original shetlandische Produkte stehen hoch im Kurs. Fionas Keramik, Nessas Whisky und meine Strickwaren kommen richtig gut an. Vor allem für Fiona und mich ist das ein toller Nebenverdienst, während Nessa hauptberuflich Whiskybrennerin ist.

Aber heute will ich einfach nur hier sitzen und dem Regen lauschen.

»Connal schlägt den Einundzwanzigsten vor, um die Eheschließung anzumelden«, sagt Fiona gerade.

»Ich dachte, wir machen die Handys aus?«, fragt Nessa.

»That's what she said.«

Nessa und Fiona stöhnen gespielt genervt auf. Damit kriege ich sie jedes Mal. So richtig verstehe ich nicht, warum. Es ist doch einfach nur so eine Sache, die man sagt, auch wenn ich mich nicht mehr erinnere, woher ich es eigentlich habe. Aber offenbar reizt es sie. Deswegen mache ich es weiter.

»Sorry, das hier ist wichtig. Connal hat richtig viel zu tun mit der Farm. Und wir müssen dafür wohl beide ins Rathaus.«

»Dann macht das doch.« Nessa zuckt mit den Schultern.

»Na ja ...«

»Was denn?«

Fiona sieht mich an. »Effie?«

»Hm?«

»Der Einundzwanzigste?«

»Was soll damit sein?«

»Es ist dein Geburtstag, und ich dachte ... vielleicht ...«

Ich schüttle den Kopf. Wir feiern diesen Tag nicht.

»Bist du sicher? Ich meine, vielleicht würdest du dich freuen, wenn wir mal ein bisschen ...«

»Nein.« Auf meinen Lippen ist zwar ein Lächeln, aber ich will nicht mehr darüber sprechen.

»Ich fänd's schön. Und du doch auch, Nessa, oder?«

Doch ehe Nessa antworten kann, sage ich erneut: »Nein.«

»Muss ja gar nichts Großes sein. Du, Erwin, wir ...«

»Ich hab Nein gesagt!« Das Lächeln erstirbt. Mein Geburtstag, Erwin, das ist alles zu viel. Meine Lippe beginnt zu zittern, und auf einmal, ohne dass ich wüsste, wie mir geschieht, kullert eine Träne meine Wange hinunter. Schnell wische ich sie weg. Ich will die gut gelaunte Effie sein, die, die alle zum Strahlen bringt. Nicht die, die alle runterzieht. Nicht wie ... Ich schüttle kaum merklich den Kopf, um die Gedanken loszuwerden.

»Hey, Süße, entschuldige!« Fiona klingt nun ganz besorgt, und das macht es nur noch schlimmer. Sie muss sich nicht um mich sorgen. Sie hat weiß Gott genug zu tun. »Ganz, wie du willst.«

»Okay«, sage ich, aber trotzdem kommen da immer mehr Tränen. Ich will sie stoppen, presse die Lippen aufeinander und halte die Luft an. Lächeln. Dann wird's schon gleich wieder gehen.

»Ist was passiert?«, fragt Nessa und setzt sich neben mich. Sie legt den Arm um mich und zieht meinen Kopf auf ihre Schulter. »Willst du drüber reden?«

»Hab meine Tage«, sage ich, und obwohl es stimmt, ist das natürlich nicht alles.

»Wärmflasche?«, schlägt Fiona vor, der es offensichtlich unangenehm ist, dass sie mich in diese Situation gebracht hat. Dabei muss es ihr nicht unangenehm sein. Ich bin die, die weint. Nicht sie.

Nessa sieht mich an. Auf diese wissende Art. Warum nur ahnt sie immer alles? Sie nickt mir aufmunternd zu, sodass ich es einfach erzähle.

»Erwin hat mir gesagt, dass er in mich verliebt ist. Und jetzt können wir uns erst mal nicht mehr sehen.« Als ich es ausspreche, muss ich plötzlich laut aufschluchzen.

»O nein!« Fiona nimmt meine Hand. »Und ich blöde Kuh schlage auch noch vor ...«

»Ist nicht deine Schuld«, sage ich und wische mir die Tränen von den Wangen. Ich muss mich wieder einigermaßen in den Griff kriegen und versuche mich erneut an einem Lächeln. Und siehe da, jetzt funktioniert es. Lächeln ist einfach ein Wundermittel. »Ist nur einfach blödes Timing.«

Fiona nickt, Nessa drückt mir einen Kuss auf den Scheitel.

»Und am Einundzwanzigsten bin ich übrigens gar nicht hier. Ich hab mir ab morgen Urlaub genommen.« So wie ich es immer mache, wenn mir die Dinge über den Kopf wachsen. So wie jedes Jahr an meinem Geburtstag. Ich dachte, das wäre klar, aber vielleicht hat Fiona das in den drei Jahren, die sie in Bristol war, vergessen. »Will jemand einen Tee?«

Ich stehe auf, um eine neue Situation zu schaffen. Eine, in der ich nicht weine. Eine, in der Fiona und Nessa nicht das Gefühl haben, sich um mich kümmern zu müssen. Um zu unterstreichen, dass alles wieder gut ist, dass die Wolken sich verzogen haben, lege ich auf dem Weg in die Küche einen kleinen Hopser ein.

Ich schalte den Wasserkocher an. Aus dem Wohnzimmer dringt leises Gemurmel.

»... für ein paar Tage in Marigolds Cottage«, sagt Nessa gerade. Sehr gut, dann muss ich Fiona nichts mehr erklären.

»Sie macht das immer noch?«

»Ich schätze, wegen Mum. Ich habe schon ein paarmal versucht, mit ihr drüber zu reden, aber sie sagt, es ist nichts.« Zumindest nichts, womit ich Nessa belasten will. Ich kann das mit mir selbst ausmachen. Alles ist gut.

»Wäre es dann nicht besser, wir wären alle zusammen?«

»Es ist, wie es ist, Fiona. Du hast doch gesehen, was passiert, wenn sie sich unter Druck gesetzt fühlt. Lass sie einfach ihr Ding machen. In ein paar Tagen ist sie wieder unsere Effie.«

Der Wasserkocher wird lauter, sodass ich nicht mehr verstehen kann, was sie sagen. *Unsere Effie.* Das ist genau die Person, die ich für Fiona und Nessa bin. Die strahlende, die tanzende, die lachende Effie. Und das ist gut so. Denn die andere Effie, die mit den Wolken in ihren Gedanken, würde alte Wunden aufreißen. Und in den paar Tagen, in denen ich weder strahle noch tanze, ziehe ich mich eben in Marigolds Cottage an der Küste zurück. Vergrabe mich in meinem Kummer, wälze schwere Gedanken, warte, bis der Wind die Wolken vertrieben hat. Dann komme ich zurück und bin wieder *ihre Effie.* So war es die letzten Jahre, so wird es dieses Jahr sein.

Ich gieße den Tee auf und mache extra viel Lärm, damit Fiona und Nessa wissen, dass ich zurückkomme.

»Heiß, heiß, heiß«, sage ich, als ich die drei Tassen auf den Couchtisch stelle. Dann schnappe ich mir doch mein Strickzeug. Normalität, Alltag. So, wie es immer ist, so soll es auch heute sein. Gemütlich, harmonisch, dreisam. Auch wenn es ein bisschen weniger dreisam geworden ist, nun, da Fiona und seit Neuestem auch Nessa glücklich vergeben sind und ihre Happy Ends gefunden haben.

Der Geruch des Tees vermischt sich mit dem Duft des Regens. Meine Stricknadeln klappern in einem schnellen, regelmäßigen Rhythmus, nehmen wie von allein die Fäden auf, die zwischen meinen Fingern hindurchlaufen, ziehen sie in der richtigen Reihenfolge durch die Maschen. Die Bewegungen sind so automatisiert, dass sie vollkommen unbewusst ablaufen, und ich sehe auf. Betrachte meine beiden großen Schwestern, die ich so sehr bewundere. Die starke Nessa, die sich immer um uns kümmerte, weil unser Vater es nicht konnte, und unsere Mutter ...

Ich schlucke.

Und dann ist da Fiona, die so viel Kummer hatte in den letzten Jahren. Die erst einmal alles mit sich allein ausmachte, in absoluter Einsamkeit. Und die vor einem Dreivierteljahr endlich wieder den Weg zu uns zurückgefunden hat. Zurück zu uns und zu Connal.

Eine enorme Dankbarkeit überkommt mich. Aber gleichzeitig auch eine enorme Melancholie. Denn das, was ich zu Erwin gesagt habe, dass alles bleiben muss, wie es ist, das wird nicht passieren. Es verändert sich jetzt schon. Mit Fionas Hochzeit. Mit Nessas Beziehung zu Boyd Tulloch, dem Erben der größten Whiskydestillerie der Shetlands. Am Ende werde ich übrig bleiben. Und ich brauche all meine Kräfte für diesen Moment.

Auch deswegen muss ich ein paar Tage für mich sein. Es hat nichts mit meiner Periode zu tun. Nicht einmal mit Erwin, auch wenn beides natürlich nicht gerade hilfreich ist. Es ist die Jahreszeit. Das drohende Datum. Der einundzwanzigste Juni. Der hellste Tag des Jahres. Der dunkelste Tag des Jahres. Mein Geburtstag.

»Ich geh mal packen«, sage ich und zwinge mich noch zu einem letzten Lächeln.

— 20. 6. —

Ich denke in letzter Zeit dauernd an diese Kurzgeschichte, die wir in der Schule gelesen haben. Mit Sicherheit ist Lerwitch schuld. Lerwitch mit seiner beklemmenden Stimmung. „An Occurrence at Owl Creek Bridge" hieß sie. Ein zum Tode Verurteilter spürt schon die Schlinge um seinen Nacken. Doch dann reißt das Seil, und er treibt den Fluss hinunter, kann entkommen. In dem Moment, da er seine Frau in die Arme nehmen will, zieht sich die Schlinge um seinen Hals fest, und er baumelt vom Galgen. Die Flucht war eine reine Illusion und nichts weiter als ein Bewältigungsmechanismus seines Verstandes für den drohenden Tod.

Was, wenn mein Leben dieser Moment ist, bevor sich die Schlinge zuzieht? Sollte ich es dann nicht mit etwas verbringen, das ich liebe? Denn in der nächsten Sekunde könnte sich die Schlinge zuziehen, und dann — vorbei. Und in dem Moment vorher? Habe ich eine alte Frau unglücklich gemacht. Weil es in meiner Job Description steht.

Nachtrag: Ich bin nicht bescheuert. Ich weiß, dass ich keine Kurzgeschichte von Ambrose Bierce bin. Wenn überhaupt, wäre ich ein sehr umfangreicher Décadence-Roman. Die Beklemmung ist allerdings real. Deswegen habe ich beschlossen, mir eine Auszeit zu nehmen, und auch wenn mein alter Herr nicht gerade begeistert war über die Verzögerung, musste er meinem spontanen Urlaubsantrag zustimmen. Lerwitch ist zwar bei Weitem nicht mein Traumort für einen romantischen Kurzurlaub mit mir selbst, aber für eine gründliche Kontemplation reicht es allemal.

4 Noch bevor Fiona oder Nessa aufwachen, schnalle ich mir meinen Rucksack auf den Rücken und verlasse in aller Herrgottsfrühe das Haus. Draußen geht ein leichter Wind, die Wolken pflügen über den ansonsten blauen Himmel. Die Luft ist kühl und duftet nach frühsommerlicher Verheißung. Mein rot lackiertes Fahrrad lehnt an der Hauswand, und ich steige auf und rolle langsam auf die Straße.

Ich liebe den Morgen. Wenn die Welt noch schläft und der Tag noch mit nichts belastet ist. Wenn der Geist so frisch ist wie das Licht. Der Fahrtwind weht durch meine Haare, Möwengeschrei dringt vom Hafen an mein Ohr, und ich trete kräftig in die Pedale. Noch eine Schicht bei der Seenotrettung, ehe ich bei Marigold den Schlüssel für das Cottage hole und mich dann ein paar Tage einfach einigeln kann, ohne die schweren Wolken, die meine Laune trüben, vor der Welt geheim halten zu müssen.

Ich fahre vorbei am Gilbertson Park und über die Harbour Street Richtung Meer. Hinter den Gardinen der massiven grauen Steinhäuser, die jeder Witterung trotzen, tut sich noch nichts. Eine einsame Katze kreuzt meinen Weg, und dann biege ich am Wasser in die Commercial Street ab. Ich lasse Fort Charlotte, die Festung, die in ihrer gesamten Geschichte nicht einen Kampf erlebt hat, hinter mir und komme nun ins kleine Zentrum von Lerwick. Magnus Taits rotes Postauto steht vor der Postfiliale, doch er ist nirgends zu sehen. Hier und da werden Waren aus Lieferwagen geladen.

Sobald die Touristen erwachen und auf der Suche nach einem fettigen Frühstück die engen Straßen bevölkern, ist mit dem Fahrrad hier kein Durchkommen mehr. Wenn ich später dran bin, nehme ich deswegen meist die große Straße direkt am Ufer. Doch jetzt fahre ich zügig unter den wehenden bunten Wimpeln hindurch, die von Geschäft zu Geschäft über die Straße gespannt sind, bis ich am Market Cross links zum Victoria Pier abbiege. Dort befindet sich die Zentrale der Seenotrettung Lerwick.

Fischerboote wiegen sich sanft im Wind, Wellen plätschern gegen die Kaimauern. Es riecht nach Salz und Algen. Ein Boot bricht gerade zu seiner täglichen Tour aufs offene Meer auf, als ich mein Fahrrad gegen die Wand des Container-artigen Gebäudes lehne.

»Ablösung!«, verkünde ich und betrete mit einem breiten Strahlen das kleine Büro.

»Guten Morgen.« Idris gähnt und streckt sich.

»Ruhige Nacht gehabt?«, frage ich.

»Konnte sogar ein paar Stunden schlafen.« Er deutet auf die Pritsche, die man durch die offene Tür im Nebenraum sehen kann. »Der Kaffee ist frisch.« Idris nickt in Richtung der alten Filterkaffeemaschine und erhebt sich.

»Danke dir.« Doch stattdessen hole ich aus meinem Rucksack eine Thermoskanne mit Tee und die Tüte mit meinem Strickzeug.

»Wünsch dir einen schönen Urlaub, Effie«, sagt Idris noch,

ehe er sich mit einem Winken auf den Weg nach Hause zu seiner Frau und seinen beiden Kindern macht.

Als Erstes kontrolliere ich den Wetterradar und die Schiffsmeldungen. Alles ist ruhig, alles sieht gut aus. Erst am Nachmittag soll ein Gewitter aufziehen. Wenn nicht etwas Unvorhergesehenes passiert oder ein Tourist Ebbe und Flut verwechselt, sollte das eine entspannte Schicht werden.

Ich richte es mir gemütlich ein. Stelle den alten Bürostuhl auf meine Bedürfnisse ein, setze mich in den Schneidersitz, breite die Wollknäuel vor mir aus und nehme einen Schluck Tee. Es ist Marigolds Geheimmischung, die sie mir zwar nicht verraten will, von der ich ihr aber manchmal ein paar lose Blätter abluchsen kann.

Die Tür der Seenotrettung steht offen, sodass ab und zu Fischer hereinwinken, die entweder von ihrer nächtlichen Tour zurückkommen oder im Begriff sind, aufzubrechen. Erwin ist einer von ihnen, schießt es mir durch den Kopf. Erwin, der mit seinem Vater beinahe jeden Tag raus aufs Meer fährt, der mich oft während meiner Schichten hier besucht hat. Jetzt wohl eine Weile nicht mehr. Gegen den Kloß in meinem Hals nehme ich schnell noch einen Schluck Tee und widme mich wieder dem Fair-Isle-Muster meines Strickprojekts. Es wird ein Poncho in Dunkelrot, Gelb und Beige. Die Wolle, die ich von Connals Farm kaufe, färbe ich selbst. Das Gelb mit Kurkuma, das Rot mit Krappwurzel. Die gefärbte Rohwolle spinne ich an den gemütlichen Abenden mit Fiona und Nessa. Während sie lesen oder sich unterhalten, drehe ich die Wolle mithilfe meines alten Spinnrades, das ich mit dem regelmäßigen Wippen meines Fußes antreibe, zu feinen Fäden. Es ist der Inbegriff der Gemütlichkeit. Der Sicherheit. Von zu Hause, von sicherem Hafen, dessen Glück aber gleichzeitig immer schon an einem seidenen Faden hing. Erst, weil unser Dad immer abwesender wurde. Von einem trauernden Vater wurde er zu einem traurigen Vater, zu einem gebrochenen Vater, zu einem gebrochenen Vater im Pub. Ich war ungefähr elf, als er eines Tages gar nicht mehr nach Hause kam, und Nessa übernahm – das Haus und die Verantwortung, Fiona und mich. Oft hatte ich Angst, dass Nessa eines Tages ebenfalls das Handtuch werfen könnte. Stattdessen ist ein paar Jahre später Fiona gegangen. Jetzt sind wir alle wieder da. Und wir alle, das sind einfach nur wir drei. Aber auch das ändert sich nun. Fiona heiratet Connal, Nessa liebt Boyd. Nur ich und das Spinnrad bleiben. Ich und das Spinster-Rad. Eine alte Jungfer zu sein ist allerdings immer noch besser als ein Unhappy End.

Der Vormittag verläuft tatsächlich ruhig. Aus Langeweile funkt mich Callum, der Touristentouren anbietet, um kurz vor zehn an. Wir plaudern ein bisschen über das Wetter, er erzählt mir von den Orcas, die er gestern gesehen hat.

Kurz bevor meine Schicht vorbei ist, klingelt dann doch noch das Telefon.

»Seenotrettung Lerwick?«, melde ich mich.

»Hallo? Miss? Wir brauchen hier Hilfe.«

Offensichtlich ein Tourist, dem man die Informationen aus der Nase ziehen muss.

»Können Sie mir sagen, was passiert ist?«

»Meine Frau wollte Stand-up-Paddeln gehen, aber die Strömung scheint zu stark, ich sehe sie nicht mehr.«

Die Flut zieht sich langsam zurück. Da sollte man definitiv nicht allein auf einem Stand-up-Board sein. »Sagen Sie mir, wo Sie sich genau befinden? Ich schicke gleich ein Boot vorbei.« Ich würde ihm gern sagen, dass er sich keine Sorgen machen muss, dass wir sie auf jeden Fall finden, weil sie nicht weit gekommen sein kann, weil so was ständig passiert. Für den sehr unwahrscheinlichen Fall, dass es diesmal nicht so ist, sind wir jedoch angehalten, nichts zu sagen. Deswegen versichere ich stattdessen: »Hilfe ist sofort unterwegs.«

»Danke, Miss, vielen Dank!« Er beschreibt mir, wo genau er sich befindet, und ich funke die *Sea Swallow* mit allen relevanten Informationen an.

Zwanzig Minuten später erhalte ich die Nachricht, dass die Frau wohlauf ist. Ein bisschen entkräftet zwar, aber ansonsten bei bester Gesundheit.

Kurz bevor ich meine Sachen packe, geht noch ein Funkspruch ein.

»Hab einen schönen Urlaub, Effie.« Es ist Erwin.

»Danke.« Es fällt mir schwer, gelöst zu klingen. Einerseits freue ich mich, seine Stimme zu hören, andererseits muss ihn das hier einiges an Überwindung kosten.

»Wenn du zurück bist, wird hoffentlich alles wieder normal. So, wie es war.«

»Das klingt schön!«

»Ich krieg mich bald ein, okay?«

»Okay.« Ich nicke, obwohl er das natürlich nicht sehen kann. Aber ich glaube, er weiß, wie viel mir »so, wie es war« bedeutet.

»Freunde, Effie. Mit dir kann man nämlich gar nicht nicht befreundet sein wollen.«

»Hör ma auf, Süßholz zu raspeln, und pack mit an, Junge«, hört man Erwins Dad im Hintergrund.

»Es ist Effie«, sagt Erwin.

»Oh, ach so, dann sagste ihr liebe Grüße, und sie soll sich schön entspannen.«

Ehe ich mich wenig später auf den Weg zu Marigolds Laden mache, fahre ich noch kurz bei Morrisons vorbei, um mich mit genug Fertiggerichten für die nächsten Tage einzudecken. Und während die Sonne gerade gegen ein paar dunklere Wolken ankämpft, muss ich tatsächlich ein bisschen lächeln. Ich freue mich auf »so, wie es war«.

»Wo ist denn der Schlüssel«, frage ich Marigold, die über irgendwelchen Unterlagen brütet und nicht so ganz bei der Sache ist.

Ein paar Leute befinden sich mit uns im Laden, der mit seiner leicht chaotischen Atmosphäre fast ein zweites Zuhause für mich geworden ist, so gerne bin ich hier. Marigold verkauft alles, von selbst gemachter Marmelade über lokale Whiskys und Biere bis hin zu shetlandischer Literatur und handgefertigten Unikaten. Die Wollwaren sind direkt am Eingang ausgestellt.

»Hm? Was?« Sie sieht kurz auf. Irgendwie wirkt ihr Blick heute bedrückt, sodass ich ihr mein breitestes Lächeln schenke, um sie aufzumuntern. Mit fahrigen Bewegungen deutet sie auf die Schublade, in der sich eigentlich all ihre Schlüssel befinden. Die für den Laden, für den *Drawing Room,* das Café nebenan, in dem Fiona arbeitet, für die Gästezimmer, die sie im ersten Stock vermietet, und eigentlich auch für das Cottage.

»Da ist er nicht.«

Man hört ein lautes Fauchen. Eine ältere Dame macht Anstalten, sich dem dicken, roten Kater zu nähern, der auf einem Stuhl sitzt.

»Na, du bist mir ja einer«, sagt sie, doch statt zurückzuweichen, streckt sie ihre Hand nach ihm aus.

»Das würde ich nicht machen«, warne ich sie.

»Wie bitte?«

»Greaves lässt sich nicht anfassen.«

Der einäugige Kater – mit vollem Namen Red Leg Greaves – herrscht inoffiziell über Marigolds Laden. Ich bin der festen Überzeugung, dass er der Geist des Geists des legendären Freibeuters Red Leg Greaves ist. Um seine Tarnung aufrechtzuerhalten, muss er natürlich verhindern, dass er angefasst wird. Das erklärt seine Aversion gegen Berührung und auch die Tatsache, dass er nach all den Jahren immer noch am Leben ist – und es voraussichtlich auch für immer bleibt. In dieser Hinsicht verstehen Greaves und ich uns. Keine Veränderungen, die zu Unhappy Ends führen.

Doch die Touristin scheint beratungsresistent zu sein. »Ich bin ein Katzenmensch«, sagt sie und nickt mir lächelnd zu, um mir zu beweisen, dass ich mir keine Sorgen machen muss. »Na komm, du süßes Ding«, sagt sie und hält ihm die Hand noch näher hin, damit er sie beschnuppern kann.

Süßes Ding ist nun wirklich das Letzte, als was ich Greaves bezeichnen würde. Er sieht das anscheinend genauso und gibt ein seltsames Knurren von sich. Sein Fell ist aufgestellt, die Ohren angelegt.

»Ich würde wirklich nicht ...«

Doch es ist zu spät. Greaves holt aus und schlägt mit seinen Krallen nach der Hand der Kundin.

Sie lacht peinlich berührt, die Hand hat sie gerade rechtzeitig zurückgezogen.

»Er mag es wirklich nicht«, sage ich und zucke mit den Schultern.

»Vielleicht sollte man ihn dann nicht frei in einem Laden herumlaufen lassen«, sagt die Frau spitz.

»Vielleicht sollte man seinen *personal space* respektieren«, murmle ich und wende mich wieder Marigold zu.

»Was liest du denn da?«, frage ich.

»Das? Ach nichts«, sagt sie und schiebt die Papiere hektisch zusammen. »Was suchst du noch mal, Kind?«

»Den Cottage-Schlüssel.«

»Hm. Ja. Nimm doch einfach den Ersatzschlüssel.«

»Und wo ist der?«

»Was?«

»Der Ersatzschlüssel?« Irgendwas ist komisch. Normalerweise ist Marigold aufmerksam. Freut sich, mich zu sehen. Erzählt mir den neuesten Tratsch. Doch heute nimmt sie kaum Notiz von mir, wirkt traurig und abgelenkt.

»Ihr Kater wollte mich angreifen«, sagt nun die Kundin und zeigt wie zum Beweis auf Greaves, der gerade seine Pfote ableckt und sich dann damit über den Kopf streicht, als könne er kein Wässerchen trüben.

»Mein Kater?«

Nicht einmal das hat sie mitbekommen? Ich sehe sie an. Marigold ist alt. Aber doch nicht so alt, oder?

»Ebender.«

»Greaves wird nicht gerne angefasst. Haben Sie versucht, ihn zu streicheln?«

»Vielleicht sollten Sie Ihre Kunden vor ihm warnen, wenn er schon frei hier herumläuft. Ein Schild wäre angebracht, meinen Sie nicht?«, sagt die Frau.

»Hm. Ja. Das mache ich. Eine gute Idee. Vielen Dank für den Hinweis.« Marigold starrt einen Moment ins Leere. »Du wolltest noch etwas, mein Kind, nicht wahr? Ach ja, den Ersatzschlüssel. Wo habe ich heute nur meinen Kopf?« Sie streicht mir mit den Fingerkuppen einmal über die Wange. »Der hängt oben in meiner Wohnung am Schlüsselbrett. Nimm ihn dir. Und hab eine gute Zeit. Nicht zu viele schwere Gedanken.«

»Danke, Marigold«, sage ich. Auch wenn ich ihr das mit den schweren Gedanken nicht versprechen kann. Mit einem letzten besorgten Blick mache ich mich auf den Weg nach oben in Marigolds Wohnung.

5   Ich spüre den Eisenschlüssel in der Tasche meines bodenlangen Rocks, als ich das Fahrrad gegen den Zaun lehne. Dieser ist, ebenso wie die Fensterrahmen des reetgedeckten, weiß getünchten Hauses, türkis angestrichen, doch die Farbe, die mich immer schon an Nessas Augen erinnert hat, platzt an vielen Stellen ab.

Ein Auto steht in der Parkbucht gegenüber. Das ist nichts Ungewöhnliches um diese Jahreszeit. Ausflügler auf der Suche nach den malerischsten Ausblicken gehen gerne querfeldein über Schafweiden und Heide, um zu abgelegeneren Stränden zu gelangen. Doch bald wird ihr Ausflug ein jähes Ende nehmen, denn im Moment scheint zwar die Sonne, aber das Unwetter, das ich vorhin auf dem Radar gesehen habe, braut sich über dem Meer zusammen, wie sich unschwer an den schwarzgrauen Wolkenungetümen hinter mir erkennen lässt.

Das kleine Gartentor quietscht, als ich es aufschiebe. Der kurze Weg ist unordentlich mit runden Wackersteinen gepflastert. Unkraut überwuchert die Blumenbeete links und rechts, zwischen dessen Blüten Insekten im Sonnenschein summen. Ich atme tief ein. Die paar Tage ganz allein werden mir guttun. Werden meinen Kopf aufräumen. Die Wolken vertreiben.

Vom Fuß der türkisen Tür bis zum Dach hinauf rankt sich eine üppig blühende Glyzinie. Die blau-violetten Blütentrauben verbreiten einen vorsichtigen Duft, der mich in meine Kindheit zurückversetzt, als wir regelmäßig mit Marigold herkamen. Hier brachte sie mir bei, zu stricken, backte mit Nessa. Fiona wanderte stundenlang am Strand entlang. Damals verstand ich ihren Wunsch, allein zu sein, nicht. Heute kenne ich die heilsame Wirkung von Wind und Salz und Einsamkeit.

Ich stecke den massiven Schlüssel ins Türschloss, will ihn drehen, doch die Tür ist nicht verschlossen. Marigold muss beim letzten Mal vergessen haben, sie abzuschließen. Vielleicht ist sie doch älter, als ich wahrhaben will. Ein heißkalter Schauer überkommt mich.

Die Tür knarzt laut, und leicht muffiger Geruch schlägt mir von drinnen entgegen.

»Hallo?«

Was war das?

»Marigold?«

Ganz eindeutig. Eine Männerstimme.

»Bist du das?«

»Hallo?«, frage ich vorsichtig.

»Wer ist denn da?«

»Hier ist ...« In dieser Sekunde tritt ein junger Mann in den kleinen Eingangsbereich, und für einen Moment traue ich meinen Augen nicht. Ich muss blinzeln, um zu verstehen, was ich da sehe.

»Kann ich dir helfen?«

Vor mir steht ein schlaksiger Typ Mitte zwanzig. Und er ist weiß Gott die merkwürdigste Erscheinung, die ich seit

Langem gesehen habe. Vielleicht ist er die merkwürdigste Erscheinung, die Shetland je gesehen hat. Er trägt einen dunkelroten Cordanzug. Hose und Sakko. Darunter ein buntgemustertes Hemd mit einer dunkelroten Fliege. Eine Fliege! In der Hand hält er eine Ukulele, auf der er gerade einen Akkord zupft. Und als ich meinen Blick noch einmal von seinem grinsenden Gesicht nach unten wandern lasse, stelle ich fest, dass er barfuß ist.

»Ob du mir helfen kannst? Was? Sorry, was machst du hier?«

»Urlaub.« Er verschränkt die Arme und lehnt sich gegen den Türrahmen.

»Aber ...«

Sein Grinsen wird breiter. »Und selbst?« Auch er mustert mich, und ich mache einen Schritt zurück.

Das wird ja immer schöner. »Du weißt schon, wie man das nennt, was du hier tust, oder?«, frage ich. »Das ist Hausfriedensbruch. Die Besitzerin dieses Cottages ist alt, und nur weil sie vergessen hat, abzusperren, bedeutet das nicht, dass du hier Urlaub machen kannst. Hallo?« Was läuft bei dem denn falsch?! Ich bin ehrlich empört.

»Ich weiß nicht, ob es Marigold gefallen würde, ›alt‹ genannt zu werden.« Er beugt sich verschwörerisch zu mir. »Aber von mir erfährt sie nichts. Versprochen.«

»Du kennst ...«

»Was denkst du denn von mir? Sehe ich aus, als würde ich einfach anderer Leute Häuser besetzen?«

Ich zucke mit den Schultern. Keine Ahnung, was ein Typ, der aussieht wie er, so macht.

»Marigold hat mir angeboten, dass ich hier für ein paar Tage bleiben kann. Du musst dir also keine Sorgen machen. Sie hat mir den Schlüssel eigenhändig gegeben.«

War der Schlüssel deswegen nirgends zu finden? Aber Marigold vermietet das Cottage seit einem unglücklichen Vorfall mit einem Mieter und einer Möwe mit etwas zu ausgeprägtem Beschützerinstinkt nicht während der Nistsaison. Außerdem hätte sie doch nicht vergessen, mir zu erzählen, dass schon jemand hier ist, oder? Und sie hätte erst recht nicht vergessen, dass ich hierherkommen würde. Wie inzwischen jedes Jahr. Doch dann fällt mir ein, wie merkwürdig sie war.

»Ich rufe Marigold an«, sage ich entschlossen, stelle meinen Rucksack vor mir ab und krame in der vorderen Tasche nach meinem Handy.

»Gute Idee.« Der komische Kerl nickt zufrieden.

Das Telefon im Laden klingelt. Einmal, zweimal, dreimal … achtmal. Sie geht nicht dran! Ausgerechnet jetzt!

»Keiner da?«, fragt er.

»Ich probiere es im *Drawing Room*.«

»Was immer du willst. Ich hab Zeit.«

Aber ich nicht, will ich antworten, doch in diesem Moment meldet sich Edith.

»Hey, Edith, hier ist …«

»Effie, mein liebes Kind, was kann ich für dich tun?«

»Ist Marigold da?«

»Sie hat den Laden gerade für einen Moment geschlossen. Gibt es ein Problem?«

»Das kann man wohl sagen!« Gegen meinen aufgebrachten Tonfall bin ich machtlos.

»Kann ich helfen?«, fragt Edith.

Es ist lieb, dass sie das anbietet, aber nein, das kann sie leider nicht. »Sagst du Marigold, sie soll mich zurückrufen?«

»Natürlich, Kind.«

Ich lege auf und funkle den Kerl wütend an.

»Schätze, ich bleibe wohl noch ein bisschen.« Er gluckst.

»Die Betonung liegt auf ›ein bisschen‹«, gebe ich zurück.

»Die Betonung liegt auf ›ich bleibe‹«, korrigiert er, und mir wird ganz heiß, aber auf eine ungute, eine unangenehme Weise. Auf eine panische Weise.

»D-das geht nicht«, sage ich. Das hier ist meine Auszeit! Und jede Minute, in der ich draußen stehe und er im Cottage ist, geht von dieser Auszeit ab!

»Na ja, ich bin seit gestern hier, und bis du aufgekreuzt bist, ging es, ehrlich gesagt, ganz hervorragend.« Er spielt ein paar Akkorde auf der Ukulele.

»Nein.«

»Was meinst du mit nein?«

»Einfach nein.«

»Einfach ja. Was ist das für ein Spiel? Klär mich auf.«

»Das ist kein Spiel. Das ist Ernst. Das ist ...« ... mein Leben.

»Hey, hör mal, ist doch nichts dabei. Ich brauche einfach ein paar Tage, um runterzukommen. Ende der Woche bin ich weg.«

»Ende der ... Nein!« Das geht nicht. Das kann er nicht machen. Ich brauche diese Tage in Marigolds Cottage. Weg von den anderen. Ich kann nicht an meinem Geburtstag zu Hause sein!

»Und selbst wenn ich wollte, ich *könnte* das Cottage gar nicht verlassen. Es ist lebensgefährlich. Man wird von Möwen attackiert. Deswegen würde ich dir raten, schnell das Weite zu suchen.«

Ich weiß sofort, was er meint. Ha! Deswegen vermietet Marigold das Cottage nicht. Deswegen können nur wir hier sein. Keine fremden Eindringlinge. »Die Turtelmöwen tun mir nichts.«

»Die Turtelmöwen?«

»Meine Schwester hat sie so genannt, als wir kleiner waren. Sie kommen jedes Jahr her. Aber von Fremden fühlen sie sich bedroht. Also wäre es wirklich besser, du würdest …«

»Was genau ist eigentlich dein Problem?«, unterbricht er mich. Er klingt nicht unfreundlich, eher neugierig.

»Was mein Problem ist?« Alles. Er. Hier. An meinem Ort. An meinem Geburtstag. Also sage ich: »Alles. Das hier. Du hier. Und als wäre das nicht genug, habe ich auch noch meine Tage und deswegen wirklich keinerlei Kapazitäten für solche Sachen.« Ich wedle mit der Hand in seine Richtung.

»Oh.« Für einen Moment weiß er darauf nichts zu sagen. »Braucht du … eine Damenbinde oder so?«

»Eine Damenbinde?« Dieses Wort aus seinem Mund ist so vollkommen absurd, dass ich für einen kurzen Augenblick meine Panik vergesse. Fast muss ich lachen.

»Keine Ahnung, ich hatte noch nie meine Tage. Was weiß ich denn. War nur nett gemeint.«

»Ich benutze keine Binden. Ich hab eine Menstruationstasse.«

»Spannend.« Er nickt amüsiert. »Glaube aber nicht, dass davon welche im Haus sind.«

»Die sind recycelbar, du Affe.«

»Hmmm«, macht er. »Ich hatte den Eindruck, wir seien höflich. Das täuscht wohl.«

»Sorry.« Aber es tut mir nicht leid. Kein bisschen. Diese ganze Situation ist bescheuert. Er soll einfach gehen. Marigold hat mir das Cottage versprochen. Sie *weiß*, wie viel es mir bedeutet, hier zu sein. Und selbst wenn sie einen Fehler gemacht hat, war es eben ein Fehler zu seinen Ungunsten. Nicht zu meinen. »Es ist nur so, ich brauche dieses Cottage.«

»Weil du deine Periode hast?« Er runzelt die Stirn. »Ich

kenne mich echt nicht gut damit aus, aber kann man die nicht überall haben?«

Jetzt stellt er sich absichtlich blöd. »Nein, natürlich nicht nur, weil ich meine Periode habe. Aus diversen Gründen.«

»Und wer sagt, dass ich keine Gründe habe?«

»Keine so dringenden.«

»Ganz schön anmaßend, oder? Zu behaupten, meine Gründe wären weniger dringend als deine?« Er sieht mich herausfordernd an. »Wie wär's, ich lade dich auf einen Tee ein, und du erzählst mir von deinen Gründen. Dann sieht die Welt schon wieder ganz anders aus. Sagt zumindest meine beste Freundin Beth.«

Ich schnaube. Es interessiert mich nicht, was diese Beth sagt. Ich will seinen blöden Tee nicht. Ich will meinen eigenen Tee. In Ruhe. Im Cottage. Doch das Unwetter, das sich hinter mir zusammengebraut hat, scheint über uns angekommen zu sein, denn es ertönt ein Donnergrollen, und im nächsten Moment fallen schwere Tropfen vom Himmel.

»Na schön.«

Energisch schiebe ich mich an ihm vorbei, reagiere nicht auf sein »Herzlich willkommen«, sondern stelle meinen Rucksack mitten im Wohnzimmer ab. Ich werde einfach bleiben, bis Marigold das Missverständnis aufgeklärt hat und er gehen *muss*.

Drinnen ist es kühler als draußen, regelrecht kalt. Offenbar hat er nicht herausgefunden, wie er für die frischen Nächte den Ofen anheizt. Kein Wunder, so, wie er aussieht, kommt er mit Sicherheit aus der Stadt.

Zielstrebig betrete ich die Küche. Blaues und weißes Emaille-Geschirr steht auf rustikalen Holzregalen, die Tassen hängen an Haken von den alten Deckenbalken. Ein cremefarbener AGA-Herd unterbricht die Holzanrichte. Ich schnappe mir den Wasserkocher, aber der komische Kerl nimmt ihn mir aus der Hand.

»Stopp, du bist mein Gast.«

»Bin ich nicht.«

»Bist du doch.«

»Bin ich ...«

Doch er unterbricht mich. »So viel Spaß mir das mit dir macht, die Diskussion ist müßig. Ich habe dich eingeladen, das macht dich zu meinem Gast. Also setz dich gefälligst ins Wohnzimmer und warte auf deinen Tee.«

Ich starre ihn einigermaßen perplex an. Er steht vor mir, den Wasserkocher in der Hand, und wartet tatsächlich darauf, dass ich ihn allein lasse. Meine Augen sind vor Wut zu Schlitzen verengt.

»Abmarsch.« Er zeigt auf die offene Küchentür, und dieser Befehl ist so dreist, dass ich mich aus purer Verwirrung seinem Wunsch beuge.

Kopfschüttelnd sinke ich auf das Sofa. An der Wand gegenüber steht ein unsortiertes Bücherregal mit zerfledderten Taschenbüchern, daneben das Fernsehmöbel, das unter einem Laken verborgen ist. In der Ecke der verwaiste Kachelofen. Weiße Gardinen umrahmen die Fenster, von denen aus man einen Blick aufs Meer hat. Auf einem der Fensterbretter liegt eine kleine Muschelsammlung, die zwar Fiona begonnen hat, die aber mit jedem meiner Besuche hier wächst. Und wenn das nicht bedeutet, dass das hier *mein* Ort ist, dann weiß ich auch nicht.

»So«, sagt der Typ und kommt mit zwei dampfenden Tassen aus der Küche. »Ich hab dir auch eine Wärmflasche gemacht.« Er stellt die Tassen auf dem Couchtisch ab, und tatsächlich, unter seinen Arm hat er eine Wärmflasche geklemmt.

»Hä?« Ich runzle die Stirn.

Er zuckt mit den Schultern. »Schokolade habe ich leider keine da. Aber das ist Kamillentee.« Er zeigt auf die Tasse vor mir. »Anscheinend wirkt das krampflösend. Hab ich gerade gegoogelt.«

Ich fange an zu lachen. »Ist das dein Ernst?«

»Was denn?«

»Du hast Periode gegoogelt?«

»Hätte ich nicht sollen? Ich bin nicht unbedingt Experte auf dem Gebiet. Und normalerweise erzählen einem die Leute ja nicht noch vor einer höflichen Vorstellungsrunde, dass sich bei ihnen gerade Gewebe von der Gebärmutter löst.«

Jetzt lache ich noch heftiger. Was ist das für ein Typ?

»Also. Jetzt entspannst du dich mal ein bisschen. Und dann erzählst du, warum du mich so unbedingt aus diesem Cottage schmeißen willst.«

»Das hättest du wohl gern.« Doch meine Stimme ist mit der Wärmflasche auf meinem Bauch etwas sanfter geworden.

»Reden tut gut«, sagt er und setzt sich mit erwartungsvoller Miene auf das zweite Sofa.

»Ja, aber du bist ein vollkommen Fremder.«

»Umso besser.«

»Hä?«

»Na ja, wir werden uns nie wiedersehen, oder? Wenn du deinen Tee getrunken hast, gehen wir getrennte Wege. Also zumindest gehst du«, präzisiert er. »Es kann dir also vollkommen egal sein, was ich über dich weiß. Ich kenne ja nicht mal deinen Namen.« Er grinst und greift zu seiner Ukulele.

Ich schlucke. Ich habe wirklich nicht die geringste Lust, ihm zu erzählen, wer ich bin und was mit mir los ist. Ich habe ja noch nicht mal mit meinen Freunden, meinen Schwestern darüber geredet. Denn wenn ich es ausspreche, wird es real.

Wenn ich es ausspreche, wissen alle Bescheid. Wenn ich es ausspreche, bestätige ich, was ich weiß. Was Nessa ahnt. Ich würde zu einer tickenden Zeitbombe für sie. Und wenn ich explodiere, ist es nur eine Frage der Zeit, bis ich völlig allein bin.

Ich blicke zu dem komischen Kerl, der ein paar fröhliche Akkorde zupft. Er kennt weder mich noch meine Familie. Ich könnte ...

»Ich habe übermorgen Geburtstag.«

Sofort blickt er auf. »Ist das eine Einladung?« Er grinst.

»Im Gegenteil.«

»Eine Ausladung?«, fragt er verwundert. »Das hatte ich auch noch nicht.«

»Keinerlei -ladung.« Ich puste vorsichtig auf den heißen Tee. »Mein Geburtstag ist kein Grund zum Feiern.«

»Warum nicht?«

Angestrengt blicke ich in meine Tasse. »Es ist gleichzeitig der Todestag meiner Mum.« Und der Beginn von all der Traurigkeit um mich herum, die macht, dass Menschen gehen und die Wolken dichter werden.

»O shit.« Er stützt die Ellenbogen auf seine Oberschenkel und sieht mich an.

»Ja.«

»Wie alt warst du da?«

»So ungefähr eine halbe Stunde.«

»Was?«

»Ja. Sie ist direkt nach meiner Geburt gestorben.« Ich blicke auf in sein Gesicht, das nun deutlich weniger amüsiert, sondern vielmehr mitfühlend wirkt. Dafür wird er mir ja wohl das Cottage überlassen.

»Das ist ja ätzend.« Es rutscht ihm so raus, doch schnell besinnt er sich eines Besseren. »Ich meine, das tut mir leid.«

Ich lächle. »Man kann schon sagen, dass es ätzend ist. Deswegen komme ich jedes Jahr zu meinem Geburtstag allein hierher.«

»Verstehe.«

»Damit kannst du wohl kaum mithalten, oder?«, frage ich herausfordernd.

»Hm. Glücklicherweise ist das Cottage ja nicht der erste Preis in einem Elendswettbewerb.«

»Aber ...«

»Und nur weil du den gewinnen würdest, heißt das nicht, dass meine Probleme nicht auch ziemlich real sind.« Er legt den Kopf schief.

»Also dann, schieß los.«

»Aber du bist eine völlig Fremde.«

Ich bin mir nicht sicher, ob er mich nachäfft oder ob er es ernst meint. »Umso besser, oder?«

Er setzt sich wieder aufrecht hin, streckt seine langen Beine aus. »Du hast es so gewollt.« Dann zählt er einen Finger nach dem anderen ab. »Ich hasse meinen Job. Ich hasse es, dass mein Vater mein Chef ist. Ich hasse es, dass ich nicht sein kann, wer ich bin, weil mein Chef, der gleichzeitig mein Vater ist, denkt, Paisley-Muster ist geschäftsschädigend, ich ...«

»Ja gut, aber damit hat er gar nicht mal so unrecht, oder?«, unterbreche ich ihn kichernd mit Blick auf sein Hemd.

»Hey, Vorsicht. Du bist immer noch mein Gast.«

»Bin ich n...« Doch ich schlucke es einfach runter.

»Ich hasse es, dass ich nur diese paar Tage habe, um ein bisschen durchzuatmen. Und dann auch noch auf einer Insel, auf die ich von Anfang an nicht sonderlich scharf war.«

»Hey, Vorsicht«, sage ich jetzt, denn auf der Insel ist ja wohl eindeutig er Gast. »Das ist mein Zuhause, das du da disst.«

»Mein Beileid.«

»Wenn du es hier so scheiße findest, mach doch woanders Urlaub.« *Und überlass mir das Cottage.*

»Kennst du das, wenn man es einfach von einem Moment auf den anderen nicht mehr packt? Wenn man sofort eine Pause braucht?«, fragt er. Und ja, natürlich kenne ich das, deswegen bin ich schließlich hier. »Ich war in diesem Moment eben in Lerwitch.« Er seufzt resigniert.

»Lerwick«, korrigiere ich ihn.

»Lerwitch«, sagt er erneut.

Einen Moment lang schweigen wir, nippen andächtig an unserem Tee. Der merkwürdige Typ setzt sich in einen ungelenken Schneidersitz und spielt wieder ein paar gut gelaunte Akkorde auf der Ukulele. Die Wärmflasche tut mir tatsächlich gut, und ich streife meine Schuhe von den Füßen, um die Beine aufs Sofa zu ziehen.

Er sieht auf. »Hey, mach's dir nicht zu bequem«, sagt er grinsend.

»Ich hab dir gerade erzählt, dass meine Mum bei meiner Geburt gestorben ist, und du willst mich wirklich trotzdem rauswerfen?«

»Ich hab dir gerade erzählt, dass mein Leben der letzte Scheißhaufen ist«, sagt er.

»Tote Mum schlägt Scheißhaufen.«

»Ich werde nicht weggehen.«

»Ich auch nicht.« So. Da hat er es.

»Okay.«

»Was?«

»Okay. Dann bleib eben.«

»Hier?«

»Ich dachte, das wolltest du.«

»Ja, aber doch nicht mit dir!«

»*Take it or leave it.*«

»Von *Leaving* kann keine Rede sein.«

»Na also.« Er klingt, als sei damit alles gesagt.

»Du willst wirklich, dass wir uns das Cottage teilen?« Das ist doch nicht sein Ernst. Wie komisch wäre das, zwei Fremde, die zusammen in Marigolds Cottage wohnen. Man kann sich hier nicht einmal aus dem Weg gehen.

»Ich will nicht, dass du meinetwegen deinen Geburtstag nicht in diesem Cottage feiern kannst.«

»Ich feiere nicht.«

»Verbringen kannst«, korrigiert er sich. »Aber ich will auch nicht, dass ich deinetwegen im Auto schlafen muss. Deswegen ...«

»Ich weiß nicht mal, wie du heißt.« Doch dann halte ich inne. Fremde. Wir sind Fremde. Und wenn wir Fremde bleiben, haben wir nichts zu verlieren. Wenn wir uns nicht kennen, sind wir frei. Ich atme tief ein. Wenn wir uns nicht kennen ... kann es kein Unhappy End geben. »Ich weiß nicht mal, wie du heißt«, wiederhole ich, diesmal mit einem zufriedenen Lächeln auf den Lippen.

Er runzelt die Stirn.

»Lass uns Fake-Namen nehmen«, schlage ich begeistert vor.

»Damit wir Fremde bleiben?«

»Fremde, die über alles reden können.« Ich lege Verheißung in meine Stimme, und er – nickt langsam. »Haben wir einen Deal?«, frage ich.

»Okay, Deal.«

»Ich bin ...« Auf der Suche nach Inspiration sehe ich mich um. »... Paisley«, sage ich lachend mit Blick auf sein Hemd.

»Du hältst dich wohl für besonders witzig, oder?« Er blickt von dem bunten Paisley-Muster zu mir.

»Ich habe meine Momente.«

»Freut mich sehr, dich kennenzulernen, Paisley«, sagt er und sieht mich mit einem ganz klaren Blick an. »Ich bin ... Adair.«

Jetzt entfährt mir ein lautes Prusten. »Adair? Ist das dein Ernst?«

»Was denn?« In gespielter Empörung verzieht er sein Gesicht.

»Na ja, du kannst dir jeden Namen auf der Welt aussuchen. Du kannst dich Logan nennen. Oder Cole. Moderne, sexy Namen. Und dann nimmst du einen, der nach dem allergrößten Streber der Welt klingt?«

Er zuckt mit den Schultern. »Nach dem allergrößten Streber? Echt? Findest du?« Er grinst. Dann sagt er: »Warum nicht?«

»Adair«, sage ich. »Wow.«

»Paisley. Und ...« Er zögert einen winzigen Augenblick. Dann sagt er: »Und ebenfalls wow.«

— 18. 6. —

Okay, hier passieren die erstaunlichsten Dinge: Unverhofft habe ich heute Gesellschaft bekommen in meinem romantischen Get-Away-Blitzurlaub mit mir selbst. Paisley ist aufgetaucht. Wobei „aufgetaucht" trifft es nicht. Sie ist mit einem lauten BÄM über mich hereingebrochen.

Paisley: orangerote Haare, Nasenpiercing (links), riesige, schwarz umrandete braune Augen. Der Moment, in dem sie hier vor der Tür stand, ist einer für die Ewigkeit. Einer dieser lebensverändernden Augenblicke, nach denen nichts ist, wie es war. Sie hat etwas Elfenhaftes mit ihrem bodenlangen, glitzernden Rock und dem übergroßen, leicht durchsichtigen Strickpullover, der ihr in diesem Moment, als ich kurz aufsehe, von der Schulter rutscht. Wenn ich ein Bild für sie finden müsste, würde ich sagen, sie wirkt ein bisschen wie ein trauriger Hüpfball. Ist ständig in Bewegung. Hüpft hierhin und dorthin, blickt hin und her, winkelt die Beine an, setzt sich in den Schneidersitz, streckt sie wieder aus, fährt sich durch die Haare, spielt an ihrem Piercing. Gerade strickt sie. So schnell, dass mir allein vom Zusehen schwindelig wird. Meine Strickversuche in der Grundschule waren alles andere als ein Erfolg. Vielleicht sollte ich ihr davon erzählen, um sie zum Lächeln zu bringen. Ihr Lächeln ist … ein ganz eigenes Lächeln. Denn sogar ihr Lächeln ist traurig. Es ist breit und strahlend, aber auf eine herzzerreißende Art. Das glücklichste traurigste Mädchen der Welt. Das ungefähr ist Paisley. Und das merkwürdigste.

6 Alles an dieser Situation ist seltsam. Hier zu sitzen mit einem Wildfremden, dessen Klamotten aussehen, als wären sie einer Oscar-Wilde-Verfilmung entsprungen, während er irgendwelche Dinge in ein Notizbuch kritzelt. Ab und zu, wenn er denkt, ich merke es nicht, schaut er auf und mich direkt an. Jedes Mal tue ich so, als müsste ich mich auf mein Strickzeug konzentrieren, obwohl ich mit geschlossenen Augen stricken könnte. Aber das weiß er natürlich nicht. Wie auch. Er kennt mich nicht. Und ich kenne ihn nicht. Wir kennen uns nicht. Und dieser Gedanke ist tröstlich und beruhigend und ein bisschen aufregend.

Wieder schaut er auf, wieder klappere ich betont laut mit meinen Stricknadeln. Schiebe die Maschen ein Stück weiter. Und wieder schreibt er etwas in sein Notizbuch, während seine Mundwinkel leicht nach oben zucken. Er hat einen ulkigen Mund. Nicht unattraktiv. Sondern irgendwie ... besonders. Seine Nase ist groß, aber nicht zu groß. Die Augen blitzen lebhaft.

Am merkwürdigsten ist die Stille zwischen uns. Es könnte einträchtig sein; weil wir einander allerdings so fremd sind und überraschenderweise in dieser absolut schrägen Situation gelandet, fühlt man die Abwesenheit eines Gesprächs ganz deutlich. Wieso sagt er nichts? Wieso sage ich nichts?

Er räuspert sich. »Ich hab das auch mal versucht«, sagt er und deutet mit einem Nicken an, dass er mein Strickzeug meint. Und damit ist er derjenige von uns beiden, der sich nach einer schweigsamen Viertelstunde an etwas hilflose Konversation gegen die Stille heranwagt.

»Du?« In seinem dandyhaften Outfit wirkt er wirklich nicht wie jemand, der Interesse an häuslichen Tätigkeiten hat. Eher wie jemand, der auf perfekt gestutztem Rasen Krocket spielt, ein Glas Pimm's in der Hand.

»Im Handarbeitsunterricht.« Okay, das macht schon mehr Sinn. »Aber ich war grottenschlecht. Meine Lehrerin hat gesagt, ich hätte keinerlei Begabung dafür.«

»Ist eigentlich reine Übungssache. Meine ersten Strickversuche waren auch katastrophal. Ich habe meinem Dad zu Weihnachten einmal einen Pullover gestrickt. Er sah von Anfang an mottenzerfressen aus, so groß waren manche Maschen. Später haben dann Mäuse drin genistet, weil ...« Doch ich breche ab. Trotz allem habe ich Hemmungen, mit einem Wildfremden über persönliche Dinge zu sprechen.

»Was ist eigentlich mit deinem Dad? Solltet ihr deinen Geburtstag nicht zusammen verbringen?«

»Der ist letztes Jahr gestorben.«

»Oh.«

»Ja, aber das war schon okay. Ihm hat das Leben nicht sonderlich viel Spaß gemacht ohne meine Mum. Deswegen waren wir nicht sehr eng.« Scheiß auf die Hemmungen.

»Das kann ich nachfühlen. Dass man nicht sehr eng mit dem eigenen Vater ist, meine ich. Nicht den tragischen Rest drum herum.«

»Was ist das mit dir und deinem Dad?«, frage ich, um ein bisschen von mir abzulenken. Ich muss ihm ja nicht sofort alles auf die Nase binden. Auch wenn es überraschend leicht ist, ihm Dinge auf die Nase zu binden. Vielleicht, weil seine Nase die perfekte Größe dafür hat.

»Lenk nicht ab«, erwidert Adair. Adair. Darüber, dass er sich diesen Namen gegeben hat, komme ich einfach nicht hinweg.

»Okay, erst mein Dad, dann dein Dad. Meiner hat den Tod meiner Mum nie verkraftet. Er wurde trauriger und trauriger. Und als er nicht mehr trauriger werden konnte, hat er angefangen zu trinken. Das ist eigentlich die ganze Geschichte. Zumindest in der Kurzfassung. Jetzt du.«

Adair sieht mich ernst an. »Nach deiner Geschichte wirkt meine ein bisschen ... unbedeutend.«

»Das ist doch kein Wettbewerb«, sage ich. »Man kann traurig sein, auch wenn man nicht das Allertraurigste erlebt hat. Ich beispielsweise bin oft trauriger über die Abwesenheit von Red Velvet Cake als über die Abwesenheit meines Dads. So ist das eben mit Traurigkeit.«

Adair sieht mich überrascht an. Kurz verengt er seine Augen zu Schlitzen, wie um zu prüfen, ob ich ernst meine, was ich gesagt habe. Dann: »Ich glaube, so richtig traurig bin ich gar nicht. Es ist eher so ein bunter Cocktail aus Frustration, Wut und Mangel an Fantasie, weil ich einfach nicht checke, was das Problem ist. Mein Dad ist streng, distanziert, professionell, ehrgeizig. Sehr geradlinig. Alles, was abweicht von dem, was er als erstrebenswert erachtet, wertet er ab.«

»Paisley-Muster beispielsweise?«

»Beispielsweise. Ja.«

»Warum tust du ihm nicht einfach den Gefallen und ziehst dir ein weißes Hemd an?«, frage ich.

Sein Lächeln verblasst, und er blickt zu Boden. Auf seine nackten Füße, die auf dem bunt gestreiften Flickenteppich stehen. Seine Stimme ist leiser, als er weiterspricht. »Weil ich es skandalös finde, dass mir irgendjemand auf der Welt vorschreiben will, wie ich zu sein habe.« Er schluckt. »Denn es hört ja nicht bei gemusterten Hemden auf. Das ist nur die oberste Schicht. Die, die er am leichtesten und schnellsten in den Griff kriegen könnte. Ich passe nicht in seine Welt. Und das geht ihm gehörig gegen den Strich. Aber ich bin nun mal nicht perfekt. Und ich habe auch nicht vor, es zu werden. Punkt. Was erzähle ich dir das überhaupt?« Ein leicht überraschtes Lächeln ist auf seine Lippen zurückgekehrt.

»Vielleicht ... weil es sich überraschend befreiend anfühlt«, schlage ich vor. Denn so geht es mir. Mit Adair hier zu sitzen und über sehr persönliche Dinge zu reden, ohne dass der andere irgendetwas damit anfangen könnte, ist zwar ungewohnt, aber auf gewisse Weise reinigend.

»Das tut es tatsächlich, oder?« Er sieht mich wieder direkt an, sein Blick eine Mischung aus Verblüffung und Zufriedenheit. »Es ist schon irgendwie abgefahren, dass ich dir alles über mich erzählen könnte und es vollkommen egal ist.«

»Na, dann schieß los«, sage ich, und ehe ich meine Strickarbeit wiederaufnehme, schalte ich mein Handy aus – so wie ich es jedes Jahr tue, wenn ich hier bin, weil ich in meinem Kokon nicht erreichbar sein will. Kurz fällt mir auf, dass ich eigentlich noch auf den Rückruf von Marigold warte, aber das ist ja jetzt ohnehin egal.

Er lacht. »Was willst du wissen?«

»Wo kommst du her?«

»Aus Edinburgh. Meine ganze engere Verwandtschaft lebt dort. Mein Großvater ist zum Studium hingezogen und dann geblieben, um seinen Betrieb zu gründen und Geld zu machen. Typische Geschichte von einem Jungen vom Land, der in die Stadt kommt, um sein Glück zu suchen und dann zu finden. Nur dass es jetzt auf meine Kosten geht.« Er lacht ein bisschen freudlos. Dann verstellt er die Stimme und fuchtelt mit seinem Zeigefinger. »*Sei nicht so undankbar, junger Mann! Als ich in deinem Alter war! Weißt du überhaupt, dass ich jeden Tag zwei Stunden zur Schule laufen musste! Ein bisschen mehr Respekt, wenn ich bitten darf!* Als hätten seine Entbehrungen irgendwas mit mir zu tun. Als hätte er das für mich gemacht.«

Nach diesem kurzen Ausbruch sehe ich Adair einen Moment lang an. Versuche, in ihm zu lesen. Ihn einzuordnen. Er sieht aus, als wäre die Welt für ihn ein großer Spaß. Das meiste, was er sagt, klingt leicht und lustig. Und dann bricht es plötzlich aus ihm heraus. In einer komischen Mischung aus einem sehr feinen Englisch, aus dem das Schottische fast ganz verschwunden ist, und spontanem, ungefiltertem Gefühl, das er nicht hinter seiner vornehmen Art verstecken kann.

»Warum ist dein Akzent so ...«

»... schwach? Ich war auf einem sehr teuren Internat. Da versuchen sie, einem den Akzent abzugewöhnen.«

»Mochtest du es da?«

»Es war okay. Es war nicht zu Hause, aber okay.«

»Warum bist du dann hingegangen?«

»Weil mein Vater auch schon dort war. Die beste Erziehung des Landes. Hallo? Das lässt man sich als Dreizehnjähriger nicht zweimal sagen. Allein die Worte Latein und Altgriechisch haben mich einfach maßlos angeturnt.«

Ich sehe ihn entgeistert an.

»Das war offensichtlich ein Scherz. Ich habe keinen Tote-Sprachen-Fetisch oder so.« Er lacht. Und ich lache mit.

»Wie alt bist du?«

»Biologisch: vierundzwanzig. Geistig: eine Mischung aus einem fünfjährigen Jungen und einem alten Mann.«

So schräg seine Antwort auch ist, ich sehe ihn an und weiß sofort, was er meint. »Und was arbeitest du?«

»Ich sitze in einem Büro und langweile mich. Nein, Scherz, Immobilienkram. Aber das mit der Langeweile stimmt.« Wie auf Kommando beginnt sein Handy zu vibrieren. Er beugt sich vor, drückt den Anruf weg. Vielleicht sollte er es auch ausschalten.

»Warum machst du nicht einfach was anderes?«

»Weil es nur die Arbeit ist, oder? Diese Idee, dass man sich damit identifizieren müsse, dass man keinen Tag im Leben arbeitet, wenn man die Arbeit liebt, das ist doch einfach kapitalistischer Bullshit, um uns dazu zu bringen, den sinnlosesten Krampf zu zelebrieren, bis wir nicht mehr wissen, wer wir sind. Ich weiß, wer ich bin. Die Arbeit ist nur dazu da, das zu finanzieren.« Er hält kurz inne. »Bis eine Grenze überschritten wird«, fügt er leiser hinzu, und sein Blick flackert zu seinem Handy.

Einen Moment lang sehe ich ihn perplex an, aber ich verstehe, was er sagt. Meine Jobs sind auch einfach nur Mittel zum Zweck. Auch wenn ich sie gern mache. »Warum magst du Shetland nicht?«

»Weil es nichts zu tun gibt. Keine Ablenkung. Man ist allein mit seinen Gedanken. Im Regen. Gegenfrage: Warum magst du es hier?«

»Man ist allein mit seinen Gedanken. Im Regen.« Ich lache. »Ich mag das. Und zu tun gibt's übrigens jede Menge.«

»Was zu beweisen wäre.«

Er sieht immer noch skeptisch aus. Also fahre ich fort: »Ich liebe es, dass hier alles bleibt, wie es ist. Dass sich die Dinge nicht verändern. Das ist ... mir wichtig. Meine Umgebung.«

»Das klingt fundamental langweilig.«

»Das klingt fundamental gesund und sicher.«

Er schließt seine Augen, lässt seinen Kopf nach unten sinken und macht Schnarchgeräusche.

Ich will etwas entgegnen, doch sein zufriedener Ausdruck, als er die Augen wieder öffnet, macht, dass ich in mich hineingrinsen muss und mich dann wieder dem Fair-Isle-Muster des Ponchos widme.

»Was ist mit dir?«, fragt Adair. »Du bist vermutlich von hier, oder?«

»Geboren und aufgewachsen, ja.«

»Deine Shetland-Liebe ist also angeboren. Verstehe.«

»Du sagst das, als wäre es etwas Schlechtes.«

»Na ja, das erklärt es, oder? Den sentimentalen, rosaroten Blick?«

»So kann man es sehen. Andererseits hast du dich ja wohl aktiv dafür entschieden, es hier blöd zu finden. Das sagt eine Menge über dich, finde ich.«

»Und was wäre das?«

»Dass du ein Snob bist.«

Er lacht laut auf. »Okay, jetzt hast du mich schon Affe und Snob genannt. Pass bloß auf, wenn du nicht mehr leicht reizbar bist, kriegst du das zurück.«

»Leicht reizbar?«

»Hat Beth gesagt. Dass man oft leicht reizbar ist, wenn man seine Periode hat.«

Ich pruste leise, korrigiere ihn jedoch nicht.

»Also warst du nie woanders als hier?«

»Nicht für länger zumindest. Ich war mal in Edinburgh. Und in London. Und ein paarmal in Aberdeen.«

»Aberdeen.« Adair schüttelt den Kopf. »Was für ein Provinznest!«

»Und was ist so falsch an Nestern?«, frage ich. »Nester sind doch gemütlich. Man hat es warm. Man fühlt sich geborgen und sicher.«

»Ja, vielleicht. Aber nicht, wenn man das Kuckuckskind ist. Dann wächst man aus dem Nest raus.«

»Du meinst also, du passt nicht dazu?«

Er überlegt einen kurzen Moment. »Ich weiß nicht, ob ich irgendwo dazupasse.« Gerade als ich etwas Aufmunterndes erwidern will, fragt er weiter: »Und wie alt bist du?«

»Ich werde zweiundzwanzig.«

»Und ist das Stricken dein Job?«

»Nur einer von vielen.« Ich erzähle ihm von meinem Job bei der Seenotrettung, von der Hausaufgabenbetreuung in der Schule und Dr. Beatties Praxis. »Ich sehe es ein bisschen so wie du. Ich arbeite, um zu leben. Nicht andersrum.«

Auf einmal hört man ein lautes Klappern und Rumoren von oben, und ich muss unwillkürlich grinsen.

»Deine Turtelmöwen«, sagt Adair. »Meine Nemesis.«

»Marigold weiß eigentlich, dass sie keine fremden Mieter duldet.« Ich sage es leise, mehr zu mir selbst.

»Na, dann ist es wohl gut, dass ich kein Mieter bin.«

Ich horche auf. Er ist kein Mieter?

»Schau nicht so hoffnungsvoll. Marigold lässt mich hier einfach so wohnen.«

Jetzt bin ich vollends verwirrt. »Du kennst sie?«

»Ja. Und als ich ihr erzählt habe, dass ich ein paar Tage zum Runterkommen und Kontemplieren brauche, hat sie das Cottage von sich aus angeboten.«

»Zum Kontemplieren?« Wer redet so? Offensichtlich Adair, denn er scheint nichts dabei zu finden. »Was schreibst du da eigentlich die ganze Zeit?«, frage ich, weil er wieder irgendwas in sein Buch kritzelt.

»Gedanken.«

»Gedanken?«

»Ist so eine Art Tagebuch. Ich lagere Gedanken aus.«

»Wozu?«

»Damit sie mich nicht mehr ärgern.«

»Deine Gedanken ärgern dich?«

»Dauernd. Da kann es richtig befreiend sein, sie irgendwo hinzuschreiben, damit man seine Ruhe hat.«

»Als würdest du sie aussprechen, ohne sie auszusprechen«, sage ich.

»Ja, so ungefähr. Solltest du vielleicht mal ausprobieren, wenn du beim nächsten Mal nicht zufällig einen völlig Fremden in der Nähe hast, dem du all deine Geheimnisse erzählen kannst.«

»Glaub mir, da war noch nicht mal ein einziges Geheimnis dabei.«

»Dann bin ich auf die nächsten Tage gespannt«, sagt Adair, versucht sich wieder an einem Schneidersitz, greift sich seine Ukulele und spielt ein paar Akkorde, die klingen, als hätte man schwere Fröhlichkeit in Klang gegossen.

7 Die vorsichtige Wärme, die sich tagsüber auf der Insel ausgebreitet hat, weicht zum Abend hin deutlich kühlerer Luft. Obwohl es auf Shetland um diese Jahreszeit kaum richtig dunkel wird, reichen die komfortablen siebzehn Grad nicht für sommerliche Nächte. Aber ich kenne es nicht anders und kann es mir anders auch nicht vorstellen. Dennoch beschließe ich, ein kleines, wohliges Feuer im Kachelofen anzuheizen.

Ich hole Holz aus dem Verschlag hinter dem Haus und schichte es auf. Adair beobachtet mich von seinem Platz aus. Auch wenn ich ihm den Rücken zugekehrt habe, spüre ich seinen Blick auf mir. Es ist ein komisches Gefühl und ein bisschen aufregend, weil es neu ist, mit ihm an diesem Ort zu sein. Und während ich noch darüber nachdenke, kriecht mir eine Gänsehaut über den Rücken.

»Ich muss sagen, ich hatte schon schlechtere Ideen, als dich einzuladen, zu bleiben«, sagt er.

Ich drehe den Kopf, und er grinst mich an. »Warum?«

»Ich hatte eine seltsame Art von Respekt vor dem Ofen.«

»Echt?« Ich lache. »Ist wirklich idiotensicher. Unser Kamin zu Hause ist ein bisschen launisch. Aber bei dem hier kannst du nichts falsch machen.«

»Zeig mal.« Er erhebt sich und geht neben mir in die Hocke.

»Ofen.« Mit dem Finger deute ich auf den Ofen. »Holz.« Ich deute auf das Holz. »Anzünder.« Ich halte ihn ihm unter die Nase. »Und dann zündest du den Anzünder an. Mit einem, warte ...« Im Korb neben dem Kachelofen fische ich nach Streichhölzern. »... tada! Streichholz.«

»Witzig.«

»Hast du schon mal ein Streichholz angezündet, Adair?«

»Erleuchte mich«, sagt er grinsend.

Mit einem kratzenden Zischen entzünde ich den Streichholzkopf und halte die Flamme vor Adairs Gesicht. Im warmen Schein wirkt sein Lächeln ganz weich.

»Erleuchten, nicht ankokeln!« Lachend weicht er zurück, und ich werfe den nun brennenden Anzünder zu den Holzscheiten und schließe die Ofentür. Unten drehe ich an der Luftzufuhr, damit das Feuer ordentlich in Gang kommt.

»Der beheizt das gesamte Cottage«, sage ich.

»Auch das Schlafzimmer?«

»Auch das.«

»Kann nicht glauben, dass ich einmal die Chance auf eine warme Nacht habe, und dann überlasse ich dir das Bett.«

Fragend sehe ich ihn an. »Echt? Einfach so? Ohne Diskussion?«

»Ich schätze, ich bin wohl ein netter Mensch.«

Er steht auf. Er ist groß. Ein bisschen schlaksig. Ich bin mir sicher, er könnte mit seinen Händen, die ebenfalls groß und schlaksig sind, ohne Probleme die Decke berühren.

»Hast du Hunger?«, fragt er. »Den Herd habe ich nämlich angekriegt. Allerdings habe ich kaum noch was da, weil ich nicht vor die Tür konnte. Die letzten Tage habe ich von Baked Beans und Tütensuppen gelebt.«

Ich lache auf. Die Vorstellung davon, wie er sich nicht aus dem Haus traut, ist einfach zu komisch. Dann verziehe ich das Gesicht. »Baked Beans kann ich leider nicht essen.«

»Bist du allergisch? Darf man das überhaupt als Britin?«

»Hab mich daran überfressen.« Kurz bin ich versucht, ihm zu erzählen, dass mein Dad uns jahrelang wenig anderes vorgesetzt hat, aber das erscheint mir dann doch zu intim.

»Tütensuppe also. Kommt sofort.«

»Ich hätte alternativ noch Dosensuppen im Angebot«, sage ich kichernd.

Adairs Augen beginnen zu leuchten, was ziemlich erstaunlich ist, wenn man bedenkt, dass es hier um Dosensuppen geht. »Das gute Zeug also. Fancy!«, sagt er. »Wer von uns beiden ist jetzt der Snob?«

Lachend öffne ich meinen Rucksack und hole meine Einkäufe hervor. Mulligatawny Soup, Stew, Linsensuppe, Dosenravioli.

»Dosenravioli!«, sagt er begeistert. »Das ist das beste ekligste Essen der Welt!«

Ich werfe ihm die Dose zu. »Du teilst das Haus mit mir, ich teile meinen Dosenfraß mit dir.«

»Das klingt fair«, erwidert er und geht mit der Dose in die Küche.

Weil ich nichts anderes zu tun habe, dackle ich einfach hinter ihm her, setze mich auf die Anrichte und baumle mit den Beinen. Ich beobachte ihn dabei, wie er einen gusseisernen Topf von der Wand nimmt und den Inhalt der Dose hineinleert.

»Mmmmmh, Matsch!«, sagt er, macht die Gasflamme an und stellt den Topf darauf. »Dazu kann es nur ein Getränk geben. Und das ist ...« Er geht zum Kühlschrank und holt eine Flasche teuer aussehenden Sekt heraus.

»Du lebst von Baked Beans, aber trinkst Sekt?«, frage ich einigermaßen perplex.

»Champagner«, korrigiert er mich.

»Und das ist weniger komisch?«

»Entweder man isst gut, dann kann man sich mit mediokrem Sekt zufriedengeben. Oder man trinkt gut, dann kann man auch von Baked Beans leben. Magst du einen Schluck?«

»Äh.« Ich bin etwas überrumpelt. Aber klar, warum nicht? »Okay.«

Adair lässt den Korken knallen und schenkt sehr stilecht jedem von uns eine Emaille-Tasse ein. »Auf unverhoffte Bekanntschaften«, sagt er und lässt seine Tasse mit einem etwas unterwältigenden Klonk gegen meine stoßen. »Nenn mich schräg, aber ich bin froh, dass du da bist.«

»Wenn ich ehrlich bin, ist das das am wenigsten Schräge an dir«, erwidere ich und nehme einen Schluck von dem prickelnden Getränk. Es erinnert mich an neulich Abend, als Fiona Connal gefragt hat, ob sie heiraten wollen, und wir danach alle gemeinsam anstießen. Wie glücklich Fiona und Connal waren. Und Nessa und Boyd. Und wie ich abseits stand, bis Nessa sich zu mir stellte. Vordergründig aus Verbundenheit, in Wirklichkeit aus Mitleid. Sie hat keine Ahnung, dass ich es weiß. Aber ich bin ja nicht blöd. Die schwer verknallten Blicke, die sie Boyd zuwarf, waren eindeutig.

»Okay, dann erzähl mal, was ist das Schrägste an mir?«, fragt Adair, während er mit einem Holzlöffel in unseren Ravioli rührt.

»Willst du das wirklich wissen?«

»Warum denn nicht?« Er zuckt mit den Schultern. »Bei dir kriege ich wenigstens eine ehrliche Antwort. Ist also die Chance, etwas über mich selbst zu lernen, oder?«

»Hm.« Ich überlege einen Moment und nehme noch einen Schluck aus meiner Tasse. »Das mit dem Champagner zur Tütensuppe ist schon echt weit oben dabei.«

»Hallo?« Er zupft an seinem Cordsakko.

»Das ist doch einfach nur dein exzentrischer Kleidungsstil, oder? Also klar, das ist ungewöhnlich. Aber ... da finde ich die Ukulele fast noch seltsamer.«

»Megadeth?«, fragt er und tut gespielt entsetzt.

»Deine Ukulele heißt Megadeth?«

»Nach einer Metalband.«

»Das weiß ich«, sage ich lachend. »Bist du ein Fan?«

»Im Gegenteil. Aber Beth. Deswegen musste ich den Namen der Band für mich positiv besetzen. Also hab ich meine Ukulele so genannt.«

»Okay, ich glaube, das ist das Schrägste an dir. Absolut.«

»Das Schrägste, was du bis jetzt weißt.« Er hebt seinen Zeigefinger.

»Jetzt du. Was ist das Schrägste an mir?«

Er sieht mich an. Sein Blick wandert von meinem Gesicht über meinen Körper bis zu meinen Füßen. Es ist kein anzüglicher Blick, sondern ein forschender. »Dass du eine Real-Life-Elfe bist.«

Ich pruste in meine Tasse.

»Du kannst schon lachen. Aber ist eben so.«

»Hast du schon mal eine Elfe gesehen?«

»Vor heute nicht.«

»Woher weißt du dann, dass ich eine ›Real-Life-Elfe‹ bin?« Ich mache mit meinen Fingern Anführungszeichen, um ihm zu zeigen, wie albern er ist.

»Man weiß es, wenn man eine sieht.«

»Du spinnst.«

»Ist das jetzt noch schräger, als eine Ukulele Megadeth zu nennen?«

»Ähnlich schräg.«

»Wir finden schon noch etwas, das schräger ist.«

»Ist das das ausgerufene Ziel?«

Adair nickt. »Der Kapitalismus ist schuld. Immer mehr, weiter, besser. Schräger.«

Ich lache wieder. Mit Adair lache ich andauernd, sodass die wolkigen Gedanken tatsächlich in den Hintergrund treten.

Im Topf fängt die rote Soße, die entfernt etwas mit Tomaten zu tun hat, an zu blubbern. Adair nimmt den Topf vom Feuer und dreht das Gas aus.

»Essen ist fertig, Schatz«, sagt er. »Deckst du den Tisch?«

Für einen kurzen Moment hat er mich überrumpelt.

»War nur ein Scherz. Weil wir wie so ein altes Ehepaar ...«

»Ja, weiß ich schon.« Ehe er bemerkt, dass es mir peinlich ist, rutsche ich von der Anrichte, hole zwei Teller und stelle sie auf den kleinen, wackligen Holztisch in der Ecke.

Adair teilt die Ravioli gerecht auf und setzt sich dann zu mir. Seine Beine sind so lang, dass sie kaum unter den Tisch passen, und als er sie ausstreckt, tritt er aus Versehen gegen mein Schienbein.

»Entschuldige!« Ungelenk versucht er unter den Tisch zu schauen und stößt sich dabei den Kopf an der Tischplatte. Lachend reibt er sich die Stirn. »Was für ein Fail.«

Schließlich gelingt es ihm, seine Beine irgendwie unter dem Tisch unterzubringen, und wir essen eine Weile schweigend die Ravioli.

»Das Gute ist, dass man keine Energie aufs Kauen verschwenden muss. Das lässt viel Spielraum für andere Abenteuer«, ist das Erste, was Adair sagt.

Wieder muss ich eigentlich lachen, aber weil ich den Mund voll habe, schlucke ich das Glucksen hinunter.

»Dreizehn«, sagt er.

»Was?«

»Ich hab dich seit heute Nachmittag schon dreizehn Mal zum Lachen gebracht.«

Wieder sage ich: »Was?«, weil er einfach zu seltsam ist.

»Ja. Ich hab mitgezählt. Wobei es einmal nur ein halbes Lachen war. Als ich das mit der Damenbinde gesagt hab. Du hast dich noch ein bisschen dagegen gewehrt. Aber eigentlich zählt es.«

Ich blicke ihn an, schüttle den Kopf. Dieser Typ kann doch einfach nicht echt sein. Wer hat solche Ideen?

»Schräger als Megadeth?«

Dann nicke ich. »Ja, das ist schräger als Megadeth.« Und auf eine merkwürdige Weise schön.

»Und das Gute ist, manchmal hast du gelacht, obwohl ich es gar nicht beabsichtigt hatte. Das ist eigentlich fast das Beste. Wenn was Schönes passiert, ohne dass man damit gerechnet hat.« Er nimmt einen Schluck von seinem Champagner, und ich muss kichern.

»Vierzehn. Das ist doch einfach großartig!«

Ich schlucke das nächste Lachen hinunter, aber ein breites Grinsen vor Verblüffung bleibt.

Nach dem Abwasch fragt Adair: »Was machst du normalerweise, wenn du hier ganz allein bist? Also, wie vertreibst du dir die Zeit?«

»Hm. Mit normalen Sachen«, sage ich. »Ich mache Spaziergänge. Gehe mit den Füßen ins Meer, stricke ...«

»Also nur Alte-Leute-Kram?«

»Das ist doch kein Alte-Leute-Kram!«

»Da, wo ich herkomme, schon.«

»Du bist tatsächlich ein Real-Life-Snob«, sage ich. »Manchmal schaue ich Filme.«

»Hier gibt's kein Internet.« Adair runzelt die Stirn.

»Das nicht. Aber es gibt das hier.« Ich ziehe das weiße Bettlaken von dem sehr hässlichen Fernsehmöbel. Als Marigold mit dem Gedanken spielte, das Cottage regelmäßig zu vermieten – das war, ehe die Turtelmöwen auftauchten –, besorgte sie einen Fernseher und ein passendes Möbel. Doch weil sie den Anblick so scheußlich fand, hängte sie ein Laken darüber, gleich nachdem es aufgestellt war.

»Du bist eine Zauberin!«, sagt Adair und kniet sich sogleich vor die etwas mickrige DVD-Auswahl. »*Titanic, Moulin Rouge, Atonement, Love Story …* Okay, ich fürchte, es wird ein Liebesfilm.«

»Die DVDs sind alle von Jane Irvine, unserer ehemaligen Grundschullehrerin. Sie ist vor ein paar Jahren gestorben. Offenbar hatte sie eine geheime Leidenschaft für Liebesfilme. Ist vermutlich nicht dein Ding, oder?«

»*Mein Ding* ist eine ganze Bandbreite an Dingen.« Adair grinst. »Und am liebsten hab ich die ganze Bandbreite auf einmal. Singende Vögel, tanzende Kerzenständer, fliegende Teppiche, wilde Affenbanden …«

Ich sehe ihn fragend an.

»Ich hatte als Kind eine Nanny, die sich nicht unbedingt gern mit mir beschäftigt hat. Deswegen hat sie mich Nachmittag für Nachmittag vor den Fernseher gesetzt und einen Disney-Film eingeschaltet. Normalerweise macht man Disney-Filme für eine unrealistische Erwartung an die Liebe verantwortlich. Ich mache sie für eine unrealistische Erwartung an die Welt verantwortlich.« Er hält kurz inne, lacht dann leise. »Die ich wohl mit mir selbst kompensiere.«

Ich betrachte ihn. Und ja, ich glaube, ich sehe, was er meint. Die Buntheit, die Schrägheit, die Adair-heit …

»Also, nach was steht dir der Sinn?«, fragt er, immer noch auf dem Boden kauernd.

»In Ermangelung von Disney-Filmen glaube ich, mir ist heute Abend nach einem Liebesfilm«, sage ich glucksend.

»Das trifft sich ganz hervorragend.« Er wedelt mit der DVD-Hülle von *Titanic* und legt den Film ein.

Dann setzt er sich neben mich, wieder in den Schneidersitz, obwohl das mit seinen langen Beinen doch unmöglich bequem sein kann.

Der Kachelofen hat inzwischen das Haus in eine gemütliche Wärme gehüllt, dennoch breitet Adair eine alte, etwas ausgeblichene Wolldecke über uns, und mich überkommt eine ungeheure Behaglichkeit, die macht, dass ich mich ins Sofa kuschle und mit einem vorsichtigen Dauerlächeln auf den Lippen zusehe, wie sich Kate und Leo auf dem alten Röhrenfernseher immer näherkommen.

»Wurdest du schon mal gemalt?«, fragt Adair, als wir bei der Szene angekommen sind, in der Kate mit nichts weiter bekleidet als ihrer Kette von Leo gezeichnet wird.

»Haha, nee«, sage ich.

»Sollte man vielleicht mal machen.«

»Ist das dein Versuch, herauszufinden, wie eine Elfe unter ihren Klamotten aussieht?« Ich schnippe mit dem Finger gegen die Decke.

»Man könnte dich ja auch angezogen malen.«

»Man könnte oder du kannst?«

»Man könnte. Ich fürchte, ich habe leider kein Talent dafür.«

Dann schweigen wir wieder bis zu der Szene mit den beschlagenen Autofenstern. Eine wunderschöne Liebesszene und das perfekte Happy End für Leo und Kate. Wie selbstverständlich drücke ich auf die Fernbedienung, um den Fernseher auszuschalten.

»Hey! Was machst du da?«, fragt Adair. »Der Film ist noch längst nicht fertig!« Er greift nach der Fernbedienung, doch ich halte sie außerhalb seiner Reichweite. Für einen Moment kommen wir uns seltsam nahe, als er sich über mich beugt. Im nächsten Augenblick wird es ihm bewusst, und er zieht sich zurück.

»Ich will das fertigschauen«, sagt er.

»Aber es *ist* fertig.«

»Paisley!«

»Adair!«

»Der Film ist nicht zu Ende. Da kommt noch die ganze Sache mit dem Eisberg und dem Untergang. Erinnerst du dich?«

»Ich weiß nicht, wovon du redest.«

»Hey«, er dreht sich zu mir, setzt sich aufrecht hin. »Warum machst du das?«

Ich zucke ein bisschen unbeholfen mit den Schultern. Ich weiß, wie komisch sich das anhört, aber wir sind Fremde, und wenn wir schon dabei sind, herauszufinden, was das Schrägste an uns ist, kann er das wohl auch wissen. »Ich will ein Happy End. Und so ist es eins.«

»Also leugnest du einfach, dass es auch traurige Enden gibt?«, fragt er. »Obwohl das auch zur Geschichte gehört?«

»Zu meiner nicht«, sage ich.

»Okay, das ist krass.« Ich sehe, dass er nachdenkt.

»Schräger als die Real-Life-Elfe?« Weil er so ernst ist, will ich irgendwie die Stimmung wieder auflockern.

Langsam schüttelt er den Kopf, fährt sich mit der Hand

über die Haare. Sie sehen schön aus. Voll und weich. Und auf einmal ...

»Darf ich auch?«, entfährt es mir, dann beiße ich mir auf die Zunge. Warum habe ich das laut gesagt?

»Darfst du was?«

»Vergiss es. War dumm.«

»Fremde. Du kannst alles fragen.«

»Ich ... ähm ... wollte auch mal durch deine Haare fahren.«

Er lacht laut auf. »Bedien dich«, sagt er und hält mir seinen Kopf hin.

Mit den Fingern fahre ich einmal durch seine braunen Haare, und sie fühlen sich an, wie ich es mir vorgestellt habe. Ganz weich. »Danke«, sage ich, was die Situation nur noch blöder macht.

»Jederzeit. Hübsches Ablenkungsmanöver übrigens.«

»Das war kein ...«

»Was hat es mit den Happy Ends auf sich?«

Ich spiele an meinem Piercing herum. Dann sage ich: »Ich bin nicht gut darin, traurig zu sein.«

»Niemand ist gern traurig, oder?«, fragt Adair.

»Ja, aber bei mir ist es nicht wie bei anderen Leuten. Nicht so, dass man lieber fröhlich als traurig ist. Sondern so, dass ich es echt nicht ertragen kann.«

»Hmmm«, macht Adair. »Hat das auch was damit zu tun, dass immer alles so bleiben soll, wie es ist?«

Ich senke den Blick, nicke.

»Ist das gesund?«

Ich zucke mit den Schultern.

»Und was, wenn du traurig *bist*?«

»Dann komme ich hierher.« Mit diesen Worten erhebe ich mich und mache mich auf den Weg nach oben, die schmale Holztreppe hinauf, deren eine Stufe so vertraut knarzt.

8 »Ich habe nachgedacht«, sagt Adair am nächsten Morgen und fährt sich durch die braunen Haare, die vom Schlaf noch in alle Richtungen abstehen. Dass ich jetzt weiß, wie sie sich anfühlen, macht uns vermutlich ein bisschen weniger zu Fremden.

Adair hat mir eine blaue Emaille-Tasse mit starkem Schwarztee in die Hand gedrückt, und nun sitzen wir auf der Türschwelle in der Sonne, während eine dunkelgraue Wolkenfront vom Meer auf uns zurollt. Das Wetter kann sich hier innerhalb von Minuten ändern. Strahlender Sonnenschein im einen Moment, im nächsten gießt es wie aus Kübeln. Man ist den Launen der Natur ausgeliefert und kann nichts tun, als zu reagieren. Launen der Natur, Launen des eigenen Kopfs. Wolken, die kommen und gehen.

Unsere nackten Zehen spielen mit den kleinen, noch morgenfeuchten Grasbüscheln zwischen den Steinen. Es ist frisch, aber die wenigen Sonnenstrahlen, die man auf den Shetlands kriegen kann, wollen ausgekostet werden.

»Über Happy Ends.« Er sieht mich an. In der Sonne wirkt das Braun seiner Augen heller. Wie Haselnuss.

»Und?« Ein sanfter Wind spielt mit meinen Haaren, weht sie mir ins Gesicht, sodass sie meine Nasenspitze kitzeln.

»Woher weißt du, ob es das Ende ist? Also, woran machst du das genau fest?«

»Wie meinst du das?«

Eine der Turtelmöwen kommt mit einem lauten Schrei über uns hinweggeflogen. Sie kehrt nach Hause zum Nest zurück und macht dabei einen mörderischen Lärm. Adair duckt sich, und ich lache.

»Na ja, es könnte doch theoretisch noch weitergehen. Eine Katastrophe kann sich in etwas Schönes wandeln. Eine Veränderung kann erst wie etwas Schlechtes aussehen, und dann stellt sich heraus, dass es viel besser ist als vorher. Und gleichzeitig kann ein Happy End auch im echten Leben eine zweite Staffel nach sich ziehen, die dann schlecht ausgeht.«

So richtig habe ich noch nie darüber nachgedacht. Aber was Adair sagt, ergibt durchaus Sinn.

»Ich entscheide.« Denn das ist es wohl.

»Du entscheidest?« Sein Mund verzieht sich zu einem Lächeln. Wenn er lächelt, lächelt er so komplett, dass es mir völlig irre vorkommt. Nicht nur mit dem Mund. Oder mit den Augen. Oder mit dem Gesicht. Sein ganzer Körper lächelt. Die Bewegungen scheinen fröhlicher zu werden. Selbst die kleinen, die einem sonst nicht auffallen. Es ist, als würde er von innen strahlen.

»Ja, ich entscheide, was für mich das Ende ist.«

»Frei nach Oscar Wilde, wenn es nicht happy ist, ist es nicht das Ende? Ist das denn kompatibel mit der Welt?« Er streckt seine langen Beine aus, und ich folge ihnen mit dem Blick, der dann wieder zurückwandert. Adair sieht kurz nach dem Aufstehen verblüffend normal aus. Große Füße, dünne Beine, Boxershorts ohne komisches Muster, ein weißes T-Shirt.

»Meistens.«

»Und was ist, wenn nicht?«

Ich überlege. Bislang hat es immer funktioniert. Abgesehen von dieser einen alten Geschichte vielleicht, die mir in diesem Augenblick in den Sinn kommt. »Dann kriegt man halt mal ein F in Englisch oder so.«

Adair sieht mich verwirrt an. Was für sein Lächeln gilt, gilt auch für seine Verwirrung. Es ist, als würde jede Gefühlsregung seinen gesamten Körper in Besitz nehmen.

»Ich war richtig gut in der Schule. Aber einmal haben wir eine Kurzgeschichte gelesen, in der ein Soldat gehängt werden soll oder so. Das Seil reißt, und er schwimmt den Fluss hinunter, kann entkommen. Und am Ende kehrt er zu seiner Frau zurück.«

Adair sieht mich einen Augenblick lang völlig entgeistert an. Seine Augen sind in perplexer Amüsiertheit weit aufgerissen und funkeln nun wunderschön in der Sonne. Seine Mundwinkel zucken, dann beginnt er laut zu lachen. »Das ist nicht dein Ernst.«

»Doch.«

»Aber du weißt, wie es eigentlich ausgeht, oder?«

»Er umarmt seine Frau«, sage ich vollkommen überzeugt.

»Äh ... Ich verstehe, woher das F kam«, sagt Adair grinsend.

»*That's what she said.*«

»Was?«

»Nessa.«

»Wer ist Nessa?«

»Meine große Schwester. Sie hat das Gleiche gesagt. Sie wollte meinen Essay lesen, weil ich eigentlich gut in der Schule war und das F ein bisschen überraschend kam. Sie sagte, der Essay sei zwar gut, die Geschichte, die ich interpretiert hätte, jedoch eine völlig andere.« Ich zucke mit den Schultern. Ich fand es damals völlig übertrieben. Schließlich hätte es doch eigentlich darum gehen sollen, dass ich Argumente sauber aufbauen und zu Ende denken kann, was ich durchaus bewiesen hatte. Wen interessierte es da, dass ich an einer anderen Stelle aufgehört hatte zu lesen? Aber mein Englischlehrer sah das anders. Und Nessa offenbar auch. »Hast du Geschwister?«, frage ich, um das Thema von meinen Schwestern wegzulenken.

»Nope. Das gesamte Gewicht der Erwartung meiner Eltern lastet auf meinen Schultern. Und wo wir schon dabei sind, das Gewicht der Erwartung meiner Großeltern auch. Einfach klasse, wenn man genau ein Kind bekommt.«

Für ein paar Minuten sagt keiner etwas. Wir hängen beide unseren Gedanken nach. Und meine kreisen um ihn. Um den komischen Kerl neben mir. Um Adair. Denn einerseits ist er zwar das offenste Buch, das ich je kennengelernt habe, aber andererseits ist mir beinahe alles an ihm ein Rätsel.

»Weißt du, was ich nicht verstehe, Adair?«, frage ich. »Wie du, der du doch offensichtlich eine ziemlich genaue Vorstellung von dir selbst hast, dir vorschreiben lassen kannst, wie dein Leben auszusehen hat.«

»Gute Frage.« Er zieht seine Knie an die Brust und stützt sein Kinn darauf. »Ich glaube, es ist der Mangel an Alternativen. Und Leidenschaft.«

»Aber steht dir nicht die Welt offen?«, frage ich.

»Du meinst, ich könnte mir selbst ein eigenes Happy End schaffen?« Es freut mich, dass er meine Parameter verwendet.

»Du musst doch nicht hier sein, wenn dir Shetland zu blöd ist. Du musst keinen Job machen, der dir nicht gefällt. Die können dir das doch nicht vorschreiben. Du bist ein freier Mensch. Wie man sieht.«

»So wie du *An Occurrence at Owl Creek Bridge* einfach nicht zu Ende gelesen hast?« Er sieht aus, als würde ihn diese Vorstellung völlig aus dem Konzept bringen.

»Ja. Lies doch einfach nur so weit, wie du willst. Und dann verharrst du in diesem Glückszustand. Und mit lesen meine ich in diesem Fall leben.«

Er schüttelt kaum merklich den Kopf.

»Was?«

»Du sagst Dinge, die so überraschend sind, dass ich nicht weiß, wie ich darauf reagieren soll. Und das will was heißen.« Er lacht. »Normalerweise bin ich derjenige, der die Leute aus dem Konzept bringt. Und dann kommst du und ... keine Ahnung ... bringst mich zum Wanken. Ich weiß allerdings nicht, ob ich ausblenden kann, dass hinterher noch etwas passiert, weißt du?«

»Ich kann es.«

»Das kannst du wohl. Aber erstens« – er rempelt mich leicht mit seiner Schulter an – »ist Shetland in diesem Moment gar nicht mal so übel. Und zweitens habe ich wirklich nicht den blassesten Schimmer, was ich aus meinem Leben machen könnte.«

»Gibt's nichts, worin du gut bist?«

»In Gedanken.«

»Haha, du bist gut in Gedanken?«, lache ich.

»Im Sich-Gedanken-Machen.«

»Ich bin besser, wenn ich mir keine Gedanken mache. Wenn ich einfach lebe ohne schweren Kopf.«

»Und das kannst du einfach so?«

»Na ja ... Ich versuche es.«

Die Sonne ist von den Wolken inzwischen vollständig bedeckt, und der Wind hat deutlich aufgefrischt. Wenn ein Regenschauer naht, fühlt er sich ernster an, beinahe, als würde er uns warnen wollen. Er fährt tief ins Gras hinein, biegt die Büsche, rüttelt an den Fenstern. Und als die ersten großen Tropfen vom Himmel fallen, beeilen wir uns, nach drinnen zu kommen.

»Ist es okay, wenn ich kurz dusche?«, fragt Adair, und ich nicke, nehme mir mein Strickzeug und mache es mir auf der Couch bequem.

Die Regentropfen prasseln laut gegen die Fensterscheibe, der elektrische Wasserheizer rumort über mir, und dann hört man noch etwas anderes. Adair beginnt tatsächlich zu singen.

Ich lasse meine Hände sinken und blicke zur Decke. Ich stelle mir vor, dass er genau über mir steht, den warmen Wasserstrahl über seinen Körper laufen lässt, sich einseift und dabei singt. Ich weiß nicht einmal, warum mich das überrascht. Warum einen irgendetwas an diesem merkwürdigen Kerl überraschen sollte.

»*Oh, oobee doo, I wanna be like you-ou-ou, I wanna walk like you, talk like you, too-oo-oo*«, singt er, und mein Fuß wippt wie automatisch im Takt mit.

Ich lächle vor mich hin. Dieser Moment hat rein gar nichts mit meinen Ausflügen ins Cottage der letzten Jahre zu tun. Normalerweise war meine Zeit hier ein Rückzug in mich selbst. Ein Mit-mir-Ausmachen, ein Aus-dem-Weg-Gehen und Aus-dem-Sinn-Sein. Dieses Jahr ist es das genaue Gegenteil. Mit Adair, einem völlig Fremden, in diese intime Situation gestolpert zu sein ist das Gegenteil eines Rückzugs. Es ist eine ständige Herausforderung.

Statt die Dinge mit mir auszumachen, lasse ich sie raus. Statt Menschen aus dem Weg zu gehen, genieße ich seine Gesellschaft. Statt niemandem meine Gedanken aufzubürden, lege ich sie einfach vor ihn, vor seine nackten Füße, und er nimmt sie auf und macht etwas Adair-mäßiges daraus, von dem ich selbst noch nicht so recht weiß, was das eigentlich bedeutet.

»Give me the power of man's red flower, so I can be like you«, hört man von oben. Er hat eine schöne Stimme, eine kräftige. Er sollte mal zur Karaoke-Night im *Hideout* kommen.

Doch diesen Gedanken verwerfe ich sogleich wieder. Er kann dort nicht hin. Denn ich werde dort sein. Ich, Effie. Und ein Wiedersehen ist gegen die Regeln. Wir beide existieren nur in diesem Cottage-Kokon, der dem Regen und dem Sturm trotzt, in dem Adair unter der Dusche Disney-Lieder singt.

Er stellt das Wasser ab, und auf einmal kommt mir das Prasseln des Regens fürchterlich leise vor. Die Abwesenheit von Adairs Stimme ist stiller als absolute Stille.

Ich höre, wie er über den knarzenden Boden läuft. Wie er ...

Es tut einen lauten Krach.

»Autsch! Fuck! Verdammter Kackmist! Aaaargh!«

»Adair?«, rufe ich vorsichtig nach oben.

»Shit, shit, shit!«

»Adair? Ist alles okay?«

»Paisley? Ich glaube, ich brauche Hilfe. Verflucht, was ist das?«

Ich lege mein Strickzeug auf den Couchtisch und laufe die Treppe nach oben.

»Ich stecke fest«, sagt Adair nun. »Und ich trage dabei nur ein Handtuch untenrum.« Er klingt ein bisschen verzweifelt.

»Wie, du steckst fest?«

Ich schiebe die Badezimmertür auf, und da steht Adair mit nichts bekleidet als einem kleinen weißen Handtuch. Sein linker Fuß steckt im Boden.

Für einen kurzen Augenblick wehre ich mich gegen ein Lachen. Doch ich habe keine Chance, ergebe mich und pruste los. Es ist ein lautes Lachen, ein absolut freies, eins, das sich zu einem regelrechten Lachanfall steigert, den ich nicht unterbrechen kann. Ich halte mir den Bauch, weil es beinahe wehtut.

Jedes Mal, wenn ich denke, ich könnte mich beruhigen, sehe ich Adair an, wie er nackt dort steht, das Duschwasser tropft aus seinen Haaren auf seine Schultern, läuft über seine Brust, während er mich gleichermaßen hilflos und ungeduldig anblickt.

»Entschuldige«, presse ich unter enormer Anstrengung hervor. »Bitte, entschuldige. Ich ...« Doch ein erneuter Lachkrampf hält mich davon ab, weiterzusprechen.

»Freut mich sehr, dass dich meine Lage amüsiert«, sagt er und verschränkt die Arme vor der Brust. Dabei löst sich sein Handtuch, und ehe ich ihn in seiner ganzen Pracht erblicken kann, fängt er mit der einen Hand das Handtuch und hält sich die andere hektisch vor seinen Schritt.

Wieder muss ich lachen, und diesmal stimmt Adair mit ein. Sein Lachen klingt nach Galgenhumor, doch auch er kann sich kaum noch halten.

»Du ...«, sage ich in einem weiteren Versuch, Konversation zu machen – jedoch ohne Erfolg. Ich schüttle mich, kann mich gar nicht mehr beruhigen.

Doch dann sagt Adair irgendwann: »Bitte, Paisley, kannst du mir hier raushelfen?«, und während er das Handtuch um seine Hüften festhält, zwinge ich mich, durchzuatmen.

»Du bist auf die morsche Diele getreten«, stelle ich fest, als ich einigermaßen normal sprechen kann.

»Assassinen-Möwen, Dielen-Fallen, das ist ja lebensgefährlich.«

»Na ja, die Leute, die normalerweise hierherkommen, wissen, wo sie hintreten dürfen.« Ich knie mich vor ihn, sehr darauf bedacht, den Blick nicht zu heben.

Er ist tatsächlich komplett durch die Diele gebrochen. Sein Fuß steckt fest, und kleine Holzsplitter haben sich in seine Haut gebohrt. Er blutet an manchen Stellen, und schnell vergeht mir das Lachen.

»Tut es weh?«, frage ich und sehe demonstrativ am Handtuch vorbei zu ihm auf.

»Inzwischen schon. Am Anfang überwog der Schreck.«

Ich blicke von ihm an die Decke, an die Wand, die Wand hinunter und über den Fußboden zurück zu seinem Fuß.

»Hör mal, das ist jetzt nicht der Moment für Scham, okay? Was du siehst, siehst du. Ich will einfach nur hier raus.«

»Ähm ...« Ich weiß nicht, wie ich ihm sagen soll, dass es mir unangenehmer ist als ihm. Dann fällt mir ein, dass es zwischen uns nicht um das *Wie* geht. »Mir ist das unangenehmer als dir, glaube ich.«

»Warum? Ist doch mein Penis.«

»Ja, schon, aber ...« Ich kann ihm alles sagen. Es ist vollkommen egal. »Ich hab noch nie einen Real-Life-Penis gesehen. Und irgendwie ... ich finde, das sollte nicht der Moment sein.«

»Oh, okay«, sagt er überrascht.

»Warte, ich hab eine Idee.« Ich rapple mich vom Boden auf und hole aus dem Schlafzimmer den Rock, den ich gestern anhatte.

»Er hat einen Gummizug, du kannst ihn einfach über den Kopf ziehen.« Ich reiche ihn Adair.

»Und dass ich deine Röcke trage, ist also weniger unangenehm?« Doch er zieht sich den Rock ohne Widerrede über und schiebt ihn hinunter bis zu seinen Hüften. Das Handtuch fällt einfach auf den Boden.

»Besser«, sage ich und knie mich wieder vor ihn. »Okay, also, ich fürchte, ich muss die Diele komplett rausbrechen. Sonst wird's noch schmerzhafter.«

»Okay, dann mach das.« Adair nickt. »Wenn nötig, kannst du das ganze Haus um mich herum abbauen. Ich will nur echt hier raus.«

Unten neben dem Eingang steht ein Werkzeugkasten. Den schleppe ich nach oben, in der Hoffnung, ein Brecheisen oder etwas Ähnliches zu finden. Doch abgesehen von ein paar Schraubenziehern, ist nichts darin, was ich verwenden kann. Also versuche ich, mithilfe des größten Schlitzschraubenziehers die morsche Diele herauszuhebeln. Sie sitzt fester als erhofft, und ich muss mich ein paar Minuten richtig anstrengen. Schließlich geben die rostigen Nägel, die sie an Ort und Stelle halten, nach, und sie lässt sich am Ende einfach rausziehen.

Adair seufzt erleichtert auf, während ich seinen Fuß ganz vorsichtig mit der Hand aus seiner Falle dirigiere.

»Setz dich aufs Klo«, weise ich ihn an.

»Das wurde wirklich schnell sehr intim mit uns beiden. Bin mir nicht sicher, ob wir schon so weit sind. Oder ob wir jemals so weit sein sollten.«

»Haha. Auf den Klodeckel, damit ich mir deinen Fuß ansehen kann, du Dummkopf.«

»Wir sind zurück bei den Kosenamen.« Er grinst, lässt sich aber folgsam in meinem Rock auf der Toilette nieder.

In einer Schublade finde ich ein Nagelset mit Pinzette. »Das kann jetzt ein bisschen unangenehm werden.«

»Ach? Jetzt erst?«

»Du hast ein paar Holzsplitter unter der Haut.«

»Die sind im Moment auch schon relativ unangenehm. Meinen Segen hast du.«

Vorsichtig tupfe ich mit dem feuchten Zipfel eines Handtuchs die Kratzer und Aufschürfungen ab und bin erleichtert, festzustellen, dass es schlimmer aussieht, als es ist. Die Verletzungen sind nicht tief, und die Splitter sind Gott sei Dank alle nicht sonderlich groß.

»Tut das weh?«, frage ich, während ich mit der einen Hand vorsichtig Adairs Fuß in Position halte und mit der anderen den ersten Splitter herausziehe. Adair zuckt nicht einmal, jedoch blickt er demonstrativ an die Decke und schüttelt den Kopf.

»Sorry, dass du dich jetzt so intensiv mit meinen Füßen beschäftigen musst. Normalerweise warte ich damit bis zum dritten Date.«

»Ist das eine Regel?«

»Erstes Date: Kopf bis Bauchnabel. Zweites Date: Bauchnabel bis Knie. Drittes Date. Wade bis Fuß.«

»Dann ist das wohl das dritte Date.« Während ich den letzten Splitter entferne, schlucke ich. Ich hatte noch nie ein erstes Date, geschweige denn ein drittes. Und dann denke ich kurz an Erwin. »So, fertig.«

»Puh!« Adair stößt geräuschvoll die Luft aus.

»Ich würde es desinfizieren und verbinden.«

»Gibt's hier einen Verbandskasten?«

Ich nicke. Mehr als einmal hat Marigold mich hier verarztet, wenn ich mir das Knie aufgeschlagen hatte.

Aus einem kleinen Holzschrank hole ich Desinfektionsspray und sprühe Adairs Fuß großzügig ein. »Brennt's?«, frage ich.

»Kontinuierlich«, erwidert er.

Dann nehme ich einen Verband aus dem Schrank und wickle ihn vorsichtig um den lädierten Fuß.

»Kannst du laufen?«

Adair erhebt sich, belastet den Fuß. »Ja, funktioniert.« Er betrachtet das Loch im Fußboden. »Was machen wir damit?«

»Du machst jedenfalls einen Bogen drum, würde ich vorschlagen.«

»Ich zieh mir mal was an«, sagt er, rafft meinen Rock und macht einen demonstrativ großen Schritt über die fehlende Diele.

— 19. 6. —

Was passiert hier? Wie kann eine Person, die man vor einer Sekunde noch nie gesehen hat, auf einmal überall sein? Die Antwort lautet Paisley. Sie passiert. Sie ist passiert, und sie passiert immer weiter. Ich wüsste gern, wie sie wirklich heißt. Ob ihr echter Name genauso gut zu ihr passt wie ihr falscher Name. Ob sie weiß, wie besonders sie ist. Ob ich je das Gefühl ihrer Hände auf meinen Füßen vergessen werde. Ob es wehtut, wollte sie wissen. Als hätte ich Kapazitäten für Schmerz gehabt. Und ich sitze da und mache Witze, um zu überspielen, wie verrückt ich mich fühle. Da ist einfach keine Grenze mehr. Keine Peinlichkeiten. Kein Unwohlsein. Da ist einfach nur Offenheit. So etwas habe ich noch nie erlebt. Vertrauen aus dem Nichts, das wieder genau dorthin zurückführt. Ins Nichts. Nur dass wir dann andere sein werden. Oder ich zumindest. Denn wer Paisley einmal getroffen hat, kann wohl nie wieder in diesen Zustand davor zurückkehren. Man wird für immer jemand sein, der sie kennengelernt hat.

9   »Verletzter Fuß hin oder her, ich muss dringend einkaufen, sonst kriege ich Skorbut. Kommst du mit?« Adair zieht sich bunte Socken über die Füße, seine teuer aussehenden Lederschuhe stehen neben ihm.

»Nee«, sage ich.

»Weil du niemanden sehen willst?«

Ich nicke. Vierundzwanzig Stunden, und er versteht mich.

»Soll ich dir was mitbringen?«

»Ich hab alles dabei, was ich brauche.« Ich nicke Richtung Küche, wo ich meine Konserven säuberlich aufgereiht habe.

»Ja, nee, ich kann auch nicht riskieren, dass du Skorbut kriegst.«

»Skorbut?«

»Wenn man wegen Vitaminmangel Zahnausfall kriegt. Das bekamen die Seefahrer früher. Deswegen hatten sie dann irgendwann ein Fass Sauerkraut auf dem Schiff.«

»Ich weiß, was Skorbut ist, aber das kriegt man nicht so schnell.«

»Das Risiko ist mir trotzdem zu groß.« Er grinst. »Hab mich an deine Zähne gewöhnt.«

»Ich glaub allerdings nicht, dass Morrisons Sauerkraut hat. Und schon gar nicht im Fass.«

»Die Lagerung ist nicht entscheidend für die Wirksamkeit. Ich bring dir einen Apfel mit.« Er nickt entschlossen und versucht mit seinem verbundenen und bunt besockten Fuß in seinen engen Schuh zu schlüpfen. »Hm«, macht er. »Das ist ein bisschen ungünstig.« Obwohl er die Schnürsenkel lockert, passt sein verletzter Fuß nicht hinein.

»Neben der Tür stehen Gummistiefel«, sage ich.

»Gummi...« Adair sieht mich erschrocken an. »Ich habe in meinem Leben noch keine Gummistiefel getragen.«

»Ist das dein Ernst?«

Er zuckt die Schultern. »Ich war noch nie in einer Situation, die es erfordert hätte, richtig schlecht angezogen zu sein.«

»Du hattest bis vor einer halben Stunde noch einen Rock an«, erinnere ich ihn.

»Ja, aber wir sind immer noch in Schottland. Da gilt das gemeinhin als männlich.«

»Nicht, wenn der Rock bis zum Boden mit Silberfäden durchzogen ist.« Ich stehe auf und bringe ihm die gelben Herrengummistiefel. »Probier es aus.«

Er verzieht das Gesicht zu einer angewiderten Grimasse. »Kann ich den Rock noch mal sehen?«

»Jetzt stell dich nicht so an!«

»*Stell dich nicht so an.* Du hast leicht reden.«

»Meine Zähne fühlen sich schon ganz locker an. Ich glaube, du solltest diesen Apfel wirklich schnell holen.«

Seufzend hebt er mit zwei Fingern einen Gummistiefel hoch und begutachtet ihn. »Hardcore«, sagt er, dann stellt er ihn ab und schlüpft hinein. Er runzelt die Stirn. »Wie viel Platz man da hat! Die drücken gar nicht.« Er zieht sich auch den zweiten Stiefel an und steht auf. Geht ein paar Schritte. »Was ist das?«

»Praktikabilität nennt man es, glaube ich.«

»Hässlich wie die Nacht« – er wackelt mit seinem Bein – »aber heilige Scheiße, die sind bequem!«

»Sie wären weniger hässlich, wenn du nicht einen fliederfarbenen Anzug dazu tragen würdest«, sage ich lachend.

»Wenn überhaupt, wertet er sie auf«, erwidert Adair mit erhobenem Zeigefinger. »Glaubst du, Füße sind wie Aquariumsfische?«

»Hä?«

»Die werden nur so groß, wie das Aquarium erlaubt. Was, wenn meine Füße jetzt anfangen zu wuchern?«

»Was, wenn sie anfangen, zu heilen?« In gespieltem Entsetzen schlage ich mir die Hände vor den Mund.

Adair sieht mich an und schmunzelt. Dann tut er einen Schritt, einen albernen, viel zu langsamen, viel zu großen. Dann noch einen. »Silly Walk in Gummistiefeln. Rechne nicht vor dem Abendessen mit mir, Paisley. Das ist eine Once-in-a-Lifetime-Chance für mich. Ich werde alles rausholen.«

Mit diesen Worten verlässt er das Haus.

Doch im nächsten Moment ist er zurück.

»Die Turtelassassinen«, erinnert er mich, und ich lache.

»Nimm die gelbe Regenjacke von der Garderobe, dann denken sie, du bist Marigold.«

Er blickt sich skeptisch um.

»Oder renn.«

»Ja, ja, schon okay, ich zieh sie ja an.« Doch während er sich in Marigolds Ölzeug kleidet, sieht er mehr als unglücklich aus.

Ich recke den Daumen in die Höhe, und er wagt einen weiteren Versuch, an den Turtelmöwen vorbeizukommen.

Ich schiebe den weißen Vorhang ein Stück zur Seite und spähe hindurch, nur um sicherzugehen. Und tatsächlich, nicht nur lassen sie ihn in Ruhe, er setzt außerdem seinen Silly Walk von gerade eben fort! Rechtes Bein langsam hoch, ausstrecken, Fuß abstellen, linkes Bein langsam hoch … bis er beim Gartentor angekommen ist. Er dreht sich um, sieht mich hinter dem Vorhang, grinst breit und tippt sich mit zwei Fingern gegen die Stirn. Er wusste, dass ich ihm nachsehe, schießt es mir durch den Kopf, doch es ist mir nicht eine Sekunde lang peinlich. Ich werde nicht einmal rot. Es ist einfach egal, ob er mich ertappt hat, und das ist vielleicht das freieste Gefühl von allen. Statt unangenehme Hitze im Gesicht spüre ich eine zufriedene, ruhige, schöne Hitze in meinem Bauch. Eine Hitze, die absolutes Wohlgefühl oder Gemütlichkeit oder Sicherheit bedeutet. Und mit diesem Gedanken nehme ich mein Strickzeug von gestern Abend wieder auf und lasse mich vom regelmäßigen Klappern der dicken Nadeln einlullen. Merke, wie sich mein Kopf entspannt, während meine Finger beschäftigt sind. Und wie ich mich frage, ob es visuelle Ohrwürmer gibt. Denn ich werde Adairs Grinsen nicht los. Es steckt in meinem Kopf fest. Und dann wird mir klar, dass er den Silly Walk für mich gemacht hat. Nicht für sich. In dem Wissen, dass ich ihm zusehe. Um mich zum Lachen zu bringen. Wie süß das ist … Den Spaß von jemand anderem über die eigene Eitelkeit zu stellen. Das ist selbstlos, oder? So richtig selbstlos.

Die Stricknadeln nehmen Faden auf, ziehen ihn durch die Schlaufe, formen eine neue Masche. Und noch eine. Und noch eine. Immer weiter.

Nessa ist auch richtig selbstlos. War immer für uns da, hat die eigenen Bedürfnisse hintangestellt, damit Fiona und ich es gut hatten. Fast hätte ich es verkackt an diesem einen Tag. Aber ich habe mich zusammengerissen und die Kurve gekriegt, damit alles bleibt, wie es war. Damit wir nicht noch jemanden verlieren. Sie hat es so verdient, glücklich zu sein. Sie und Fiona. Sie beide. Wenn meine Schwestern glücklich sind, kann ich auch glücklich sein. Vor allem, wenn Adair seinen Silly Walk macht. Dann kann man auch glücklich sein. Wenn sich allerdings Gedanken einschleichen, die nicht so ganz dazu passen ...

»Heeeey, was ist denn mit dir passiert?«

Adair findet mich wie das Häufchen Elend, das ich bin, weinend auf dem Sofa. Dabei will ich gar nicht weinen. Aber manche Dinge sind einfach so traurig, so schwer zu ertragen, so herzzerfetzend düster, dass einfach Tränen aus den Augen sprudeln. Tränen spülen visuelle Ohrwürmer einfach raus.

Trotzdem wische ich mir hektisch die Tränen aus dem Gesicht. Ich weine nicht vor anderen. Ich bin die, die die Laune hebt, nicht die, die sie drückt.

»Das ist nur ... mir ist was ins Auge ...« Doch meine Stimme klingt so richtig dämlich. So richtig hundserbärmlich. Und fast muss ich wieder losheulen.

»Ja sicher«, sagt Adair leise, nimmt mir das Strickzeug aus der Hand, das seit einer gefühlten Ewigkeit vollkommen stumm auf meinem Schoß ruht, und setzt sich neben mich. »Na komm.« Er legt seinen Arm um mich und drückt meinen Kopf sanft an seine Schulter. Wie vertraut kann ein anderer Mensch nach so kurzer Zeit eigentlich sein? Sogar sein Geruch kommt mir vorsichtig bekannt vor. Ein guter Geruch. Ein gepflegter, leicht herber Duft, der macht, dass ich mein Gesicht noch ein bisschen tiefer in sein viel zu buntes Hemd graben will.

»Willst du drüber reden?« Seine Stimme vibriert an meinem Kopf.

Reflexartig schüttle ich den Kopf. Denn nein, ich will nicht darüber reden. Darüber reden bedeutet, es nie wieder zurücknehmen zu können. Doch dann fällt mir auf, dass das hier Adair ist. Und es ist völlig egal, mit welchen Augen er mich sieht. In ein paar Tagen wird er mich vergessen haben. Deswegen kann ich sehr wohl mit ihm darüber reden, auch wenn meine Stimme verheult klingt und macht, dass ich mich noch elender fühle. »Oder vielleicht doch«, murmle ich.

»Gute Entscheidung.« Und dann passiert etwas völlig Unerwartetes. Etwas Schönes, Selbstverständliches, das doch so unwahrscheinlich ist, dass ich für einen kurzen Augenblick erstarre vor ... vor ... vor ... innerem Lächeln? Denn Adair beugt sich zu mir hinunter, nähert sich mit seinem Gesicht, legt seine Lippen auf mein Haar und presst dann einen richtigen Kuss auf meinen Scheitel, als wäre es das Normalste auf der Welt. Ich spüre seine Lippen nicht durch meine Haare hindurch, aber was ich sehr wohl merke, ist, wie weich sie sind. Und wie warm. Das Selbstbewusstsein, nein, die Selbstverständlichkeit, mit dem er mich küsst, erfüllt mich erneut mit dieser Wärme namens Sicherheit.

»Manchmal ... da geht's irgendwie mit meinen Gedanken durch«, beginne ich und schlucke dann, weil meine Stimme so dünn klingt.

»Wenn sich dein Geburtstag nähert«, sagt Adair.

»Ja.«

»Weil das der Todestag deiner Mum ist.«

»Ja.«

»Und du fühlst dich schuldig.«

»Nein.« Mit gerunzelter Stirn löse ich mich von ihm und sehe ihn direkt an. »Das ergibt doch gar keinen Sinn. Das wäre doch bescheuert. Ich kann schließlich nichts dafür. Es ist ja nicht so, als hätte ich mich gegen meine Geburt entscheiden können. Ich hab ja nicht drum gebeten, oder? Das war die Natur.«

Adair sieht mich überrascht und auf gewisse Weise beeindruckt an. »Oh. Ich dachte irgendwie, das wäre das Narrativ. Dass du dich schuldig fühlst und ich dir die Augen öffne, indem ich dir genau das sage, was du aber ...« – er sieht mich so richtig tief an, tief in mich hinein, mit einem Blick, der alles, wirklich alles besser macht – »... ohnehin schon weißt, wie es aussieht.«

Durch das warme Gefühl, das seine Haselnussaugen in mir auslösen, fängt sich meine Stimme langsam wieder. »Nee, das ist leider etwas komplexer, fürchte ich.« Die Art, wie Adair über Dinge spricht, diese völlige Normalität und die Abwesenheit von Scheu, die macht, dass man einfach alles sagen kann, beruhigt mich.

»Try me!«

»Also ... ähm ... ich weiß halt nicht, ob die Menschen um mich herum nicht lieber meine Mum statt mich gehabt hätten. Weißt du? Wenn sie entscheiden könnten. Denn damit fing schließlich die ganze Traurigkeit um uns herum an. Und das ist ein Gedanke, den ich normalerweise ganz gut wegschieben kann, weil ich mal wo gehört habe, dass man sich selbst und der Welt gute Laune machen kann, wenn man lächelt. Und das mache ich das ganze Jahr lang.« Für mich, allerdings auch für Fiona und Nessa. »Aber wenn sich dann mein Geburtstag nähert, werden meine Mundwinkel ganz schwer, und ich krieg nur noch so ein gequältes Lächeln hin.«

»Zeig mal«, sagt Adair, sein Blick ruht immer noch auf mir. Voller Verständnis, voller Mitgefühl. Und obwohl ich das eigentlich nicht gut vertrage, mag ich es bei ihm.

Ich zwinge mich zu einem mühsamen Lächeln, und er grinst.

»Creepy.«

»Und sie werden schwer, weil ich mich frage, ob sie mich eintauschen würden, wenn sie die Möglichkeit hätten. Egal, wie viel gute Laune ich versprühe. Ob ich ihnen all den Kummer und all die Arbeit wert bin. Ob ich ihr Happy End wäre.«

»Die Frage stellt sich nicht, weil die Möglichkeit nicht real ist.«

»In meinem Kopf sind die Gedankenspiele sehr real.«

»Okay.« Er denkt einen Moment lang nach. »Ich kenne deine Mum nicht ...«

»Ich auch nicht.« Es soll ein Witz sein, ist aber wohl ein bisschen makaber.

»... und dich kenne ich erst seit Kurzem.« Er geht einfach über meinen Kommentar hinweg. Gott sei Dank. »Aber du kannst dir sicher sein, dass ich in diesem Moment lieber mit dir hier bin als mit einer fremden Frau, die doppelt so alt ist wie ich.«

»Hey, disst du gerade meine tote Mum?«, frage ich mit einem erleichterten Kichern.

»Du disst dich selbst, Paisley. Da muss man härtere Geschütze auffahren, fürchte ich.« Er sagt den Namen Paisley so sanft. Beinahe meine ich, seine Stimme bekommt einen tieferen, wärmeren Klang, und für einen kurzen Moment frage ich mich, wie es klänge, wenn er »Effie« sagen würde. Und wie es wohl klänge, wenn ich seinen echten Namen sagen würde.

»Adair.« Ich weiß nicht einmal, warum ich es laut ausspreche. Wahrscheinlich in Ermangelung der echten Alternative.

»Das ist mein Name«, sagt er, und ich muss lachen.

»Von wegen.«

Jetzt ist er derjenige, der lacht. »Geht's dir besser?«

»Glaub schon.« Ich nicke. Höre in mich hinein. Die traurigen Gedanken sind leiser. Fast kann ich sie nicht mehr hören. Adair hat die Wolken vertrieben.

»Das war übrigens nur die halbe Wahrheit, dass ich lieber mit dir hier wäre als mit einer Fremden«, sagt Adair. Ich glaube, er wird ein bisschen rot.

»Es hat ohnehin nicht so viel Sinn ergeben.«

»Wie meinst du das?«

»Na ja, als ich vor der Tür stand, war ich ja einfach eine Fremde. Also hätte da jemand anders gestanden ...«

»Da stand niemand anders.«

»Ja, aber wenn ...«

»Paisley, *du* warst da.«

»Aber es hätte auch jemand anders sein können.«

»Ich bin mir trotzdem sicher, dass ich mit niemandem lieber hier wäre. Und das ist nämlich die ganze Wahrheit.«

Er schaut mich an aus hellbraunen Augen, die Mundwinkel leicht nach oben gezogen, den Blick ernst und amüsiert zugleich. Ich sehe von seinen Augen auf seine Lippen und erinnere mich an das Gefühl von Wärme auf meinem Scheitel.

»Kannst du ...« Ich schlucke. »Kannst du das vielleicht noch mal machen?«

»Was meinst du?«

»Mit deinen Lippen auf meinem Kopf ...« Es ist mir ein bisschen peinlich, doch das Gefühl war so schön. Viel zu schön. Insbesondere, wenn man bislang vor allem von Marigold auf den Kopf geküsst wurde. Was auch schön war, weil es immer zum richtigen Zeitpunkt kam, aber das hier ist so ... nervenaufreibend flatterig.

»Ähm, okay«, sagt er, und ich glaube, er wird wieder ein bisschen rot. Ich wohl auch. Denn ich spüre, wie Wärme meinen Hals hinaufkriecht.

Bevor Adair die verräterischen roten Flecken sieht, die ich

bekomme, wenn ich nervös bin – muss irgendwas Geneti-
sches sein, denn Nessa und Fiona haben das auch –, senke
ich meinen Kopf wieder in Richtung seiner Brust.

Adair legt seine Arme um mich, zieht mich zu sich, als
wäre es das Normalste auf der Welt, und küsst mich wieder
auf mein orangerotes Haar. Und damit sind die Gedanken
nicht nur leiser, sondern sie sind einfach verstummt. Übrig
bleibt nichts als Wärme.

Effie mit sieben Jahren

10 »Vorsicht, Effie«, sagt Joseph, der ein Tablett mit leeren Gläsern balanciert, weil er beinahe über sie gestolpert wäre. Sie ist zwar in letzter Zeit mächtig gewachsen, aber man gewöhnt sich eben nicht daran, dass ein Mädchen abends alleine in den Pub kommt. »George, Besuch.«

Ihr Dad dreht sich auf dem Barhocker um. Es ist immer derselbe Platz. Es ist immer das gleiche dunkelbraune Stout, das vor ihm steht. Und sein Blick, dieser traurige Blick, ist auch immer derselbe.

»Ach, mein kleines Mädchen«, sagt er mit einem Seufzen, stellt wie jedes Mal, wenn sie kommt, einen Barhocker neben sich und hilft ihr hoch.

»Krieg ich eine Limonade?«, fragt sie an Joseph gewandt. Er spült hinter der Bar, macht sich jedoch sofort an ihre Bestellung.

»Konntest du nicht schlafen?« Ihr Dad versucht sie anzusehen, aber wie jedes Mal muss er sich gleich wieder abwenden. Wenn er Effie sieht, sieht er Schmerz. Zumindest wirkt sein Gesicht dann so. Deswegen will sie für ihn eigentlich immer noch breiter strahlen. Auch wenn es manchmal nicht geht.

Sie nickt.

»Die Traurigkeit?«, fragt er, und wieder nickt sie.

Sie hat das manchmal. Dass sie abends im Bett liegt und so traurig wird, weil ihr Dad nicht da ist. Weil Nessa ihr und Fiona zwar noch etwas vorgelesen hat, was ja nett ist, aber es ist nicht dasselbe wie bei den anderen Kindern. Bei Erwin beispielsweise. Oder bei Lynn. Die haben eine Mum und einen Dad. Und beide sind immer zu Hause. Bei den Linklaters gibt es nur noch den Dad, und der ist nur selten da. Wenn, dann ist es schön, aber es ist auch so zerbrechlich, dass man es nicht richtig genießen kann. Nur an den Abenden, an denen Effie sich rausschleicht, ist die Nähe zu ihrem Dad richtig echt.

»Du und ich, Effie-Kind, wir sind aus dem gleichen Holz geschnitzt«, sagt ihr Dad. Das macht sie ziemlich stolz, weil es bedeutet, dass da etwas ist, das nur sie und ihr Dad miteinander teilen. »Deswegen musst du auf dich aufpassen, ja?«

Das will Effie unbedingt. »Ja.«

»Du musst aufpassen, dass du nicht so endest wie dein alter Herr«, fährt er fort, und auf einmal wird ihr ganz kalt. Kalt von innen. »Denn das ist wirklich kein Leben.«

»Wieso nicht?«, fragt sie ganz piepsig und klammert sich an ihrer Limonade fest.

»Weil da keine Freude mehr ist. Weil da kein Lächeln mehr ist.« Er sieht sie aus seinen traurigen Augen an, und sie versteht. Sie will kein Leben ohne Freude und ohne Lächeln. Sie versucht es. Jetzt und hier. Ein Lächeln. Sie schenkt es ihrem Dad, und der nickt. »So ist's gut«, sagt er. »Verlern es nicht so wie ich.«

Sie schüttelt den Kopf. Nie will sie verlernen zu lächeln. Denn ihr Lächeln kann die Welt glücklicher machen. Das hat sie nicht vergessen.

»Du und ich, Effie. Du und ich.« Er klingt müde. Aber immerhin ist sie da. Das ist gut. Das ist doch auch gut für ihn, denn so weiß er, dass jemand an ihn denkt. Nessa und Fiona denken auch an ihn. Vielleicht sollte sie ihm das sagen. Vielleicht würde ihm das helfen.

»Wir vermissen dich, Dad«, sagt sie, und als sie zu ihm aufblickt, sieht sie, dass eine Träne aus seinem Auge kullert. Sie hat noch nie einen Erwachsenen weinen sehen, und deswegen erschrickt sie jetzt umso mehr. Ist es ihre Schuld? Hätte sie ihm das nicht sagen sollen? Dass ihre Mutter als Thema tabu ist, weiß sie. Davor hütet sie sich. Aber vielleicht inzwischen auch die Schwestern?

»Ich weiß, mein Schatz«, sagt ihr Dad. »Ich weiß es.«

Er zieht sie an sich in eine feste Umarmung. So fest, dass es beinahe *zu* fest ist. Dennoch ist es schön, weil es bedeutet, dass er da ist.

»Jo?« Ihr Dad klopft auf den Tresen. »Ich zahl das ein andermal. Muss jetzt nach Hause.«

Effie traut ihren Ohren nicht. Doch tatsächlich, ihr Dad steht auf. Er hebt sie hoch und trägt sie aus dem *Hideout.* Er trägt sie die Straße entlang und dann weiter. Links, rechts, links, rechts. Er muss der stärkste Mann der Welt sein, weil er sie den gesamten Weg nach Hause trägt. Dabei hält er sie fest.

Als sie zu Hause sind – Effie hat inzwischen einen eigenen Schlüssel und muss deswegen die Tür nicht mehr offen lassen, auch dafür hat ihr Dad gesorgt –, trägt er sie nach oben. Aber statt sie in ihr eigenes Bett zu legen, bettet er sie neben sich. Bald geht sein Atem regelmäßig, doch Effie schläft die ganze Nacht nicht. Sie ist aufgeregt. Ihr Dad ist nach Hause gekommen. Er ist mit ihr gekommen. Weil sie aus dem gleichen Holz geschnitzt sind.

11 »Ich weiß, du feierst deinen Geburtstag nicht«, sagt Adair, während er die Einkäufe in die Küche trägt. »Ich würde allerdings gern.«

Ich sehe ihn verwirrt an. »Was?«

»Ich würde dich gern feiern.«

»Äh ...«

»Niemand erwartet von dir, dass du eine große Party schmeißt, wenn dir nicht danach ist. Aber von mir kann man auch schlecht erwarten, dass du in eine Tasse blutend und lach-weinend in mein Leben stolperst und ich das dann einfach so ignoriere.«

»Was redest du?« Ich stehe vom Sofa auf und stelle mich in den Türrahmen zur Küche. Adair hat mir den Rücken zugewandt und legt die Einkäufe auf die Anrichte. Ohne sich umzuwenden, wirft er auf einmal einen Apfel in meine Richtung. Ich bin so überrascht, dass ich die Hände hochreiße und ihn tatsächlich fange, ehe er mir voll gegen die Lippe knallt.

»Das hätte ins Auge gehen können«, sage ich leicht tadelnd, weil ich immer noch nicht weiß, was er vorhat. »Ich dachte, mit den Äpfeln beugen wir Zahnausfall vor. So führst du ihn eher herbei.«

Er dreht sich um. »Ich wusste, du würdest ihn fangen.«

»Und woher? Ich war in der Schule richtig schlecht mit Bällen.«

»Ich war in der Schule richtig schlecht mit Menschen. Aber ich habe das Gefühl, dass es mit uns beiden ganz gut klappt, oder?« Er grinst.

»Was hat denn das eine mit dem anderen zu tun?«

»Du hast den Apfel gefangen.«

»Ja schon, aber ...«

»Zeiten ändern sich.«

»Aber das hat doch nichts ...«

»Und deswegen feiere ich dich auch.«

Für einen Moment bleibt mein Mund offen stehen.

»Du musst nicht mitmachen, wenn du nicht willst. Ich für meinen Teil backe jetzt einen Red Velvet Cake und stelle Kerzen drauf.«

»Red Velvet Cake?« Er hat sich das gemerkt?

»Mein Lieblingskuchen.«

»Und meiner«, sage ich leise.

»Weiß ich.« Er öffnet den Kühlschrank und stellt eine Flasche Sekt und verschiedene andere Lebensmittel hinein. »Es muss nicht mal eine fröhliche Feier sein. Wir können auch einfach traurig dasitzen und Kuchen in uns reinfressen. Aber, Paisley, morgen hast du Geburtstag, und ich für meinen Teil bin froh, dass es dich gibt.«

Ich schlucke. »Okay.«

»Okay, wir feiern? Okay, wir sind traurig? Okay, wir essen jede Menge Kuchen?«

»Ist alles drei in Ordnung?«

Er strahlt mich an, nimmt einen weiteren Apfel aus der

Tüte. »Das ist sehr in Ordnung.« Noch ein Apfel. Und noch einer. Und dann beginnt er mit ihnen zu jonglieren. Einfach so, hier in der Küche. Ich sehe ihm zu, wie er die Bewegungen koordiniert, den Blick immer auf den höchsten Apfel gerichtet.

»Wow«, sage ich mit einem Glucksen. Alles ist so leicht mit ihm.

Nacheinander fängt er die Äpfel auf und verbeugt sich dann spielerisch. »Jetzt du.«

»Was?« Doch ich habe keine Zeit für Verwunderung, weil er mir erst einen, dann einen weiteren Apfel zuwirft. Den einen kann ich gerade so fangen, der andere fällt auf den Boden.

»Das üben wir noch«, sagt Adair, schnappt sich den Apfel vom Boden und beißt hinein. »Die vom Boden muss man gleich essen, sonst fangen sie an den Druckstellen an zu gammeln.«

»Sie hätten keine Druckstellen, wenn du sie nicht werfen würdest«, gebe ich zu bedenken.

»Sie hätten keine Druckstellen, wenn du sie fangen würdest. Aber zwei von drei ist ein ganz guter Schnitt, dafür, dass du in der Schule nicht gut mit Bällen warst.«

»Du bist ein bisschen irre.«

»Und das ist etwas Gutes.«

Und ja, das ist es.

Auf der Anrichte beginnt Adairs Handy zu vibrieren. Er blickt aufs Display, und sein Gesichtsausdruck verfinstert sich.

»Wer ruft dich dauernd an?«, frage ich.

»Mein Vater. Mein Chef.« Er drückt den Anruf weg. »Aber ich habe Urlaub, deswegen: Hast du schon mal Red Velvet Cake gebacken?« Er blickt auf die Parade aus Lebensmitteln, die er aufgestellt hat.

»Nein.«

»Mist. Na ja, dann geben wir einfach unser Bestes.«

Ich stelle mich neben ihn. Vor ihm, sauber aufgereiht, stehen Zucker, Mehl, Butter, ein Becher Buttermilch, Puderzucker, Frischkäse, Eier, Lebensmittelfarbe. Aus einer der Tüten zieht er schließlich noch eine Zitrone.

»Also dann ...« Er klatscht in die Hände. Dann zieht er sein Sakko aus und krempelt die Ärmel seines Hemdes nach oben. »Sehe ich etwa nicht wie jemand aus, der alles schaffen kann?« Er zeigt mit dem Daumen auf sich. Dann entsperrt er sein Handy und liest vor. »*Schlagen Sie Zucker, weiche Butter und Salz auf höchster Stufe schaumig.* Keine Sorge, das werde ich.« Er blickt sich um, und weil ich mich in der Küche besser auskenne, reiche ich ihm eine Rührschüssel. In einer Schublade finde ich ein altes handbetriebenes Rührgerät, das vermutlich das letzte Mal in den Sechzigern verwendet wurde.

»Höchste Stufe könnte eine Herausforderung sein«, sage ich.

»Meine leichteste Übung.« Er nimmt mir das Rührgerät aus der Hand und betrachtet es eingehend. »Wie genau funktioniert das?«

Lachend zeige ich ihm, dass er an der Kurbel drehen muss, damit sich die gegenläufigen Quirle drehen.

»*Geben Sie nach und nach die Eier hinzu.* Also gut. Ich quirle auf meiner höchsten Stufe, Sie geben nach und nach die Eier hinzu, Paisley. Klingt das annehmbar für Sie?«

»Sehr annehmbar.«

Adair gibt die Zutaten in die Schüssel und beginnt die Kurbel zu drehen. »Es ist in etwa so spaßig, wie es aussieht«, sagt er, während die Schüssel unter seinem Quirlen hierhin und dorthin wandert, sodass ich sie festhalten muss. »Ich fürchte, für dieses Rezept muss man eigentlich zu dritt sein. Einer quirlt, einer hält die Schüssel, einer gibt die Eier hinzu.«

»Und ich fürchte, wenn das deine höchste Stufe ist, stehen wir morgen noch da«, sage ich.

»Echt? Schneller?« Er quirlt schneller und noch schneller. Sein Gesichtsausdruck ist gequält, aber er sagt nichts.

Dadurch, dass ich die Schüssel mit beiden Händen festhalte, sind wir uns ziemlich nah, und mehr als einmal streift Adair meinen Oberarm. Es ist schön in seiner Nähe. Die Vertrautheit von vorhin ist nach wie vor spürbar, und ich habe fast das Gefühl, als wäre sie jetzt einfach für immer da. Oder zumindest für die nächsten paar Tage.

»Gib mal nach und nach Eier dazu«, sagt er und unterbricht das Quirlen. »Muss eben meine Hände ausschütteln.«

Und während ich ein Ei in die Masse schlage, tut er genau das.

»Soll ich übernehmen?«, frage ich.

»Und ich soll dann für das nach-und-nache Hinzugeben der Eier verantwortlich sein? Nee, das ist mir zu heikel. Nach-und-naches Irgendwas ist nicht mein Ding. Ich bin mehr so der Typ für ganz oder gar nicht.«

Ich grinse und zucke mit den Schultern. Aufs Quirlen bin ich ohnehin nicht sonderlich erpicht, vor allem, weil der Griff relativ scharfkantig aussieht.

Nacheinander schlage ich die Eier in die Schüssel, während Adair quirlt, und obwohl es mit einem elektrischen Rührgerät deutlich schneller gehen würde, haben wir am Ende tatsächlich eine homogene Masse.

»*Mischen Sie das Mehl mit Backpulver und Kakao, und rühren Sie es abwechselnd mit der Buttermilch in den Teig.* Okay. Du machst das Abwechselnde, ich das Rührende.«

In einer weiteren Schüssel mische ich die restlichen Zutaten, und dann gebe ich abwechselnd Buttermilch und Mehl-Kakao-Backpulvermischung in die andere Schüssel, bis ein Teig daraus entstanden ist.

»Zuletzt färben Sie den Teig mit Lebensmittelfarbe rot, füllen ihn in eine Form und streichen ihn glatt. Hau rein!«, fordert er mich auf, und ich öffne die rote Lebensmittelfarbe und gebe zwei Teelöffel davon in den Teig. Adair rührt, und schnell ist die hellgelbe Masse mit dunkelroten Schlieren durchzogen. Ein marmoriertes Muster entsteht.

»Wow, das ist wunderschön!«, sage ich.

»Ja, oder?«, fragt Adair, doch statt auf die Marmorstruktur im Teig zu blicken, sieht er einfach nur mich an und lächelt.

Wir füllen den Teig in eine leicht verbeulte Springform und stellen sie für vierzig Minuten in den vorgeheizten AGA-Herd.

»Für das Frosting.« Adair blickt wieder auf sein Handy. *»Schlagen Sie Puderzucker und weiche Butter schaumig.* Damit haben sie es echt, oder? Weiche Butter mit irgendwas schlagen. Was hast du nur getan, dass dich das Rezept so hasst?« Adair untersucht das angebrochene Butterpäckchen genauer. »Sieht doch eigentlich ganz harmlos aus.« Damit bringt er mich wieder zum Lachen, und das Lachen, das in Adairs Anwesenheit die ganze Zeit in mir steckt, macht, dass ich ihn am liebsten umarmen will. Mit ihm habe ich nicht einmal Kapazitäten, darüber nachzudenken, dass ich eigentlich traurig bin. Mit ihm bin ich ... fröhlich.

Ich würde gern Danke sagen. Für das alles. Dafür, dass er mit mir hier ist, dafür, dass er lustig ist, dafür, dass er mich in ungefähr jeder Sekunde mit irgendwas überrascht, sodass ich keine Zeit habe für was anderes als Überraschung und Fröhlichkeit. Und dann – mache ich es einfach.

»Danke.«

»Hm?«

»Danke.«

»Wofür denn?« Er hört kurz auf zu quirlen und sieht mich an.

»Dafür, dass du ...« Kurz zögere ich wieder, aber es ist egal. Ich kann es einfach sagen. Ihm ins Gesicht sehen und aussprechen, was ich denke. »Dafür, dass du mit mir hier bist. Und lustig bist. Dafür, dass du mich dauernd mit irgendwas überraschst, sodass ich keine Zeit habe für was anderes als Überraschung und ... Fröhlichkeit.« Das Letzte sage ich etwas leiser.

Adair sieht mich nach wie vor unverwandt an. Seine Mundwinkel heben sich, seine Augen werden ganz sanft. »Danke«, sagt er dann ebenfalls leise.

»Wofür?«

»Dass du das magst.« Ich sehe, wie sein Adamsapfel hüpft, und während er schluckt, schlucke ich ebenso. Und dann schlinge ich einfach so meine Arme um ihn, weil meine Handlungen völlig losgelöst von irgendwelchen gesellschaftlichen Konventionen sind, die mir außerhalb von unserem Kokon vielleicht einflüstern würden, dass das wirklich zu intim ist.

Adair lässt das Rührgerät los und erwidert meine Umarmung. Und so stehen wir einen langen Augenblick. Ich lausche seinem Herzschlag, weil mein Ohr fast genau dort ruht, wo sein Herz pocht. Ich spüre, wie seine Brust sich bei jedem Atemzug hebt und senkt. Und wieder erfüllt mich eine ungeheure Dankbarkeit dafür, dass er es zulässt, dass wir uns nah sind. Weil mir die Nähe guttut. Weil sie genau das ist, was ich jetzt brauche.

Mit seinen Händen streicht er über meinen Rücken, und

ich presse mich noch fester an ihn, atme seinen Duft, der sich mit dem Duft des Red-Velvet-Teigs aus dem Ofen vermischt.

Als wir uns voneinander lösen, sagt er: »Das war schön.« Und ich nicke – mit einem Lächeln auf den Lippen.

Es ist so unschuldig, so heilsam, so perfekt passend für mich – und ich glaube, auch für ihn, obwohl ich das natürlich nicht weiß, weil ich nicht in seinen Kopf sehen kann. Niemand kann das. Besonders nicht in Adairs, weil er so voller buntem Chaos ist. So stelle ich es mir vor. Ein buntes Chaos, in das ich mich betten will. Bei diesem Gedanken schüttle ich kaum merklich den Kopf, denn das führt wohl auch abseits von gesellschaftlichen Konventionen etwas zu weit.

»*Esslöffelweise*. Das ist noch so was für dich, Paisley. Rühr den Frischkäse esslöffelweise drunter. Meine Güte, wie übertrieben!«

Ich tue, wie mir geheißen. Schließlich kommt noch der Zitronensaft hinzu, dann ist die Creme fertig.

Adair steckt seinen Finger hinein und leckt ihn ab. »Hmmm«, macht er und probiert dann gleich noch mal.

»Hey!«, sage ich. »Wir brauchen die.«

»Du solltest das auch machen.«

»Dann haben wir nicht genug für den Kuchen. Für meinen Geburtstagskuchen«, füge ich noch hinzu, und es fühlt sich komisch an, das zu sagen.

»Den du eigentlich gar nicht wolltest.«

»Ja, aber jetzt habe ich ihn ins Herz geschlossen.«

Adair gluckst. »Okay, gut. Und noch besser ist, dass wir ein bisschen zu viel Creme gemacht haben. Deswegen kannst du bedenkenlos deine ganze Hand reinstecken und ablecken.«

Ich gebe mich mit dem Zeigefinger zufrieden. Stecke ihn in die Masse und lecke ihn ab. Adair sieht mir mit leuchtenden Augen zu.

»Gut, oder?«

Ich nicke.

»Das haben wir gemacht. Was für ein gutes Team wir sind! Paisley und Adair. Kuchengenies.«

Effie und Adair, denke ich. *Effie und ...* Und mein Herz hüpft, sodass ich selbst hüpfen muss, weil das Gefühl aus mir rausmuss. Glücklicherweise hat Adair sich gerade vor den Ofen in den Schneidersitz gesetzt und kriegt es nicht mit.

»Was machst du da?«, frage ich.

»Ich schau unserem Kuchen zu.«

»Damit es schneller geht?«

»Um das Ganze zu beschleunigen, reicht einer allein nicht, fürchte ich.«

Kurz entschlossen lasse ich mich neben ihm auf dem Steinboden nieder. Durch das schmutzige Glas des AGAs sieht man zwar nicht viel, dennoch hat es etwas Meditatives, einfach so hier nebeneinanderzusitzen, auf den kalten Fliesen, während die Hitze des Ofens unsere Gesichter wärmt. Ab und zu verändert einer von uns seine Sitzposition ein wenig. Adair streift mein Knie mit seinem Knie. Mein Arm berührt seinen. Und dann, nachdem wir sicher fünf Minuten nicht gesprochen haben, lehne ich meinen Kopf gegen seine Schulter und nehme einfach seine Hand.

Adair zuckt kurz, jedoch nicht, weil es ihm unangenehm wäre, das spüre ich, sondern einfach vor Überraschung. Er verwebt unsere Hände miteinander, und in diesem Wohlgefühl sitzen wir da. Berühren uns auf diese Weise, die nichts und doch alles bedeutet, weil sie einfach so leicht ist. Schwerelos. Normal. Und dennoch besonders.

»So schön das ist ...« Adair flüstert beinahe. »... aber ich glaub, wir sollten die Form aus dem Ofen holen. Vor fünf Minuten, um genau zu sein.«

»Was?« Sofort springe ich auf. »Warum sagst du denn nichts?«

»Na ja …« Er blickt auf seine Hand, dann auf meine Hand, die auf einmal irgendwie völlig nutzlos an meinem Arm baumelt. In Adairs Hand hatte sie einen Platz. Jetzt ist sie ganz nackt.

Ich öffne die Ofenklappe, und es qualmt mir entgegen. Adair wedelt mit einem Küchenhandtuch, schnappt sich Ofenhandschuhe und holt die Springform heraus.

»Sieht okay aus, oder?«, frage ich besorgt, und er nickt.

»Ich glaub schon. Ein bisschen dunkler als beabsichtigt allerdings.«

»Aber verbrannt riecht anders.«

»Klingt, als hättest du Erfahrung«, sage er, und ich zucke grinsend mit den Schultern. »So, und während wir warten, dass der nicht verbrannte Kuchen abkühlt, solltest du dringend deinen Apfel essen.« Auf einmal blitzt in seinen Augen wieder der Schalk auf, und die Nähe zwischen uns weicht seiner Ausgelassenheit. Ehe er mich wieder damit bewerfen kann, schnappe ich ihn mir und beiße hinein. Adair nickt zufrieden. Und dann beugt er sich hinunter und küsst mich wieder auf mein Haar.

— 20. 6. —

Da ist auf einmal diese Nähe, die nicht nur von mir, sondern auch von Paisley ausgeht. Als würde ihr Körper meinen Körper suchen, nachdem unsere Gedanken sich ohnehin andauernd berühren. Wir haben einen Film geschaut. „Moulin Rouge". Und ich hatte ja die Hoffnung, sie würde ihn bis zum Ende laufen lassen, einfach, damit wir noch etwas länger nebeneinandersitzen könnten. Aber natürlich hat sie ihn ausgemacht, bevor es traurig wurde.
Ich höre sie über mir. Die Dielen knarzen unter ihren Schritten.
Ich sehe sie genau vor mir, wie sie aus dem Schlafzimmer ins Bad geht. Ich habe es mir hier unten derweil so bequem wie möglich eingerichtet. Das Sofa lässt sich nicht ausziehen, der Mechanismus klemmt. Und es ist für meine Körperlänge absolut nicht gemacht, aber für Paisley verzichte ich gern auf ein bisschen Komfort. Außerdem hat sie den Kamin angefeuert, sodass mir trotz der dünnen Decke nicht mehr kalt ist, und das ist viel wert. Gerade frage ich mich, ob ich den Kamin überhaupt bräuchte, ob nicht vielmehr ihre bloße Anwesenheit genug Wärme in mir produziert.
Ich höre sie wieder über mir. Sie geht ins Schlafzimmer. Halt, nein, sie kommt noch mal runter ...

12 »Ich wollte nur gute Nacht ...« Doch bei Adairs Anblick bleibt mir das letzte Wort im Hals stecken. »Schläfst du
etwa so?«

Adair liegt in einer sehr unbequem aussehenden halb-ge-
lungenen Embryonalstellung auf dem nicht ausgezogenen
Ausziehsofa und sieht mich an. »Äh, ja.«

»Du weißt, dass man das ausziehen kann?« Ich gehe noch
eine Stufe hinunter, trete dabei auf die laut knarzende.

»Irgendwas klemmt wohl.« Er klappt das Tagebuch, in
das er gerade noch geschrieben hat, zu und legt es beiseite.

»Was meinst du damit?« Ich hüpfe die letzten Stufen
hinab.

»Ich hab's gestern probiert. Ist nicht weiter schlimm. Geht
auch so.«

»Du passt aber nicht drauf.« Es ist eine offensichtliche
Feststellung. Ich stemme meine Arme in die Seiten, weil ich
es ein bisschen dumm von ihm finde, dass er sich hier zusam-
menrollt, während ich oben ein Doppelbett für mich allein
beanspruche. »Ist das eine Masche?«, frage ich.

»Hä?«

»Tust du nur so, als wäre der Mechanismus kaputt?«

»Du kannst es ja selbst ausprobieren.«

Ich spiele mit meinem Nasenpiercing, denke einen Moment nach. »Okay.«

Adair steht auf. In seinen schwarzen Boxerbriefs und dem T-Shirt sieht er auch heute Abend so normal aus. Eigentlich hätte ich einen bordeauxroten Seidenschlafanzug erwartet oder so. Ich habe mich inzwischen so an seine farbenfrohen, extravaganten Outfits gewöhnt, dass ich etwas erschlagen davon bin, ihn nun so zu sehen, ganz ohne Ablenkung fürs Auge. Obwohl es mich selbst überrascht, ertappe ich mich bei diesem einen Gedanken: Adair ist verblüffend schön. Nicht auf eine Hollywood-Weise. Nicht auf eine Boygroup-Weise. Nicht auf eine Shampoo-Werbung-Weise. Aber auf eine Erzähl-mir-alles-ich-küss-dich-auf-den-Kopf-Weise.

Er positioniert sich auf der einen Seite des Sofas, ich auf der anderen. Man muss eigentlich nur an einem Bügel ziehen, dann sollte es sich fast von alleine entfalten. Ich ziehe, doch nichts passiert. Wir ziehen gemeinsam, keine Bewegung.

»Glaubst du mir jetzt?« Seine Haare fallen ihm ins Gesicht, als er den Kopf zu mir dreht.

»Ich hab dir auch vorher schon geglaubt. Ich wollte nur ...« Ich habe keine Ahnung, was ich wollte. »Du kommst jedenfalls mit hoch.«

»Ach was, das geht schon.«

»Auch das glaube ich dir. Aber es gibt keine Notwendigkeit dafür.«

Er winkt ab, schüttelt den Kopf. »Du hast morgen Geburtstag, da solltest du ...«

»Ach, du denkst, ich überlasse dir das Bett? Nee, sorry. Da ist Platz genug für uns beide.« Ich sehe ihn triumphierend an.

Adair schluckt. Und ich auch, weil es vielleicht unpassend ist. Lädt man einen Mann, von dem man gerade gedacht hat, dass er verblüffend schön ist, in sein Bett ein? Oder geht das dann doch zu weit – selbst wenn Grenzen nicht mehr existieren? Genau genommen war es ja nicht einmal eine Einladung, eher ein Befehl. Nicht sehr höflich.

»Wenn du willst, ist es wirklich kein Problem. Ich muss ja schließlich nicht diagonal schlafen.« Ich hoffe, dass ihn mein Lächeln überzeugt.

Er zögert. Warum zögert er? Es spricht absolut nichts dagegen, sich ein Bett zu teilen. Und es spricht absolut nichts dafür, dass er hierbleibt.

»Okay«, sagt er endlich, schnappt sich seine Bettdecke und das Kissen und folgt mir nach oben.

Auf dem Treppenabsatz drehe ich mich kurz um. Ich will sichergehen, dass er da ist. Aber gleichzeitig will ich ihn auch einfach noch mal ansehen. Er *ist* da. Und ich *sehe* ihn an. Irgendwann möchte ich ihm noch mal über die Haare streichen.

»Die Turtelmöwen sind halt ein bisschen laut morgens. Aber ansonsten ...« Ich rede, um die komische Situation zu überspielen.

Er betritt hinter mir das Schlafzimmer. Durch die Vorhänge taucht die helle Nacht den Raum in ein blaues Zwielicht. Auf einmal bin ich mir der Tatsache, dass wir nun zusammen im Schlafzimmer stehen, deutlich bewusst, und Adair scheint es zu bemerken.

»Ich kann wirklich auch unten ...«

Ich drehe mich zu ihm um und lächle ihn an. »Aber du kannst auch wirklich hier ...« Kurz entschlossen steige ich ins Bett und klopfe mit der Hand neben mich. Doch Adair folgt der Einladung nicht. Er steht immer noch unentschlossen mit seinem Bettzeug im Arm in der Tür. Warum nur? Wo wir uns doch den ganzen Tag schon so nah waren, sollte das doch nun wirklich keine Rolle mehr spielen.

»Was denn nun?«

»Ich ... du ... du hast gesagt, du hättest noch nie einen nackten Mann gesehen.«

Das kommt unerwartet, und ich merke, wie mein Gesicht ein bisschen warm wird. Allerdings verstehe ich nicht, was das eine mit dem anderen zu tun hat. Es ist ja nicht so, als würden wir nackt schlafen. »Na und?«

»Bedeutet das, du hast auch noch nie mit einem Mann in einem Bett geschlafen?«

Daher weht also der Wind. »Willst du nicht mein Erster sein?« Ich versuche, es wie einen Witz klingen zu lassen, doch in dem Moment sticht etwas in mir. Aus Angst, dass er Ja sagt. Und auch ein bisschen aus Angst, dass ich vielleicht nie mit jemandem ein Bett teilen werde, der nicht blutsverwandt ist.

Adair schluckt. »Im Gegenteil. Ich würde mich sehr geehrt fühlen«, sagt er, und die Wärme ist wieder da. Alleserfüllend.

»Also komm.« Doch meine Stimme ist ganz leise geworden.

Adair breitet seine Decke aus, legt das Kissen neben mich. Er sieht mich mit einem Blick an, der alles noch wärmer macht, lächelt. Und dann kommt er ins Bett.

Die Matratze sinkt ein wenig ab, und ich kuschle mich tiefer in mein Kissen, meine Decke, rolle mich auf die Seite und sehe Adair in dem blauen Dämmerlicht an. Er tut es mir nach, und so liegen wir einfach einander gegenüber. Kurz stelle ich mir vor, wie es wäre, wenn ich an ihn ranrobben würde. Wie es wäre, wenn er mich in seine Arme schließt.

»Darf ich dich was fragen?« Seine Augen sind ganz wach.

»Okay.« Es ist ein bisschen verrückt, dass mein Herz so schnell schlägt, es passiert doch gar nichts.

»Ich hoffe, ich übertrete keine Grenze oder so. Sag einfach Bescheid. Aber hast du noch nie mit einem Mann ein Bett geteilt, weil du nicht auf Männer stehst?«

Ich finde es ein bisschen komisch, dass er das fragt, nachdem wir den ganzen Tag körperliche Nähe gesucht haben. Zumindest dachte ich, dass man das eigentlich nicht anders interpretieren kann. »Doch«, erwidere ich.

»Gut.« Es ist ein sehr kurzes »gut«. Ein sehr schnelles. Ein hohes. Eins, das er fast verschluckt. Er räuspert sich. »Hattest du noch nie einen Freund?«

»Nee.«

Er lacht leise. Doch es ist kein Lachen, mit dem er sich lustig macht. Eher ein ungläubiges. »Warum?«

»Ich lebe in einer winzigen Stadt auf einer Insel. Was denkst du, würde passieren, wenn es schiefgeht?«

Ich höre, wie Adair ausatmet. »Ein Unhappy End«, sagt er und klingt, als würde es ihm wie Schuppen von den Augen fallen. »Aber du hast schon …«

»… rumgeknutscht? Sex gehabt?«

Er bestätigt nicht, dass er genau das fragen wollte, sondern sieht mich einfach nur weiter an.

»Nee.«

»Nee?« Da ist keine Wertung in seinem Tonfall. Da ist reines Interesse. Und meine Finger wollen schon wieder seine Haare anfassen.

»Nee.«

Ich merke, dass sich diese Information bei Adair erst mal setzen muss. Ist ja vielleicht auch nicht das Alltäglichste. Es ist jedoch die Formel, auf der mein Glück aufbaut.

»Es ist nicht so, als hätte ich nicht die Möglichkeit gehabt, weißt du?«

»Das denke ich mir.« Ihm entfährt ein leises Lachen.

»Ich wollte allerdings auch nicht, dass es mit irgendeinem Touristen von einem Kreuzfahrtschiff passiert, damit es passiert ist. So wichtig ist es einfach nicht.« Und das ist die Wahrheit. Natürlich stelle ich es mir schön vor. Aber das Jetzt, das ist ja auch schön. Ich würde es nicht eintauschen wollen.

Adair nickt.

»Was ist mit dir?«, frage ich, denn in den letzten Minuten ist ein spürbares Informationsungleichgewicht entstanden.

»Ich hatte zwei Beziehungen. Eine mit einer Frau, eine mit einem Mann. Und mit beiden habe ich sowohl rumgeknutscht als auch geschlafen.«

Ich will schlucken, aber irgendwie ist da ein Widerstand. Das kann doch nicht mein Ernst sein. Ich bin ja wohl nicht eifersüchtig auf Adairs Exbeziehungen. Und dann wird mir klar, dass es das gar nicht ist. Das ist keine Eifersucht. Zumindest nicht auf seine Verflossenen. Es ist Eifersucht auf die Erfahrung. Also gebe ich mir einen Ruck.

»Würdest du mir ... also ... ähm ... würdest du mir erzählen, wie es war?«, frage ich.

»Wie es war?« Er klingt überrascht. Wahrscheinlich hält er mich bald für völlig übergeschnappt. Erst drängle ich ihn in mein Bett, jetzt soll er mir seine Sexgeschichten erzählen.

»Ich hab das noch nie jemanden gefragt. Und irgendwie bin ich neugierig.«

»Okay? Also ...« Er löst den Blick von mir und dreht sich auf den Rücken. Dann stößt er die Luft aus, und ich ertappe mich beim Gedanken daran, dass ich das gern einatmen würde. Was er ausatmet. »Wenn's die richtige Person ist, also dann ist Rumknutschen schon ziemlich toll. Es fühlt sich einfach an, als wäre es eine ganz logische Handlung, obwohl es das vielleicht gar nicht ist. Also Münder innerlich miteinander teilen ist schon eher ein seltsames Konzept, oder? Keine Ahnung. Zungen austauschen. Aber man denkt nicht mehr nach. Man fühlt nur noch. Nicht einmal ich denke dann noch nach. Wenn man das jemandem erklärt, klingt es komisch.« Er lacht. »Man will eben so sehr in die andere Person hineinkriechen, dass man einfach nimmt, was man kriegt. Und das sind alle möglichen Küsse. Fürs Erste.«

»Kribbelt es sehr?«, frage ich, weil es bei seinen Worten überall in mir kribbelt. An den unwahrscheinlichsten Stellen. Hinter den Ohren. Am Gaumen. Um den Bauchnabel herum.

»Äh, ja.« Wieder atmet er geräuschvoll aus und dann leicht zitternd ein. »Aus verschiedenen Gründen. Bei mir war es vor allem Aufregung, den Menschen zu küssen, den ich küssen wollte, und dieses ziehende Verlangen nach immer mehr. Wenn es einfach nicht reicht, weißt du? Wenn nichts reicht. Das setzt einen so richtig in Brand.«

»Ja, das hab ich mir gedacht.« Das Kribbeln ist überall. Aufregung und Verlangen, sagt Adair. Ja, das spüre ich. Ich spüre es ganz deutlich. Und das haut mich um.

»Willst du es irgendwann mal?«

»Hm. Ja, ich will es schon.« Schon, um das Kribbeln irgendwie in den Griff zu kriegen. »Aber nicht, wenn der Preis zu hoch ist. Und das ist er nun mal.« Ich drehe mich ebenfalls auf den Rücken, weil ich auf einmal das Gefühl habe, meine Emotionen lieber für mich behalten zu wollen. »Und ... wie ist Sex?«

»Das ist dann die logische Fortführung vom Küssen. Wenn man sich irgendwann mit den Lippen und Zungen überall kennt.« Ich höre, wie er schluckt. Und jetzt kribbelt es vor allem in meinem Unterleib. *Wenn man sich mit den Lippen und Zungen* überall *kennt* ... »Dann braucht man mehr, schätze ich.«

Ich kriege eine Gänsehaut. Am ganzen Körper.

»Das ist so ein ultimatives Eins-Werden mit einem anderen Menschen. Ein Spüren, aber ganz und gar. Weil man irgendwie zu zweit spürt. Das potenziert sich. Und der Orgasmus ...«

Hier unterbreche ich ihn, ehe ich von seinen Worten implodiere. »Orgasmen hatte ich schon.«

»Clever.«

»Oder? Ich hab mir mit sechzehn einen Vibrator gekauft. So einen richtig guten. Nur weil ich's nicht mit jemand anderem haben kann, heißt es ja nicht, dass ich ganz drauf verzichten muss.«

»Du bist wirklich erstaunlich.« Seine Stimme klingt so warm, wie ich mich die ganze Zeit fühle.

»Warum jetzt wieder?« Weil das Kribbeln wie ein innerliches Kitzeln überall ist, lache ich leise.

»Na ja, andere machen so ein richtiges Ding draus, ihre Unschuld zu verlieren. Und du ... machst es dir einfach selbst.«

Vermutlich hat er recht. Vermutlich ist das erstaunlich. Aber andererseits ... »Ich find eher die anderen erstaunlich. Ist doch besser, man weiß erst, was man selbst mag, bevor man anfängt, sich gesellschaftlichen Gepflogenheiten zu beugen.«

»Ja.« Mehr sagt er nicht. Und auch danach nichts mehr.

Wir liegen nebeneinander, jeder in seinen Gedanken. Ich weiß nicht, ob Adair auch so viel über Sex nachdenkt. Oder übers Küssen. Aber ich versuche, es mir vorzustellen. Wie es wäre. Wenn ich nichts zu verlieren hätte. Denn Gott, ja, ich will das! Alles, was Adair beschrieben hat. Ich will es in genau diesen Worten. In seinen Worten. Und mein letzter Gedanke, bevor ich einschlafe, ist *Hoppla*.

13 Ich wache davon auf, dass Adair unter der Dusche lautstark *Bear Necessities* aus dem *Jungle Book* singt. Gleichzeitig veranstalten die Turtelmöwen vor dem Fenster ein mordsmäßiges Getöse.

»*Look for the bare necessities, the simple bare necessities, forget about your worries and your strife*«, singt Adair, und ich strecke den Arm aus, berühre die Stelle, wo er geschlafen hat.

Ich bin mir nicht einmal sicher, was ich schöner finde, die körperliche Nähe, die so einladend und sicher und warm ist, oder die geistige Intimität, die zwischen uns möglich ist. Am meisten liebe ich beides zugleich.

»*The bare necessities of life will come to you, they'll come to you!*«

Mit Adair ist jeder Tag eine Wundertüte. Jeder Moment beinahe. Es kann alles passieren. Alles ist möglich. Ich denke an die Worte, die er gestern benutzt hat, um mir ein Bild von verliebten Küssen zu vermitteln, und muss leise in mich hineinquietschen. Oder besser gesagt in mein Kissen. Denn die Süße, die sich in mir ausdehnt, verlangt danach.

»*Happy Birthday to you ...*«

Adair hat das Wasser abgedreht und den Song gewechselt.

Im ersten Moment fällt es mir kaum auf, dann dämmert mir, dass heute mein Geburtstag ist. Und dass Adair ihn feiern will.

»*Happy Birthday to you* ...«

Gestern wirkte es wie etwas, das ich auch wollen könnte. Es wirkte sogar einfach mit Adair neben mir. Aber heute ... Meine Gedanken wenden sich in eine neue Richtung. Wie es wohl gewesen sein musste für meinen Dad, mit mir aus dem Krankenhaus zurückzukehren, ohne seine Frau? Wie es wohl war, als er mich Fiona und Nessa präsentierte? Als schlechten Scherz, denn sie mussten das Gefühl haben, er hätte unsere Mum gegen ein plärrendes rotgesichtiges Bündel eingetauscht. Ich schlucke. Dies ist kein Feiertag. Es ist der tragischste Tag für unsere Familie. Für das, was von unserer Familie noch übrig ist. Weil er uns nicht nur unsere Mum, sondern eben auch unseren Dad genommen hat.

»*Happy Birthday, liebe Paisley* ...«

Das ist nicht mal mein Name.

Es ist nicht mal mein Name?

Nein. Ich bin nicht Paisley. Ich bin Effie.

»*Happy Birthday to youuuuuu!*«

Beim letzten Wort öffnet Adair die Schlafzimmertür. Er trägt ein Hemd mit Dschungelmuster und eine passende grüne Fliege. Unwillkürlich heben sich meine Mundwinkel zu einem Grinsen. Wie kann man nur so komisch sein? Und so natürlich dabei? Wie kann was so Komisches so völlig normal sein?

»Alles Gute zum Geburtstag, Paisley«, ruft er, und mein Name – mein falscher Name – klingt wie ein Jubelschrei.

»Hi.« Ich winke ihm etwas unbeholfen vom Bett aus zu.

Adair lässt sich auf seine Betthälfte fallen und sieht mich herausfordernd an. »Was willst du heute machen?«

»Äh ...« War diese ganze Geburtstagsaktion nicht seine Idee?

»Komm schon. Es ist dein Geburtstag. Du darfst bestimmen.«

Ich denke nach, aber ich habe keine Ahnung, was ich an meinem Geburtstag machen will. Oder an Paisleys Geburtstag. »Normalerweise sitze ich allein im Cottage, trinke Tee, stricke, gehe früh ins Bett ...«

»Mh-mh, nicht mit mir.« Er schüttelt den Kopf. »Such dir irgendwas aus. Wir können alles machen. Na ja, gut, okay, nicht alles. Aber alles, was man auf dieser Insel machen kann eben.« Er seufzt übertrieben, und ich boxe ihn scherzhaft gegen das Knie.

»Ich will nichts machen, was man nicht auf dieser Insel machen kann.«

»Das macht es einfacher, dir deinen Geburtstagswunsch zu erfüllen.«

»Hm.« Was ich wirklich will, ist nicht nachdenken.

»Komm schon. Ich erfüll dir alles.«

Nicht nachdenken ... Und auf einmal fällt mir ein, was Adair gestern gesagt hat. Gestern, als mein Körper innerlich gezogen hat, als auf einmal so viel Gefühl und so wenig Gedanken da waren. *Aber man denkt nicht mehr nach. Man fühlt nur noch.* »Ich will nicht mehr nachdenken.« Eigentlich war nicht geplant, es auszusprechen, auch wenn meine Stimme leise war. Und mein Kopf gesenkt, weil ich ihn nicht ansehen kann.

Ich höre, dass er sich neben mir bewegt. Er räuspert sich, und ich glaube, er versteht. »Okay. Und ... wie ... stellen wir das an?«

In meinem Schlafshirt mit wirrem Haar und zerknautschtem Gesicht fühle ich mich verletzlich. Ich weiß nicht einmal, ob es eine gute Idee ist. Oder ob Adair auch das gemeint hat, als er »alles« gesagt hat. Vielleicht sollte ich ihn lieber mit minzfrischem Atem fragen, wenn ich geduscht bin. Oder gar nicht. Oder doch. Oder eben nicht.

Was ist schon dabei, ein bisschen nachzudenken?

Was ist schon dabei, das Kribbeln anderen zu überlassen?

Was ist schon dabei, ihn einfach zu fragen?

Mein Herz pocht laut. Es weiß bereits, dass ich fragen werde. Auch wenn mein Kopf noch zögert. Doch mein Mund ist Team Herz.

»Zeigst du mir, wie man küsst?« Im selben Moment, da die Frage über meine Lippen gekommen ist, schnappe ich mir mein Kopfkissen und presse es mir vors Gesicht. Wie peinlich! Und wie erstaunlich gleichzeitig, denn ich habe es geschafft, dass in einer Beziehung, in der nichts peinlich sein konnte, weil das die Regel war, auf einmal alles peinlich ist. Entsetzlich peinlich.

»Nimmst du das runter?«, fragt Adair vorsichtig und zupft am Kissen.

»Lieber nicht.« Meine Stimme klingt gedämpft. Erstickt. Mein ganzer Körper fühlt sich vor Scham heiß an.

»Aber ich würde gern sehen, was auf mich zukommt.« Seine Worte, die er mit einem leisen Glucksen untermalt, sind so sanft. Sie klingen wie Gestreicheltwerden.

»Du weißt, was auf dich zukommt.« Immer noch hört man mich nur durchs Kissen.

»Na ja, gestern wusste ich es noch. Heute bist du allerdings eine reife Frau von zweiundzwanzig Jahren.«

Ich muss kichern, und diesen Moment nutzt Adair, um das Kissen von meinem Gesicht zu ziehen. Sein Blick ruht auf mir, das spüre ich, obwohl ich die Augen geschlossen habe, weil mir das alles wirklich abnormal peinlich ist.

»Hey«, sagt er. »Du kannst die Augen aufmachen.«

Ich presse die Lippen aufeinander und schüttle den Kopf. Ich kann ihn nicht ansehen. Kann seinem Blick nicht begegnen.

»Ich mache die Augen zu, dann kannst du sie aufmachen«, schlägt er vor. Noch immer klingt er so behutsam. So voller Verständnis.

Ich spähe durch meine halb geöffneten Lider, und tatsächlich, Adair hat seine Augen geschlossen. Ich öffne meine Augen ganz. Nun wage ich es, ihn zu betrachten. Und während ich gerade eben noch daran gezweifelt habe, ob es überhaupt eine gute Idee war, ihn zu fragen, bin ich mir auf einmal sicher. Adair zu küssen wäre schön. Und es würde endlich diesen schwarzen Fleck in meiner Vorstellung ausfüllen. Die Erfahrung, auf die ich verzichtet habe.

»Schaust du mich an?«, fragt Adair, und ich nicke, statt zu antworten. Und dann, mit einem Lächeln auf den Lippen: »Wenn du es wirklich willst, küsse ich dich.«

Wenn Adair darüber spricht, ist da auf einmal keine Peinlichkeit mehr.

»Aber du musst es wollen. Also wirklich wollen. Okay? Wenn das dein erster Kuss ist, soll er gut werden.«

Mein Herz beginnt erneut, in diesem rasenden Tempo zu schlagen. Und wieder wird mir ganz heiß. Doch diesmal ist es eine Hitze, die ich behalten will. Der ich mich hingeben will. »Ja.« Es ist mehr ein unbeholfenes Flüstern.

Das Lächeln auf Adairs Lippen wird breiter, und am liebsten würde ich ihn jetzt schon genau dorthin küssen, wo sich sein Mundwinkel kräuselt. »Wie wäre es, wenn wir runtergehen, Kuchen essen, auf dich anstoßen, es einfach ein bisschen geburtstäglich haben? Und du mir dann sagst, wie du dir das vorstellst?«

Adairs Augen sind immer noch geschlossen, und in mir hüpft etwas auf und ab. Als hätte ich einen Flummi verschluckt, der von einer Seite auf die andere, von oben nach unten von überall nach überall springt.

»Okay.«

Adair lächelt, ohne mich anzusehen. Dann steht er auf, tastet sich aus dem Bett heraus, geht einen Schritt.

»Vorsicht, da kommt die Wand«, sage ich. »Ein bisschen weiter nach rechts. Mach einfach die Augen wieder auf.«

»Gute Idee.« Ich höre das Grinsen aus seiner Stimme heraus.

»Kannst du dir stattdessen vielleicht kurz die Ohren zuhalten?«

Er tut wie ihm geheißen, und ich presse mir erneut das Kissen vors Gesicht, diesmal, um einen hohen Schrei zu ersticken. Einen etwas zu begeisterten, zu vorfreudigen, zu aufgeregten Schrei. Es wird passieren. An meinem Geburtstag werde ich zum ersten Mal geküsst werden!

Adair verlässt das Zimmer. Doch am Treppenabsatz bleibt er noch einmal stehen und sagt: »Ich hab's trotzdem gehört.« Aber es ist mir egal.

Frisch geduscht gehe ich nach unten. Sobald Adair mich auf der Treppe erblickt, lässt er einen Korken knallen.

»Ist es dafür nicht ein bisschen zu früh?«, frage ich.

»Geburtstäglich«, erinnert er mich. »Und da du nicht unbedingt eine Expertin auf dem Gebiet bist, musst du dich wohl oder übel in meine erfahrenen Hände begeben.« Ich bin mir nicht sicher, ob es absichtlich zweideutig klingt, aber es bringt mich dazu, noch einmal begeistert, vorfreudig, aufgeregt zu schreien – nur diesmal innerlich.

Mir fällt auf, dass er meinem Blick ausweicht, und weil

diese Situation für mich so neu ist, bin ich sofort verunsichert. Habe ich ihn doch in Verlegenheit gebracht? Hätte er gern Nein gesagt, hat jedoch eingewilligt, weil ich Geburtstag habe?

Braucht er vielleicht einen Ausweg? »Wegen gerade eben ...«

Aber Adair hebt die Hand. »Warte kurz.« Er geht in die Küche.

Etwas unentschlossen stehe ich im Wohnzimmer, blicke auf die beiden Emaille-Tassen, in denen der Sekt – oder vermutlich eher Champagner – perlt, lausche den Geräuschen, die Adair in der Küche macht.

»Wir müssen nicht ...«, sage ich lauter.

»Eine Sekunde!«

»Also ernsthaft, das war eigentlich nur ein Wi...«

In diesem Moment kommt er mit unserem Red Velvet Cake zurück. Doch von dem Kuchen sieht man kaum etwas, weil so viele Kerzen darauf brennen.

»Zweiundzwanzig«, sagt Adair. »Sie werden so schnell erwachsen, die Kleinen. Happy Birthday, Paisley.« Er stellt den Kuchen neben die Champagnerflasche auf den Couchtisch. Dann steht er kurz etwas unentschlossen herum, bis er schließlich mit zwei energischen Schritten die Distanz zwischen uns überbrückt und – mich in seine Arme schließt.

»Happy Birthday, Paisley«, sagt er noch mal.

»Danke.« Es ist Jahre her, dass mir jemand zum Geburtstag gratuliert hat. Und es fühlt sich ziemlich okay an, solange es von Adair kommt. Und solange ich in seiner Umarmung bin.

Wir lösen uns voneinander, obwohl die Wärme zwischen uns wirklich schön war, und Adair holt aus der Küche zwei Teller, Gabeln und ein Messer.

»Willst du ihn anschneiden?«

»Mach du.« Ich setze mich aufs Sofa und sehe ihm dabei zu, wie er unseren Red Velvet Cake anschneidet. Er sieht ziemlich gelungen aus. Vielleicht ein bisschen dunkel, aber ansonsten können wir echt stolz auf uns sein, finde ich.

Adair reicht mir den einen Teller, dann lässt er sich mit dem anderen neben mir nieder. Wir stoßen an, nehmen einen Schluck von dem Champagner, der angenehm im Hals prickelt. Ich schiebe mir etwas von unserem Red Velvet Cake in den Mund und ... er schmeckt fantastisch. Die Creme, die wir gestern schon probiert haben, ist perfekt. Der Boden vielleicht etwas trocken, aber das macht nichts. Es ist trotzdem der beste Red Velvet Cake, den ich je gegessen habe. Nach seinem »Mmmmmmmh« zu urteilen, scheint Adair auch ziemlich zufrieden zu sein. Er nimmt noch eine Gabel, dann stellt er den Teller ab und wendet sich mir zu.

»Also.« Er räuspert sich. Zögert kurz. Lächelt. »Wie hast du dir das vorgestellt?«

Von seiner Direktheit bin ich etwas überrumpelt. »Ich ... also ... ich hab gar nicht richtig nachgedacht«, sage ich. »Vielleicht ist es doch keine gute Idee?« Ich wünsche mir so sehr, dass er sagt, dass es eine gute Idee ist. Die beste Idee.

»Oh, okay.« Er runzelt die Stirn. »Bist du sicher?«

»Ich weiß nicht.« Es nervt mich, dass ich nicht weiß, wie er zu der ganzen Sache steht. Dass ich nur eine vage Vermutung habe, er könnte nichts dagegen haben.

»Du musst mir sagen, was du willst.« Er sieht mich so durchdringend an, dass ich die roten Flecken spüre, die meinen Hals hochkriechen.

Ich konzentriere mich auf das Dschungelmuster auf seinem Hemd. »Ich glaub, ich kann nicht, solange ich nicht weiß, was du willst.« Das ist die Wahrheit.

»Das ergibt doch gar keinen Sinn. Hab ich Geburtstag oder du?«

»Wär besser, du hättest Geburtstag«, murmle ich.

»Wenn ich dich küssen wollen würde. Würdest du mich dann küssen wollen?«

Ich nicke, spüre, wie die roten Hitzeflecken in mein Gesicht klettern.

»Na, dann hätten wir das doch geklärt. Jetzt musst du mir nur sagen, wie wir es anstellen sollen. Hast du irgendwelche romantischen Präferenzen? Es ist dein erster Kuss, da sollte es schon etwas Besonderes sein.«

»Es ist mein erster Kuss, das wird eh besonders genug«, sage ich und nehme gegen die Aufregung noch einen Schluck Champagner.

»Ja, aber es soll eben so werden, wie du es dir vorstellst.«

Ich denke nach, esse Kuchen, denke weiter nach. »Ich glaube, es wäre schön, wenn wir einfach auf dem Boden sitzen könnten. Ungezwungen und locker und so. Und du mir erklärst, was ich machen soll. Und was du machen wirst. Damit es keine unschönen Überraschungen gibt.«

Er gluckst. »Deine Messlatte ist ganz schön niedrig.«

Vielleicht habe ich Sorge, dass ich mit seiner Beschreibung nicht mithalten kann. »Na ja, deine ist ja auch ganz schön hoch. Ich will nicht, dass es ...« Ich schlucke. »... enttäuschend wird.«

»Und warum sollte das passieren?«

»Na ja, du hast gesagt, *wenn's die richtige Person ist.* Und du hast gesagt, es sei eine *logische Handlung* und dass man in die andere Person *hineinkriechen* will.« Da ist auf einmal ein Kloß in meinem Hals, und als ich weiterspreche, ist meine Stimme leise. »Ich glaube, ich wäre gern die richtige Person, damit es logisch ist.«

»Paisley.« Adair nimmt meine Hand. »Mach dir da mal keine Gedanken.«

Ich blicke auf und sehe in seine warmen Augen, die mich mit so viel Zärtlichkeit ansehen, dass das Kribbeln zurückkehrt. Und obwohl das, was er gesagt hat, alles bedeuten kann, habe ich auf einmal keine Angst mehr.

»Wann sollen wir uns küssen?«, fragt er leise. Er räuspert sich.

»Hm.« Jetzt sofort? Später? Woher soll ich das wissen?

»Darf ich dir einen Vorschlag machen?«

Ich nicke.

»Du willst das Kribbeln, oder? Das volle Programm. Deswegen hast du gestern im Bett danach gefragt, stimmt's?«

Wieder nicke ich.

»Wie wäre es, wenn wir uns heute Abend küssen? Dann haben wir den ganzen Tag fürs Kribbeln.«

Ich spüre, wie ich es jetzt schon habe. Wie ich seufzen will, damit ich irgendwie mit dieser gespannten Vorfreude klarkomme.

»Kribbelt es denn bei dir?«, frage ich und möchte es im nächsten Moment zurücknehmen.

»Ja, schon.« Er grinst und schiebt sich eine Gabel Kuchen in den Mund.

»Echt?« Ich weiß nicht, warum ich so perplex klinge. Schließlich ist es doch vermutlich nicht unmöglich, dass es bei zwei Menschen, die sich am Abend küssen werden, gleichzeitig kribbelt.

»Wenn ich drüber nachdenke, ziemlich. Wenn wir drüber reden, noch mehr.«

»Du denkst drüber nach?«

Er lacht. »Ich hab eine ziemlich genaue Vorstellung davon, wie es sich anfühlt, dich zu küssen.«

»Wie denn?«

»Also …« Er schluckt. Und dann noch einmal. »Ich glaube, es wird warm und sanft.« Ich höre, wie er einatmet. »Und so, dass ich nicht mehr aufhören will.« Ich hebe meinen Blick und sehe ihn an. Er hält mir stand. Sieht einfach zurück, als wäre nichts dabei. »Und so, dass es nicht reichen wird. So, dass es nicht genug ist, zwischen deinen Lippen zu sein.« Wieder macht er eine kurze Pause, in der mein Herz springt. »So, dass ich mich gegen dich drücken will, um mehr von dir zu spüren.«

In mir tanzt alles. Adairs Worte machen das mit mir. Nein, er. Adair. Adair macht, dass mein Inneres tanzt.

Er lacht. Nicht über mich. Nicht über die Situation. Er lacht zufrieden und entspannt. »Die Worte, aus denen das Kribbeln ist«, sagt er, und ja, damit hat er so was von recht. »Hast du denn auch eine Vorstellung?«

Ich sehe sein Gesicht an. Betrachte seine Lippen, die warm aussehen und sanft. So, wie er unseren zukünftigen Kuss beschrieben hat. »Ich will wirklich gerne wissen, wie deine Zunge schmeckt.«

Adair entfährt ein sehr leises Stöhnen, das ich mir auch eingebildet haben kann. Trotzdem macht es, dass es in mir noch bunter, noch toller, noch lauter wird.

»Im Moment nach Kuchen«, sagt er und wendet sich ab. Ich glaube, weil er sich abwenden muss. Weil das, was ich spüre, auch das ist, was er spürt. Und es ist ziemlich heftig, wenn man sich dabei auch noch ansieht. Als nicht mehr Fremde.

14 »Wenn ich dich heute Abend küsse ...«, sagt Adair. Wir biegen hinter dem Cottage auf einen kleinen Wanderpfad ein, der ins Landesinnere führt. Über Heide, über Schafwiesen. Es ist kein warmer Tag, aber im Moment ist es trocken. Und die Stimmung im Cottage war so aufgeladen, dass ich dringend an die frische Luft musste. Die Gefühle in meinem Innern machten es schwer, normal zu atmen. Doch wenn Adair darüber spricht, dass wir uns heute Abend küssen werden, dann gilt das Gleiche auch für draußen.

»... musst du offen mit mir sein, okay? Du musst mir sagen, wenn dir was nicht gefällt. Oder wenn dir was sehr gut gefällt. Damit ich davon mehr machen kann.«

»Okay.« Meine Kehle ist vor lauter Aufregung eng. Ich weiß, dass Adair es genießt, darüber zu sprechen. Die Worte, aus denen das Kribbeln ist. Und ich genieße es auch.

»Hast du schon eine Idee, was du mögen könntest?«

Ich denke nach. Denke an Filmszenen, die ich gesehen habe, in denen mir die Küsse gefallen haben. Denke an meine eigenen erotischen Fantasien. »Ich fänd's schön, wenn du mein Gesicht in die Hände nehmen würdest.«

»Das mach ich gern.«

»Und je nachdem, wie es läuft, ich weiß nicht ... wenn du dich so gegen mich lehnen würdest. Und wir dann zusammen auf den Boden sinken.«

»Gebongt.«

»Ich weiß, man kann Leidenschaft nicht auf Knopfdruck herbeiführen, aber wenn da so was zwischen uns wäre, so ein Übermanntwerden ...«

»Ich glaube, das wird eh passieren.«

»Glaubst du?«

Adair bleibt stehen. Links von uns grasen ein paar Schafe, ein kühler Windhauch erfasst uns, weht etwas von der Meeresluft zu uns.

»Ich kann es mir anders kaum vorstellen.« Etwas verlegen rollt er unter seinem Gummistiefel, den er sehr widerwillig angezogen hat, einen Kiesel hin und her.

»Vielleicht kannst du ein bisschen die Führung übernehmen, damit es nicht merkwürdig wird. Weil ich vielleicht etwas unsicher bin.«

»Ich mache alles, was du willst, bin allerdings überzeugt, dass du den Dreh ziemlich schnell raushaben wirst. Du hast keinen Grund, unsicher zu sein.«

»Ja, aber nur für den Fall?«

»Für den Fall übernehme ich.« Er nickt, und der Blick, den er mir zuwirft, lässt den Flummi in meinem Innern erneut wie verrückt herumspringen.

Wir setzen unseren Weg fort. Über uns eine grau melierte Wolkendecke, die vom Wind angeschoben wird, neben uns Wiesen, deren Grün so satt ist, dass sie vor Farbe überquellen, so wie ich vor Erwartung überquelle.

Auf einmal tauchen in der Ferne Menschen auf. Sie laufen auf uns zu, kommen uns entgegen. Ich kann nicht erkennen, um wen es sich handelt. Sind es Touristen? Sind es Leute, die ich kenne? Und plötzlich will ich dringend weg. Will dringend umkehren. Am liebsten rennen. Denn ein Treffen mit Leuten wäre ein Ausbrechen aus unserem Kokon, aus dem ich nicht raus möchte. Weil ich hier nicht ich sein muss. Oder ich sein kann.

Ich blicke von den Leuten zu Adair. Er merkt, dass ich mich unwohl fühle. Er nickt. Er weiß. Und dann nimmt er mich an der Hand und zieht mich vom Weg in die ungemähte Wiese.

»Was machst du da?« Butterblumen und blühender Klee spitzen zwischen den Grashalmen hindurch.

»Wir verstecken uns.« Und ich lasse ihn machen. So wie ich ihn heute Abend einfach machen lassen werde. Dieser Gedanke bringt mein Herz wieder zum Hüpfen.

Der Boden ist feucht vom vielen Regen, aber es spielt keine Rolle. Ich sinke auf die Erde, lege mich der Länge nach hin, werde vom Gras verschluckt. Adair steht einen Moment vor mir, dann tut er es mir nach. Obwohl seine Klamotten eigentlich zu fein sind für Grasflecken und für feuchten Boden.

»Denkst du, sie können uns sehen?«, frage ich leise.

Doch statt auf meine Frage zu antworten, beugt er sich über mich. Meine Gedanken verstummen. Ich denke nicht mehr, sehe nur noch ihn, fühle. Es ist genau das, was ich mir gewünscht habe. Es ist perfekt. Seine Nase befindet sich nur Millimeter über meiner Nase, seine Lippen schweben über meinen Lippen.

»*Ich* kann dich sehen«, sagt er, und ich spüre die Worte auf meiner Haut. »Alles andere ist egal.«

Ich bin atemlos. Atemlos von keinerlei Anstrengung. Atemlos von Nähe. »Würdest du sagen, du bist ein guter Küsser?«, frage ich gepresst, weil ich die Worte tatsächlich aus mir pressen muss, sonst kommen sie nicht. Sonst kommt nur Gefühl.

»Das weiß ich nicht. Aber bislang hat sich noch niemand beschwert.« Er grinst. Und selbst das Grinsen ist nah. So nah, dass es in mich hineinkriecht.

»Wenn du mich nachher küsst ...«, flüstere ich weiter. Sein Atem auf meiner Haut macht, dass ich an nichts anderes denken kann. Und ich frage mich, wie er überhaupt noch Atem haben kann, während mir völlig die Luft wegbleibt.

»Wenn *wir uns* nachher küssen.«

»Wenn wir uns nachher küssen, will ich mich genau so fühlen.« Genauso aufgeregt. Genauso bereit. Für meinen ersten Kuss.

»Ich werde auf jeden Fall mein Bestes geben«, sagt Adair.

Vom Weg hört man nun Stimmen, und ich versteife mich. Es ist albern. Es ist vollkommen übertrieben, aber diese Losgelöstheit von meinem alltäglichen Leben für ein paar Tage bedeutet mir alles. Sie macht Normalität möglich.

Adair scheint zu merken, dass ich am liebsten mit der Erde verschmelzen will. »Ich werde mein Bestes geben, damit du den schönsten ersten Kuss überhaupt erlebst.«

Die Stimmen sind nun ganz nah.

»Ich will, dass du so sehr im Moment bist, dass dein ganzes Inneres in Brand gesetzt wird.«

Ich schließe die Augen und konzentriere mich nur auf das Gefühl, das Adairs Worte in mir auslösen. »Weiter«, sage ich.

»Okay.« Er lacht leise. »Du wirst in mir sein. Und ich in dir. Und es wird ... es wird ...«

Die Stimmen entfernen sich. Sie sind einfach an uns vorbeigegangen, ohne dass ich es wirklich gemerkt habe.

»Ich glaube, mir fehlt ein Wort für das, was es wird.« Er grinst und setzt sich auf, um zu sehen, ob die Luft rein ist.

15 »War das so schlimm?«, fragt Adair am Abend, während wir gerade dabei sind, ein eher Skorbut-begünstigendes Dinner bestehend aus Red Velvet Cake zu uns zu nehmen. »Deinen Geburtstag zu feiern?«

Ich denke nach. »Also am Morgen war es komisch. Als du gesungen hast.«

»Findest du, ich kann nicht singen?«

Im Gegenteil. Adair hat eine schöne Stimme. Und er singt wirklich gut. »Das war das erste Geburtstagsständchen seit ungefähr fünfzehn Jahren. Deswegen.« Es muss in der Grundschule gewesen sein.

»Aber du hast es bravourös über dich ergehen lassen. Und wie war der Rest? Der Kuchen? Der Schampus? Die Geschenke?«

»Das war überraschend okay.« Vor allem, weil ich eigentlich gar nicht mehr darüber nachgedacht habe. Meine Gedanken haben sich irgendwie nach innen umgestülpt und sind zu Gefühlen geworden. Warmen, aufgeregten, kribbeligen Gefühlen. »Aber, ähm, was meinst du mit Geschenken?«

»Ach ja richtig, da war ja noch was«, sagt Adair. Er sieht mich mit hochgezogenen Augenbrauen an. »Auf dem Boden, hattest du gesagt, oder?«

Seit wir von unserem Spaziergang zurückgekehrt sind, haben wir nicht mehr darüber gesprochen. Ich hatte in einer Mischung aus Enttäuschung und Erleichterung beinahe schon angenommen, dass wir es einfach gut sein lassen würden. Doch jetzt ist alles wieder da. Die Vorfreude, die Aufregung. Von einer Sekunde auf die andere weckt Adair eine Sehnsucht in mir, die kaum auszuhalten ist.

»Aber nur, wenn du auch wirklich möchtest«, sage ich deswegen noch mal. Er soll sich um Himmels willen nicht genötigt fühlen. Als Ablenkung hat es heute den ganzen Tag schließlich schon ganz wunderbar seinen Zweck erfüllt.

Statt mir eine Antwort zu geben, nimmt er mir den Teller mit dem angefangenen Kuchenstück ab. Seinen stellt er ebenfalls auf den Couchtisch. Dann lässt er sich vom Sofa auf den Boden rutschen. Er reicht mir seine Hand, zieht sanft, und ich merke, wie der Flummi in mir wieder anfängt herumzutanzen. Und in dieser Sekunde weiß ich, dass der Flummi mein eigenes Herz ist, das vollkommen durchdreht. Meine Beine werden auf einmal ungewohnt schwer, meine Kehle ist trocken.

»Bist du bereit?«, fragt Adair, und ich nicke, obwohl mein Verstand meinem Kopf keinen Befehl gegeben hat. Mein Kopf ist leer. Leer bis auf Adair. Adairs Augen. Adairs Lippen. »Du hast gesagt, ich soll dir erklären, was passiert.«

Diese Stimme! Wie kann mich etwas so Leises, so Sanftes völlig verrückt machen? Wieder nicke ich. Starre wie hypnotisiert in sein Gesicht.

»Okay, also.« Er grinst. »Ich werde mich gleich langsam zu dir beugen. So ungefähr.«

Er lehnt sich mir entgegen, nähert sich mit seinem Gesicht dem meinen, bis wir uns ganz nah sind. So nah wie vorhin auf der Wiese. So nah, dass ich ihn riechen kann. So nah, dass ich seinen Atem spüre. Seinen Atem atme. Wie ich es mir gewünscht hatte.

»Ich werde erst mal meine Lippen einfach nur auf deine legen. Ganz vorsichtig. Damit wir uns kennenlernen können.«

Er beugt sich noch ein Stück weiter vor, bis sich unsere Lippen fast berühren. Er atmet zitternd ein, ich atme zitternd aus. Das ist der Moment. Mein erster Kuss. »Du kannst die Augen zumachen. Oder offen lassen. Wie du willst.«

»Lässt du sie offen?«, frage ich.

»Erst mal mache ich sie zu, um mehr zu spüren, glaube ich. Und dann irgendwann werde ich dich ansehen wollen. Dann mache ich sie wieder auf. Es gibt keine Regeln. Du tust einfach das, was sich für dich gut anfühlt, okay?«

»Okay.« Ich versuche zu schlucken, aber es geht nicht.

»Jetzt«, flüstert Adair. Und dann senkt er seine Lippen auf meine, und meine Augen schließen sich wie automatisch. Ich spüre, wie weich, wie warm er ist. Spüre alles. Spüre die Berührung seiner Lippen auf meinen, spüre, wie mein Inneres explodiert vor Erfüllung und Sehnsucht gleichzeitig.

Einen Moment lang verharren Adairs Lippen einfach auf meinen, ohne dass etwas anderes passiert. Denn das hier, nur diese leichte Berührung, ist schon genug, ist schon so viel, ist schon so mächtig, dass ich leise seufze.

Ich spüre, wie sich Adairs Mund zu einem Lächeln verzieht. Dann nimmt er seine Hände und legt sie an meine Wangen, so, wie ich es mir gewünscht habe. Er zieht sich etwas zurück.

»Hey«, sage ich, weil ich will, dass er bleibt.

»Mehr?«, fragt er leise. Seine Stimme zittert leicht.

Ich nicke. Es soll ein begeistertes Nicken sein, aber ich glaube, es ist ein überwältigtes.

Er lächelt und sagt: »Erst mal ohne Zunge.«

Adair kehrt zurück. Er hält mein Gesicht, und seine Lippen sind wieder da, und jetzt liegen sie nicht einfach nur auf meinen Lippen, sondern wandern darüber. Er drückt sanfte Küsse auf meine Mundwinkel, fährt meine Lippen mit seinen nach, öffnet sie sanft, nimmt meine Oberlippe zwischen seine, haucht weiter Küsse darauf, und ich erwidere die Berührung, weil ich keine andere Möglichkeit habe. Ich muss es ihm gleichtun. Muss ihn genauso erkunden wie er mich. Wir sind langsam, fast quälend langsam, unsere Münder streichen übereinander, und ich glaube, ich platze. Das ist der innere Brand, von dem Adair gesprochen hat. Er nimmt vollkommen Besitz von mir, während Wärme von Adairs Lippen über meine Lippen auf meinen gesamten Körper übergeht. Die Wärme kribbelt, das Kribbeln wärmt, und in mir ballt sich etwas zusammen, etwas Glucksendes, das mit dem Flummi, der mein Herz ist, verschmilzt. Das Glucksende und das Flummi-Herz haben Schluckauf, aber der Schluckauf ist ein tiefes Gefühl. Eins, das Begehren bedeutet und immer wieder von innen gegen meinen Brustkorb springt, in meine Kehle, rauswill.

Adair lässt seine Hände von meinen Wangen an meinen Hinterkopf wandern, und ich will das auch, will auch seine Haare berühren. Ich umfasse ihn, vergrabe meine Finger in seinen Haaren, und sie fühlen sich so schön an. Alles an ihm. Ich ziehe ihn näher zu mir, und gemeinsam sinken wir einfach nach hinten, bis ich auf dem Boden liege und Adair nun über mir ist wie vorhin auf der Wiese, nur noch näher. Und vorhin waren wir uns ja schon so nah. Aber jetzt ist es ultimative Nähe. Sein Körper liegt auf meinem, jedoch nicht mit seinem ganzen Gewicht, obwohl auch das ganze Gewicht schön wäre. Noch schöner vielleicht. Am schönsten wäre es, wir würden hier auf der Stelle eins werden. Denn nur das kann diese verblüffende Sehnsucht in mir lindern.

Adair zieht sich zurück und stupst meine Nase mit seiner Nase an. Es ist eine so unschuldige, so zärtliche Berührung, dass ich Gänsehaut bekomme.

»Und?«, fragt er leise. »Hast du es dir so vorgestellt?«

Ich öffne meine Augen und sehe ihn direkt an. Und er mich. Habe ich es mir so vorgestellt? Nein, ich glaube nicht. »Ich hätte nicht gedacht, dass es so spannend ist«, gebe ich zu.

»Spannend?« Er lacht.

»Ja, es ist spannend. Weil jeder winzige Teil des Körpers fühlt. Und alles ist so warm und ...« Ich kann nicht weitersprechen, weil mein Blick auf Adairs Lippen fällt.

»Mir ist auch warm«, sagt er.

Eine Frage brennt mir auf der Seele. Halb will ich die Antwort nicht wissen, aber ich muss einfach. »Macht es dir Spaß?«

»Ziemlichen Spaß, ja.« Sein Lächeln wird zum schönsten Strahlen, das ich je gesehen habe.

»Willst du mir zeigen, wie es mit Zunge ist?«

»Willst du, dass ich dir zeige, wie es mit Zunge ist?«

Ich nicke. Er streicht mir mit der Hand einmal über mein Haar. Dann legt er seine Lippen zurück auf meine. Dort, wo sie hingehören.

Ich spüre, wie er den Mund öffnet, und tue es ihm nach. Es ist ein komisches Gefühl. Ungewohnt. Ich fühle, dass da seine Zunge kommt. Dass sie meine Lippen berührt, dass sie sich zögernd in mich hineintastet. Kurz weiche ich mit meiner Zunge zurück. Aber dann traue ich mich vor, betaste mit meiner Zunge seine Zunge. Ganz vorsichtig. Mir entfährt ein Glucksen, und wieder lächelt Adair. Lächelt in unseren Kuss. Und dann streicht er durch meinen Mund, kommt ganz in mich, und ich lasse ihn, weil ich ihn will.

Meine Eingeweide ballen sich zu einem Glückskloß zusammen, und ich umfasse Adairs Oberkörper, weil ich ihn ganz auf mir haben möchte. Er kommt, bereitwillig. Unsere Zungen spielen miteinander, streicheln sich, mal langsam, mal schneller. Sie tanzen miteinander, ringen miteinander. Sie wissen genau, was zu tun ist. Wir schmecken uns, und Adair schmeckt so gut.

Er zieht sich etwas zurück, und ich will schon protestieren, da merke ich, dass es eine Einladung ist. Ich nehme sie an, erkunde nun ihn, schmecke noch mehr von ihm, ertaste ihn mit meiner Zunge. Ich denke nicht mehr, spüre nur noch. Spüre seine Lippen, seine Zähne, seine Zunge. Ich spüre seine Hände auf meinem Körper, seinen Atem auf meiner Haut. Spüre ihn in mir. Weil er das Gefühl in mir auslöst. Dieses Übermanntwerden, dieses kitzelnde Anschwellen, das sich in einer Explosion entladen wird. Ich spüre es. In einer Gefühlsexplosion. Beinahe meine ich in Adair hineinzuexplodieren, so heftig, wie er mich auf einmal küsst. Mich schnaufend umfasst, an sich zieht, als wolle er mich komplett aufsaugen.

Mir wird schwindelig. Aber nicht nur im Kopf, sondern auch in den Händen, in den Lippen. Mein ganzer Körper ist schwindelig, in allen möglichen Drehrichtungen. Miteinander, gegeneinander. Es ist das schönste, unerträglichste, beste Gefühl der Welt. Es ist wie sicheres Fallen. Fallen in eine rosa Wolke aus Watte, die mich fängt, während ich immer weiter falle. Offenbar müssen nicht alle Wolken schlecht sein. Die rosanen sind gut. Die rosanen sind Erfüllung. Die rosanen sind eine Achterbahnfahrt im Wattebausch.

Und jetzt merke ich, dass diesmal ich diejenige bin, die lächelt. Ich kann gar nicht mehr damit aufhören, während wir uns noch ein bisschen weiterküssen. Doch dann zieht Adair sich zurück.

»Was ist so witzig?«, fragt er, klingt dabei ein bisschen atemlos.

»Ich glaube, ich bin innerlich kitzlig«, sage ich.

Er küsst mich noch einmal auf meinen linken Mundwinkel. Dann daneben. Dann auf meine Wange. Dann auf meine Nasenspitze. Dann legt er sich neben mich.

»Der schönste erste Kuss«, murmle ich.

»Hm?«

»Du hast gesagt, du gibst dein Bestes, damit ich den schönsten ersten Kuss habe.«

»Das hab ich vor lauter Küssen ganz vergessen.«

»Hast du nicht.« Ich drehe mich zu ihm und sehe ihn an. »Du hast es nicht vergessen.«

Er lächelt, küsst mich noch mal sanft auf den Mund. »Weißt du, Paisley, im Gegensatz zu dir stehe ich ziemlich hart auf meinen Geburtstag. Aber ich glaube, ich stehe sogar noch mehr auf deinen.«

»Frag mich noch mal, wie mir mein Geschenk gefallen hat.«

»Wie hat dir dein Geschenk gefallen?«

»Es war genau das, was ich mir gewünscht hab.«

— 22. 6. —

Es ist früh am Morgen. Paisley schläft neben mir. Schläft tief und fest und mit einem Lächeln auf den Lippen. Ich kann meinen Blick kaum von ihr abwenden, während ich das hier schreibe, deswegen das Gekrakel. Dieses Gesicht. Diese Lippen. Diese Küsse. Dieses perfekte Zusammenspiel von ihr und mir. Ich will sie durch die Luft wirbeln, will mit ihr durch die Luft wirbeln, will für immer im Wirbel bleiben. Im Paisley-Wirbel, der alles verschluckt, alles mit sich reißt. Ich wollte ihr den schönsten ersten Kuss schenken, und stattdessen hat sie mir den schönsten x-ten Kuss geschenkt. Alle anderen Küsse sind so was von egal, verblassen im Angesicht von gestern Abend. Gott im Himmel, ich möchte nie wieder etwas anderes machen, als Paisley zu küssen. Wir haben nicht darüber gesprochen, ob das eine einmalige Geburtstagssache war, aber zum Teufel, ich kann nicht aufhören, daran zu denken. Und wie wir wissen, bringt nichts die Gedanken so schön zum Schweigen wie ein Kuss. Das habe ich ihr angekündigt. Und dann haben wir es beide eindrucksvoll bewiesen, indem wir aufhörten zu denken und anfingen zu sein. Ich wurde sie, und sie wurde ich, und wir wurden zusammen eins. Und während ich das schreibe und den letzten Abend vor meinem inneren Auge erneut erlebe, kann ich nicht fassen, was für ein phänomenales Glück ich habe. Selbst wenn es der einzige Kuss bleibt. Unserer. Ihrer?

16 Den ganzen nächsten Tag tänzeln wir umeinander herum. Es ist merkwürdig. Es passt nicht zu uns. Es hat sich etwas verändert. Verschoben zugunsten von übertriebener Vorsicht und falscher Rücksicht. Adairs Lachen wirkt gehemmt, mein Lächeln gequält. Und ich weiß, dass er es merkt, und er weiß, dass ich es merke.

Es regnet ohne Unterbrechung, sodass ich nicht einmal spazieren gehen kann, um der Situation aus dem Weg zu gehen. Erst sitzen wir gemeinsam im Wohnzimmer, Adair spielt Ukulele, liest, schreibt Gedanken in sein Buch. Ich wüsste zu gern, ob es Gedanken über mich sind. Gedanken über das, was zwischen uns passiert ist. Ob er es so schön fand, wie es den Anschein hatte. Ob er es wiederholen will. Ob wir einfach ein paar Tage rumknutschen könnten, ehe wir getrennte Wege gehen, einfach, weil ich es auskosten möchte. Mit ihm. Die Möglichkeit von Lippen auf Lippen wird so schnell nicht wiederkehren. Und jetzt, da ich weiß, wie es ist, wird es vermutlich schwieriger, ganz darauf zu verzichten.

Irgendwann schnappe ich mir mein Strickzeug und gehe damit nach oben. Wenn Adair meine Gesellschaft will, weiß er, wo er mich findet. Wenn er lieber allein ist, gebe ich ihm ein wenig Freiraum. Dann kann er sich darüber Gedanken machen, was das nun weiterhin sein soll mit uns beiden im Cottage.

Oben setze ich mich im Schneidersitz aufs Bett. Sofort muss ich dabei an Adair denken, der das mit dem Schneidersitz auch immer versucht, aber nicht so richtig hinkriegt, weil er seine Knie nicht weit genug nach unten bringt.

Das Stricken, das mir sonst so ein guter Begleiter ist, das meine Finger beschäftigt und meinen Kopf entspannt, ist eine mäßige Ablenkung. Und so breche ich zum ersten Mal überhaupt meine eigene Regel. Ich ziehe mein Handy aus dem Rucksack und schalte es ein. Schließlich ist mein Geburtstag ohnehin vorbei. Ein Geburtstag, an dem die dunklen Wolken in meinem Kopf rosa wurden.

Ich habe einen entgangenen Anruf von Marigold vom Tag, an dem ich im Cottage ankam. Es kommt mir fast absurd vor, dass ich versucht habe, sie anzurufen, um Adair zu vertreiben. Denn dann wurde es mit Adair so gemütlich, dass es keine Rolle mehr spielte, wer von uns hier sein durfte.

Und in unserer Schwesterngruppe auf WhatsApp sind ein paar Nachrichten.

Effie?, fragt Fiona.

Lass sie, antwortet Nessa. *Sie kommt zurück, sobald sie kann.*

Ich geh einkaufen. Braucht ihr was?

Oh, bringst du Tatties mit?

Bin noch im Hideout, *kommt gern vorbei, wenn ihr wollt. (Mit Cassie verabredet!)*

Boyd hat mir eine Überraschung versprochen, aber euch viel Spaß.

Essen wir heute zusammen?

Nee, bin bei den Halcrows, sorry, dass ich nicht Bescheid gegeben habe.

Alles gut, dann geh ich früh ins Bett.

Wollen wir Honig? Graeme will uns ungefähr 10 Gläser schenken, aber ich kann ihn vielleicht auf 7 runterhandeln.

Effie liebt Honig. Bring mit!

Alles Gute zum Geburtstag, Effie.

Auch von mir, natürlich. Auch wenn ich weiß, dass du das nicht gern hörst/liest. Aber wenn Fiona sich traut, traue ich mich auch. Ich hoffe, du machst es dir schön. Ich denke fest an dich.

Ich denke fester an dich!

Ich denke am festesten an dich!

Ich denke unendlich am festesten an dich!

Unendlich plus immer eins mehr als du.

Was sagt eigentlich Henry dazu, dass du lieber am Handy bist, statt zu arbeiten?

Was sagt eigentlich Edith dazu, dass du am Handy bist?

Munro ist gerade vollkommen aufgelöst aufgetaucht. Sein Geldbeutel wurde angeblich gestohlen. Aus dem Rathaus. Während er im Zimmer war.

Was?

Entwarnung. Edith hat ihn eingesteckt, weil Munro ihn zu Hause hat liegen lassen.

Hat sie geschimpft?

Sie und Greaves gleichermaßen. Seit Munro das Café betreten hat, faucht er regelmäßig.

Ich lache auf. Es ist schön, zu wissen, dass alles seinen gewohnten Gang geht, auch wenn ich nicht Teil davon bin. Die Geburtstagsgrüße ignoriere ich trotzdem. Kurz überlege ich, ob ich etwas zurückschreiben soll. Ich muss nicht. Fiona und Nessa wissen, wo ich bin. Aber irgendwie ... Die Vorstellung der beiden macht mich froh. Deswegen beginne ich eine Antwort zu tippen.

Wollt nur sagen, dass es mir gut geht. Freu mich schon auf euch.

Ich schicke die Nachricht ab, ohne darüber nachzugrübeln. Dann schiebe ich noch hinterher: *PS: Bin trotzdem weiter nicht erreichbar. Ich hoffe, das ist okay.*

Dann öffne ich die Nachrichten von Erwin.

Alles Gute zum Geburtstag, liebe Effie. Ich hoffe, du kannst gut ausspannen und die alberne Geschichte zwischen uns vergessen.

Ich schlucke. Ich hatte es tatsächlich vergessen, und das macht mir ein schlechtes Gewissen. Gefühle für eine andere Person scheinen solche Dinge zu verdrängen. Gefühle für eine andere Person. Ist es das? Habe ich Gefühle für Adair? Natürlich. Man hat ja für jeden Menschen im Umkreis irgendwelche Gefühle. Aber gehen diese hier über das hinaus, was ich sonst gewöhnt bin? Ertrage ich es deswegen nicht, dass wir uns unten wie die Fremden, die wir eigentlich sind, gegenübersitzen?

Erst will ich auch Erwin antworten, dann muss ich allerdings wieder an Adair denken. An Adair und mich. An Adairs Lippen. An unseren Kuss. Und dann fühle ich mich so schlecht und so falsch und wie die mieseste Freundin der Welt und wie eine Lügnerin, weil ich Erwin abgewiesen habe und Adair beinahe angefleht habe, mich zu meinem Geburtstag zu küssen. Ich weiß, dass man das eine nicht mit dem anderen vergleichen kann. Was mit Adair war, hat mit Erwin nichts zu tun und umgekehrt. Aber Erwin schreiben, während ich nur daran denke, dass ich Adair vielleicht wieder anflehen werde, mich zu küssen, auch wenn mein Geburtstag vorbei ist ... Das kommt mir schäbig vor. Und so schalte ich mein Handy wieder aus und versuche doch noch was gestrickt zu kriegen.

»Ähm, Paisley?«

»Ja?«

Adair schiebt die Schlafzimmertür einen Spalt weit auf. »Du kannst ruhig sagen, wenn du deine Ruhe haben willst, aber ich habe Abendessen gemacht.«

Ich habe vollkommen die Zeit vergessen. Tagträumenderweise. Abendträumenderweise, offensichtlich.

»Nein, nein!« Ich freue mich, dass er von sich aus nach oben gekommen ist. Sofort fühle ich mich weniger albern mit meinen Gedanken und Sehnsüchten. Weniger schüchtern.

»Ich wusste nicht, ob du mir vielleicht aus dem Weg gehst.«

»Ich wusste nicht, ob du vielleicht lieber deine Ruhe willst.«

»Sind das die Vibes, die du von mir bekommen hast?«

Ich zucke mit den Schultern. »Weiß nicht.«

»Jedenfalls gibt's irgendeine braune Pampe aus der Dose, die sich Gemüseeintopf nennt, falls du auch was willst. Wir könnten einen Film dazu schauen. *Romeo and Juliet* oder so?«

Ich lege mein Strickzeug neben mich auf die Matratze. »Gern.«

»Okay, cool.« Die Lockerheit zwischen uns ist zwar längst nicht zurück, es fühlt sich immer noch krampfig an, aber wenigstens hält es ihn nicht davon ab, die Zeit mit mir verbringen zu wollen.

Wir setzen uns mit dampfenden Schüsseln nebeneinander auf die Couch. Ich wusste nicht, wie hungrig ich war. Doch jetzt, da das Dosenfutter einigermaßen essbar duftet, knurrt mein Magen. Adair sieht mich grinsend an und startet den Film.

Während wir essen, sehen wir Leo und Claire dabei zu, wie sie sich heftig ineinander verlieben. Immer wieder blicke ich zu Adair, doch er ist auf den Film konzentriert. Ich bin mir der Nähe zwischen uns viel zu bewusst. Als ich meine Schüssel auf den Couchtisch stelle, streife ich seinen Arm. Und danach kommt meine Hand neben seiner zum Liegen. Meine Finger zucken, und ich zwinge mich, die Hand in meinen Schoß zu legen, bevor sie etwas Dummes macht.

Leo und Claire verbringen die Nacht miteinander. Bei jedem Kuss muss ich an gestern Abend denken. Es fühlt sich an, als wäre irgendeine Schleuse in meinem Gehirn geöffnet worden.

Plötzlich wird der Fernseher schwarz. Adair hat den Film abgebrochen. Ich sehe ihn entgeistert an. Er hat den perfekten Zeitpunkt für das Happy End gewählt!

»Und jetzt?«, fragt er.

»Ich bin nicht müde.« Ich bin mir nicht sicher, ob ich versuche, Verheißung in meine Stimme zu legen.

»Könnte damit zusammenhängen, dass es immer noch fast taghell ist, obwohl eigentlich Nacht sein sollte.« Er zupft an den dünnen, weißen Vorhängen, die das Licht von draußen kein bisschen abschirmen.

Oder damit, dass ich keine Ahnung habe, wie ich das Gespräch auf einen weiteren Kuss lenken soll.

»Die Tage werden jetzt wieder kürzer. Gestern war der längste Tag.«

»Das nennt man dann wohl Ironie des Schicksals«, sagt Adair. »Der Tag, den du am wenigsten magst, ist auch noch der, der am längsten dauert.« Er grinst.

»So wenig mochte ich ihn gar nicht.«

»Ich auch nicht.«

Aber was bedeutet es denn nun?, schreit mein Gehirn. Und ich bin wirklich kurz davor, es Adair ebenfalls laut entgegenzubrüllen. Wie merkwürdig, vor dem Kuss hätte ich es vermutlich einfach gemacht.

»Wir könnten an den Strand«, schlage ich vor. »Es hat aufgehört zu regnen. Die Nacht zum Tag machen oder so.«

»Müssen wir gar nicht.« Er wackelt mit den Augenbrauen. »Das hat die Nacht schon für uns erledigt.«

Ich schlüpfe in Gummistiefel, und Adair tut es mir überraschenderweise nach. Ganz ohne Diskussion, ohne eine Miene zu verziehen. Als wäre er entweder angekommen oder hätte einfach aufgegeben. Oder vielleicht geht für ihn das eine nur mit dem anderen. Was wohl sein natürliches Habitat ist? Wie er dort wohl ist?

In einem Versuch, zurückzukehren zu unserer Vertrautheit, frage ich: »Adair? Was ist dein natürliches Habitat?«

Er grinst. Und es ist das entspannte Grinsen. Nicht das unechte von heute Mittag. »Du meinst, weil es das hier offensichtlich nicht ist?« Er hält mir die Tür auf, und ich trete hinaus.

Das Licht draußen ist magisch. Es ist nicht wirklich wie tagsüber, sondern irgendwie milchig. Milchig-schön. Die Welt sieht dadurch aus wie gemalt. Oder wie ausgedacht. Wie eine sanftere Version von sich selbst vielleicht.

»Du hast schließlich keinen Hehl draus gemacht, dass es dir hier nicht wirklich gefällt.«

»Ja, aber das war, bevor ...«

»Vor was?«

»In Edinburgh gehe ich viel aus. In schicke Bars, Restaurants, auf geheime exzentrische Partys mit noch exzentrischeren Leuten.«

»Sind die alle wie du?« Wir überqueren die Straße und schlagen den Weg zum Strand hinunter ein. Links und rechts wird er gesäumt von wilden Rosenbüschen, die blühen und duften.

»Ich bin eher einer der Langweiligen.«

»Das glaube ich kaum.«

»Dann komm doch einfach mal mit.«

Ich schüttle den Kopf. »Das wäre gegen unseren Deal.«

»Ach ja, der Deal.«

Ich weiß nicht, was er damit meint. Ob er es vergessen hatte? Jedenfalls kann es nicht schaden, ihn daran zu erinnern. Vielleicht werden wir dann wieder lockerer.

»Außerdem ist das hier mein natürliches Habitat. Ich würde sicher nicht zu deinen aufregenden Freunden passen.«

»Du würdest vorzüglich passen«, sagt er.

»Inwiefern?«

»Was ist denn bitte exzentrischer als eine Real-Life-Elfe?«

»Das ist so ein Quatsch.«

Doch Adair zuckt nur amüsiert mit den Schultern.

Vom Strand weht kühle Luft zu uns. Hinter einer Biegung kommt der Ozean in Sicht. Das Wasser ist zwar wieder auf dem Rückzug, dennoch ist die Brandung nah. Unsere Schritte knirschen über den Kiesstrand. Doch ich will ins Watt. Will es spüren.

»Warte, ich zieh meine Schuhe aus.« Ich setze mich auf einen großen Stein und entledige mich meiner Gummistiefel, die ich einfach an Ort und Stelle stehen lasse.

Auf einmal wünsche ich mir, alles zu fühlen. Mein natürliches Habitat. Nicht nur den Wind und das Salz im Gesicht, nicht nur den Sand an den Füßen, sondern alles. Möchte über Seetang gehen, Muscheln in meiner Hand halten. Diese wunderschöne Welt in ihrem unwirklichen Licht umarmen. Vielleicht bin ich eine Real-Life-Elfe. Aber sicher keine, die das hier gegen wilde Partys eintauschen würde.

Ich renne ein paar Meter, bis der Kies in Sand übergeht. Dann breite ich meine Arme aus, schließe die Augen und lasse den Wind in mich hinein, durch mich hindurch. Lasse ihn alles mitnehmen, was ich nicht brauche. All die Wolken, die meine Gedanken trüben, all den traurigen Gefühlsnebel. Die Unsicherheit in Bezug auf Adair und den Kuss. Die krampfige Stimmung zwischen uns. Es ist, als würde die salzige Luft einfach meinen Kopf aufräumen. Ich lehne mich dagegen, atme tief ein. Ich atme. Atme tief. Tiefer. Fülle meine Lungen komplett mit Frische.

Als ich die Augen wieder öffne, sehe ich, dass Adair mich anblickt. Er steht ein paar Meter entfernt, die Hände in den Hosentaschen, der Wind zerrt an seinen Haaren.

»Was?«, frage ich.

»Real-Life-Elfe.«

»Du solltest es auch probieren«, sage ich. »Dich einfach mal hineinlehnen in das hier.« Ich mache eine umfassende Geste.

»Ja? Denkst du?«

Ich nicke, und Adair nickt ebenfalls. Er kommt näher, und dann breitet er seine Arme aus, wie ich es eben getan habe, und ich folge ihm. Wir schließen die Augen, atmen gemeinsam ein und aus. Der Wind weht uns salzige Luft ins Gesicht, erfüllt uns.

»Ich glaube, ich muss schreien«, ruft Adair gegen eine Bö.

»Was?«

»Ich glaube, ich muss schreien!«

»Warum?«

»Vor lauter Gefühl!«

Ich weiß, was er meint. Auch ich muss schreien. Vor Liebe für diese Insel. Vor Liebe für all die Menschen, die mich begleiten. Vor Liebe zu diesem Moment. Vor Liebe zu …

Und dann schreien wir. Gemeinsam. Gegen den Wind, gegen das Meer. Wir schreien, bis unsere Lungen leer sind, und während wir schreien, greift Adair nach meiner Hand.

Wir sehen uns an und beginnen zu lachen. Völlig unkontrolliert. Vielleicht, weil das hier alles so albern ist. Vielleicht, weil alles so überfordernd schön ist. Vielleicht, weil wir einen Tag damit vergeudet haben, um uns herum zu schleichen, statt uns die ganze Zeit ohne Unterbrechung zu küssen. Denn danach ist mir.

Ich atme noch mal ein. Dann rufe ich, so laut ich kann: »Ich will dich noch mal küssen, Adair!« Denn es ist besser, es zu brüllen, als es für sich zu behalten. Dazwischen gibt es nichts.

»Echt?« Er ruft nicht. Er spricht leise. Das wäre vielleicht ein Dazwischen gewesen.

»Ja, echt.« Gerade will ich schreien, dass es okay ist, wenn er das nicht möchte, doch da atmet Adair tief ein.

»Ich will dich auch noch mal küssen, Paisley. Am liebsten die ganze Zeit.«

»Okay!«, brülle ich. Brülle es so laut, dass meine Stimme bricht.

Weil ich völlig high bin von der salzigen Luft und der hellen Nacht, fange ich an zu laufen. Ich renne, meine Schritte patschen auf dem feuchten Sand. Ich spüre alles. Spüre die Welt, die Luft, die Lust, Adair zu küssen, und muss einfach rennen, weil viel zu viel in mir ist. Zu viel Gefühl, wie Adair gesagt hat.

Ich drehe mich um und sehe, dass Adair sich ebenfalls in Bewegung setzt. Kopfschüttelnd, mit einem glücklichen Lächeln auf den Lippen. Er humpelt noch leicht und ist deswegen deutlich langsamer als ich. Um ihn aufholen zu lassen, verlangsame ich mein Tempo, bis ich fast innehalte. Doch dann, einfach so, geht es mit mir durch, und ich hebe meine Arme und – schlage ein Rad. Und als ich zum Stehen komme, ist da Adair vor mir. Er ist außer Atem, ebenso wie ich. Wir schnaufen, versuchen, Luft zu bekommen, aber je näher wir uns sind, desto weniger Luft ist da. Er zieht mich an sich, ich spüre, wie seine Brust sich hebt und senkt. Schnell. Und meine ebenso. Er senkt seine Lippen auf meine, und auf einmal muss ich nicht mehr atmen. Ich muss nur noch ihn spüren, schmecken, bei mir haben. Er umschlingt mich, umfasst mich, umgibt mich, enger, fester, berührt mich, nicht nur mit seinen Lippen und seiner Zunge. Nicht nur mit seinen Händen. Er berührt mich überall gleichzeitig. Außen wie innen. Und ich will ihn ebenso überall berühren, mit meinen sandigen Händen. Ich will sein Innerstes anfassen, und wenn es nur mit Gedanken ist. Adairs Innerstes muss bunt sein. Schön. Der aufregendste Ort der Welt, der gleichzeitig der sicherste Ort ist.

Was gestern noch so unbekannt war, ist heute nicht weniger neu, nicht weniger aufregend. Aber in diesem Moment, da mir klar wird, dass wir in den nächsten Tagen nichts anderes machen werden als das hier, zieht sich alles in mir zusammen, um im nächsten Augenblick in einem Feuerwerk aus Freude zu explodieren.

Ich schnappe nach Luft, habe tatsächlich vergessen zu atmen. Und Adair geht es ganz genauso. Wir müssen uns voneinander lösen, um Luft zu holen, um nicht auf die süßeste Art zu ersticken. An Nähe. Ich an ihm, er an mir, im puren Glückstaumel.

»Ich bin wirklich verdammt froh, dass wir das geklärt haben«, sagt Adair und fährt mit seiner Hand an meiner Wange entlang, an meinen Nacken, in meine Haare, küsst mich wieder. Und wieder. Und wieder. Während ich spüre, dass sein Glücksschrei in mich hineinkriecht und mich zum Beben bringt.

»Du kitzelst mich«, flüstere ich zwischen zwei Küssen.

»Oh, entschuldige.« Er zieht seine Hand zurück.

»Nein, nein, nicht mit der Hand. Du kitzelst mich innerlich. Du bist in mir. Nicht nur mit deiner Zunge. Du bist ganz in mir.«

Er stößt ein Keuchen aus, als wären meine Worte kaum erträglich.

»Ich will auch in dich.«

»Gott, das bist du!«, sagt Adair und hebt mich hoch. »Du bist überall in mir.« Und während er uns im Kreis dreht, sodass mein weiter Rock im Wind tanzt, spüre ich es. Wie tief wir ineinander sind. Verschlungen, eingetaucht, aufgegangen, verschmolzen. Ein Glücksschluchzen entfährt mir, entfährt ihm, entfährt uns. Wir weinen nicht. Es gibt keinen Grund zum Weinen. Es gibt nur Gründe für Jubeltaumel und Glücksstürme.

17 Sehr langsam schlendern wir Hand in Hand zurück. Ab und zu muss ich einen Zwischenhopser vollführen, weil die Gefühle irgendwohin müssen. Und manchmal bücke ich mich nach einer besonders schönen Muschel und stecke sie ein, um die Sammlung auf Marigolds Fensterbrett zu vergrößern.

Die Brandung rauscht zu unserer Rechten. Es duftet nach heller Nacht und salziger Weite. Der Sand zwischen meinen Zehen ist kühl und feucht, und ich erlebe jeden Moment so intensiv, als wäre er unendlich. Unendlicher Wind in den Haaren, unendlicher Tag um mich herum, unendliche Nähe zu Adair. In dieser Unendlichkeit würde ich mich am liebsten auflösen und ein ewiger Teil von ihr werden. Aber wenn alles ewig ist, wiegt selbst der kostbarste Moment nichts mehr. Und so kehre ich zurück ins Hier und Jetzt, zum nächsten Glücksmoment.

»Gut, dass wir die Sache mit dem Küssen geklärt haben«, sagt Adair noch mal und drückt meine Hand.

Ich muss kichern. »Ja.«

»Als du nach oben gegangen bist, dachte ich schon, du

hättest jetzt genug von mir.« Er grinst ein bisschen unsicher.

»Ich fand's ein bisschen zu schwierig, neben dir zu sitzen und dich nicht zu küssen.«

»Du hättest einfach was sagen können.«

»*Du* hättest was sagen können.«

»Wir hätten bis drei zählen und dann gleichzeitig was sagen können. Stattdessen habe ich Löcher in die Luft gestarrt und mich gefragt, was du da oben machst.«

»Ich habe meinen Schwestern geschrieben.«

»Schwestern? Plural?« Er klingt überrascht.

»Ja, ich hab dir doch von ihnen erzählt.«

»Du hast von einer erzählt. Von Nessa.«

»Oh. Ups. Also eigentlich habe ich zwei. Nessa ist die älteste, Fiona die mittlere.« Ich sehe zu ihm auf, zucke mit den Schultern. »Und dann komme ich.« Ich weiß nicht einmal, warum ich meine eigene Existenz in diesem Moment so abtue. Aber es hat schließlich einen Grund, warum ich meinen Schwestern jedes Jahr um diese Zeit aus dem Weg gehe.

»Das Beste zum Schluss.« Sein Blick ist so warm wie seine Hand. Wie seine Lippen. Alles an ihm ist warm.

»Weißt du doch gar nicht. Vielleicht sind Nessa und Fiona ja noch mehr dein Fall.« Ich könnte einfach aufhören, mich klein zu machen. Das wäre eine Idee. Aber es kommt einfach so aus mir heraus.

»Das wage ich zu bezweifeln.« Er zieht mich an sich und küsst mich auf den Scheitel. Er ist sich so sicher mit mir, dass das doch auch für mich möglich sein muss. »Also, was hast du ihnen geschrieben?«

»Dass es mir gut geht. So Kram.« Ich hätte nicht davon anfangen sollen. So viel steht jetzt fest. Ich schlucke gegen einen Kloß in meiner Kehle an. Sie fehlen mir. Wie jedes Jahr.

»Was sagen die eigentlich dazu, dass du an deinem Geburtstag verschwindest? Ich meine, wollen die nicht mit dir feiern?«

»Würden sie bestimmt. Aber ...« Sie fehlen mir so sehr, doch die paar Tage ohne sie sind besser als die Alternative.

»Hm?«

»Na ja, ich will sie nicht mit meiner Traurigkeit ... beunruhigen.« Da. Jetzt ist es raus.

Adair bleibt stehen und sieht mich ungläubig mit gerunzelter Stirn an. »Wie kommst du darauf, dass du sie beunruhigen würdest?«

Ich fühle mich ein bisschen albern, das zu sagen. Für einen Außenstehenden muss es völlig blödsinnig klingen. »Ich ... ähm ... also. Es ist wichtig, dass wir alle zusammen sind weißt du? Dass alles genauso bleibt, wie es ist.«

»Aber indem du dich abkapselst, seid ihr doch auch nicht zusammen.« Sein Gesichtsausdruck wird immer verwirrter. Doch sein Gesicht zu betrachten macht, dass ich mich wieder sicherer fühle.

»Ja, allerdings ist das immer nur für den Moment.« Wenn ich wieder nach Hause zurückkehre, ist alles wie immer. »Fiona war drei Jahre weg, weißt du? Das war richtig schlimm. Und das darf nie wieder passieren.«

»Wo war sie denn?«

»In Bristol. Hat da studiert. Aber wir hatten kaum Kontakt, weil ... na ja ... sie kann keine Kinder kriegen und musste das erst für sich verarbeiten.« Ich erinnere mich an dieses Gefühl der Unvollständigkeit, während Fiona weg war. Dieses Loch, das sie hinterlassen hat. Ich erinnere mich, wie ich versuchte, ihre Abwesenheit durch noch mehr gute Laune zu kompensieren. Für Nessa. Für mich. Wie anstrengend das war. Wie ich fast nicht mehr konnte. Ich war ihr nie wirklich böse. Wusste immer, dass sie nicht leichtfertig gegangen war. Aber die Leere blieb bis zu dem Moment, in dem sie wieder bei uns war.

»Was hat das eine mit dem anderen zu tun?«

»Du stellst ziemlich viele Fragen.«

»Ich will dich verstehen.« Und er sieht mich an, als würde er wirklich alles, was mich betrifft, verstehen wollen.

Ich atme tief ein. Dann sage ich: »Es ist wichtig, dass alles im Gleichgewicht ist. Nessa ist die Erwachsene von uns. Die Vernünftige. Die, die die Sachen im Griff hat. Fiona ist die Stille. Die Ruhige. Die uns irgendwie erdet. Und ich bin die Fröhliche, Laute. Wenn das Gleichgewicht gestört ist, fehlt was. Dann funktionieren wir nicht mehr. Als Nessa neulich zusammengebrochen ist, hab ich einen richtigen Schreck gekriegt, weil ich dachte, das ist der Anfang vom Ende.« Ich muss mich kurz sammeln. Blicke aufs Meer hinaus. In den milchigen Himmel. »Wenn ich also meinen Teil erfüllen kann, dann habe wenigstens ich alles dafür getan, dass es bleibt, wie es ist.«

Einen Moment lang schweigen wir. Dann räuspert sich Adair. Er spricht leise. »Und du glaubst, so ein bisschen Traurigkeit, die ja ganz normal ist, ist schon ein Risiko? Wenn du über euch drei redest, habe ich eigentlich das Gefühl, dass ihr euch ziemlich gut aufeinander verlassen könnt.«

»Ja, können wir auch. Aber ...« Ich beiße mir auf die Unterlippe. »Vor ein paar Jahren ist was passiert. Und daran wäre fast alles zerbrochen.« Leiser füge ich hinzu: »Meinetwegen.« Wegen meiner Veranlagung. Weil wir aus demselben Holz geschnitzt sind.

»Erzählst du es mir?« Adairs Sanftheit ist verlockend. Ich könnte mich reinfallen lassen in diesen Wattebausch aus Wärme und Sicherheit. Einfach darüber sprechen. Einfach ...

»Ich habe mich ziemlich viel mit Nessa gestritten früher. Als ich noch jünger war. In der Pubertät.«

»Ist das nicht normal? Dass man sich mit seiner Familie streitet?«

»Ja, vielleicht. Aber wir hatten schließlich nur noch uns. Und Nessa hat immer ihr Bestes gegeben. Sie hat sich nicht um die Rolle gerissen, weißt du? Für uns da zu sein. Sich um uns zu kümmern. Alles zusammenzuhalten. Das ist ihr so zugefallen, und sie hat einfach gemacht. Und ich ... hab gegen sie gearbeitet.«

»Denkst du, sie ist immer noch sauer auf dich deswegen?«

»Nein, ich glaub nicht. Wir sind ziemlich unzertrennlich. Vor allem die Zeit ohne Fiona hat uns noch mal enger zusammengeschweißt. Nicht, dass wir zu Fiona kein enges Verhältnis hätten ... Aber Nessa und ich, das ist jetzt irgendwie besonders.« Ich werde von einer Welle der Zuneigung für meine große Schwester erfüllt, die es nur noch schwieriger macht, darüber zu sprechen, wie scheiße ich früher zu ihr war.

»Und das war es nicht immer?«

»Als ich ein Teenager war, hab ich sie ... hm ...« Ich fühle mich richtig schäbig. »Ich hab sie dafür gehasst, dass sie meine Schwester war und nicht meine Mum. Oder wenigstens mein Dad. Ich wollte keine verkorkste Familie.« Ich atme tief ein. »Jetzt weiß ich natürlich, dass wir zusammen die beste Familie sind, die man sich wünschen kann. Aber als Kind war es wirklich schwierig für mich. Ich hab mich oft weggeschlichen, wenn ich konnte. Und mit fünfzehn, sechzehn dann ... Ich hab's nicht wertschätzen können. Und deswegen habe ich Nessa provoziert. Immer wieder. Meistens hat sie cool reagiert. Meistens ist es von ihr abgeprallt. Ab und zu hat sie für eine Weile nicht mehr mit mir geredet. Oder hat mich angeschrien. Als ich nach einem Schulausflug nach Aberdeen mit dem Piercing nach Hause kam« – ich drehe an meinem Nasenpiercing –, »ist sie völlig ausgeflippt. Wollte das Tattoostudio anzeigen. Sie hat richtig schlimm gewütet. Das war genau das, was ich erwartet hatte. Und auch, was ich erreichen wollte.« Ich lache ein bisschen unsicher. »Aber dann war ich doch überrascht davon, wie gut es funktionierte. Nach einer Weile hat Nessa sich wieder beruhigt. Hat sogar zugegeben, dass es ziemlich gut zu mir passte. Sie wollte immer nur, dass wir es schön hatten. Und wenn ein Nasenpiercing dazu führte, dass ich glücklich war, dann war es ihr eben recht.« Ich versuche an dem dicken Kloß in meinem Hals vorbeizuschlucken. In diesem Moment vermisse ich meine große Schwester.

»Sie klingt ziemlich toll.«

»Ja, ist sie.« Tränen brennen hinter meinen Augen. »Aber na ja, einmal hab ich es übertrieben.«

»Inwiefern?«

»Nessa hatte diesen großen Abend geplant. Sie wollte was verkünden. Hat ein richtiges Ding draus gemacht, groß aufgekocht, guten Wein gekauft, obwohl wir uns das eigentlich nicht leisten konnten.« Mein Herz zieht sich fest zusammen bei der Erinnerung. »Um halb acht sollten wir da sein, um zusammen irgendwas zu feiern. Mich hat diese Geheimnistuerei genervt. Und sowieso hat es mich angekotzt, dass wir heile Familie spielen sollten. Ich hab nicht gecheckt, dass es darum nicht ging. Dass wir nicht im herkömmlichen Sinne heil sein mussten, um zusammen sein zu können. Ich habe es bei meinen Klassenkameraden immer anders gesehen, weißt du? Mutter, Vater, Kinder. So war das überall. Und bei uns waren es Nessa, Fiona und ich und ein Dad im Pub. Ich hatte das Gefühl, die absolute Familien-Niete gezogen zu haben.« Mein gequältes Lachen misslingt gründlich. »Na ja. Also bin ich eben nicht nach Hause gegangen, sondern zu meiner Freundin Lynn. Es lief Musik, und ich hab mein Handy nicht gehört. Aber selbst wenn ich es gehört hätte, wäre ich wohl nicht drangegangen. Und als Lynns Mum mich irgendwann rausgeschmissen hat, kam ich mit zwei Stunden Verspätung zu Hause an. Ich bin ins Wohnzimmer, wo Fiona, Nessa und Henry saßen. Das ist Nessas bester Freund. Sie hatten natürlich längst gegessen. Nur mein Teller stand noch unbenutzt auf meinem Platz. Wie ein stummer Vorwurf. Ich wette, sie haben ihn mit Absicht stehen lassen. Und ich hab irgendeine lahme Entschuldigung gebrummt und gefragt, ob's noch was zu essen gibt. Nessa ist hinter mir her in die Küche. Ich hatte sie davor noch nie so gesehen. Sie wirkte nicht wütend. Nur ... stark. Und verletzt. Schlimm verletzt. Sie hat gesagt, der Abend wäre ihr wichtig gewesen. Sie hätte sich Mühe gegeben, so wie sie sich seit Jahren Mühe geben würde. Sie hat den Rest vom Essen genommen und vor meinen Augen in den Müll gekippt. Das muss ihr das Herz gebrochen haben, so viel Arbeit, wie sie reingesteckt hatte. Und dann hat sie gesagt: ›Ich hab genug. Ich kann das nicht mehr mit dir. Ein Mensch, der sich einen Scheiß um uns schert, reicht mir. Sieh zu, dass du dein schrottiges Leben allein auf die Reihe kriegst. Ich bin fertig damit, so wie ich's mit ihm auch bin.‹ Und dann ist sie gegangen und die ganze Nacht nicht zurückgekommen.«

Meine Stimme zittert leicht, und für einen Moment muss ich mich abwenden, weil ich mich so mies fühle. Mies für Nessa, weil sie es so schwer hatte mit mir, und mies für mich selbst, weil das der Moment war. Der Moment, in dem ich begriff, dass aus dem gleichen Holz wie unser Dad zu sein nichts Positives ist. Sondern etwas, das das Leben von allen um einen herum kaputt macht. Und ich wollte niemandes Leben kaputt machen. Ich wollte es doch durch Lächeln schöner machen!

»Nessa hatte sich anscheinend den ganzen Abend richtig Sorgen um mich gemacht. Sie hatte Angst, es sei etwas passiert, so sicher war sie sich, ich würde wenigstens an diesem Abend für sie da sein. An diesem Abend, der so besonders für sie war. Sie konnte sich einfach nicht vorstellen, dass ich nicht ein einziges Mal *für sie* da sein konnte.« Ich spreche auf einmal schnell, um einfach alles rauszulassen, ehe ich es mir anders überlegen kann. »Und die Tatsache, dass ich aus purer Respektlosigkeit nicht aufgetaucht bin, hat ihr den Rest gegeben. Fiona hat mir dann erzählt, was es mit Nessas Neuigkeiten auf sich hatte. Sie hat verkündet, dass sie zusammen mit Henry eine Mikro-Destillerie gründen würde. Dass sie für ein Förderprogramm ausgewählt worden war. Dass sie ihren Traum verwirklichen konnte. Und ich habe es verpasst. Den größten Moment in ihrem Leben. Jedenfalls hab ich nach dem Abend die Kurve gekriegt. Ich hab Nessa nie wieder enttäuscht. Und ich will nie wieder eine Belastung für sie werden. Oder für Fiona. Für niemanden. Und deswegen ...« Ich zucke mit den Schultern.

»Deswegen kommst du jedes Jahr allein hierher.«

Ich nicke stumm. Es ist das erste Mal, dass ich jemandem von diesem Abend erzähle. Nicht einmal mit Nessa oder Fiona habe ich nachträglich darüber gesprochen. »Am nächsten Tag habe ich Frühstück gemacht, in der Hoffnung, sie würde zurückkommen. Ich wollte mich bei ihr entschuldigen. Und als sie tatsächlich irgendwann zur Tür hereinspazierte, musste ich vor Erleichterung so sehr weinen, dass ich kein Wort herausbrachte. Sie sagte zwar nichts, aber sie hat wohl gemerkt, dass ich es kapiert hatte. Die Angst, als Nessa nicht wieder nach Hause kam, die ganze Nacht nicht, genauso, wie Dad nicht mehr nach Hause kam, die Gewissheit, dass ich sie vertrieben hatte ... dass ich schuld daran war, dass wir nun auch noch sie verloren hatten, hat mich nie wieder losgelassen.«

»Wissen deine Schwestern das?«

Ich schüttle den Kopf. »Tut mir leid, aber ich glaube, ich muss jetzt ein bisschen weinen«, sage ich, weil ich weiß, dass ich die Tränen nicht mehr länger zurückhalten kann.

»Okay.« Adair legt seine Arme um mich und drückt meinen Kopf an seine Brust. »Mit *ihm*, meinte Nessa da deinen Dad?«, fragt er noch, und während ich mich gegen ihn lehne, nicke ich.

Die Schluchzer, die aus mir herauskommen, sind kein sonderlich schönes Weinen, so viel steht fest, aber Adair scheint es überhaupt nichts auszumachen. Er hält mich einfach, während ich immer weiter in mich zusammenfalle und um Nessa, um unsere Beziehung, um die verpassten Jahre mit Fiona, um meine Mum und meinen Dad und einfach alles weine, was mich jemals hätte traurig machen können.

Wir stehen mit Sicherheit zehn Minuten einfach nur so da, den Ozean in meinem Rücken, Adair, der mich hält und beruhigende Sachen sagt, die mich nicht wirklich erreichen. Aber es tut gut, seine Stimme zu hören. Und schließlich fasse ich mich wieder einigermaßen.

Mein Gesicht fühlt sich richtig verquollen an. Nach roten Flecken auf der Haut und rot geweinten Augen. Ich wage es kaum, Adair wieder anzusehen, doch er nimmt einfach mein Gesicht in seine Hände und lächelt mich an, als würde er sagen: »Es ist alles okay. Und wenn es nicht okay ist, ist auch das okay. Ich hab dich.« Und dann senkt er seine Lippen auf mein Gesicht. Er küsst meine brennenden Augen, meine fleckigen Wangen, meine verstopfte Nase, meine Schläfen, meine Stirn. Ein sanfter Kuss nach dem anderen vertreibt den Kummer Stück für Stück. Mit jeder Berührung von Adairs Lippen wird die Traurigkeit besser, werden die dunklen Wolken zu schönen Wolken. Und dann finden seine Lippen meinen Mund, und obwohl mir der Geschmack von Tränen und das Gefühl von Spuckefäden peinlich ist, küsst er mich. Richtig. Immer wieder. Immerzu ...

— 23. 6. —

Das glücklichste traurige Mädchen. Oder das traurigste glückliche
Mädchen. Paisley ist beides zugleich und damit das lebendigste Wesen,
das mir je über den Weg gelaufen ist.

Diese beiden Bilder, die ich von ihr im Kopf habe — die rennende,
hüpfende, Rad schlagende Paisley, die mein Herz zum Rennen, Hüpfen,
Radschlagen bringt, sodass ich vor Verliebtheit kaum Luft bekomme,
und dann die weinende, zerbrechende, die macht, dass ich mitweinen
und mitzerbrechen will, einfach nur, damit sie sich nicht allein fühlt.
In diesem Moment schläft sie neben mir. Ihre Haut ist immer noch
ein bisschen fleckig vom Salz ihrer Tränen. Und wieder will ich sie
küssen. Aber ich werde sie nicht aufwecken, sondern von der Erinnerung,
die schon zu weit weg ist, obwohl sie erst einige Minuten her ist,
zehren. Bis morgen früh. Bis ich sie wieder küssen kann. Vielleicht
können wir alles andere einfach sein lassen. Niemand muss essen,
trinken, atmen, wenn er Paisley küssen kann.

Aber sie zum Lachen bringen. Ihr gegen die Traurigkeit helfen. Ihr
Glücksmomente geben für die harten Tage. Das kann ich. Um sie
dann, wenn sie gelacht hat, wieder zu küssen. Denn Paisleys Lachen
widerstehen — das kann ich nicht.

18 ... und hört einfach nicht mehr damit auf. Er küsst mich den ganzen nächsten Tag. Küsst mich auf jede erdenkliche Weise. Lässt seine Wimpern Schmetterlingsküsse auf mein Gesicht flattern, wirft mir Luftküsse zu, presst Handküsse auf meine Finger, meine Handgelenke. Und immer wieder finden wir uns wild knutschend irgendwo im Cottage wieder. Ich auf der Anrichte, er vor mir, zwischen meinen Beinen, wo es anfängt, wie wild zu pochen. Nebeneinander auf dem Sofa, mal er über mir, mal ich über ihm. Es spielt keine Rolle, wie spät es ist, keine Rolle, wie hungrig wir sind. Aber da ist ohnehin nur Hunger aufeinander. Und wenn wir uns nicht küssen, habe ich das Gefühl, von innen geküsst zu werden. Denn dort, in mir, ist Adair immer noch. In meinem Kopf und auch überall sonst, wo es kribbelt wie bescheuert. Als würde ich kopfüber in einem Fahrgeschäft hängen, das sich die ganze Zeit um sich selbst dreht.

Die Welt steht kopf. So fühlt es sich an. Wenn mein Unglück zu Glück werden kann, wenn mein Geburtstag zum unvergesslich schönsten Tag werden kann, ist alles möglich.

»Spürst du, wie die Welt kopfsteht?«, frage ich zwischen

zwei Küssen auf dem Sofa, während Adair in der Küche einen Schluck Wasser trinkt.

»Ich spüre es«, sagt er. Und als er wieder zurückkommt, stellt er sich hinter mich, beugt sich zu mir herunter, und nun steht sogar unser Kuss auf dem Kopf.

Irgendwann geht Adair duschen. Lautstark schmettert er *Be Our Guest* aus *Beauty and the Beast*.

»*Be our guest! Be our guest! Put our service to the test*«, singt er, und ich bin ganz glückstrunken, während der Regen die perfekte Untermalung gegen die Scheiben trommelt.

Er dreht das Wasser ab und hält inne. Dann ruft er: »Wenn doch die Welt kopfsteht und die Nacht Tag ist, meinst du, dann kann dieser ewige schottische Regen auch Sonnenschein sein?«

Ich lache. »Ich bin mir nicht sicher.« Denn es regnet schon den ganzen Tag. »Ist das Bad frei? Kann ich?«

»*Be my Guest*«, singt er, und mit einem breiten Grinsen gehe ich nach oben.

»Ich glaube, ich werde es ausprobieren«, ruft Adair wenig später durch die geschlossene Badezimmertür.

»Was wirst du ausprobieren?« Das warme Wasser brennt ein bisschen auf meinen wunden Lippen.

»Den Regen zu Sonnenschein zu machen.«

»Du spinnst.« Ich kichere.

Als ich das Wasser abdrehe, höre ich Adairs Schritte die Treppe hinunter. Was, um Himmels willen, hat er vor?

In ein Handtuch gewickelt, steige ich aus der Badewanne. Mit der Hand wische ich über den beschlagenen Spiegel. Und, o wow, meine Lippen sind tatsächlich ein bisschen angeschwollen. Und knallrot. Ich betaste sie vorsichtig mit meinem Finger, zucke zusammen, grinse breit, zucke noch mal zusammen. Schön wund. Glücks-wund.

»Ist das herrlich!«, höre ich Adairs gedämpfte Stimme von draußen durch das einfach verglaste Badezimmerfenster. Ist das sein Ernst? Es gießt wie aus Eimern! »Wie an der Côte d'Azur!« Er gibt ein seliges Seufzen von sich.

Lachend wickle ich das Handtuch fester um mich, weiche dem Loch im Boden aus und schiebe das Fenster nach oben. Als ich nach draußen sehe, traue ich meinen Augen kaum. Adair hat einen Liegestuhl in den Garten gestellt und sich splitterfasernackt im strömenden Regen daraufgelegt. Eine alte Zeitung, die er wohl bei den Ofenanzündern gefunden hat, verbirgt seinen Schritt.

»Was um Himmels willen tust du da?« Ich muss so lachen, dass die letzten Worte in einem Prusten untergehen.

»Ein bisschen Zeitung lesen, die Sonne genießen ... Und ehrlicherweise auch Nacktheit zur Angezogenheit machen, um meine Kleider zu schonen.«

»Du hast ja wenigstens die Zeitung dabei.« Ich verschlucke mich fast vor Lachen.

»Ja, und es stehen wirklich spannende Dinge in der *Shetland Times.*« Er räuspert sich. »*Die Whiskymesse war ein voller Erfolg. Über zehntausend Besucher an drei Tagen lockte das Großevent an. Bürgermeister Munro Scolley sagte ...* Shit, das kann ich nicht mehr lesen.« Der Regen beginnt langsam, aber sicher Löcher in die Zeitung zu reißen. »Du hast völlig recht, Paisley, hier steppt echt der Bär. Ich fürchte nur, wenn du heute keinen nackten Mann sehen willst, solltest du deinen Kopf wieder einziehen.«

Inzwischen klafft ein großes Loch in der linken Seite der Zeitung. Adair lacht nun ebenfalls.

Aber ich will meinen Kopf nicht wieder einziehen. Im Gegenteil. Ich will ihn sehen. Mein Lachen erstirbt, während die völlig durchgeweichte Zeitung in der Mitte auseinanderreißt und ich Adair nackt sehe. Komplett nackt. Es könnte mir unangenehm sein. Oder ihm. Aber die Welt steht kopf, die Nacht ist Tag, Regen ist Sonnenschein, und Unerschrockenheit ist die neue Peinlichkeit. Also sehe ich ihn einfach nur an, und er blickt nach oben, grinst schelmisch, zuckt mit den Schultern. Und ich ... stelle mir vor, wie es wäre, ihn jetzt zu küssen. Ihn dort zu küssen. Oder er mich. Bei diesem Gedanken muss ich wieder kichern, wie ein Teenager, dem das Wort Penis peinlich ist. Aber peinlich ist nicht. Nur unerschrocken.

»Ich komme runter.«

»Was?«

»Ich komme runter. Zu dir. Ich will nicht, dass du hübsch sonnengebräunt bist und ich daneben das Blesshuhn bleibe, das ich bin.«

»Ich krieg eher 'nen Sonnenbrand.«

»Ich ... könnte dich eincremen?«

Jetzt sieht er vollkommen ungläubig zu mir hinauf. Seine Mundwinkel zucken.

Kurz entschlossen ziehe ich den Kopf wieder nach drinnen, schließe das Fenster. Im Badezimmerschrank finde ich tatsächlich Sonnenmilch. Was tue ich hier? Ich lächle mein Spiegelbild an. Meine Wangen sind leicht gerötet. Ist es Aufregung? Ist es Angst? Ist es Unerschrockenheit? Jedenfalls finde ich es auf einmal richtig schön.

Auf der Treppe merke ich, dass meine Beine ein bisschen zittrig werden. Und ich spüre das Wasser, das von meinen Haaren auf die Schultern tropft. Doch als ich aus der Gartentür nach draußen trete, bin ich ohnehin in wenigen Sekunden komplett nass. Das Handtuch, das ich immer noch um meinen Körper geschlungen habe, saugt sich ebenfalls mit Regen voll.

Adair steht grinsend in der Mitte des Gartens. Und plötzlich scheint er sich seiner Nacktheit doch bewusst zu sein, denn er wird ebenfalls etwas rot. Ebenfalls schön. Er steht da, den Kopf leicht zur Seite geneigt, wartend. Er lässt mich den ersten Schritt machen, weil ich diejenige bin, die das Tempo vorgibt.

»Hab Sonnencreme«, sage ich.

»Gut.« Er schluckt. »Meine Schultern brennen schon ganz schön.«

Ich beiße mir grinsend auf die Unterlippe. Konzentriere mich auf sein Gesicht. Dann auf seine Schultern. Wir gehen einen Schritt aufeinander zu. Noch einen. Noch einen, und Adair streckt seine Hand aus, streicht mir mein nasses Haar aus dem Gesicht. Er fährt mit dem Finger meinen Kiefer entlang, meinen Hals. Dabei sieht er auf einmal ganz ernst aus. Er nimmt mir die Flasche mit der Sonnenmilch ab, gibt etwas in seine Hände und fährt dann damit über meine Schultern. Er übt ganz leichten Druck aus, verteilt die Creme mit massierenden Bewegungen. Der Geruch erinnert mich an Kindheitssommer mit meinen Schwestern und Marigold. Und nun wird er mich immer an Adair erinnern.

»Jetzt du«, flüstere ich, sodass es gerade das Prasseln des strömenden Regens übertönt, und gebe meinerseits Creme in meine Hände. Doch ich bleibe nicht bei den Schultern, sondern lasse meine Finger schnell weiterwandern. Über seine Oberarme, seine Brust. Ein Blick in sein Gesicht verrät mir, dass er die Augen geschlossen hat. Und weil er nicht sehen kann, wo ich hinschaue, senke ich meinen Kopf. Nun sind es nicht mehr nur seine Mundwinkel, die zucken. Er könnte mir näher kommen. Könnte mich küssen. Könnte sich an mich drücken. Sich reiben. Doch er tut nichts dergleichen. Er steht einfach nur da, lässt mich seinen Körper erkunden.

In Filmen sind Männerkörper immer durchtrainiert. Sie haben definierte Muskeln an Brust und Oberarmen. Sind völlig haarlos und glänzen ein bisschen. Adair hat keine mächtigen Muskeln. Und trotzdem ist sein Körper der schönste, den ich mir vorstellen kann. Obwohl er schlaksig ist und auf diese britische Art blass. Obwohl er ein paar Haare um die Brustwarzen hat. Nur glänzen tut er auch. Vom Regen. Und weil er es einfach tut. Von innen heraus. Und ich finde ihn sexy. Sexy schlaksig und sexy blass. Wie er hier steht und sich von mir anfassen lässt, ist sexy. Mir das Gefühl gibt, nichts falsch und alles richtig machen zu können. Das ist das sexyste. Das sexyste Gefühl von allen.

»Was jetzt?«, frage ich leise. Ich würde meine Hände gern weiter auf Erkundungstour schicken, aber ich weiß nicht, wie.

»Was immer du willst.« Er klingt ein wenig gequetscht, als wäre es nicht mehr selbstverständlich, dass er in der Lage ist, Wörter zu bilden.

Regen tropft von seiner Nase, von seinen Ohren, von seinem Haar, fließt über seinen Körper. Fließt dorthin, wo ich gern wäre.

»Ich weiß nicht, was dir gefällt.«

Mit dem Zeigefinger fahre ich die Spur eines einzelnen Regentropfens nach.

»Das.«

»Aber das ist doch noch gar nichts.«

Er öffnet seine Augen. »Das ist alles.«

»Mein Finger auf deiner Brust?« Ich bin ein bisschen überrascht. Ich dachte, man würde die Hand um den Penis schließen und reiben. Oder ihn in den Mund nehmen. Oder was auch immer.

»Nimm mal deinen Finger weg«, sagt er, und ich lasse ihn

sinken, werde ein bisschen rot, weil ich natürlich doch etwas falsch gemacht habe. Weil das hier zu keusch ist für die aufgeladene Stimmung zwischen uns. Das merke ich ja selbst.

Wir stehen uns gegenüber und sehen uns an. Ich beiße mir auf die Unterlippe, weil ich ihn so gern wieder berühren will. Er fährt sich durchs Haar, sodass das Regenwasser spritzt, das der Himmel unaufhörlich auf uns ergießt.

Und jetzt?

»Das«, sagt Adair, »das gefällt mir.«

Jetzt spinnt er völlig, denn jetzt berühren wir uns ja nicht einmal mehr.

»Was auch immer zwischen uns passiert, Paisley. In welchem Tempo auch immer. In welcher Intensität auch immer. Es gefällt mir. Weil ...« Er schluckt. »Weil du mir gefällst.« Er zuckt mit den Schultern. »Ist so.«

»Und wenn du es dir aussuchen dürftest?«, frage ich. »Was würde dann passieren?«

»Wenn ich es mir aussuchen dürfte, würde ich versuchen, herauszufinden, was dir gefällt.«

Ich merke, wie mein Gesicht trotz des kalten Regens auf meiner Haut glüht. Wie Hitze meinen Nacken, meine Brust, meinen Hals hinaufkriecht. Wie ich wünschte, es wäre Adairs Hitze.

»Ich will mit dir schlafen«, sage ich und muss mich zwingen, mich nicht abzuwenden, denn so offensichtlich es ist, dass Adair das auch will, so merkwürdig ist es, das auszusprechen. Macht man das überhaupt? In Filmen ist es immer einfach irgendwann klar. Wenn die Blicke verhangener werden, die Küsse wilder, stolpert man gemeinsam ins Schlafzimmer, und dann passiert es eben. Aber unsere Blicke sind ja schon verhangen. Und wir haben die gesamte Kussbandbreite ausgekostet und sind nie ins Schlafzimmer gestolpert.

Wir sind ganz normal gegangen. Nacheinander. Um dann nebeneinanderzuliegen.

»Damit du nicht denkst, ich sei unsouverän oder uncool oder so, sage ich jetzt einfach mal okay. Denn wenn du wüsstest, wie's in mir gerade aussieht, würdest du mich wahrscheinlich auslachen.« Sein Gesicht ist so schön, während er das sagt. Voller Überraschung und Vorfreude und Selbstverständlichkeit.

Ich würde ihn niemals auslachen, aber ich weiß, was er meint. Denn auch ich bin so aufgeregt, dass es mir ganz und gar albern vorkommt.

»Ich würde gern ...« Ich muss mich räuspern. »... vorher deinen ... Penis anfassen, wenn ich darf. Ihn kennenlernen.«

»Okay«, sagt er wieder. Heiserer.

Ich hebe meine Arme, um sie wieder über seine Schultern, seine Brust wandern zu lassen, doch diesmal werde ich nicht innehalten. Bei der Bewegung löst sich mein vom Regen inzwischen schweres Handtuch und fällt zu Boden.

Adair gibt ein seltsames Geräusch von sich. Eins, das nach Zurückhaltung und Sehnsucht in einem klingt.

»Wenn ich dich auch anfassen soll, sagst du es einfach, ja?« Seine Lider flattern, dann schließt er seine Augen, als wäre mein Anblick zu viel für ihn.

»Ist es in Ordnung, wenn ich ›noch nicht‹ sage?«

»Es ist in Ordnung, wenn du ›nie‹ sagst.«

Dieses Gefühl, wirklich nichts falsch machen zu können, ist ermächtigend. Und in diesem Bewusstsein fahre ich mit meinem Finger einmal seinen Schaft entlang. Er zuckt.

»Er hat ein Eigenleben«, stelle ich fest.

»Nee, er ist nur nicht so souverän und cool wie ich. Kann einfach seine Aufregung nicht verstecken.«

»Bist du aufgeregt?«

»Hölle, ja.«

»Aber du weißt doch, was passiert.« Ich streiche mit meinem Finger sanft an seinem Penis entlang. Er fühlt sich weich an. Wie etwas, das man gerne küssen möchte.

Adair lacht auf. »Von wegen. Ich habe keine Ahnung, ob mein Herz wirklich platzt. Auch wenn es, ehrlich gesagt, von Sekunde zu Sekunde wahrscheinlicher wird.«

»Soll ich aufhören?«

»Du bestimmst das.«

»Aber wenn's dir nicht gefällt ...«

»Mir gefällt es. Mir gefällt alles mit dir. Wenn du mich berührst, wenn du mich ansiehst, wenn du da bist, wenn du schläfst, wenn du lachst, wenn du weinst ...«

»Wenn ich weine?« Kurz bin ich so überrascht, dass ich die Berührung unterbreche.

»Warum fällt es dir so schwer, das zu glauben?«

Ich umfasse ihn nun mit meiner rechten Hand und lasse sie sanft von unten nach oben und wieder zurück wandern. Adair saugt lautstark die Luft ein.

»Weil ...« Doch ich kann den Gedanken nicht zu Ende bringen.

»Mein Schwanz wird mich dafür umbringen, aber gib mir deine Hände«, sagt Adair, und ich tue wie geheißen. Er nimmt sie und zieht mich ganz langsam zu sich. Immer näher und näher. Bis kein Regen mehr zwischen uns passt und wir uns berühren. Mit unseren Körpern. Wir stehen dicht an dicht, ich spüre ihn, spüre seinen Penis, seinen Herzschlag, seine Wärme.

»Es muss dir nicht wichtiger sein, glücklich zu scheinen, als glücklich zu sein, Paisley.«

Ich schlucke, lege meinen Kopf an seine Brust. Genau dorthin, wo sein Herz von innen dagegenhämmert. Dann löse ich meine Hände von seinen und umschlinge ihn. Und er tut dasselbe. Presst mich noch enger an sich, hält meinen Kopf an Ort und Stelle.

»Ich liebe deinen Kummer. Nicht weil ich es liebe, wenn du traurig bist, sondern weil es *dein* Kummer ist. Ich will ihn. Will *deinen* Kummer.«

»Und ich will ... dich«, piepse ich ein bisschen unbeholfen.

»Und ich will dich.« Er klingt nicht unbeholfen. Er klingt selbstsicher. Entschlossen. Sanft. Cool und souverän.

19 Wir bleiben einfach nackt. Denn es gibt keine Regel, die besagt, dass man sich nicht nackt gegenübersitzen kann, wenn man über Sex redet. Und wenn es diese Regel gäbe, wäre sie hier und heute außer Kraft gesetzt.

»Was willst du wissen?«, fragt Adair, der sich mit einem Handtuch über die nassen Haare rubbelt.

Ich ziehe die Knie an meine Brust. »Hm. Also ... denkst du, es tut weh, obwohl ich schon mit einem Vibrator Sex hatte?« Ich habe nicht wirklich Angst davor. Aber es ist gut zu wissen, woran man ist.

»Darin bin ich kein Experte« – er lacht verlegen, und ich glaube nicht, dass ich Adair schon einmal verlegen erlebt habe – »das hängt wohl davon ab, wie ... ähm ... eng du bist?« Bis gerade eben war seine Erektion abgeklungen. Doch nun sehe ich, dass sich sein Penis bei diesen Worten wieder leicht regt. Es macht ihn an, darüber zu sprechen. Und mich macht es an, dass es ihn anmacht. »Ich bin auf jeden Fall vorsichtig.«

»Kannst du das mit dem Kondom erledigen? Nicht dass ich was falsch mache.«

»Klar. Ich zeig's dir, wenn du willst.«

Ich nicke.

»Apropos, ich sollte welche besorgen.«

»Hast du keine?« Ich weiß nicht, was ich erwartet hatte, aber ich bin ein bisschen enttäuscht, dass wir noch warten müssen.

»Zufällig reise ich nicht immer mit einem Kondom-Vorrat, nein.« Er grinst, und das macht vermutlich Sinn. Und es macht außerdem, dass ich mich besonders fühle.

»Wie lange, schätzt du, wird es dauern?«

»Äh ...« Die Frage scheint ihn aus dem Konzept zu bringen. »Ich würde gern sagen, dass ich eine megakrasse Ausdauer habe. Aber es kann passieren, dass ich bei unserem ersten Mal vielleicht nicht der ... Stecher bin, den du dir wünschst.«

»Ich wünsch mir gar keinen Stecher.« Bei diesem Wort muss ich lachen. »Ich will nur ungefähr wissen, was auf mich zukommt.«

»Dann sagen wir, drei bis fünf Minuten mit deutlicher Tendenz nach oben, je öfter wir es machen. Falls du es noch mal machen willst nach dem ersten Mal«, schiebt er schnell hinterher.

»Bist du gut darin?«

»Das musst du beurteilen.«

»Glaubst du, ich bin gut darin, obwohl ich es noch nie gemacht habe?« Ich will gar nicht so unsicher klingen. Aber es ist eben doch irgendwie eine große Sache.

»Das ist völlig unerheblich beim ersten Mal.«

»Ich würde es eben gern richtig machen.«

»Brauchst du eine Vorgangsbeschreibung?« Er lacht. Ich nicke, weil ich es so hübsch finde, dass ich ihn tatsächlich etwas aus dem Konzept bringe. Er lacht noch etwas mehr, und seine Ohren werden rot. »Es ist wirklich eher eine Learning-by-Doing-Situation.«

»Na gut.«

»Hast du noch deine Tage?«, fragt er. »Nicht, dass es mir was ausmachen würde. Glaube ich.«

»Nee.« Ich schüttle den Kopf.

»Gibt es etwas, das du dir dabei wünschst?«

»Ich glaube, ich wünsch mir, dass wir wir bleiben. Dass nicht plötzlich Scheu entsteht wie nach dem Küssen. Ich will, dass du mir währenddessen ehrlich Dinge sagen kannst. Und hinterher.«

»Okay, das gilt andersrum genauso.«

»Und ich glaube, ich würde mir gern meine Beine rasieren. Fürs erste Mal. Wenn du Kondome kaufen gehst, könntest du mir einen Rasierer mitbringen?«

Adair blickt auf meine Beine und runzelt die Stirn. »Ich seh gar keine Haare.«

»Weil sie dünn sind. Aber man fühlt sie, schau.« Ich fahre mit meiner Hand über meine unrasierten Beine. Er streckt seine aus und streicht ebenfalls darüber.

»Wenn du das möchtest ... Meinetwegen kannst du so bleiben.«

»Wie ist das mit ... meiner Schambehaarung?« Ich bin mir für einen Moment überdeutlich der Tatsache bewusst, dass er zwischen meinen Beinen alles sehen kann. Und ihm geht es offenbar ebenso, denn sein Blick bleibt genau dort hängen.

»Es ist deine Entscheidung.«

»Was gefällt dir denn besser?«

»Mir gefällt am besten, wenn du dich wohlfühlst. Aber ich sag mal, so ein bisschen Schambehaarung hat noch niemandem geschadet.«

Ich nicke. »Okay.«

»Und andersrum?« Er senkt den Blick auf seinen Schritt.

Ich zucke mit den Schultern. »Ist mir ganz egal. Hauptsache ...« Ich beiße mir auf die Unterlippe. »Hauptsache, du bist in mir.«

»Argh«, macht er und fährt einmal selbst mit der Hand an seinem Penis entlang. »Ich müsste dann eben mal nach oben.«

»Befriedigst du dich jetzt selbst?«

»Himmel, ja.«

»Kann ich zusehen?«

Er atmet sehr langsam mit geschlossenen Augen aus. Dann sagt er gepresst: »Komm.«

»Du kannst stehen bleiben, wenn du magst, aber du könntest auch herkommen.« Adair hat sich aufs Bett gesetzt, ich stehe neben der Tür, die Arme vor meiner nackten Brust verschränkt.

Ich schüttle den Kopf. »Von hier aus sehe ich besser.« Und ich will alles sehen.

»Das ist das Schrägste, was ich je gemacht habe.« Er grinst, dann legt er sich hin. »Fasst du dich auch an?«

»Lenkt mich zu sehr ab.«

Er lacht leise. »Oh, boy.«

»Wenn du's doof findest, geh ich wieder.«

»Ich finde es nicht doof. Es unterscheidet sich nur deutlich von den anderen Dingen, die ich bislang so gemacht habe. Unbeteiligtes Publikum dabeizuhaben ist ... was Neues.«

Ich habe tatsächlich nicht den Eindruck, dass es ihm missfällt. Also bleibe ich am Fußende des Betts stehen. Ich weiß nicht einmal, warum es mich so interessiert. Vielleicht will ich Adair einmal von ferne dabei sehen, ehe wir das gemeinsam in der größtmöglichen Nähe zueinander machen.

Vielleicht ist es Neugierde. Vielleicht ist es einfach etwas, das mir gefällt.

»Soll ich dich dabei ansehen?«, fragt er, schluckt, schluckt heftig.

»Hilft es?«

»Nicht, dass ich viel Hilfe brauche, aber ja ...«

Ich lasse die Arme sinken, sodass er mich ansehen kann. Auf einmal wiegen sie eine Tonne. Sind völlig fehl am Platz. Ich fühle mich vermutlich ebenso komisch wie Adair, doch das sind wohl wir. Zwei Menschen, die sich komisch fühlen.

»Findest du, ich sehe schön aus?«, frage ich.

»Ich finde, du bist unwirklich schön.« Sein Blick ist auf mich gerichtet, und er beginnt, mit der Hand an seinem Penis auf- und abzufahren. Langsam.

Meine Hand zuckt kaum merklich. Ich stelle mir vor, wie es wäre, wenn ich diejenige wäre, die ihn berührt. Aber ich wollte es so. Will es immer noch. Will ihn dabei sehen. Komplett.

»Ich finde dich auch schön«, flüstere ich, spüre, wie meine Hand über meine Brust streicht. »Wie fühlst du dich?«

»Aufgeladen.« Er stöhnt leise, kommt seiner eigenen Hand leicht entgegen, erhöht das Tempo. »Und du?« Seine Augenlider flattern, doch diesmal hält er sie geöffnet.

»Kribbelig. Überall.«

»Wo genau?«, fragt er atemlos.

»In mir. An keinem bestimmten Ort. Aber wenn ich dran denke, dass du meinetwegen so atemlos bist ... auch an einem sehr bestimmten Ort in mir.«

Er keucht und lacht gleichzeitig. Es ist ein Laut, der sowohl Begehren als auch Frustration ausdrückt.

»Es ist doch meinetwegen, oder?«

»Himmel, Paisley, hör auf zu sprechen.« Er stöhnt erneut,

reibt immer schneller. »Nein, hör nicht auf, das meine ich nicht ernst.«

»Ist es meinetwegen?«, frage ich erneut.

»Ja, ja, es ist deinetwegen.« Er krallt eine Hand in die Bettdecke, während sein Mund beginnt, leicht zu zittern. Sein ganzer Körper wird von diesem Beben und Zucken erfasst.

Ich sehe ihn an und er mich. Ich rühre mich nicht mehr, will ihn einfach nur erleben in dieser Ekstase. Will wissen, wie er aussieht, wenn er kommt. Will, dass er ebenso aussieht, wenn er in mir kommt. Und er kommt. Mit einem erleichterten Stöhnen.

Er lässt die Hände sinken, blickt auf sich, flucht etwas Unverständliches.

»Hier, warte.« Ich reiche ihm ein Taschentuch aus meinem Rucksack.

»Und?«, fragt er, immer noch außer Atem.

»Was und?«

»Hast du es dir so vorgestellt?«

»Ich weiß nicht.«

»Hat es dich abgeschreckt?«

»Nein, gar nicht. Ich fand es ... beeindruckend.« Dann beuge ich mich vor und küsse die Spitze seines Glieds. Ganz vorsichtig. Und sie ist genauso weich, wie ich sie mir vorgestellt habe. »Und aufregend.«

Adair zieht mich sanft zu sich, sodass ich neben ihm liege. Er hält mich fest, und ich bette meinen Kopf auf seinen Arm.

»Jetzt hast du so ziemlich alles an nacktem Mann gesehen, was es zu sehen gibt.« Er küsst mich auf die Stirn. »Was sagst du?«

»Ich finde Männer schön.«

Adairs Brust hebt und senkt sich schnell, weil er wohl leise lacht.

»Zumindest wenn sie auch nur ansatzweise sind wie du.«

Einen Moment sagt niemand etwas. Ich genieße die Nähe zu Adair, die Wärme, die wir uns teilen.

»Freust du dich?«, fragt er irgendwann. »Oder hast du Angst?«

»Ich habe vor dir keine Angst.«

»Aber vor der Sache ...«

»Nein. Mit dir nicht.« Mit Adair habe ich vor nichts Angst. Nicht vor Traurigkeit, nicht vor Scham, nicht vor dem Fallenlassen aller Hüllen, äußerer wie innerer. Die Tatsache, dass es kein Unhappy End geben wird zwischen uns beiden, weil wir ein natürliches, organisches, harmonisches Ablaufdatum haben, hat mich befreit. Dass wir uns nach dieser Woche nie wiedersehen werden, hat uns befreit.

»Also freust du dich.«

»Ich freu mich, ja.«

»Ich freu mich auch.« Wieder presst er einen Kuss auf meine Stirn. »Ich freu mich maßlos.«

20 Am nächsten Morgen ist die Stimmung zwischen uns immer noch erhitzt. Wir erwachen eng umschlungen zum Lärm der Turtelmöwen vor dem Fenster. Ihre Küken sind inzwischen geschlüpft und verlangen lautstark nach Frühstück.

Adair streicht mit seinen Fingerspitzen über meine Seite und stöhnt dabei, als könne er es kaum ertragen, mir nicht noch näher zu sein. Wir küssen uns, reiben uns ein wenig aneinander, bis Adair sich löst und irgendwas von »Dusche« und »Supermarkt« murmelt.

Während er unterwegs ist, lasse ich mir ein Bad ein. Das Cottage ist kalt ohne Adair, und das warme Wasser, das meinen Körper umspült, ersetzt zwar keine Körperwärme, aber dennoch genieße ich es. Ich male mir aus, wie es wäre, wenn er hier wäre. Mich anfassen würde. So, wie er es später tun wird. Wie er mich überall anfassen wird. Ich muss ihm sagen, dass ich das will. Überall angefasst zu werden. Von ihm. Ich will, dass er mich so sehr umgibt wie Wasser. Und ich will, dass das Wasser mich so sehr umgibt wie Adair. Ich kann es nicht erwarten, ihn nicht nur um mich zu haben. Ich will ihn in mir. Das war es, was er über das Küssen gesagt hat. Dass es irgendwann nicht mehr reicht. Und ich habe das Gefühl, dass es nie reichen wird, bis ich nicht seine Haut als meine Haut trage, sein Körper mein Körper ist und unsere Gedanken eins sind.

»Paisley?«, ruft er irgendwann von unten, als ich gerade noch ein bisschen heißes Wasser nachlasse.

»Ich bin in der Badewanne«, erwidere ich und drehe den Hahn zu.

Schnelle Schritte kommen die Treppe hinauf, und im nächsten Moment klopft er.

»Ich ... äh ...«

»Komm rein.«

Er öffnet die Tür und erblickt mich, und sein Gesicht beginnt zu leuchten. Natürlich nicht wirklich, aber jedes Mal, wenn Adair mich ansieht, habe ich das Gefühl, dass er von innen strahlt.

»Ich wusste nicht, welchen ...« Er breitet eine ganze Reihe von Damenrasierern auf dem Badewannenrand aus. »Also hab ich dir eine Mannigfaltigkeit an Rasierern mitgebracht. Ich dachte, Männer hätten es schwer. Ich muss allerdings nur auf einer Skala zwischen drei und zweiundsiebzig Klingen wählen. Ihr habt Einmalrasierer, verschiedene Anzahl von Klingen, integrierten Rasierschaum und Pflegeöle und ... was ist das mit diesen Farben?«

Ich muss lachen. Denn tatsächlich sind alle erdenklichen Pink- und Rosaschattierungen dabei.

»Und was das kostet! Dafür, dass man dann ein paar Tage keine Haare auf den Beinen hat? Dass ihr nicht schon längst in Streik getreten seid, wundert mich.«

»Streik wovon denn?«, frage ich immer noch lachend.

»Vom Frau-Sein. Oder vom Als-Frau-ausgenutzt-Werden.«

»Morgen, okay?«, sage ich. »Morgen streike ich. Aber jetzt ...« Ich betrachte die, wie er es genannt hat, pink-rosa Mannigfaltigkeit und wähle schließlich den, den ich auch zu Hause benutze.

»Eine gute Wahl.« Adair hat seine Stimme verstellt. »Dieses Modell hat eine vernünftige Anzahl an Klingen. Es duftet nach billigem Parfum, und die Rosa-Pink-Schattierungen sind hervorragend aufeinander abgestimmt.« Dann wird er ernst. »Wäre es für dich ... ich meine ...«

»Willst du zuschauen?«, frage ich. Denn das wäre nach gestern nur fair.

»Ich wollte fragen, ob ich dich rasieren darf.«

Ich sehe ihn an. Meint er das ernst? Er meint es definitiv ernst. Ich zögere eine Sekunde.

»Ich bin ganz vorsichtig. Ich versprech's dir.«

Ich schüttle kaum merklich den Kopf. »Ich habe keine Angst vor dir«, sage ich wie schon gestern. »Ich vertraue dir. Ich musste nur überlegen, ob das vielleicht das Schrägste ist, was ich je gemacht habe. Mir von jemandem die Beine rasieren zu lassen.«

»Na, dann warte mal den kinky Sex ab.«

»Kinky?«

»Scherz.« Doch ich sehe, dass er noch etwas sagen will. Ich hebe fragend eine Augenbraue, und er grinst. »Nur wenn du es irgendwann kinky willst, wie auch immer, sag's einfach. Dann sehe ich, was wir tun können.«

Ich verteile großzügig Duschgel auf meinem Bein, sodass es richtig schäumt. Dann reiche ich Adair den Rasierer. Fürs Erste reicht das an Kink.

Adair setzt sich auf den Badewannenrand, sodass sein Gesicht mir zugewandt ist. Er nimmt meinen Fuß in seine

Hand, dabei ist es egal, dass ich seine feinen Klamotten nass tropfe. Bevor er den Rasierer unten ansetzt, küsst er meinen Fuß.

»Hast du einen Fußfetisch, oder so?« Es soll ein Witz sein, doch Adair sieht mich ernst an.

»Nein. Ich glaube, ich habe einen Körperfetisch«, sagt er. »Und einen ausgewachsenen Paisley-Fetisch.«

Er setzt den Rasierer unten an und fährt eine langsame Bahn mein Bein hinauf. Dann spült er den Rasierer im Badewasser aus. Legt ihn wieder an, rasiert die zweite Bahn hinauf. Ich schließe meine Augen, spüre einfach nur noch. Seine Finger an meinem Fuß, die ganz sanft, ganz zart mein Bein dirigieren. Die kühle Klinge, mit der er behutsam meine Haut entlangfährt.

»Das ist schön«, sage ich.

»Finde ich auch.« Seine Stimme ist leise und so voller Liebe, dass ich das Kribbeln nicht mehr aushalte und in einer seltsamen Übersprunghandlung untertauche. Die Geräusche sind nun durch das Wasser erstickt.

»Was machst du da?«, höre ich Adair fragen. Ich kann sogar das Lächeln aus seiner Stimme heraushören. Aber es ist, als hätte ich einen Kokon in unserem Kokon erschaffen. Und ich wünschte, Adair wäre hier, ebenfalls unter Wasser. Wo die Welt immer kopfstehen kann, weil alles schwerelos wirkt. Weil das Nahe nah ist und alles andere so weit weg scheint.

»Kannst du mich überhaupt hören?«, fragt er. Das Lächeln wird breiter. Ich höre es genau, reagiere jedoch nicht. Liege einfach nur hier, genieße, dass sich alles, aber wirklich alles in Ordnung anfühlt. Alles, was ich bin, alles, was ich tue, alles, was passieren wird. Vielleicht ist es das, denke ich. Vielleicht ist mit Adair zusammen zu sein wie unter Wasser zu sein.

»Wenn du wüsstest«, sagt Adair, und würde ich nicht ohnehin die Luft anhalten, würde sie mir jetzt wegbleiben, weil er so sacht, so warm klingt, »wie sehr ich mich in dich verliebe.«

Und ich mich in dich, denke ich und bin in diesem Moment so glücklich. So sterbensglücklich.

Adair presst einen vorsichtigen Kuss auf meinen großen Zeh, dann streicht er einmal mit der Hand mein Bein entlang. Ich lasse Luft in Blasen aus meiner Nase steigen und tauche wieder auf.

»Nächstes Bein«, sagt er und sieht mich so intensiv an, dass ich am ganzen Körper Gänsehaut kriege. »Ist das Wasser zu kalt?«, fragt er besorgt.

Ich schüttle den Kopf, ohne unseren Blick zu unterbrechen. »Nein, du bist zu warm, glaub ich.«

»Wie meinst du das denn?«

»Du bist so ... alles umfangend.«

»Ich weiß nicht, was das bedeutet.« Er lacht leise.

Aber ich kann es nicht einmal erklären. Kann nicht in Worte fassen, was er mit mir macht. Deswegen hebe ich einfach mein anderes Bein auf den Badewannenrand und lasse mich von seiner Berührung wieder auf die erregendste Weise einlullen.

»Ich hab keine Reizwäsche oder so«, rufe ich durch die geschlossene Badezimmertür, nachdem ich mir meine Haare geföhnt habe. »Ich hab nicht mal Make-up dabei.« Letzteres klingt ein bisschen hilflos.

»Glaubst du ernsthaft, das macht noch einen Unterschied?«, fragt Adair. Er muss direkt neben der Tür stehen.

»Nein, aber ich dachte, ich könnte vielleicht ein bisschen hübsch aussehen.«

Es ertönt ein Prusten. »Ein bisschen hübsch wäre okay, ja. Du könntest dir beispielsweise einfach *keine* Tüte über den Kopf ziehen. Problem gelöst.«

Ich grinse in den Spiegel. Das ist mein Vor-Sex-Gesicht. Mein Gesicht eben. Ein bisschen hübsch. Ja, schon. Auch wenn sich vor Aufregung rote Flecken auf meinem Hals gebildet haben. Aber selbst die sind in diesem Moment irgendwie hübsch. Ich bin gespannt, wie es hinterher aussieht. Ob ich dann anders aussehe. Ob sich überhaupt etwas verändert.

»Ich komme jetzt raus«, sage ich. »Und dann schlafen wir miteinander.« Letzteres sage ich nur zu mir, aber mit nicht weniger Überzeugung.

»Ich bin bereit für dich, Paisley. Sehr.«

Ich ziehe die Tür auf, und da steht er. Breitet seine Arme aus und zieht mich zu sich. Er küsst mich. Küsst mich so heftig, dass mir die Luft wegbleibt. Ich fühle mich wieder wie unter Wasser und bin froh, dass Adair in mich atmet, sodass ich gar nicht anders kann, als seinen Atem zu meinem Atem zu machen. Unsere Lippen sind überall. Unsere Zungen sind überall. Unsere Hände sind überall. Ich verstehe nicht, warum er sich Boxershorts angezogen hat. Vielleicht fand er es seltsam, nackt im Flur herumzustehen. Aber jetzt will ich, dass da nichts mehr zwischen uns ist. Da sollen nur noch Lippen und Zungen und Hände sein. Die Sehnsucht, ihm immer noch näher zu sein, ist beinahe unerträglich, und ich dränge mich ihm entgegen. So heftig, dass er leise lachen muss. Und ich muss es auch, während ich die Boxershorts nach unten ziehe.

»Wie verrückt ist das?«, frage ich atemlos, spüre seinen steifen Penis an meinem Bauch, seine Finger, die meine Wirbelsäule entlangfahren, und seine Lippen, die meinen Hals erkunden. »Wie verrückt ist es, dass ich mich einfach in dir auflösen will?«

Adair erwidert nichts darauf, beißt mich stattdessen sanft in meinen Hals, und ich muss mich an ihm festhalten, weil mich all das so überwältigt.

»Ich trag dich«, flüstert er und hebt mich auf seine Arme. Er trägt mich tatsächlich, trägt mich ins Schlafzimmer, wo er den Vorhang zugezogen hat. Über der Nachttischlampe hängt ein roter Kissenbezug, sodass der Raum in ein warmes, romantisches Licht getaucht ist.

Ganz behutsam legt er mich auf dem Bett ab, und ich zittere jetzt schon. Vor Aufregung, vor Nervosität, vor Adair. Zittere so sehr, dass meine Zähne kurz klappern.

»Ist dir kalt?«, fragt er, doch wie vorhin in der Badewanne schüttle ich den Kopf.

»Nein, ich bin nur ... ich will, dass wir's jetzt tun.«

»Okay, okay«, er grinst. »Ich will es auch.« Er legt sich über mich, streicht mir die Haare aus dem Gesicht, küsst mich. Küsst meinen Hals. Meine roten Flecken. Küsst sie weg. Küsst mich überall. Berührt mich. Berührt mich überall. Ich muss es ihm nicht einmal sagen. Er fährt mit den Händen an meinem Körper entlang, betrachtet mich dabei, als wäre ich etwas Heiliges. Ich liege einfach nur da. Kann mich nicht rühren, kann nur erleben, was Adair tut. Meine eigenen Hände gehorchen mir auf einmal nicht mehr. Dabei will ich ihn auch berühren, aber sie zittern so, dass es völlig unkoordiniert ist.

»Ich glaub, ich bin zu nervös.« Es ist nur ein Flüstern.

»Es gibt keinen Grund, nervös zu sein. Soll ich langsamer machen?«

»Nee, bitte nicht noch langsamer.« Lieber schneller, damit wir es endlich, endlich tun.

»Alles, was du willst.« Mit diesen Worten streicht er einmal über meinen Flaum. Sanft. Vorsichtig. Und ich komme ihm einfach entgegen, weil es die einzige Bewegung ist, die logisch erscheint. Mit dem Finger streicht er zwischen meinen Schamlippen entlang, und ich gebe ein überraschtes Keuchen von mir. Meine Lider klappen einfach zu. Und dann ... steckt er einen Finger in mich. Es ist ein komisches Gefühl, weil ich seine Bewegungen nicht vorhersehen kann. Das ist der größte Unterschied. Wenn ich es selbst bin, weiß ich immer, was passiert. Jetzt – weiß es nur Adair. Dieser Gedanke macht mich so kribbelig, dass ich am liebsten laut quietschen würde.

»Ist das okay?«, fragt er, und ich nicke. Zumindest glaube ich, dass es ein Nicken ist. Es soll ein Nicken sein, aber ich habe die Kontrolle über mich verloren. »Und ... das?« Er nimmt einen zweiten Finger dazu, und wieder will ich nicken. »Paisley?« Er hält in der Bewegung inne, küsst mich auf den Mundwinkel. »Wenn du mir nicht sagst, ob es in Ordnung ist, muss ich aufhören. Ich will nichts machen, was dir zu viel ist.«

Ich schlage die Augen auf, hebe erschrocken den Kopf. Denn um Himmels willen, er soll bitte nicht aufhören. »Isokay«, nuschle ich. »Bitte. Weiter.« Mein Kopf plumpst zurück auf die Matratze, während Adair seine Finger nun in mir bewegt. Immer an einer Stelle entlang, die besonders empfindlich ist. Dann nimmt er seine Zunge zu Hilfe, leckt über mich, genau dort, wo alles zusammenkommt. All das Gefühl, all das Sehnen. Und jetzt quietsche ich tatsächlich, presse die Lippen aufeinander, weil ich es nicht ertrage, aber nicht anders kann, als es mir immer wieder zu wünschen.

»Schlaf jetzt mit mir«, sage ich, doch es klingt ein bisschen erstickt. »Bitte, tu es jetzt. Ich ... will nicht mehr ... warten.«

Adair greift nach der Kondompackung auf dem Nachttisch. »Willst du zuschauen?«, fragt er, und ich kann nur nicken und zusehen, wie er die Packung aufreißt und sich das Kondom überzieht.

Jetzt wird es passieren. Jetzt. Jetzt. Jetzt. Ich kann nichts anderes denken, lege mich wieder hin, und Adair kommt über mich. Ein bisschen zu hektisch, denn es macht ein lautes dumpfes Geräusch.

»Autsch, fuck.« Er reibt sich den Kopf, den er sich am Kopfende gestoßen hat.

»O nein, ist alles okay?«, frage ich und richte mich unbeholfen auf.

»Geht schon.« Er grinst, reibt weiter über die Stelle. »Bin ein bisschen überenthusiastisch.«

Ich bin auch überenthusiastisch, als er sich nun über mir positioniert. *Komm in mich,* denke ich. *Komm, jetzt!* Ich spüre ihn zwischen meinen Beinen, höre ihn schwer atmen, merke, dass er mit der einen Hand dirigiert, bis er an der richtigen Stelle ist. Nur dass es nicht die richtige Stelle ist, sondern zu tief unten. Ich rutsche ein bisschen nach, er macht eine Bewegung, und ich will ihm entgegenkommen, aber irgendwie klappt es nicht. Er kommt nicht rein.

»Shit«, sagt Adair, und ich denke: Shit.

Warum ist das so? Was kann ich tun? Er atmet schnell, ein bisschen gehetzt, gepresst, kommt wieder in Position, umfasst mit der Hand meine Brust und küsst sie, will wieder in mich kommen, doch es funktioniert einfach nicht. Was zur Hölle? Gerade eben war ich doch noch feucht und erregt, doch jetzt ...

»Wieso geht es nicht?«, frage ich. Ich klinge frustriert, denn das kann doch wohl nicht so schwer sein. Jeder Depp kriegt das mit dem Sex hin.

»Keine Sorge, es klappt gleich. Ich bin nur ... warte.«

Er küsst mich, ein bisschen vorsichtiger nun, als wäre er sich nicht mehr sicher. Und ich erwidere den Kuss. Lege alles hinein, um ihm zu beweisen, dass das hier eine gute Idee ist. Ich will ihn. Will ihn so sehr. In mir.

Wir küssen uns eine Weile, während das Pochen in mir gleichbleibend durch meinen Körper dröhnt. Er umfasst meine Brust, knetet sie, vorsichtig, fester, stöhnt an meinem Mund. Ich spüre, wie er sich zwischen meinen Beinen regt, und dann probiert Adair es noch mal. Es scheint immer noch schwer zu gehen, doch diesmal klappt es besser. Ein kleines Stück. Noch ein Stück. Er ist drin, aber nicht ganz.

Ich kann ihn spüren. In mir. Er ist da, kommt Zentimeter für Zentimeter weiter in mich, und ich bin wie erstarrt vor Empfindungen. Und dann drängt er ganz in mich, und ich gebe ein erschrockenes Keuchen von mir.

»Das ist es«, flüstere ich, während er sich leicht zurückzieht, um dann wiederzukommen. »Da bist du.« In mir fühlt es sich an, als hätte ich einen Ameisenhaufen verschluckt, aber äußerlich bin ich zu nichts imstande. Ich kann ihm kaum entgegenkommen, obwohl ich weiß, dass ich es sollte.

Er bewegt sich. Bewegt sich langsam, doch ebenso wie mein gesamter Körper zittern auch seine Arme. Er ist gar nicht mehr so entspannt wie gestern, als ich ihn beobachtet habe. Er sieht angestrengt aus, stöhnt. Er ist immer noch schön. Auch wenn sich das hier nicht nach uns anfühlt. Es fühlt sich verkrampft an. Ich stöhne ebenfalls, aber es klingt doof. Ich probiere es noch mal, finde, ich klinge nicht nach mir, gebe auf. Denn es fühlt sich gut an, heiß, voller Lust, doch gleichzeitig ...

Und dann sagt Adair »Scheiße« und bricht auf mir zusammen.

21 Wir liegen nebeneinander, keiner von uns beiden sagt etwas. Ich, weil ich ziemlich perplex bin. Perplex, dass ich Sex hatte. Adair, weil er außer Atem ist.

Mein Mund ist seltsam taub, aber mein Kopf ist ganz da. Er ist voller Bilder von Körpern. Selbst das, was ich nicht gesehen habe, zeichnet er aus seiner Vorstellung davon, was passiert ist. Von Körpern, die Lust aufeinander haben, allerdings ... nicht so recht zusammenkommen? Ist es das, was passiert ist?

Ich wünschte, Adair würde etwas sagen. Denn irgendwas ist schiefgegangen, oder? Man beendet Sex nicht mit dem Wort »Scheiße«.

»Adair?«, frage ich vorsichtig, traue mich aber nicht, ihn anzusehen. Na toll! Wir wollten es doch extra nicht krampfig zwischen uns. Und jetzt ist es schlimmer denn je.

Ich höre, dass er schluckt. Sein Atem beruhigt sich langsam wieder. Ob er es richtig blöd fand? Ob er es nie wieder machen will? Dabei war es doch schön, oder? Ich fand es schön. Glaube ich. Doch, ich fand es schön.

Wir schweigen weiter. Mein Herz schlägt schnell. Ich will

darüber reden. Über mein erstes Mal. Als Bestätigung sozusagen, dass es passiert ist. Aber ich werde die Stille sicher nicht noch mal durchbrechen.

In diesem Moment atmet Adair geräuschvoll aus. »O Mann«, sagt er.

Das ist alles? Mehr nicht?

Ich möchte etwas erwidern. Doch was? Soll ich mich entschuldigen? Aber es ist ja nicht so, als hätte er erwartet, dass wir hier pornösen Hammersex haben, oder?

»Das war wohl nix.« Er klingt halb genervt, halb amüsiert. Er klingt nach sich selbst und scheint gleichzeitig ganz weit weg zu sein. Großartig.

»Tut mir leid«, sage ich nun doch. Denn es tut mir wirklich leid.

»Wie bitte?« Ich höre, dass er sich zu mir umdreht. Aber weil mein Gesicht vor Peinlichkeit brennt wie Feuer, kneife ich die Augen zusammen.

»Ich weiß, das war zu lahm. Ich ...« Meine Stimme ist ganz hoch. Verflucht noch mal! Ich dachte, Sex wäre einfach. Die größten Volltrottel in meinem Bekanntenkreis haben alle jede Menge Sex. Schon ewig. Ich dachte, wenn jemand, der nicht mal richtig Bruchrechnen kann, Sex hinkriegt, kann es so schwer nicht sein.

»Dir muss gar nichts leidtun. Mir tut es leid.« Er ist zerknirscht. Warum ist er zerknirscht?

»Dir?«

»Ja. Ich ... hätte irgendwie ... Ich dachte ... aber dann ...«

Ich habe keine Ahnung, was er sagen will. Wieso wird alles komplizierter, wenn man sich näherkommt? Das ergibt doch keinen Sinn. Es sollte schamloser werden, nicht schamvoller. Denn das hier sind doch immer noch wir! Nur dass wir jetzt noch mehr voneinander kennen.

In diesem Moment hat Adair anscheinend den gleichen Gedanken. Er atmet tief ein. Dann: »Ich hab's voll vermasselt. Ich glaube, ich hab mir zu viel Druck gemacht. Ich war echt nervös.«

»Du warst nervös?« Ich bin so überrascht, dass ich meine Augen öffne. Er liegt neben mir, betrachtet konzentriert das Muster der Bettdecke. Er ist so schön dabei. In diesem Licht, in dieser Stimmung, die komisch ist, aber immer noch intim.

»Schlimm nervös. Das war dein erstes Mal, da sollte es doch toll sein. Und dann ist es voll nach hinten losgegangen. Ist nicht gut, wenn man zu viel nachdenkt.« Er blickt auf und lächelt. Es ist ein Lächeln des Bedauerns. Dabei gibt es doch eigentlich nichts zu bedauern. Finde ich. Wir haben miteinander geschlafen. Check. Das war ja erst mal der Plan.

»Und wenn man sich vorher eine halbe Gehirnerschütterung zuzieht?« Vielleicht ist es Zeit für einen Witz.

»Auch nicht unbedingt hilfreich«, bestätigt er, und sein Lächeln entspannt sich etwas. »Jedenfalls ist es sonst nicht so …«

»… krampfig?«, schlage ich vor.

»Und schwierig. Und normalerweise würde ich auch versuchen, nicht gleich zu kommen. Tut mir echt leid.« Er ist richtig geknickt, dabei war es vielleicht keine Offenbarung, aber so schlecht, wie er es macht, war es sicher auch nicht.

»Was kann ich besser machen, damit es beim nächsten Mal nicht so ist?«

»Du kannst gar nichts besser machen. Ich werde mich ein bisschen bremsen. Mich an den Gedanken gewöhnen, mit dir zu schlafen. Dann raste ich vielleicht innerlich nicht so aus.«

»Das klingt ja begeistert …« Er muss sich an den Gedanken gewöhnen? Was?

»Nein, nein, du verstehst das falsch. Ich … bin einfach nur so außer mir vor Lust auf dich!«

»Echt jetzt?«

»Als hättest du das nicht gemerkt.«

»Na ja ...«. Doch, ich habe es gemerkt. Vorher. Aber währenddessen war ich mir nicht mehr ganz sicher.

»So sieht es jedenfalls aus.« Er seufzt.

»Ich ... bin auch außer mir«, sage ich. »Und ich kann dich außerdem beruhigen. Denn egal, wie krampfig das vielleicht war, das war der beste Sex, den ich je hatte.« Ich beginne zu kichern.

»Wie gut, dass du noch keine Vergleichsmöglichkeiten hast.« Adair gluckst nun auch. »Aber mach dich drauf gefasst, dass das nächste Mal besser wird.«

»Das nächste Mal?«, frage ich. Meint er das nächste Mal mit ihm? Oder allgemein? Will er es noch mal mit mir probieren? »Willst du's noch mal mit mir probieren?«

»Ist das dein Ernst? Ich will es ungefähr jede verdammte Sekunde noch mal mit dir probieren. Die Frage ist, ob du dir das nach dieser Performance noch mal antun willst.«

»Ich würde auch krampfig noch mal mit dir schlafen«, sage ich, und in diesem Moment wird mir klar, dass ich wirklich mit ihm geschlafen habe. Dass ich Sex hatte. Dass ...

»Wie sehe ich aus?«, frage ich und richte mich ein bisschen auf, damit er mich anschauen kann.

»Wie du.«

»Nee, ich meine jetzt. Nach dem Sex. Sehe ich anders aus?«

»Jetzt im Moment siehst du wunderschön aus.« Er schluckt. Dann rutscht er näher. Und noch näher. Und schlingt den Arm um mich, um mich fest zu küssen. Fest und tief. »Du bist so schön.«

»Du bist schön.«

»Du bist schöner.«

Darauf können wir uns einigen, finde ich. Und dann küssen wir uns wieder. Denn darin sind wir gut. Richtig gut. Wir küssen uns mit unseren Mündern und unseren Händen und unseren Körpern, die sich aneinanderpressen und aneinanderreiben und umeinanderschlingen. Wir küssen uns stürmisch und dann wieder langsam. Wir berühren uns. Überall. Seine Haut ist so warm, sein Atem ist so warm, seine Küsse, seine Hände. Seine Hände, die an meinen Oberschenkeln entlangfahren, die mich zwischen meinen Schamlippen streicheln, die zwischen meinen Beinen meine eigene Wärme berühren. Er ist sanft und voller Lust, und ich bin es hoch zehn!

»Willst du gleich noch mal?«, frage ich, und Adair nickt. »Willst du mir mehr Anweisung geben?«

»Ich will, dass du dich entspannst. Und dass ich mich entspanne. Und dann braucht es keine Anweisungen.« Er küsst sich meinen Hals entlang, über das Schlüsselbein bis hinunter zu meinem Bauchnabel. Seine Zunge malt heiße Bahnen auf meinen Körper, und ich entspanne mich tatsächlich. Ich höre auf, nachzudenken, höre auf, mir Sorgen zu machen. Weil ich *ihn* machen lasse.

»Ich glaube ... ich bin entspannt«, sage ich, als ich merke, dass ich so feucht bin, dass er problemlos mit zwei Fingern in mich eindringt. Aber ich will nicht nur seine Finger. Ich will ihn. Will ihn länger diesmal. Und ich will ein bisschen mehr mitmachen, statt nur dabei zu sein. »Lass uns kein Feuerwerk probieren, okay?«, flüstere ich atemlos. »Lass uns einfach nur normal miteinander schlafen.«

»Das *ist* das Feuerwerk.«

»Du weißt, was ich meine.«

»Ja.«

Adair zieht seine Finger zurück, reißt eine neue Kondompackung auf. Er ist mehr als bereit, das sehe ich. Dann sieht er mich an und lächelt. Ein bisschen vorsichtig noch. Aber ich lächle zurück, und dann wird er wieder zu sich selbst.

»Ich will dich«, flüstere ich. Und obwohl es sich seltsam anfühlt, klingt es nicht seltsam.

»Und ich will dich.«

Adair schiebt sich zwischen meine Beine, bringt sich in Position. Und als er bereit ist, komme ich ihm entgegen, und er stößt wieder auf Widerstand, aber weniger als beim letzten Mal. Und er ist bereiter als beim letzten Mal, und ich bin es auch, und er schlägt sich nicht den Kopf an, sondern gleitet langsam in mich hinein.

Das Gefühl ist nach wie vor etwas fremd, aber eine Fremdheit, die genau dort hingehört. In mich. Ich liebe es, dass er dort ist, dass er tief in mir ist. Wenn er sich zurückzieht, will ich ihn wieder dort haben, und wenn er dort ist, will ich ihn noch tiefer.

Meine Lippe zittert, und Adair küsst mich, während er sich bewegt. Auf mir, in mir. Tiefer in mir. Weiter, immer weiter. Ich komme ihm entgegen, weil ich mehr von ihm will. Und nun entweicht mir ein Stöhnen, das ganz automatisch kommt, weil es sich so gut anfühlt. So vollständig. Und noch ein Stöhnen. Und Adair stöhnt mit mir.

»Ist das gut?«, frage ich, denn ich finde es zwar exorbitant gut, aber er ist der Experte.

»Es ist nicht gut. Nein.« Gerade überlege ich, ob ich ihn treten soll, da sagt er: »Es ist der Himmel.«

Er bewegt sich weiter. Kommt und geht. Und kommt und geht. Und ich mit ihm. Stöhne etwas mehr, als er eine Stelle in mir berührt, die dringend berührt werden will. Berührt werden muss. Fester und schneller. Und deswegen erhöhen wir das Tempo. O Gott, ist das schön!

»O Gott, ist das schön.« Ich stöhne es mehr, als dass ich es sage.

Meine Worte machen, dass Adair mich wieder küsst, sodass er überall in mir ist, wo er nur sein kann. Ich schlinge meine Arme um ihn, meine Beine, denn ich habe das Gefühl, der Winkel könnte noch besser sein. Und ja, er ist noch besser, weil er so noch tiefer in mich kann. Und deswegen noch tiefer stöhnt. In meinen Mund hinein, sodass mein ganzer Körper vibriert vor seiner Lust und meiner Lust, die ich in ihn zurückstöhne.

Es dauert länger als beim ersten Mal, aber irgendwann stöhnt Adair schneller und unkontrollierter und kommt in mir. Es ist wundervoll. Wundervoll, dass er kommt, und sehr okay, dass ich nicht komme, weil ich immer noch viel zu beschäftigt damit bin, zu fühlen, was ich fühle.

Doch Adair findet es offenbar nicht okay, denn im nächsten Moment ist seine Zunge an mir und in mir. Er saugt und umkreist diesen Punkt, nimmt seine Finger zu Hilfe. Und dann beginnt mein Inneres sich zusammenzuziehen, und mir wird heiß. Und kalt. Und komisch. Und es ist so viel intensiver, als wenn ich es selbst mache, dass mir die Luft wegbleibt und schwarz vor Augen wird, während ich noch einmal stöhne. Und noch mal, weil das alles so heftig ist, und dann noch mal und ein letztes Mal. Und als Adair mich danach wieder küsst, schmeckt er nach mir und sich, und obwohl ich es kurz merkwürdig finde, ist die Kombination aus uns beiden einfach nur wunderbar.

»Yes«, sagt er, als er sich neben mich rollt. »So sollte das.«

Ich bin ziemlich ausgelaugt und platt von der Tatsache, dass ich gerade vor jemandem gekommen bin. Intimer wird es in diesem Leben vermutlich nicht mehr. Und dennoch bringt Adair mich zum Lachen.

»Wolltest du mir das beweisen?«

»Dir und mir.«

»Das war der beste Sex, den ich je hatte«, sage ich. *»That's what she said.«* Und mit *she* meine ich mich, weil ich genau das schließlich vor, keine Ahnung, wie lang das her ist, gesagt habe.

»Du bist so wundervoll seltsam, Paisley.« Auch Adair lacht. Und küsst. Und lacht. Und ich habe das Gefühl, zu glühen.

»Wartest du kurz?«, frage ich.

»Glaub mir, ich gehe heute nirgendwo mehr hin.«

Ich stehe etwas mühsam auf, weil meine Beine noch ziemlich zittrig sind, laufe ins Badezimmer und sehe mein Spiegelbild an. Meine Haare sind durcheinander. Meine Wangen rot. Meine Augen wach. Meine Lippen ein bisschen geschwollen. Und ich lächle. Lächle mich selbst an. Es ist immer noch mein Gesicht. Aber in diesem Moment ist es wirklich sehr entspannt. Und sehr schön.

— 25. 6. —

Mit Paisley zu schlafen ist vielleicht das Beste, was ich je in meinem Leben gemacht habe. Und es wird von Mal zu Mal noch besser. Ich bin so erfüllt von ihr, dass ich das Gefühl habe, mein Herz schlägt in ihr und ihrs in mir. Ich atme Paisley. Ich schmecke Paisley. Ich fühle sie, selbst wenn ich sie nicht fühle. Wie kann ein Mensch so sehr die Erfüllung aller Träume sein? Wie kann etwas so magisch perfekt sein? Wie kann ich dieses unverschämte Glück haben? Wie kann ich mich jemals bei der Welt dafür bedanken, dass es die letzten Tage gegeben hat?

Was für ein pathetischer Unsinn. Aber was für eine einmalige, unglaubliche Wahrheit gleichzeitig. Und hier ist noch eine einmalige, unglaubliche Wahrheit: Ich bin bis zum Anschlag vollgefüllt mit der süßesten, zuckrigsten, absurdesten Liebe für sie.

Und jetzt mach was draus, du Vogel. Lieb sie. Für immer. Oder so ähnlich.

22 Wir sitzen in eine Decke gewickelt auf dem Sofa im Wohnzimmer. Im Ofen knistert ein Feuer. Es ist warm und sicher, und die Welt und alles andere ist eine Million Meilen entfernt. Meine Beine liegen auf Adairs Schoß, er zupft ein paar Akkorde auf Megadeth. Auf dem Tisch vibriert sein Handy, doch wir ignorieren es. Die Realität hat keinen Platz in unserem Kokon. Meine nicht und Adairs auch nicht. Allerdings verändert sich sein Blick. Mit jedem Vibrieren wird er ernster.

»Spielst du was für mich?«, frage ich, um ihn abzulenken.

»Was willst du hören?« Sofort geht er dankbar darauf ein.

»Normalerweise höre ich nur Gute-Laune-Musik. Aber auf einer Ukulele klingt ohnehin alles fröhlich. Liegt vielleicht an der Größe.«

»*That's what she said*«, sagt Adair und lacht.

Ich runzle die Stirn. »Hä? Wer?«

»Was meinst du mit *Wer?*«

»Wer hat das gesagt?«

»*She*. So funktionieren diese Witze.«

»Fängst du jetzt auch noch damit an?«, frage ich. »Nessa sagt das auch immer.« Ich kichere. »*That's what she said*. Also Nessa.«

Adairs Mundwinkel zucken. »Ähm, Paisley? Ich hab mich das schon ein paarmal gefragt, weil es nie so richtig Sinn gemacht hat. Aber kann es sein, dass du keine Ahnung hast, was diese Witze bedeuten?«

»Dann erklär es«, fordere ich ihn auf. Und dann werden wir ja sehen, wer hier was nicht verstanden hat.

»Also. Wenn jemand was Zweideutiges sagt. Etwas, das man auch sexuell konnotiert verstehen könnte. Dann sagt man das.«

»Und was soll das bringen?« Erwartungsvoll verschränke ich meine Arme vor der Brust.

»Das ist der Witz.«

»Haha, ich lach mich schief.«

»Ja, ist nicht immer megawitzig, stimmt schon. Aber das ist das Prinzip. Also, wenn ich jetzt was spiele ...« Er spielt eine Akkordfolge. »... und du dann sagst: Das klingt witzig, liegt sicher an der Größe ...« Ich meine die Melodie zu erkennen. »... dann sage ich: *That's what she said*. Weil ...«

Ich sehe ihn skeptisch an. »Weil ...?«

»... es zwar eigentlich um die Größe der Ukulele geht, während ich so tue, als ginge es um einen Penis.«

»Na, das ist ja sehr reif.«

Adair lacht wieder in sich hinein. »Ich glaube nicht, dass es um die Reife geht.«

»Also nenne ich deinen Penis jetzt Megadeth, oder was?«

Er prustet los. »Bitte nicht.«

»Gib's mir hart mit Megadeth. Das ist doch bescheuert.«

»Ich geb's auf.«

»Ich auch. Also spielst du jetzt was mit deinem Penis-Instrument oder nicht?«

Er schüttelt lachend den Kopf. Dann wiederholt er die Melodie von gerade eben. Ich bin mir sicher, ich kenne das Lied, kann es aber gerade nicht zuordnen. Er beginnt zu summen. Dann singt er: »*Love is a song that never ends, Life may be swift and fleeting.*« Und jetzt weiß ich auch, woher ich es kenne! Es ist das Lied aus *Bambi*, und ich grinse breit. War ja klar, dass er einen Disney-Song wählt. »*Hope may die yet love's beautiful music comes each day like the dawn.*«

Er singt und sieht mich dabei an. Und, ja, ich fühle es. Ich fühle die Musik und die Liebe. Und auf einmal habe ich Lust zu tanzen, weil ich nicht weiß, wohin mit all dem Gefühl.

Adair hält kurz inne, als ich mich aus der Decke befreie. »Nein, spiel weiter«, sage ich, und er tut wie ihm geheißen.

»*Love is a song that never ends, One simple theme repeating.*«

Ich bewege mich zur Musik, die Adair spielt, wie ich mich seit Tagen zu der Musik bewege, die Adair *ist*. Zu seinem Herzschlag, zu seinen Worten, zu seinen Bewegungen. Ich merke, ich tanze seit Tagen zu Adair und er zu mir. Es ist ein verrücktes Gefühl, weil es alles so logisch ist. So einfach. So passend. Und wenn es eben mal nicht passt, lachen wir darüber und machen es im nächsten Anlauf passend.

Adair sieht mich an, während ich mich hin und her wiege. Ein bisschen albern ist es wohl, aber es stört nicht weiter, denn hier sind nur wir beide. Und Adair spielt das Lied jetzt schneller, und ich tanze ein bisschen schneller, und dann legt er seine Ukulele aufs Sofa und kommt zu mir, um mich einmal im Kreis zu wirbeln und mich dann in seinen Armen zu wiegen, bis wir uns wieder küssen, weil es leider auf dieser Welt nichts gibt, was schöner ist, weswegen wir das immer und immerzu tun müssen. Und dann schlafen wir miteinander, und ich bin diesmal oben, weil ich alles mit ihm ausprobieren will.

Und dann sagt er etwas, das mich ernst werden lässt.

»Würdest du mit mir ausgehen, Paisley?«

23 »Was? Warum?« Das ergibt ja nun wirklich mal gar keinen Sinn. Der Witz ist doch, dass wir eine Million Meilen von allem weg sind.

»Weil ich ... es gern würde.«

»Warum?«

»Ist das nicht ganz normal?«

»Für dich vielleicht.« Ohne dass ich es gemerkt hätte, ist mein Körper ganz steif geworden.

»Aber dein Geburtstag ist jetzt vier Tage her, oder? Ich dachte vielleicht ...«

»Das hat mit meinem Geburtstag nichts zu tun. Das ... ist einfach so.« Wenn wir das Cottage verlassen, in die Stadt gehen, alle würden uns sehen. Würden Fragen stellen. Hätten Erwartungen. Und ich hätte sie ebenso. Innerhalb des Kokons ist alles möglich. Das Außerhalb kann es für uns nicht geben. Das nimmt kein gutes Ende.

»Das ist einfach so, hm? Also gehen wir nie aus?«

Ich verstehe überhaupt nicht, was er meint. »Wir haben doch drüber gesprochen. Über die Gefahr von Veränderungen. Über die Unhappy Ends.«

»Aber was ist denn mit einem Happy End? Ich dachte ...«
Er kommt einen Schritt auf mich zu. »Ich will dich nicht unter Druck setzen. Ich kann warten. Kein Ding.«

Worauf will er denn warten? »Worauf willst du denn warten?«

»Auf dich, Paisley.« Ich runzle die Stirn, möchte gerade etwas erwidern, doch da legt er mir die Arme um die Schultern. »Wenn wir ein Date hätten, wie würde es aussehen?«

Ein Spiel also. Ich entspanne mich. Das funktioniert. Das sind wir. »Keine Ahnung. Ich hatte ja noch keins. Sag du's mir.«

»Okay, also, ich würde mich in Schale werfen, dich zu Hause abholen und zu einem richtig feinen Restaurant fahren. Wir würden einen Aperitif trinken, Austern schlürfen, Champagner ...«

»Das klingt ein bisschen ... spießig.«

»Spießig? Gutes Essen? Gute Getränke? Spießig?« In gespieltem Entsetzen lässt er sich auf die Couch fallen. »Was wäre denn dein Vorschlag?«

»Ich würde in den *Hideout* gehen. Das ist unser Pub.«

»Richtig stilvoll also. Verstehe. Das ist natürlich alles andere als spießig.«

»Ich brauche keinen Luxus. Ich will mich nur wohlfühlen. Es ist ja schließlich unser erstes Date. Und im *Hideout* ist es nie langweilig. Aber ich würde definitiv einen der hinteren Tische vorschlagen. Da haben wir unsere Ruhe. Denn im *Hideout* haben sie alle große Ohren. Und während du mir sagst, wie zauberhaft ich aussehe und – nach ein paar Bier – was Megadeth mit mir anstellen würde, brauchen wir ja nicht belauscht zu werden.«

»Ich hoffe für dich, du redest über die Ukulele.« Adair grinst.

»*That's what she said*«, versuche ich es, aber es ergibt einfach keinen Sinn.

»Du würdest also Bier trinken?«

»Das Shetland-Ale. Das ist mein liebstes.«

»Ich bin kein großer Biertrinker, aber das werde ich probieren. Was willst du essen?«

»Die Fish & Chips. Im *Hideout* gibt's die allerbesten.«

»Dirty Talk bei Bier und Fish & Chips.« Adair lacht. »Das hatte ich auch noch nicht.«

»Für das Date, das dir vorschwebt, gibt's in Lerwick nur das *Esplanade*. Da wären wir vermutlich die Ersten und Einzigen beim Dirty Talk.« Wobei, wer weiß, worüber Nessa und Boyd gesprochen haben, als sie da waren. Aber nein, ich kann mir Nessa nicht beim Dirty Talk vorstellen. Und selbst wenn ich es könnte, würde ich es nicht wollen.

»Ist es da schön?«

»Es ist ein bisschen steif, finde ich. Die Leute schwärmen allerdings vom Essen.«

»Okay, ich habe eine Idee. Gibst du mir eine halbe Stunde?«

»Äh, klar?«

»Gut.« Damit springt Adair auf, schlüpft in die Gummistiefel und ist im nächsten Moment zur Tür raus.

Ich höre, wie er den Motor anlässt, dann lenkt er seinen Wagen auf die Straße. Hoffentlich holt er jetzt nicht wirklich Austern. Denn ich habe vergessen, zu erwähnen, dass ich rohe Glibbermasse aus dem Meer nicht unbedingt zu meinen Lieblingsgerichten zähle.

»Paisley?« Adair öffnet vorsichtig die Tür.

»Hm?« Ich blicke von meinem Strickzeug auf.

»Kannst du kurz ...« Er klingt angestrengt.

»... dir helfen?« Ich mache Anstalten, zur Tür zu gehen.

»Nein, nein, um Himmels willen, kannst du kurz nach oben gehen und warten, bis ich dich rufe?«

»Äääääh, okay?« Ich nehme die Wollknäuel und den angefangenen Fäustling vom Sofa und gehe damit nach oben. Also hat Adair nun wirklich ein Date ins Cottage geholt. Ich grinse in mich hinein, als ich mich auf dem Bett niederlasse. Ich hatte noch nie ein Date. Denn Dates führen zu Beziehungen. Und Beziehungen führen zu Unhappy Ends. Und Unhappy Ends führen zu ...

Vielleicht, überlege ich, schlürfe ich ihm zuliebe sogar eine Auster. Er hat sich Mühe gegeben, da werde ich nicht wählerisch sein, was das Essen anbelangt. Und dann kommt mir die Idee, mir etwas dem Anlass Angemesseneres anzuziehen. Ich habe natürlich keine richtig schicken Klamotten dabei, aber der Rock, den ich am ersten Tag getragen habe, der mit den Glitzerfäden, den ich Adair gegeben habe, um seinen Fuß zu befreien, ist immerhin eleganter als meine Jeans. Mein weißer grobmaschiger Pullover muss es obenrum tun. Immerhin sieht man meinen schwarzen BH darunter hervorblitzen. Vor dem Spiegel im Bad probiere ich verschiedene Frisuren aus. Ich habe nur einen einzigen Haargummi dabei, sodass meine Möglichkeiten begrenzt sind, und entscheide mich schließlich für einen Messy Bun, aus dem genau an den richtigen Stellen und sehr gewollt Strähnen herausfallen.

Auf einmal höre ich Schritte auf der Treppe. »Du kannst kommen«, sagt Adair, und als er den Kopf zur Badezimmertür hineinsteckt, strahlt er. »Du siehst toll aus.«

Er sieht toll aus. Und auf einmal gar nicht mehr so exzentrisch. Er trägt einen schwarzen Anzug - weiß der Geier, woher er den auf einmal hat - und darunter ein Hemd, das für Adairs Verhältnisse relativ bescheiden gemustert ist.

»*Du* siehst toll aus«, sage ich deswegen.

Adair reicht mir seinen Arm, und ich hake mich ein.

»Ist das dieses Von-zu-Hause-Abholen, von dem du gesprochen hast?«

Er nickt. »Exakt.«

Arm in Arm gehen wir die Treppe hinunter, und Adair hält mir – ganz Gentleman – die Küchentür auf. Ich trete hindurch, und mein Blick fällt sofort auf den Esstisch, der mit dem einfachen Emaille-Geschirr gedeckt ist. Adair zieht mir einen Stuhl zurück, und ich setze mich mit einem leisen Glucksen. An diese Behandlung könnte ich mich wirklich gewöhnen.

»Ich habe gehört, du magst Shetland-Ale«, sagt Adair und stellt ein Pint vor mich. Das Glas stammt eindeutig aus dem *Hideout*, und der Farbe nach zu urteilen ist es tatsächlich Josephs Shetland-Ale.

»Aber du magst doch kein Bier«, sage ich, als er sich ebenfalls setzt und mir mit seinem Pintglas zuprostet.

»Ich wollte gerne wissen, warum die Leute so ein Aufhebens drum machen.«

»Die Leute?«

»Du.«

Ich lache. Dann nehmen wir beide einen Schluck. Es schmeckt nach zu Hause. Nach der Insel. Nach Heimat und Gemütlichkeit, und ich schließe die Augen, um dieses Stück Normalität zu genießen.

»Ja, kann man machen«, sagt Adair. »Hast du Hunger?«

»Immer.«

Aus einer Tüte auf der Anrichte holt Adair zwei in Papier eingewickelte Päckchen und legt sie vor uns auf die Teller. Mit dem Finger schiebe ich das Papier beiseite und traue meinen Augen kaum.

»Du hast Fish & Chips geholt?«

Adair nickt. »Mit den besten Grüßen von Mr Garrioch.«

»Aber was ist mit den Austern? Und dem Champagner?«

Adair zuckt mit den Schultern. »Heute soll es um dich gehen.« Er stellt eine Flasche Malzessig auf den Tisch.

»Du hast meinen Pub hergebracht.« Ich muss gegen Tränen der Rührung anblinzeln, weil ich so überwältigt bin. »Danke.«

»Was soll ich als Nächstes holen?«, fragt er. »Du musst es nur sagen, ich bau dir, wenn's sein muss, die ganze Stadt ins Cottage.« Dass er dabei so ernst aussieht, macht, dass meine Kehle ganz eng wird.

Ich nehme noch einen Schluck Ale und kippe dann richtig viel Essig auf die Bierkruste meines Fischs. Nessa und Fiona machen sich immer lustig darüber, dass ich meinen Fisch in Essig ertränke, aber ich mag es so. Und als ich aufblicke, sehe ich, dass Adair es genauso hält.

»Danke«, sage ich noch mal, und Adair greift über den Tisch und drückt meine Hand.

»Danke, dass du mit mir ausgehst.« Er lächelt. »Und danke für alles außerdem.«

»Was meinst du?«

Er lacht etwas überrascht. »Ich hatte hier eine ziemlich famose Zeit. Und deswegen ... Paisley ... ich hoffe, du siehst das ähnlich, aber ich denke eigentlich schon, weil – keine Ahnung – wir haben ja doch ziemlich heftig gevibet, du und ich. Und ich wollte dich fragen, ob wir versuchen wollen, eins von diesen ekligen Pärchen zu sein, die eine Fernbeziehung richtig gut hinkriegen.«

Er sieht mich erwartungsvoll an. Und mein Magen zieht sich zusammen. Eine Beziehung? Eine Fernbeziehung? Das kann er nicht ernst meinen. Das ist gegen die Regeln. Das ...

»Aber das war nicht der Deal.« Es ist alles, was ich herausbringe.

»Was denn für ein Deal?«, fragt er.

»Dass wir nicht wissen, wer wir sind. Und uns deswegen alles sagen können. Wer sich nicht kennt, hat nichts zu verlieren ...« Wer nichts zu verlieren hat, erlebt kein Unhappy End.

»Na ja, der ›Deal‹« – er malt Anführungszeichen in die Luft – »ist ja wohl nicht mehr ganz aktuell nach den letzten Tagen, oder? Der ›Deal‹ war für zwei Fremde, die es ein paar Tage miteinander aushalten wollten. Aber jetzt ...«

»Der Deal ist doch der Grund, warum die letzten Tage waren, wie sie waren.« Ich versuche, die Panik in meiner Stimme herunterzuschlucken. Niemals hätte ich Adair so viel von mir erzählt. Hätte ihn nie geküsst, hätte nie mit ihm geschlafen, hätte nie ein Date mit ihm, wenn nicht klar gewesen wäre, dass wir uns nie wiedersehen. Dass die Sache zwischen uns auf die paar gemeinsamen Tage im Cottage begrenzt ist. Die Tatsache, dass es nichts zu verlieren und alles zu gewinnen gibt, ist die Grundlage für all das Schöne!

»Ja, aber das zwischen uns hat sich wohl ein bisschen verselbstständigt, meinst du nicht?«

Und selbst wenn? So funktioniert es nicht. So kann ich das nicht. Das Schönste, was ich je erlebt habe, kann nicht schlecht enden. Darf nicht schlecht enden. Das hier, das ist das happyste aller Ends, weil es kein Ende ist. Weil es keinen Anfang hatte. Weil es eigentlich nicht mal real ist. Weil wir uns nicht kennen. Und so muss es bleiben.

»Ich kann das nicht.« Mir ist ein bisschen schlecht. Die Realität bricht mit voller Wucht über mich herein. Er hat zwar den Pub in den Kokon geholt, aber jetzt will er den Kokon nach draußen zerren, und das macht mir Angst.

»Natürlich kannst du das. Was redest du denn?«

»Nein.« Meine Stimme wird immer schriller.

»Das ist eine ganz schön unflexible Antwort.«

»Ich bin unflexibel.«

»So habe ich dich gar nicht kennengelernt.«

»Vielleicht hast du mich ja auch nicht richtig kennengelernt.« Schließlich hat er Paisley kennengelernt, nicht Effie. Ich sollte nicht so giftig klingen, aber die Panik macht, dass ich nicht Herrin meiner Sinne bin.

»Huch?« Er sieht erschrocken aus. »Ehrlich gesagt, war der ›Deal‹ aus meiner Perspektive, dass wir uns richtig kennenlernen. Auf die ehrlichste Art und Weise.«

»Ja, aber du willst den Deal doch unbedingt aufheben.«

»Ich weiß gerade echt nicht, woher das kommt. Ich dachte nur …«

»Es tut mir leid.« Und das tut es wirklich. Es tut mir so leid, dass mein Inneres brennt. Denn die Aussicht darauf, Adair nicht mehr zu sehen, schnürt mir die Kehle zu. Sie macht, dass ich laut schreien will. Dass ich mich an ihn ketten will. Doch all das ist besser als … besser als der Kummer, den mein Dad hatte.

»Wir müssen ja nicht jetzt drüber reden.« Er greift wieder über den Tisch und drückt meine Hand erneut. Aber diesmal fühlt es sich nicht so gut an. Nicht so warm. Diesmal ist es … an Erwartungen geknüpft?

»Die Fish & Chips sind wirklich gut«, sagt er, als hätte es das Gespräch vorher nicht gegeben.

»Ja, oder?« Ich genehmige mir trotz der Übelkeit einen Bissen, aber er schmeckt wie Pappe, weil mein Mund innerlich ganz taub ist.

»Hör zu. Kein Druck. Wir machen es uns einfach jetzt schön und reden ein andermal drüber. Okay?«

»Okay«, sage ich.

»Ich habe im Pub einen lustigen alten Mann getroffen.« Gott sei Dank wechselt er das Thema. »Hat mir gleich seine und Lerwicks komplette Lebensgeschichte erzählt. Er ist achtundsiebzig, das ist vielleicht nicht so spannend. Aber wusstest du, wie alt Lerwick ist? Viele Gebäude in der Innenstadt sind aus dem siebzehnten Jahrhundert!«

»Ja, das wusste ich.«

»Ich hatte keine Ahnung.«

»Weil du ein Snob warst«, sage ich. »Bis du mich getroffen hast.« Ich lächle und versuche das unangenehme Gespräch von eben zu vergessen.

Aber in meinem Kopf überschlagen sich die Gedanken. Ich mag ihn zu sehr. Mag ihn viel zu sehr, um ihn zu verlieren. Das ist nicht aushaltbar. Das ... darf nicht passieren. Niemals, niemals. Niemals darf das, was wir hatten, zu Schmerz werden. Niemals dürfen wir Abschied nehmen. Das, was von uns bleibt, muss sich so anfühlen, als wäre ein schöner Traum in Erfüllung gegangen. Als wäre dieser Traum immer Teil von uns. Als wären die Tage im Cottage eine mögliche Realität, zu der wir zurückkehren könnten, wenn Zeitreisen möglich wären. Als wären Paisley und Adair einfach für immer hier, während Effie und wer auch immer davon zehren. Von dieser Geschichte, die so schön war, dass sie einfach nicht real sein kann. So soll es sich anfühlen. Wie die schönste Fantasie, die wir je hatten, weil wir sie erlebt haben.

— 27. 6. —

Verdammt! Wir müssen morgen noch mal drüber reden. Denn ein Leben ohne Paisley ist einfach nicht denkbar, wenn man sie mal in seinem Leben hatte. Morgen. Mein letzter Urlaubstag, bevor es wieder zurück nach Edinburgh geht. Zurück zu der Mess, die sich mein Leben nennt. Aber es wäre einfacher, wenn ich wüsste, dass ich zurückkommen kann. Dass ich das mal über Lerwitch schreiben würde. Über Shetland. Diesen Ort am Arsch der Welt, der mich bislang genervt hat wie nichts anderes. Hätte ich gewusst, dass es irgendwo auf dieser Insel eine Paisley gibt, ich hätte sie schon vor Jahren gefunden.

Verdammt noch mal, morgen werde ich ihr in allen Einzelheiten auseinandersetzen, warum sie und ich, ich und sie, wir beide zusammen das absolut unbestritten Perfekteste auf der Welt sind. Warum ein Sie und Ich zu einem Wir werden muss, wenn irgendwas in diesem Leben Sinn ergeben soll. Und warum das einzige Unhappy End, das wirklich etwas zählt, wäre, sie nicht wiederzusehen.

24 Die frühe Morgensonne fällt durch den schmalen Spalt zwischen den Vorhängen ins Schlafzimmer und kitzelt meine Augenlider. Heute. Heute ist der Tag, an dem ich in mein Leben zurückkehre. Mit der Kraft, die gut gelaunte Effie zu sein. Mit Erinnerungen, die mich von innen wärmen, die kribbeln und kitzeln, die ... Ich öffne die Augen und drehe mich zu Adair um. Er schläft tief und fest, sein Mund steht leicht offen, und seine Haare sind von letzter Nacht ganz verstrubbelt. Schmetterlinge tanzen in meinem Bauch.

Ich bin verliebt in dich, denke ich, und obwohl ich Angst habe, ihn zu wecken, streiche ich mit meinem Finger eine Haarsträhne aus seiner Stirn. Doch Adair wacht nicht auf. Es ist viel zu früh.

Ich wage es nicht, ihn noch einmal zu berühren, dennoch fahre ich seine Konturen nach. Meine Finger schweben Millimeter über seiner Haut, sodass ich die Wärme spüre, die von ihm ausgeht. Adairs Wärme, die ich in mich aufsauge. Seine Schulter, sein Oberarm, seine Wirbelsäule. Die Bettdecke verbirgt seinen Hintern, und ich hebe sie leicht an. Für einen letzten Blick. Für die Erinnerung.

Um nicht laut zu seufzen, beiße ich mir auf die Unterlippe, konzentriere mich auf das Schöne. Das, was wir hatten, ohne jede Gefahr, ohne jede Einschränkung, ohne Handbremse oder Zögern, sondern einfach ganz und gar und vollkommen und zu hundert Prozent. Vielleicht war es nicht genug. Sehr sicher war es nicht genug. Aber ein »nicht genug« ist so viel besser als ein »genug«. Denn ein »genug« bedeutet ein Ende.

Meine Lippen schweben Millimeter über seiner Haut, und ich küsse die Wärme. Nicht ihn, denn den letzten Kuss hatten wir schon. Und wenn er merkt, dass es der letzte war, wird er versuchen, mich umzustimmen wie gestern bei unserem Date. Mich daran zu hindern, zu gehen. Ich würde bleiben, bis aus dem »nicht genug« ein »genug« und irgendwann ein »zu viel« geworden ist. Und dann geht alles den Bach runter.

Ganz vorsichtig rolle ich mich Richtung Bettkante, setze mich auf. Adair brummt leise, und ich halte die Luft an. Doch er zieht nur die Decke über seinen Rücken und schläft einfach weiter. Auf Zehenspitzen verlasse ich das Zimmer, schnappe mir den Rucksack, den ich gestern Abend heimlich gepackt habe, und schleiche mich die Treppe hinunter. Dabei weiche ich der knarzenden Stufe aus.

Mein Herz ist schwer, und ich weiß ganz genau, dass ich das Bild vom schlafenden Adair eine ganze Weile nicht mehr loswerde. Vielleicht nie. Ein ewiger visueller Ohrwurm. Und dass es dann schmerzhaft stechen wird. Aber so sind Gefühle. Schmerzhaft schön. Und es ist der Beweis dafür, dass das, was wir hatten, echt war. Dass diese Tage, die uns beide mit ihrer Intensität voll und ganz überrollt haben, die schönsten waren, die wir je hatten. Und haben werden. Und wenn das nicht das happyste aller Ends ist, dann weiß ich auch nicht.

Auf dem Couchtisch liegt Adairs Tagebuch, daneben der

Bleistift, mit dem er seine Gedanken aufschreibt. Die Versuchung, zu lesen, was er über mich, über Paisley schreibt, ist groß. Aber gleichzeitig spielt es keine Rolle. Denn ich weiß, dass er ehrlich war. In jedem Moment, den wir miteinander verbracht haben. Es gab schließlich keinen Grund, es nicht zu sein. Wie einfach, wie magisch es war. Mich überkommt ein Schauer, äußerlich und innerlich, und kurz muss ich mich aufs Sofa sinken lassen, weil ich denke, meine Beine geben sonst einfach unter mir nach. Das happyste End aller Zeiten, weil mein gesamter Körper so voller Gefühl ist. Wer kann schon von sich sagen, dass er das erlebt hat? Adair vielleicht. Adair. *Adair.* Oder wie auch immer er heißt. Mein Herz krampft sich fest zusammen, so fest, dass ich meine Hand auf meine Brust drücke, um ihm ein bisschen Erleichterung zu verschaffen.

Ich weiß, wir sind verliebt, denke ich. *Und das ist schön. Auch wenn es wehtut, ist es schön.*

Kurz entschlossen greife ich nach dem Tagebuch, schlage es auf der ersten leeren Seite auf und schreibe den nächsten Gedanken, der mir in den Sinn kommt, hinein.

An dieser Stelle endet An Occurrence at Marigold's Cottage. *Danke für alles. Danke für dich. Eines Tages wird es nicht mehr wehtun, und dann wird die Erinnerung an all das das Allerschönste sein. P.*

Ich nicke. Ein letzter Gruß, das fühlt sich richtig an. Ich wünschte, ich hätte auch einen letzten Gruß von Adair. Irgendetwas, das ich anschmachten könnte, wenn es unaushaltbar wird mit der schmerzhaften Schönheit. Meine Kehle ist ganz eng, und hinter meinen Augen wird es auf einmal richtig heiß. Also sehe ich zu, dass ich mein Strickzeug in meinen Rucksack stopfe. Denn hätte ich es gestern Abend weggepackt, wäre Adair wohl argwöhnisch geworden.

Mit einem Blick auf meine traurigen Maschen stelle ich fest, dass ich längst nicht so fleißig gewesen bin wie in den letzten Jahren. Aber das macht nichts. Denn dafür habe ich Dinge erlebt, die ich nie unerlebt machen würde. Ich habe Küsse erlebt. Alle Küsse, die man sich vorstellen kann. Adair hat mich so viel geküsst. So gern geküsst. Und ich ihn. Ein raues Stöhnen entweicht mir beim Gedanken an all die ersten Küsse. Und die zweiten. Und dritten. Und unendlichsten. Schöner Schmerz. Happy End.

Es ist gut, dass mein Körper wie auf Autopilot funktioniert, weil ich nicht anders kann, als jeden Zentimeter des Wohnzimmers abzuscannen und mir uns vorzustellen. Adair und mich. Auf der Couch, auf dem Fußboden, im Gespräch, uns verstohlene Blicke zuwerfend – und dann weniger verstohlen, weil es egal war, ob wir uns zum Affen machten. Und dann die Gewissheit, dass wir uns nicht zum Affen machten, sondern dass wir ganz und gar das Gleiche dachten. Wollten. Seine Hände auf mir, meine Hände auf ihm, seine Zunge zwischen meinen Lippen, mein Zurückzucken und dann das absolute Hingeben in etwas, das ich noch nie gespürt hatte.

Erst als eine Träne mit einem leisen Plopp auf den Holzboden fällt, merke ich, dass ich weine. Liebeskummer muss wohl auch irgendwohin. Vor allem, wenn er so alles durchdringend ist wie dieser hier, der noch nicht einmal so richtig angefangen hat. Aber auf diese Weise wird er erträglich bleiben. Weil es schön endet, in rosa Wolken statt in grauen, die langsam schwarz werden und nichts anderes mehr zulassen als Traurigkeit.

Das Schloss scheppert laut, als ich die Tür entriegle und aufziehe, und einen kurzen Moment habe ich Sorge, dass Adair nun endgültig aufgewacht ist. Doch aus dem ersten

Stock hört man keinen Mucks. Vor meinem inneren Auge sehe ich, wie sich sein Rücken regelmäßig hebt und senkt. Sein schöner Rücken. So weich, so glatt, so ... Ich betrachte meine Finger, die an seinem Körper entlanggewandert sind, ohne jede Scheu. Und dann presse ich sie mir an die Lippen, als könnte ich so noch etwas von Adair schmecken.

Bitte vergesst nicht, wie er sich angefühlt hat, denke ich. *Erinnert euch für immer daran.*

Ich trete nach draußen in die kalte Morgenluft. Die Sonne scheint mir ins Gesicht, glitzert auf den sanften Wellen des Ozeans. Die Turtelmöwen-Küken über mir machen leise Geräusche, aber sogar ihnen ist es noch zu früh.

»Viel Erfolg«, flüstere ich der Möwenfamilie zu. Denn schon bald werden die Kleinen flügge sein. Und wie beängstigend das wohl sein muss, mit nichts als einem instinktiven Vertrauen einfach von einem Haus zu springen, kann ich mir kaum ausmalen. Doch der Gedanke beflügelt mich. Denn wenn die Küken der Turtelmöwen Jahr um Jahr springen können, kann ich das auch.

Ich drehe mich noch einmal um. Sehe die schwere Holztür an, sehe in der Erinnerung Adair in seinem Cordanzug mit Ukulele dort stehen. Sein schelmisches Grinsen im Gesicht, Paisley-Hemd, barfuß. Ich sehe mich selbst, bockig, schlechter Laune, nicht dazu aufgelegt, mir von einem dahergelaufenen Dandy meine traurige Woche verderben zu lassen. Und dann ... wurde es die glücklichste Woche.

Schnell ziehe ich die Tür hinter mir zu und schultere meinen Rucksack. Er fühlt sich schwerer an als bei meiner Ankunft, obwohl nun keine Konserven mehr darin sind. Aber Erinnerungen und Gefühle wiegen eben auch schwer – wenn auch nicht messbar. Auf meinen Schultern spüre ich ihr Gewicht jedoch ganz deutlich. Das Gewicht von Glück, von etwas, das ich hatte, von etwas, das mich vollständig gemacht hat.

Das Gewicht von zwei Herzen, die sich so sehr aufeinander gestürzt haben, als gäbe es nur diese beiden. Doch das stimmt nicht einmal. Denn mein Herz würde sich auch unter Millionen anderer Herzen auf Adairs stürzen. Und seins würde meins ebenso wiederfinden. Egal, wie viele zur Auswahl stehen. Bei diesem Gedanken hüpft mein Herz schmerzhaft gegen meine Brust. Es will raus. Es will zurück. Es will sich neben Adair zusammenrollen, bei ihm sein, eins mit ihm sein.

Ist okay, Herz. Wir kriegen das schon hin.

Mein Fahrrad lehnt an der Hauswand, und ich schiebe es den schmalen Weg entlang zum Gartentor, das quietscht, als ich es aufziehe, und ich blicke noch ein letztes Mal zurück. Hoch zum Fenster, hinter dem Adair noch friedlich schläft.

Träum von mir, denke ich. *Ich werde von dir träumen. So was von. Selbst wenn ich wach bin, träume ich von dir.*

Dann steige ich auf mein Rad und trete in die Pedale. Der kalte Wind bläst mir ins Gesicht, macht, dass meine Augen sofort tränen. Der Wind - und, ja, alles andere. Doch während mir Tränen über die Wangen laufen, lächle ich. Ich lächle breit, denn das hier war das Schönste, das Schmerzhafteste, das Beste, das Schlimmste, das Perfekteste, das Allerallerbeste. Wunderbarer hätten die letzten Tage nicht sein können. Nichts wird je wieder mithalten können. Und das macht mich glücklich. Und wenn es glücklich macht, ist es ein Happy End.

– 28. 6. –

An dieser Stelle endet „An Occurrence at Marigold's Cottage". Danke für alles. Danke für dich. Eines Tages wird es nicht mehr wehtun, und dann wird die Erinnerung an all das das Allerschönste sein. P.

Nein. Neinneinneinneinnein. Nein. NEIN. NEIN, DAS DARF NICHT SEIN! Wie kannst du. Warum hast du. Was ... Mein Kopf implodiert gleich. Du bist weg. Einfach abgehauen. Du bist weg! Ich kann das nicht glauben. Aber das Cottage ist leer. Deine Sachen sind weg. Dein verficktes Fahrrad ist weg. Und alles, was du dagelassen hast, sind diese paar Sätze? Willst du mich verarschen? Die Erinnerung. Ich will keine Erinnerung. Ich will nicht deinen „Deal". Ich will den real deal. Die Real-Life-Elfe. Ich will dich. Rund um die Uhr. Um mich. Und du haust einfach ab? Du hast gesagt, mit mir hast du keine Angst. Aber da ist sie. Wie kann die Angst vor einem Unhappy End größer sein als ... nein. Kann sie nicht. Nichts ist größer. Punkt.

Okay. Ich habe mich etwas beruhigt. Und du hast recht. Die Erinnerung ist das Allerschönste. Nur gibt es offenbar eine Steigerung von „allerschönst". Und die heißt Paisley. Haha, nein, sie heißt nicht einmal Paisley. Sie heißt ... Ich habe keine Ahnung.

25 Als ich mein Fahrrad gegen das Fenster des *Drawing Room* lehne, schließt Fiona gerade den Laden auf. Sie sieht mich durch die Glasscheibe, und augenblicklich hellt sich ihr Gesicht auf. Ich versuche ihr Lächeln zu erwidern, auch wenn es sich noch ein bisschen verkrampft anfühlt. So richtig scheine ich noch nicht wieder im Hier und Jetzt angekommen zu sein. Oder das Hier und Jetzt ist einfach ein anderes, denn Hier und Jetzt war im Cottage schließlich auch. Das intensivste Hier und das schönste Jetzt.

»Effie!«, ruft sie, zieht die Tür mit einem so kräftigen Ruck auf, dass sie gegen die Wand knallt, und umarmt mich heftig.

»Hi.« Ihre Berührung ist schön. Schwesterlich. Bekannt. Sicher. Aber es ist eine Berührung, die ganz anders ist als die, die ich in der letzten Zeit erfahren habe. Und dieser Gedanke lässt mich innerlich zusammenzucken.

»Oh, ich freu mich so, dich zu sehen! Du hast mir gefehlt! Uns! Du hast uns gefehlt.«

»Ihr mir auch.« Das haben sie wirklich. Sie haben mir doll gefehlt. Auch wenn ich bis heute Morgen anscheinend keine Ahnung hatte, zu welchem Grad von Vermissung ich fähig bin. Meine Gedanken sind nach wie vor im Cottage. Mein Herz. Mein alles. Das hier kommt mir völlig surreal vor. Wie ein Aufwachen aus einem sehr realen Traum. Wie ein Auftauchen, nachdem man in einer magischen Unterwasserwelt war.

»Willst du frühstücken? Soll ich schauen, ob es noch ein Stück Red Velvet Cake von gestern gibt? Die neue Lieferung kommt erst später.«

Ich lächle, obwohl mir beim Gedanken an Red Velvet Cake richtig, richtig schlecht wird vor Sehnsucht nach Adair. »Ja, gern.« Ich konzentriere mich auf die Schönheit, die wir hatten. Das happyste aller Ends. *That's what Paisley said,* denke ich. *That's what Effie said.* Wie wir vor dem AGA-Herd sitzen und auf den Kuchen warten. Wie wir am Strand spazieren gehen. Wie wir Küsse auf Haut hauchen.

»Wie war es im Cottage? Hast du die Einsamkeit genossen? Tee?« Ohne meine Antwort abzuwarten, hantiert Fiona hinter dem Tresen mit zwei Tassen. »Ich hab mir ein bisschen was von Marigolds Geheimmischung abgezwackt. Aber pssst.« Sie legt einen Finger auf ihre Lippen.

»Es war echt schön. Genau das, was ich gebraucht habe. Einfach mal rauskommen, weißt du?« Ich schlucke. Denke an den schlafenden Adair. An meine Finger, die Millimeter über seiner Haut verharren, ihn jedoch nicht berühren dürfen, um ihn nicht zu wecken. So wie ich ihn nun nicht mehr sehen darf, um nichts von der Magie kaputt zu machen.

»Hat Nessa mir erzählt. Ändert aber nichts daran, dass was gefehlt hat.«

»Jetzt bin ich ja wieder da.« Ich lächle sie an. Ihre Worte machen, dass ich mich stärker fühle, weil ich weiß, dass ich das Richtige tue, indem ich mich nicht verwundbar mache. Nicht in irgendwas hineinschlittere, das mich zu einem Häufchen Elend zusammenfallen lässt. All diese Dinge.

»Gott sei Dank.«

Ich setze mich an einen Tisch, und kurz darauf stellt Fiona eine dampfende Tasse vor mich und nimmt mir gegenüber mit ihrem eigenen Tee Platz.

»Kuchen ist leider alle.« Sie zuckt entschuldigend mit den Schultern, aber ich bin regelrecht erleichtert, denn Red Velvet Cake hätte ich heute Morgen wohl nicht runtergekriegt. »Was hast du so gemacht?«

»Ach, nichts Besonderes.« Nur Besonderes. »Gestrickt.« Kaum gestrickt. »War viel spazieren.« Mit meiner Hand in Adairs Hand. »Hab Filme mit Happy End geschaut.« Habe das happyste aller Ends erlebt. »Hab die Ruhe genossen.« Habe Nähe genossen. »Was machen die Hochzeitsvorbereitungen?« Ich nehme einen Schluck von meinem Tee. Er tut gut. Denn jetzt, wo Wärme nicht mehr von dieser Person neben mir kommt, muss ich mich wohl wieder selbst darum kümmern. Aber die Erinnerung an diese Wärme gepaart mit Marigolds Tee wird reichen. Muss. Jawohl.

»Ich geb dir einen Rat, Effie. Heirate niemals in einer Kleinstadt.« Sie verdreht die Augen. »Ohne Witz, ich weiß nicht mehr, was ich eigentlich wollte, was ich nur will, weil alle anderen es sich wünschen, oder wogegen ich mich verweigere, weil es erwartet wird.«

Ich lache. Es klingt ein bisschen fremd und gekünstelt, so wie mir dieser Ort auf einmal fremd vorkommt. Fiona fällt es glücklicherweise nicht auf.

»Vielleicht brauche ich deine Hilfe dabei, das alles mal zu entwirren.« Sie sieht mich an, und ich nicke. Nicke begeistert.

»Alles, was du willst. Du bist immerhin die Braut.«

»Danke, Effie.«

»Aber du weißt schon, dass das Farbkonzept weiß-lila ist,

oder? Und dass Cassies Sohn die Ringe bringt. Und dass du das Kleid von Connals Mum tragen musst. Das ist nicht verhandelbar.«

Fiona seufzt. »So in etwa sieht es wohl aus, ja.«

Von der Treppe hört man Schritte, und ich muss an Adairs Schritte auf der Treppe im Cottage denken. An seinen manchmal fast tänzelnden Gang. Und dann an seinen Silly Walk in Gummistiefeln.

»Guten Morgen«, sagt eine Männerstimme mit amerikanischem Akzent aus dem Durchgang zwischen Café und Geschenkladen. Offenbar ein Tourist, der eins von Marigolds Gästezimmern gemietet hat. »Habe gehört, der frühe Wurm beglückt den Vogel.«

»Das ist Marigolds neuer Lieblingsgast«, flüstert Fiona und lässt keinen Zweifel daran zu, dass er genau das Gegenteil ist. Dann: »Guten Morgen, Mr Reed.« Sie springt auf und geht auf den alten Mann zu. »Sie können sich setzen, wohin Sie wollen. Die Frühstückskarte bringe ich Ihnen gleich. Wollen Sie schon mal einen Kaffee oder einen Tee?«

»Ich will die ganze *Experience*. Also Tee.«

Ich mustere den alten Mann. Mit seinem weiten weißen T-Shirt und der beigefarbenen Hose sieht er aus wie der touristischste Tourist, den man sich vorstellen kann. Auf den Stuhl neben sich hat er einen Strohhut gelegt. Ob er wohl weiß, dass Hüte dem Wind kaum länger als ein paar Sekunden standhalten?

»Du bist neu«, sagt er mit einem Blick auf mich.

»Äh, nee. Ich war nur ein paar Tage nicht in der Stadt.«

»Da schau einer an. Ich dachte, nach zwei Tagen hier hätte ich alle schon kennengelernt.« Er gluckst. »Hast du noch irgendwelche Geheimtipps für mich? Und sag jetzt nicht Fort Charlotte oder Clickimin Broch, da habe ich schon jeden

Stein umgedreht. Hab mir dabei einen Fingernagel abgebrochen.« Er schiebt die Unterlippe vor.

»Man soll an historischen Stätten ja auch keine Steine umdrehen.« Fiona stellt eine Tasse vor ihn, in der ein Teebeutel zieht. Die Geheimmischung bekommt nicht jeder.

»Punkt für dich.« Er vertieft sich einen Moment in die Speisekarte.

»Ist Marigold schon drüben?«, frage ich Fiona, denn ich muss dringend mit ihr sprechen.

»Gute Frage, Mädchen. Die würd ich heute auch gern noch sehen.«

»Ist mit dem Zimmer etwas nicht in Ordnung?«, fragt Fiona.

»Was? Nein, nein, das Zimmer ist hervorragend. Ich sehe Marigold einfach gern. Sie hat so was ...« Er denkt einen Moment nach. »... Weises. Und Weisheit kann man nie genug im Leben haben.«

Damit hat er zwar recht, aber ich glaube, ich verstehe nun, warum er Marigold auf die Nerven fällt.

»Das ist etwas, was es auf Kreuzfahrtschiffen übrigens gar nicht gibt. Weisheit. Ist eigentlich erstaunlich, wenn man bedenkt, dass die Passagiere alle schon eine halbe Ewigkeit Zeit hatten, Weisheit zu akkumulieren. Aber manche scheinen damit Schwierigkeiten zu haben. Mit der Akkumulation, meine ich. Und dann gibt es Jungspunde wie Marigold, die wahrscheinlich schon weise auf die Welt gekommen sind.«

Fiona und ich tauschen einen einigermaßen perplexen Blick aus.

»Mal im Ernst. Wer hat sich diese Kreuzfahrten ausgedacht? Man ist mit lauter schrecklichen Leuten auf einem schwimmenden Hotel zusammengepfercht. Was für eine peinliche Veranstaltung! Nichts zu tun. Den ganzen Tag. Das Musikprogramm am Abend war eine absolute Zumutung. Dass sie das überhaupt Musik nennen dürfen. Lachhaft. Bin froh, dass ich da raus bin.«

»Warum haben Sie denn die Kreuzfahrt überhaupt gemacht, wenn das alles so schlimm ist?«, fragt Fiona.

»War ein Geschenk von meiner Schwiegertochter. Aber ich sag euch, wenn sie mich das nächste Mal aus dem Haus haben will, zelte ich lieber einfach im Garten. Ich nehm das Porridge.« Er klappt die Karte zu.

Fiona nickt. »Gern.« Dann wendet sie sich mir zu und sagt leise: »Um auf deine Frage zurückzukommen, Marigold ist schon drüben, ja.«

Während ich nach nebenan gehe, höre ich noch, wie der alte Mann sagt: »Potz Blitz, so viele nette Menschen hier.«

Marigold ist gerade dabei, mit einem Staubwedel über die Keramik zu gehen, die in einem der Regale ausgestellt wird. Darunter sind viele Tassen und Schüsseln, die Fiona gemacht hat. Ich liebe die Art und Weise, wie sie einfaches Design mit filigranen Shetland-Motiven kombiniert.

»Du bist wieder da!«, sagt Marigold, als sie sich umwendet. »Hattest du es schön? Ich konnte dich dann gar nicht mehr erreichen. Aber ich bin davon ausgegangen, dass am Ende alles in Ordnung war. Tut mir wirklich leid, dass ich das so durcheinandergebracht habe. Du hast mich einfach in einem ungünstigen Moment erwischt.«

»Ach, das.« Ich winke ab. Kaum zu glauben, dass ich vor ein paar Tagen Adair unbedingt aus dem Cottage werfen wollte. Und jetzt ... möchte ich mich am liebsten wieder auf ihn werfen.

»Ich hatte völlig vergessen, dass ich ihm das Cottage angeboten hatte. Alte tüddelige Frau, die ich bin. Habt ihr euch denn gut verstanden?«

»Ähm ...« Wir haben uns am besten verstanden. Wir haben alles am anderen verstanden. »Ja. War nett. Aber du-hu, Marigold?«

»Was denn, mein Kind?« Sie streicht mir mit den Fingerknöcheln einmal über die Wange, wie sie es schon immer macht, seit wir Kinder waren.

»Kannst du ...« Ich weiß seinen Namen nicht. Ich habe das Gefühl, alles von ihm zu kennen, abgesehen von seinem Namen. »... ihm nicht sagen, wer ich bin?«

»Wer du bist?« Marigold runzelt die Stirn.

»Ja, also, das klingt bestimmt komisch. Es kann sein, dass er vorbeikommt und wissen will, wo er mich findet. Kannst du ihm das bitte nicht sagen?«

»Hast du was angestellt?« Sie lacht und kommt mit dem Staubwedel Greaves ein bisschen zu nahe, der sich daraufhin von seinem Platz erhebt und mit einem missgelaunten heiseren Maunzen von dannen zieht.

»Nein, nein, es ist nur ...«

»Hat er sich danebenbenommen?« Sie sieht ehrlich schockiert aus.

»Nein, gar nicht.«

»Hast du ihm den Kopf verdreht?«

»Nein ... ja?«

»Er ist ein guter Junge«, sagt sie.

»Ich weiß. Es ist nur ...«

Ihr Blick ist erwartungsvoll. Neugierig. Aber dabei nicht fordernd.

»Wir ... also ...« Aus irgendeinem Grund bringe ich es nicht über mich, ihr von unserem Deal zu erzählen. »Ähm ...«

»Wenn es dir wichtig ist, sind meine Lippen versiegelt«, sagt sie, als brauche sie keine Erklärung.

»Danke!« Ich gebe ihr einen Kuss auf die Wange.

»Wer ist ein guter Junge?«, will Fiona wissen.

»Mir hat auch jemand den Kopf verdreht«, sagt der alte Mann.

Und ich frage mich, wann sie hinter uns aufgetaucht sind.

»Niemand«, beeile ich mich zu sagen, während Marigold »Sie schon wieder« stöhnt.

26 Den Geruch nach Zuhause kann man nicht beschreiben. Man kann ihn nur kennen. Zuhause riecht nach zu Hause. Als ich die Tür aufschließe, umfängt mich sofort dieser bekannte Duft nach Gemütlichkeit. Nessa ist bereits in die Destillerie aufgebrochen, und so habe ich an meinem letzten Urlaubstag das Haus für mich. Es ist still, aber nicht zu still, denn irgendwo tickt eine Uhr, die alten Wände ächzen, Möwengeschrei dringt von draußen an meine Ohren und erinnert mich an die Turtelmöwen, erinnert mich an das Cottage, erinnert mich an Adair.

Ich trage meinen Rucksack nach oben, wo sich unsere Schlafzimmer befinden. Früher teilten wir uns zu dritt zwei Zimmer, die durch eine Tür verbunden waren. Nachdem Dad irgendwann nicht mehr nach Hause kam, zog Nessa in das alte Elternschlafzimmer, und Fiona und ich einigten uns schnell, dass sie das größere, aber dunklere von beiden Zimmern bekam und ich dafür das hellere. Vor die Durchgangstür stellten wir meinen Kleiderschrank, sodass wir beide unsere Ruhe hatten.

Im Gegensatz zu Fionas und Nessas Zimmern ist meins

ein einziges Chaos. Nessa hat sich nicht sonderlich viel Mühe mit ihrem Zimmer gegeben. Vor ein paar Wochen hat sie sich immerhin mal neue Möbel gegönnt, aber ansonsten ist das Zimmer ziemlich kahl. Fionas ist ordentlich und artsy, mit avantgardistischen Postern an der Wand und Skulpturen auf dem Fensterbrett. Bei mir fliegen überall Klamotten herum, auf dem Bett, auf dem Boden, hängen über der halb offenen Schranktür. Während Fiona sogar eine Tagesdecke hat und Nessa immerhin ihr Bettzeug ordentlich hinlegt, ist mein Bett nie gemacht, weil ich Bettenmachen für absolut überbewertet halte. Wollreste stapeln sich auf dem Schreibtisch, auf dem Nachttisch und, ja, auch auf dem Boden. Es ist unordentlich, aber es ist meine Unordnung, und ich fühle mich wohl darin.

Meinen Rucksack lasse ich einfach auf den Boden fallen. Irgendwann werde ich ihn ausräumen, aber nicht jetzt. Nicht sofort. Vielleicht erst in ein paar Wochen, wenn mir auffällt, dass ich meinen Lieblingsrock schon lange nicht mehr gesehen habe und ich mich dann an den Rucksack erinnere. Mein Lieblingsrock. Den ich anhatte, als ich Adair zum ersten Mal gesehen habe. Den er anhatte. Mein Inneres sticht. Sticht heftig. Und ich schließe einen Moment die Augen und genieße das Gefühl. Den Gefühlsüberschwang. Das ist so neu für mich, und obwohl es wehtut, will ich alles auskosten.

Auf einmal muss ich an Erwin denken. An sein Geständnis. Erst jetzt verstehe ich wirklich, wie er sich gefühlt haben muss. Oder vielleicht immer noch fühlt. Und das bricht mir das Herz. Dass es meinem besten Freund so geht – meinetwegen.

Ich öffne unsere letzte Konversation auf WhatsApp. Der Gute. Der Beste. *Er ist ein guter Junge,* hat Marigold über Adair gesagt. Und Erwin ist es auch.

Ich bin wieder da. Treffen wir uns bald?, schreibe ich. Ich würde ihm gern noch sagen, dass er mir gefehlt hat. Und dass ich mich auf ihn freue. Aber ich weiß nicht, welche Art des Überschwangs zwischen uns beiden angemessen ist. Was ich jedoch weiß, ist, dass ich ehrlich zu ihm sein muss. Denn Erwin, mein liebster Erwin, hat nichts als die Wahrheit verdient. Und diese Wahrheit ist, dass ich ihn nun verstehe. Aber dass es nichts ändert.

Nach der Stadtversammlung?, schreibt er zurück, und ich antworte mit einer Reihe von fröhlichen, zustimmenden Emojis. Effie-mäßig, auch wenn das gebrochene Herz im Moment besser zu meinem Seelenleben passt.

Und dann schließe ich die Augen und weine ein bisschen, weil die Vorstellung, Adair nie wiederzusehen, mich leider richtig schlimm überfordert.

»Nessaaaaaaa!« Ich erkenne sie bereits an ihrem Gang und flitze die Treppe hinunter. Im nächsten Moment springe ich in ihre Arme und werfe sie beinahe um.

»Hey, kleine Schwester.« Nessa lacht und streicht mir fest und warm über den Rücken. Und da ist es wieder. Das überlaute Bewusstsein, dass es nicht Adairs Berührung ist.

»Freust du dich, dass ich wieder da bin?« Ich löse mich von ihr und grinse sie an. Breit. Noch ein bisschen breiter.

»Unbändig.«

»Ja?«

»Natürlich, was denkst du denn?«

»Ich freu mich auch.« Ich hüpfe auf und ab und klatsche in die Hände. Es fühlt sich übertrieben an, aber übertrieben ist gut. Ist ich. »Und ich habe gekocht!«

»Oh-oh«, macht Nessa, weil meine Kochversuche in der Vergangenheit nicht unbedingt immer von Erfolg gekrönt waren. Den Eintopf aus Wurzelgemüse aus Nessas handge-schriebenem Kochbuch habe ich allerdings tatsächlich ei-nigermaßen hinbekommen. Pastinaken und Steckrüben zu schälen und zu schneiden, stellte sich als genau die richtige Beschäftigung heraus, um sich auszumalen, wie Adair nach Edinburgh zurückkehrt. Wie er in seinem fliederfarbenen Anzug und einem Paisley-Hemd am Flughafen Sumburgh ins Flugzeug steigt. Wie er die Insel verlässt. Wie er vielleicht genauso an mich denkt wie ich an ihn. Wie er mit Sicherheit genauso an mich denkt wie ich an ihn.

»Ich glaube, diesmal ist mir nichts Dummes dabei pas-siert«, sage ich, um Nessa zu beruhigen.

»Dann bin ich ja mal gespannt.«

Sie zieht ihre Gummistiefel aus. Sie haben die gleiche gelbe Farbe wie die, die im Cottage stehen. Die, die Adair an-hatte. Dann hängt sie ihre nasse Regenjacke auf und streckt den Rücken durch, der laut knackt.

»Puh«, macht sie, und wie fast jeden Abend führt ihr ers-ter Weg sie ins Wohnzimmer und auf eins der Sofas. Sie legt die Beine hoch und schließt für einen Moment die Augen. Ich liebe sie dafür, dass sie keine große Sache aus meiner Rückkehr macht, so wie sie auch keine große Sache daraus macht, dass ich ab und zu verschwinde. Ein paarmal hat sie versucht, mit mir darüber zu sprechen, aber ich wollte keine schlafenden Hunde wecken, und Nessa respektiert das.

»Hast du einen anstrengenden Tag gehabt?«, frage ich und stelle drei Suppenteller auf den Tisch.

Nessa arbeitet viel. Wir alle arbeiten viel, aber Nessa war schon immer diejenige von uns, die die meiste Verantwor-tung und den meisten Ehrgeiz in sich trug. Dass sie diesen Ehrgeiz mit ihrem besten Freund Henry und nun auch mit ihrem festen Freund Boyd teilt, hat nicht gerade dazu geführt, dass sie mehr auf sich achtet. In der Beziehung lässt sie sich jedoch nichts sagen. Und ich respektiere das genauso wie sie mich und meine Entscheidungen.

»Anstrengend, aber gut. Wir haben die Verträge mit Oddbins unterschrieben.« Die kleine Kette vertreibt von nun an Nessas und Henrys Whisky, was eine echt große Sache für die *Golden Plover Distillery* ist.

»Stellst du noch einen vierten Teller dazu?«, fragt Nessa.

»Kommt Boyd?«

Sie nickt. Und lächelt. Und ich liebe es, dass dieser Mistkerl von Boyd Tulloch meine Schwester so glücklich macht. Wenn er sie nur halb so glücklich macht, wie Adair mich die letzten Tage glücklich gemacht hat, nehme ich sogar das mit dem Mistkerl wieder zurück.

Nessas Handy klingelt, und während sie den Anruf entgegennimmt, decke ich einen vierten Teller auf.

»Effie hat gekocht ... sie ist ziemlich zuversichtlich ...« Nessa wirft mir einen amüsierten Blick zu. »... denke schon, warte, ich frag sie.« Nessa nimmt das Handy vom Ohr. »Reicht es auch für fünf? Connal hatte was in der Stadt zu erledigen und würde Fiona nach Hause bringen.«

»Äh, klar.« Aus dem Schrank hole ich einen fünften Teller.

»Sie sagt, es reicht. Bis gleich.«

Eine Viertelstunde später sitzen wir zu fünft an unserem großen Esstisch. Ich weiß noch, wie Nessa und ich ihn ausgesucht haben. Sie wollte einen kleinen Tisch für die Ecke. »Wir sind nur noch zu zweit, schon vergessen?«, sagte sie. Ich wollte jedoch diesen hier. Der viel teurer war, aber auch viel schöner. Zu zweit fühlten wir uns zwar immer ein bisschen verloren. So, als wäre der große Tisch eine ständige Erinnerung daran, dass unsere Mum, unser Dad, unsere mittlere Schwester weg waren. Heute sind wir allerdings eine große

Runde. Heute passt er. Das Einzige, was irgendwie nicht passt, bin ich.

»Wie war dein Termin mit dem Futterlieferanten?«, fragt Boyd an Connal gewandt.

»Er ist mit dem Preis ein bisschen runtergegangen. Wenn wir zu hundert Prozent umsteigen wollen, ist es zwar immer noch ein bisschen über unserem Budget, aber wir werden uns sicher noch einig. Danke noch mal für das Buch über Verhandlungsstrategien.«

»Die Tipps sind echt gut, oder?« Boyd schiebt sich einen Löffel Eintopf in den Mund.

Nessa und Fiona werfen sich einen zufriedenen Blick zu. Es ist schön, dass Connal und Boyd sich verstehen. Aber auf einmal wirken die vier vollständig. Ganz ohne mich. Ich atme tief ein. Denn ich freue mich. Freue mich so sehr. Dass Fiona heiraten wird. Dass Nessa und Boyd sich haben. Doch was, wenn ich bald allein an diesem Tisch sitze, weil alle ihr Happy End kriegen? Wäre dann der kleine Ecktisch nicht doch passender?

Mit Adair habe ich mich so was von überhaupt kein bisschen allein gefühlt. Mit ihm war ich zusammen auf die tiefste und schönste Weise. Und wie schön das einfach war. Und wie gut es ist, dass uns das niemand mehr nehmen kann. Ich sehe auf und in die Runde und fühle mich ein bisschen besser. Weil ich mein Happy End schon hatte.

»Wie ist denn gerade die Stimmung im *Drawing Room*, Fiona?«, fragt Boyd. »Wie geht's Marigold?«

»Ehrlich gesagt, kommt mir die Stimmung in der Stadt allgemein angespannt vor.« Nessa seufzt.

»Hab ich was verpasst?« Auf einmal kommt mir die Stimmung in unserem Wohnzimmer angespannt vor.

»O Mann, das weißt du ja noch gar nicht.« Fiona setzt diesen merkwürdig wissenden und bedauernden Gesichtsausdruck auf. »Das Gebäude, in dem der *Drawing Room* und Marigolds Laden sind, soll verkauft werden.«

»Was?«

»Und nicht nur das«, wirft Nessa ein. »Es betrifft Gebäude im gesamten Stadtzentrum. Die Bäckerei, den Kiosk, die Metzgerei ...«

Wieder frage ich nur: »Was?«

»Offenbar war meine Halle nur der Anfang«, sagt Nessa und wirft Boyd einen gespielt vernichtenden Blick zu.

»Ist die gleiche Firma«, sagt Boyd.

»Ja, mit denen kennst du dich aus, nicht wahr?« Denn Boyd ist seit Neuestem der Besitzer vom Gebäude, in dem sich *Golden Plover* befindet, und hätte damit fast alle Chancen, die er je bei Nessa hatte, zunichtegemacht.

»Was soll ich sagen, die Kunst der Verhandlung.« Boyd lacht in sich hinein, und Connal stimmt mit ein.

»Arsch.« Nessa tritt ihn sanft unter dem Tisch.

»Cinderella.« Boyd wirft ihr einen Luftkuss zu. Und wieder blitzt das Bild von Adair in meinem Kopf auf. Luftküsse. Handküsse. Nasenküsse. Wangenküsse. Zungenküsse. Allesküsse. Aber das tut jetzt nichts zur Sache.

»Was bedeutet das denn?«, frage ich, meine Stimme seltsam hoch.

»Bei der Stadtversammlung morgen wird darüber gesprochen. Sie suchen wohl nach einer Möglichkeit, ein Gegenangebot zu machen oder so«, sagt Fiona.

»Es ist ohnehin völlig bescheuert. Die Touristen kommen hierher, weil Lerwick authentisch ist. Weil hier normales Leben im Pub stattfindet, weil die Fischer nach einem anstrengenden Tag auf dem Meer im *Hideout* ihr Pint trinken, weil Marigold Marigold ist, weil ...« Connal zuckt mit den Schultern. »Niemand braucht luxussanierte Boutique-Hotels und durchgestylte Cocktailbars.«

Während Connal spricht, sackt mein Magen nach unten. Meine Beine werden schwer, fühlen sich an wie gelähmt. Marigolds Laden soll luxussaniert und verkauft werden? Wie ist das möglich? Diese Vorstellung ist erschreckend. Das ist eine Veränderung ganz neuen Ausmaßes, die weit über die Anzahl der Leute an unserem Tisch hinausgeht.

»Aber in den letzten Tagen wirkte Marigold auf mich ein bisschen gefasster«, sagt Fiona nun. »Nach dem ersten Schock ...«

»Deswegen war sie so durch den Wind«, überlege ich laut.

»Hm?«, fragt Nessa.

»Als ich vor ein paar Tagen den Schlüssel fürs Cottage geholt habe. Da hat sie über irgendwelchen Papieren gebrütet und war völlig von der Rolle. Die Arme.«

»Ja, das muss wohl die Kündigung gewesen sein«, bestätigt Nessa. »Aber noch ist nicht aller Tage Abend. Die Stadt will jedenfalls kämpfen.« Doch sonderlich hoffnungsvoll klingt Nessa nicht.

»Vielleicht sollte Munro Scolley dein Buch über die Kunst der Verhandlung lesen«, schlägt Fiona vor, und Boyd, Connal, Nessa und sie lachen. Mir ist, ehrlich gesagt, nicht danach zumute, aber weil ich die gut gelaunte Effie bin, deren Lächeln alles besser macht, stimme ich eben auch mit ein.

Seit wann ist Edinburgh so grau? Seit wann sieht man hier kaum Himmel? Seit wann drückt es auf die Stimmung? Dieselben Emotionen, die mich bei meinen Besuchen auf Shetland geplagt haben, empfinde ich nun inmitten der Großstadt. Inmitten des Lebens, dessen Teil ich bin oder sein sollte. Inmitten meines natürlichen Habitats, wie Paisley sagen würde.

Ich sitze in Beths Café, einen Red Velvet Cupcake vor mir. Sie sieht mich mitleidig an. Natürlich habe ich ihr alles erzählt, in der Hoffnung, mich dann weniger allein mit meinen Erinnerungen zu fühlen. Aber das Gegenteil ist nun der Fall. Zumindest, solange sie mich auf diese Weise ansieht.

Ich ertappe mich bei dem Gedanken daran, einfach abzuhauen, in ein Flugzeug zu steigen und zurück nach Lerwick zu reisen. Paisley zu finden. Doch Paisley will nicht gefunden werden, sagt eine Stimme in meinem Kopf. Denn Paisley will, dass alles so bleibt, wie es ist. Aber es bleibt doch ohnehin nicht, wie es ist. Alles wird sich ändern. Und wenn sie herausfindet, in welchem Maße, ist es vermutlich besser, nicht in ihrer Nähe zu sein. Ich will mir nicht ausmalen, wie es ist, wenn Paisley wütend ist. Eine Naturgewalt muss es sein.

Und was, wenn es eine Lösung gibt? Für sie? Und Lerwick? Und mich? Und uns? Siebzehntes Jahrhundert, hat der alte Mann gesagt. Wie heißt noch mal Beths Freundin? Elsie?

Elsie: 074 32561269

27 Die Stimmung ist unruhig. Erregt. Aufgeheizt. Diese Stadtversammlung hat nichts mit der sonst so gelösten und beinahe amüsierten Picknick-Atmosphäre zu tun, die hier normalerweise herrscht, wenn es um vermeintlich unwichtige Fragen geht. Normalerweise ist der Saal im Rathaus auch nur halb voll besetzt. Doch heute zahlt es sich aus, dass Nessa und Henry Stühle für uns freigehalten haben, denn hinten drängen sich bereits etliche Leute, die keinen Platz mehr gefunden haben.

»Hey«, sagt Fiona, die als Letzte zu uns stößt und sich auf den Platz ganz am Rand fallen lässt. »Ich glaub, die ganze Stadt ist heute hier.«

»Wundert mich nicht«, gibt Nessa zurück. »Die meisten wissen ja noch gar nicht genau, was überhaupt los ist, abgesehen von den paar Happen, die sie im *Hideout* und auf der Straße aufgeschnappt haben.«

Ich schlucke. Es geht um das Schicksal unserer Stadt. Um Marigolds Laden, um das Café, um alte Geschäfte, um die Lebensgrundlage vieler Menschen. Menschen, die ich liebe. Menschen, die meine Familie sind.

»Gut, dass wir diesen Scheiß schon hinter uns haben.«
Henry versucht sich an einem Grinsen, um die Stimmung
zu lockern.

»Ach, auf einmal ist es etwas Gutes?«, sagt Boyd vorsichtig
grinsend. »Ich werde beschimpft und geächtet für etwas, das
eigentlich ganz in eurem Sinne war?«

»Halt die Klappe«, sagt Nessa, doch ihr Blick ist ganz
sanft. »Für deine Karma-Punkte macht das hier überhaupt
keinen Unterschied.«

»Was würde denn einen Unterschied machen?«, fragt
Boyd mit einem amüsierten Grinsen im Gesicht.

»Das mit dem Klappe-Halten?«, schlägt sie vor, denn in
diesem Moment geht ein Raunen durch die Menge, weil Bürgermeister Scolley die Bühne betritt.

»Test, Test«, ruft er ins eingeschaltete Mikrofon, sodass
man ihn vermutlich bis nach Unst, die nördlichste der Shet-
landinseln, hören kann. »Test, Test!«

Edith sitzt wie bei jeder Stadtversammlung in der ersten
Reihe und winkt ihm hektisch, doch Munro ist so damit beschäftigt, mit dem Finger aufs Mikrofon zu klopfen, dass er
keine Notiz von ihr nimmt.

»Man sollte nicht meinen, dass er das regelmäßig macht«,
sagt Fiona.

Edith erhebt sich und geht auf die Bühne zu. »Wir können dich alle hören«, ruft sie. »Hör auf, so einen Heidenlärm
zu machen.«

»Sehr gut.« Munro räuspert sich und zieht einen Kartei-
kartenstapel aus der Tasche seines Jacketts. Dann blickt er
auf. »Hossa, so viel Andrang hatten wir hier ja noch nie.«

»Gab ja auch noch nie was Interessantes zu hören!«,
ruft ein Mann von ganz hinten und erntet damit ein paar
Lacher.

»Ich finde schon, dass die Themen, die unsere Stadt angehen, interessant sind«, sagt Munro, »aber deswegen bin wohl auch ich der Bürgermeister und nicht die Herren auf den billigen Plätzen dahinten.« Er macht eine etwas säuerliche Miene.

»Ich glaube, ehrlich gesagt, dass Edith die Bürgermeisterin ist. Sie hat die Karteikarten geschrieben.« Fiona kichert.

»Liebe Bürgerinnen und Bürger, herzlich willkommen zu dieser außerplanmäßigen Stadtversammlung.« Er räuspert sich erneut. Man kann erkennen, dass er sich unwohl fühlt. Unwohler als sonst. »Einige von Ihnen wissen es bereits, andere werden Gerüchte gehört haben, worauf ich diesen Ansturm hier zurückführe.« Er macht eine ausladende Geste. »Und einige von Ihnen sind für ein frühes Abendessen hier, wenn ich das richtig sehe. Was, Mr O'Toole?«

Der alte Mann, der schräg vor uns sitzt, versucht sein Sandwich zu verstecken. »Hatte keinen Lunch«, grummelt er.

»Jedenfalls, wo war ich ...« Munro dreht seine Karteikarte um. »Ach ja. Die außerplanmäßige Stadtversammlung. Genau. Also. In der letzten Woche wurden manche von uns von unerfreulicher Post überrascht. Ein Schreiben einer Immobilienfirma vom Festland.«

Ein paar Leute buhen, und ich kann es ihnen nicht verdenken.

»Der Besitzer einiger der schönsten und ältesten Gebäude in unserer Innenstadt hat den Mieterinnen und Mietern gekündigt.«

Ein kollektives Keuchen geht durch die Menge, aufgeregtes Gemurmel folgt.

»Bitte, bitte, meine Damen und Herren, Ruhe!« Die Gespräche ersterben. »Es handelt sich um insgesamt zehn Gebäude in der Innenstadt, darunter unser aller geliebtes Café *The Drawing Room* inklusive Marigolds Geschenkeladen ...«

Erneut geht ein entsetztes Raunen geht durch die Reihen.

»... die Bäckerei, die Metzgerei ...« Munro liest von seiner Karteikarte ab. »Der Zeitschriftenladen, *Trishas BnB* und einige Wohnhäuser.«

»Als Nächstes nehmen sie uns den *Hideout* weg«, ruft einer. »Verfluchte Landratten!«

Er erntet einige zustimmende Ayes.

»Ruhe!«

»Selber Ruhe!«

»Lassen Sie uns konstruktiv zusammenarbeiten. Dies ist eine Krise, die ...«

»Konstruktiv my ass!«

»Aye«, schallt es durch den Saal.

Ich rutsche unruhig auf meinem Stuhl hin und her. So gut ich den Ärger verstehe, vielleicht gibt es schon Vorschläge, wie man dagegen vorgehen kann? Das ist zumindest die Hoffnung, die die Leute um mich herum haben. Ich sehe es in ihren Gesichtern. Sorge, aber auch so etwas wie Gewissheit, dass wir einander nicht im Stich lassen. Denn das tun wir nicht. Wir halten zusammen.

»Marigold, darf ich dich auf die Bühne bitten?«, fragt Munro und sucht den Saal nach ihr ab.

Links außen erhebt sich jemand, und Marigold geht auf die Bühne zu. Sie wirkt müde, als trüge sie eine schwere Last auf den Schultern. So alt wie heute habe ich sie noch nie gesehen, und auf einmal habe ich Angst. Angst, dass sie nicht für immer bei uns sein wird. Sie, die immer da war *für* uns. Die sich um uns gekümmert hat. Und nun muss sie gegen diesen unsichtbaren Feind kämpfen. Es ist so ungerecht, dass ich die Hände zu Fäusten balle.

»Meine Lieben«, beginnt sie. »Die letzten Tage waren nicht gerade leicht für mich und all die anderen, die diese unerfreuliche Botschaft ereilt hat. Mich trifft es ganz besonders, weil niemand Geringerer als mein Bruder hinter dieser Angelegenheit steckt.«

Man hört einige entsetzte Ausrufe.

»Was?«

»Wirklich?«

»Wie ist das möglich!«

»Marigolds Bruder!«

»Oder besser gesagt«, fährt sie fort, »sein Sohn. Mein Neffe Matthew hat die Firma übernommen und damit auch die Immobilien, die mein Bruder über die Jahre erworben hat, angefangen mit dem Gebäude, in dem sich mein Laden und der *Drawing Room* befinden.«

»Was für ein elender Mistkerl«, ruft einer.

»So ein Mistkerl ist er gar nicht. Er hat das Haus für mich gekauft und mich zu sehr fairen Konditionen all die Jahre darin schalten und walten lassen. Das Problem ist nur, dass Matthew offenbar nicht nach seinem Vater kommt. Vielleicht liegt es daran, dass er in den fünfzig Jahren seines Lebens nicht ein einziges Mal selbst hier war und diese Inseln und ihre Bewohner für ihn nur als abstraktes Konstrukt existieren.«

»Dann laden wir ihn ein und zeigen ihm, wer wir sind!« Einer der Männer hinten hebt drohend die Faust.

»Wir haben bereits einiges in die Wege geleitet.« Munro Scolley übernimmt nun wieder. »Im Foyer des Rathauses liegen Unterschriftenlisten aus, in die Sie sich eintragen können, um Ihren Unmut und Ihre Solidarität zu bekunden. Wir haben außerdem einen offenen Brief geschrieben, der nicht nur in der *Shetland Times* erscheinen wird, sondern auch allen großen Zeitungen des Landes vorliegt. Wir sind guter Dinge, dass er in ein paar abgedruckt werden wird. Ansonsten bitte ich Sie alle, erst einmal Ruhe zu bewahren. Wir legen fristgerecht gegen die Kündigungen Widerspruch ein, keiner von den Betroffenen wird damit alleingelassen.«

»Das ist doch alles Bullshit«, meldet sich eine Stimme aus der Mitte des Saals.

»Wie bitte?«

Marigold seufzt, und selbst von hier hinten erkenne ich, dass sie die Augen verdreht.

»Verzeihung, aber ...« Ein Mann erhebt sich. Ein alter Mann. Der Kerl aus dem *Drawing Room*. Marigolds Lieblingsgast. »... gestatten Sie, mein Name ist Reed. Ich bin Gast in dieser wunderbaren Stadt.«

»Verfluchte Touristen«, ruft jemand. »Euretwegen haben wir doch den ganzen Schlamassel.«

»Ich würde mich selbst da gern ausnehmen«, sagt Mr Reed. »Denn Sie müssen wissen, ich bin einer von den Guten.«

Marigolds Mundwinkel zucken. So nervig der alte Mann ist, er ist wirklich unterhaltsam. Und auf eine sehr schräge Art und Weise überzeugt von sich selbst, das muss man ihm lassen. Er wirkt, das fällt mir jetzt auf, wie eine greisenhafte Version von Adair. Nur dass Adair mit Sicherheit auch als alter Mann noch gut gekleidet wäre, was man von Mr Reed nicht behaupten kann.

»Jedenfalls habe ich einige Erfahrung mit Immobilienhaien und dergleichen. Und ich kann Ihnen versichern, mit Unterschriften und Briefen kommt man nicht weit.«

»Und was schlagen Sie vor?«, fragt Munro Scolley.

»Wir müssen auf die Straße gehen. Laut sein. Uns an die Gebäude ketten, wenn nötig. Sie müssen denen zeigen, mit wem sie es zu tun haben.«

»Aye«, ruft der Mann, der vorhin schon die Faust gereckt hat.

»Gut, vielen Dank, Mr Reed«, sagt Munro Scolley. »Das ist ein ... sehr ... interessanter Vorschlag. Aber ich denke, wir versuchen es erst einmal auf unsere Art.«

»Jemand was dagegen, wenn ich mich wo drankette?«, fragt Mr Reed.

Marigold hebt vorsichtig einen Finger. Das Letzte, was sie brauchen kann, ist wohl, dass sich einer ihrer Gäste an ihren Laden kettet. Doch niemand nimmt Notiz von ihr, und die Versammlung ist außerdem inzwischen völlig außer Kontrolle geraten. Die Leute stimmen dem alten Mann zu oder schimpfen über die Landratten, äußern ihre Bedenken und strömen bereits zum Ausgang, um ihre Unterschriften auf die Listen zu setzen.

»Sollen wir auch?«, fragt Fiona.

»Ich unterschreibe auf jeden Fall.« Nessa ist bereits aufgestanden.

»Ich danke Ihnen für Ihre Aufmerksamkeit«, versucht es Munro Scolley noch. »Erzählen Sie Ihren Nachbarinnen und Nachbarn davon. Bringen Sie all Ihre Bekannten dazu, zu unterschreiben. Lerwick ist stark. Zusammen sind wir stärker als so ein einzelner Immobilienhai.«

»Und wenn das alles nicht reicht, ist vielleicht bald der Moment gekommen, die Kanonen in Fort Charlotte zum ersten Mal abzufeuern. Dann hätten sie doch noch einen Nutzen.« Ein paar verdutzte Köpfe wenden sich noch mal zu Mr Reed um. »Schauen Sie mich nicht so an, ich habe so ziemlich alles über die Geschichte der Stadt gelernt.«

Im allgemeinen Tumult machen wir uns auf den Weg nach draußen. Es geht langsam voran, weil im Foyer so ein Gedränge herrscht. Als sich die Menge kurz teilt, erhasche ich einen Blick auf einen jungen Mann, der – die Hände in den Hosentaschen – neben dem Ausgang an der Wand lehnt. Erwin. Er sieht mich und lächelt mir zu. Doch es ist ein trauriges Lächeln. Ein bedauerndes.

»Wartet nicht auf mich, ja? Ich trage mich in den nächsten Tagen ein. Aber jetzt muss ich ...« Ich nicke Richtung Erwin.

»Alles klar, sag liebe Grüße.« Nessa sieht mich wissend an. Dann hält sie mich kurz fest und flüstert mir ins Ohr: »Du musst dich niemals schlecht fühlen, wenn du Verliebtheit nicht erwiderst, okay?«

»Okay«, murmle ich.

»Ich will, dass du das weißt. Es sind Gefühle. Keiner kann was dafür. Nicht, wenn sie da sind, und nicht, wenn sie es nicht sind.«

»Ich weiß.«

»Ich weiß, dass du das weißt, aber manchmal muss man es noch mal hören, damit man gefestigt ist für ein trauriges Gespräch.«

Ich nicke. »Danke.«

»Und wenn du reden willst, bin ich da.«

Noch mal sage ich: »Danke.« Und schlucke. Denn Adairs Bild vor meinem inneren Auge sticht und sticht und sticht in meinem Herz.

28 Nach der Stadtversammlung ist im *Hideout* traditionell viel los. Allerdings ist die Stimmung heute angespannter. Lauter. Aggressiver. Die Menschen sind wütend. Doch Erwin und ich haben noch einen Tisch ergattert. Ich proste ihm mit meinem Pint zu und nehme einen Schluck.

»Das wird heute nicht leicht«, sagt Erwin und lächelt mich an. Aber das Lächeln ist müde und angespannt.

»Wir müssen gar nicht drüber reden.« Wir können einfach einen normalen Abend haben. So normal, wie es eben geht, wenn um einen herum alles wackelt.

»Na ja, doch. Weil ...«

Ich sehe ihn an. Die Ernsthaftigkeit, mit der er sein Pintglas anstarrt, macht, dass sich meine Eingeweide zusammenziehen.

»Ich muss dich aus meinem Kopf kriegen, Effie.« Er blickt beinahe schüchtern auf. »Ich gehe für eine Weile weg.«

Ich merke wieder, wie mein ganzer Körper schwer wird. Als würde er gleich nach unten sacken. Wie schon beim Abendessen, als ich erfahren habe, wie es um die Stadt steht. Meine Augen sind weit aufgerissen, mein Mund ganz trocken. Ich will einen Schluck Ale nehmen, aber stattdessen entweicht mir ein ersticktes »Oh!« Es ist ein überraschtes Oh. Ein bedauerndes. Eins, das sich nach Stabilität sehnt. Erwin ist mein Freund, und ich brauche ihn. Dringend. Für all den Kummer, der in der nächsten Zeit über mich kommen wird. Ich weiß, dass das egoistisch ist. Schließlich hat er auch Kummer. Nur habe ich vor meinem solche Angst!

»Nicht für immer. Keine Sorge. Aber ein paar Monate. Hab auf einem Schiff angeheuert.«

»Ein paar Monate!« Wie soll ich denn ein paar Monate ohne Erwin ... »Oh, Erwin!« Meine Kehle ist wie zugeschnürt, und hinter meinen Augen brennt es. Auf einmal muss ich mir eine wahrhaftige Träne aus dem Gesicht wischen. Ich nehme nun doch einen Schluck Ale, einfach, um mich zu beschäftigen.

»Du musst nicht weinen. Es ist alles gut.«

Aber das ist es nicht. Alles geht vor die Hunde. Meine Schwestern legen die Weichen für ein neues Leben, mein bester Freund verschwindet, die Stadt wird zu Disneyland, und ich ...

»Neue Runde?«, fragt Erwin. Er grinst vorsichtig, und ich nicke.

Als er mit zwei frischen Pints zurückkehrt, sagt er wie zur Erklärung: »Weißt du, ich hab in den letzten Jahren immer nur dich gesehen. Wenn ich die Augen geschlossen hatte, warst du da. Das ist nicht gesund auf die Dauer.«

Er hatte einen visuellen Ohrwurm, schießt es mir durch den Kopf. Und er ist ihn nicht losgeworden. Aber darauf baue ich doch. Dass Adairs Gesicht irgendwann verschwindet.

»Shit.« Meine Stimme ist hoch, beinahe panisch. Das darf doch alles nicht wahr sein! Bis vor ein paar Tagen war alles noch gut. Wie kann das sein? Wie kann es sein, dass man alles dafür tut, dass die Dinge bleiben, wie sie sind, damit man nicht zerbricht, und trotzdem geht alles kaputt? Ich trinke noch ein paar Schlucke, um meinen Kopf ein bisschen zu beruhigen.

»Aber ist nicht so wild, Effie. Ehrlich.«

Doch das ist es schon. »Ich muss dir was sagen«, quietsche ich. Ich klinge so hilflos. »Und ich fühl mich so schlecht deswegen. Und wenn du willst, darfst du mich danach einfach vergessen, während du weg bist.«

»Hey.« Erwin streicht einmal über meinen Arm. Die Berührung ist wohltuend. Aber sie löst nichts in mir aus. Kein Feuerwerk. Kein Verlangen. Allein die Tatsache, dass er nicht Adair ist, lässt mein Inneres sehnsüchtig stechen. »Du kannst mir alles sagen.«

»Ich ... ich ...« Verflucht, warum ist das so schwierig? Wenigstens hilft das Ale ein wenig. »Ich hab das auch. Das mit dem Gesicht vor meinem inneren Auge.«

Erwin seufzt. Herzzerreißend. Doch im nächsten Moment hat er sich wieder im Griff. »Mit jemand anderem.« Er nickt wissend.

»Ja.« Ich fühle mich so hundeelend. Erwin hat alles Glück der Welt verdient. Und hier sitze ich und reibe ihm auch noch unter die Nase, dass da ein anderer ist. Aber er muss die Wahrheit kennen.

»War klar, dass es irgendwann passiert«, sagt er. Er klingt seltsam gefasst.

»Mir nicht.«

»Ja, weil du ein bisschen komisch bist.« Sein Blick ist so weich. So verletzt und so liebevoll, dass eine weitere Träne meine Wange hinabkullert.

»Wer ist denn der Glückliche? Hat er dich verdient?«

Ich zucke mit den Schultern. »Ich weiß nicht.« Ich sollte aufhören zu sprechen. Das ist nicht fair. Aber es fühlt sich so gut an, darüber zu reden.

»Ist er aus Lerwick? Kenne ich ihn?« Die letzte Frage würgt Erwin beinahe hervor.

Ich schüttle den Kopf. »Er ist vom Festland.«

»Und wann seht ihr euch wieder?« Erwin lächelt immer noch. Er freut sich wirklich für mich, auch wenn es ihm schwerfällt.

»Nie.«

»Was?«

»Es ist das Beste so.«

»Effie ...«

»Es ist kompliziert. Und es ist ja alles ohnehin schon kompliziert genug ...«

»Aber er empfindet für dich ebenso?« Erwin schluckt. Schwer.

Ich nicke, trinke von meinem Ale.

»Ich sag dir was. Wenn die Frau, in die ich verliebt bin, meine Gefühle erwidern würde, würde ich hier nicht mit dir beim Pint sitzen. Oh, halt, doch, genau das würde ich tun.« Er hebt sein Glas. »Aber du verstehst, was ich meine.« Er lacht, und ich muss auch ein bisschen kichern auf eine kummervolle Weise.

»Mach keine Witze.«

»Was soll ich denn sonst machen?«

»Du sollst sauer auf mich sein. Weil ich so blöd bin und das Beste, was ich je hatte, in den Wind schieße.«

»Es ist deine Entscheidung, Effie. Aber ich würde ihn vielleicht anrufen.«

»Ich meine doch nicht ihn. Ich meine dich, du Dödel«, sage ich, und als Erwin seine Arme nach mir ausstreckt, rutsche ich näher zu ihm und lasse mich einfach gegen ihn sinken. Es ist egal, dass es nichts auslöst. Hauptsache, wir sind uns nah.

Als wir die zweite Runde getrunken haben, hole ich eine dritte. Denn je länger wir hier sitzen, desto später müssen wir Abschied nehmen. Und Abschied nehmen ... ist eigentlich gegen die Regeln. Abschiede sind Unhappy Ends.

»Du wirst mir wirklich fehlen«, sagt er, als wir erneut anstoßen.

»Du mir auch.«

»Aber das Gute ist, wenn ich wiederkomme, bin ich hoffentlich komplett über dich hinweg, und wir können wieder einfach Freunde sein.«

»Das wünsche ich mir wie nichts anderes auf der Welt.«

»Na, dann sehe ich zu, dass ich das hinkriege.« Darauf trinken wir. »Und was machen wir jetzt mit dem anderen Kerl?«

Ich bin einigermaßen entgeistert. Das kann doch nicht sein Ernst sein. Will er wirklich mit mir über Adair sprechen? Hier im Pub sitzen und über den anderen reden?

»Komm schon. Das ist Teil der Therapie. Gib's mir.«

»Ähm ...« Ich nehme einen Schluck, weil es mir etwas unangenehm ist.

»Effie, ich habe gefragt. Ich kann das ab. Ich *muss* das sogar abkönnen, wenn das hier funktionieren soll.«

»Okay, also. Er ist bunt und laut und lustig und irgendwie zu viel, aber für mich war es genau richtig.«

Erwin nickt mir aufmunternd zu.

»Er ... kommt aus Edinburgh und hasst seinen Job, weiß allerdings nicht, was er sonst machen soll.« Während ich von ihm erzähle, wird mir ganz warm. »Er ist klug. Also, wie er redet, was er für Schlüsse zieht ... er spielt Ukulele.«

»Ukulele?«

»Ja, aber das ist eigentlich nicht wichtig. So sehe ich ihn einfach vor mir, weißt du? Barfuß mit Ukulele.« Und dann sehe ich ihn nah bei mir. Sein Gesicht direkt vor meinem. Seine Augen offen, meine Augen offen – klar, sonst könnte ich seine ja nicht sehen –, wie wir uns näher- und näherkommen, bis wir eins werden. Mit einem Schluck Ale vertreibe ich das Bild von ihm und konzentriere mich wieder auf Erwin. »Erzähl du mir aber lieber von deiner großen Fahrt.«

»Morgen geht's los.«

»Morgen schon?« Erschrocken schlage ich mir die Hände vors Gesicht.

»Je schneller, desto besser.« Er zuckt mit den Schultern. »Neue Runde?«

»Auf den Schock? Bitte.«

Erwin bringt zwei neue Ales und erzählt dann von der Route des großen Frachtschiffs, mit dem er bis nach China unterwegs sein wird. Einmal komplett um Afrika herum, über Indien und die Philippinen bis nach China.

»Du siehst einfach fast die ganze Welt«, sage ich. »Das ist verrückt.«

»Ich schreib dir, wenn du willst.«

»Aus allen Ländern?«

»Aus so vielen Ländern wie möglich.«

Wir trinken noch ein Pint, und beinahe fühlt es sich an wie früher. Und wenn ich früher sage, meine ich vor ein paar Tagen, als alles noch gestimmt hat.

Irgendwann läutet Joseph zur letzten Runde, und Erwin erschrickt. »Verflucht, ich muss in drei Stunden aufstehen.« Er lacht. »Ich hatte nicht erwartet, dass es so unverkrampft sein würde.«

»Ich auch nicht.« Ich blicke auf den Tisch. Denn jetzt

müssen wir uns wohl wirklich verabschieden. Der kurze Moment der Normalität war einfach nur ein Hinauszögern des Unausweichlichen.

Wir umarmen uns lange im Schein der Straßenlaterne vor dem *Hideout*.

»Soll ich dich noch nach Hause bringen?«, fragt Erwin.

»Ach was. Geh lieber schnell ins Bett.« Meine Zunge ist etwas träge, und ich lehne schwer an Erwin. Versuche, mir seinen Körper ganz genau einzuprägen, damit ich mich in den Monaten, in denen er weg ist, daran erinnern kann. Aber mir fällt auf, dass kein Platz ist für eine Erinnerung an Erwins Körper. Da ist nur Adairs. Und deswegen löse ich mich von ihm. »Mach's gut, Erwin.«

»Mach's gut, Effie.«

Und ich wünschte, Adair hätte nur ein einziges Mal meinen echten Namen benutzt, damit ich mich auch daran erinnern könnte.

»Bin ich zu spät für die letzte Runde?« Ich klettere auf einen Barhocker.

»Du kriegst noch eins«, sagt Joseph. »Weil du's bist.«

»Ich zu sein hat so viele Vorteile.« Ich grinse ihn an, obwohl mein Herz so schwer ist. Schwer vor Erwin, schwer vor Lerwick, schwer vor Einsamkeit, schwer vor Adair. »Joseph?«, frage ich.

»Hm?«

»Warst du schon mal verliebt?«

»Wie viel hast du getrunken?«

Ich zucke mit den Schultern und zähle an meiner Hand ab. »Fünf?«

»Vielleicht ist das hier dann keine gute Idee.« Er deutet auf das volle Pintglas, das er soeben vor mich gestellt hat.

»Darüber muss ich nachtrinken.«

»Jep, keine gute Idee«, konstatiert Joseph und macht Anstalten, das Glas wegzunehmen.

»Haaaaalt! Nach*denken!* Ich meine nachdenken.«

Ich schiebe die Unterlippe vor, doch Joseph gibt mir stattdessen ein Glas Limonade. Ganz so wie früher. Und auch wenn es nicht das ist, was ich in diesem Moment will, rührt es mich.

»Sind deine Schwestern noch wach? Die sollen dich abholen.«

»Die sind mit ihren amourösen Abenteuern beschäftigt.«

»Red keinen Unsinn«, sagt Joseph, aber er klingt ganz liebevoll dabei.

Dann verschwindet er für einen Moment nach hinten, und ich sehe mich um. Ich bin die Letzte. Joseph wartet vermutlich nur darauf, dass ich austrinke - oder ausdenke, kommt mir in den Sinn, und darüber muss ich kurz lachen -, damit er endlich Feierabend machen kann. Wie bin ich nur hier gelandet? Allein, einigermaßen betrunken an der Bar. Erwin. Ja, richtig. Erwin war da, und jetzt ist er weg. So wie Adair da war und jetzt weg ist. So wie mein Dad da war, auf dem Barhocker neben mir. Und jetzt weg ist. So wie wir zu dritt im Haus waren, bis Fiona weg war. Und dann waren wir wieder zu dritt, und jetzt werden Fiona und Nessa eine nach der anderen das Haus verlassen. Und dann wird das Haus verkauft und zu einer Luxusimmobilie gemacht wie alles andere auch. Wenn Erwin wiederkommt - falls Erwin wiederkommt -, ist Lerwick bestimmt nicht mehr wiederzuerkennen. Was für ein episches Unhappy End!

»Hey, Süße.«

»Hm?«

»Was machst du denn für Sachen?«

Ich muss kurz weggenickt sein. Joseph wischt über den Tresen, neben mir steht Nessa. Und neben Nessa steht Fiona.

»Was macht ihr hier?«

»Joseph hat angerufen und gesagt, dass es dir nicht so gut geht.«

»Oh.«

»Sollen wir dich ins Bett bringen?«

»Ja, okay.«

»Danke, Joseph«, sagt Fiona, während Nessa mich an der Hand nimmt und nach draußen zum Auto bringt.

Sie bugsiert mich auf die Rückbank, setzt sich auf den Fahrersitz, und Fiona nimmt neben ihr Platz. Ich erwarte, dass sie den Motor anlässt, aber nichts geschieht.

»Sorry, dass ihr meinetwegen ...«, doch weiter komme ich nicht.

— 30. 6. (oder besser gesagt 1. 7.) —

Ich war auf dieser Party. Früher wäre es genau mein Ding gewesen. Früher hätte ich bis in die Morgenstunden durchgefeiert, Champagner getrunken, wäre vielleicht mit jemandem nach Hause gestolpert. Wenn es gepasst hätte. Heute schmeckt alles schal. Und ich denke an das Shetland-Ale, das schal ist — und dennoch das Einzige, was ich trinken möchte. Ich denke an Paisley, die die Einzige ist, mit der ich jemals wieder irgendwohin stolpern will. Denke daran, dass Beth mir Elsies Nummer gegeben hat, und frage mich, ob kurz nach zwölf zu spät ist, um sie anzurufen.

29 »Ist das dein Ernst, Effie?«, fragt Nessa und klingt dabei nicht wie meine Schwester Nessa. Sie klingt wie eine strenge Mum. Wie früher, wenn ich Mist gebaut hatte. Sie dreht sich zu mir um. Ihr Blick ist ... kalt? Definitiv ist sie sauer.

»Habt ihr schon geschlafen? O Mann, ich hab Joseph gesagt ...«

»Willst du mich verarschen?« Okay, sie ist richtig sauer.

»Sorry, sorry, sorry!«

»Wir haben nicht geschlafen«, murmelt Fiona. Ihr Kopf lehnt am Fenster.

»Ich hatte wirklich geglaubt, die Zeiten, in denen ich jemanden nachts aus dem *Hideout* abholen muss, seien vorbei.«

Fuck.

»Aber offenbar habe ich mich getäuscht. Offenbar war Dad nicht der Einzige in der Familie, der die Dinge so lange in sich hineinfraß, bis sie ihn selbst von innen auffraßen.«

Fuck, fuck, fuck.

Fiona atmet laut aus.

»Dass du mit mir nicht über Dinge reden willst, fein. Behalt deinen Kummer für dich. Mach das mit dir selbst aus. Oder mit Fiona. Oder mit Erwin. Mit wem auch immer, aber mach ihn mit jemandem aus.«

»Ich hab einfach nur ein bisschen zu viel getrunken«, sage ich kleinlaut.

»Du hast gegen den Kummer getrunken, Effie.« Nessas Blick ist vernichtend. »Weißt du, was das mit mir macht? Weißt du, was das mit uns macht?« Ihre Stimme zittert, und ich fühle mich hundeelend. Keine Sekunde habe ich darüber nachgedacht, dass dieser Abend in irgendeiner Weise schmerzhaft für Nessa und Fiona werden könnte. Ich wäre auch allein nach Hause gekommen. Ich habe einfach ein bisschen zu viel ... Aber stimmt es?

»Ein paar Pints zum Spaß hier und da. Guten Whisky zum Genuss. Das hier allerdings?« Nessa zeigt auf mich. »Das ist übel, Effie.«

»Ich hab's nicht gemerkt«, sage ich leise und denke: *Ich bin aus demselben Holz geschnitzt.*

»Natürlich hast du es nicht gemerkt.« Fiona klingt deutlich sanfter als Nessa. Aber auch ihr ist die Enttäuschung anzuhören.

»Weißt du, wie sich das anfühlt? Wenn man gerade auf dem Weg ins Bett ist und Joseph anruft? Oder weißt du, was das für ein Gefühl war, wenn man schon ein paar Stunden geschlafen hatte, weil am nächsten Tag Schule war, und Joseph anrief? *Dein Dad kriegt es allein nicht mehr hin. Kannst du kommen, Nessa? Ich glaube, deine Schwester sollte besser abgeholt werden, Nessa.* Ich kann das nicht mehr. Ich kann das nie wieder.«

Ich schlucke. Das hier ist ein absoluter Albtraum. Ich hatte nie vor ... und trotzdem ist es nun Nessas Albtraum geworden. Aus dem gleichen Holz geschnitzt. Dabei habe ich so sehr versucht, den großen Kummer zu vermeiden. Für Nessa. *Ich kann das nie wieder.*

»Es tut mir leid, Nessa.« Meine Stimme bricht. Ich fühle mich auf einen Schlag vollkommen nüchtern. Nessas Wut, ihre Wut auf mich, die Tatsache, dass ich den Bogen aus Versehen so was von überspannt habe. Es spielt nicht einmal eine Rolle, warum ich zu viel getrunken habe. Solange ich Nessa damit in diese Zeit zurückkatapultiere, hat sie jedes Recht, stinkwütend auf mich zu sein. »Es tut mir so leid.«

»Ist schon gut«, sagt Fiona.

»Nein, das ist es nicht. Nicht für mich. Ganz und gar nicht. Es ist sogar richtig schlecht.« Nessa lässt den Wagen an und rollt langsam auf die nächtlich verlassene Straße.

Ich weiß nicht, was ich sagen soll. Und auf einmal kriecht eine Angst in mir hoch. Es ist eine bekannte Angst. Die Angst, Nessa zu verlieren. Die Angst, dass ich ihr zu viel sein könnte, dass sie einfach ihre Sachen packt und von einem Tag auf den anderen weg ist. Die Angst, dass ich mich nicht einmal an den Gedanken gewöhnen kann, weil es so schnell geht. Stumme Tränen rinnen meine Wangen hinab, und ich bemühe mich angestrengt, aus dem Fenster zu sehen, um mir nichts anmerken zu lassen.

Wenige Minuten später lenkt Nessa das Auto in unsere Einfahrt. Sie stellt den Motor ab, löst den Anschnallgurt, öffnet die Tür. Jede ihrer Bewegungen ist abgehackt. Sie steigt aus und knallt die Autotür zu.

»Sie beruhigt sich wieder«, sagt Fiona von vorne, und ich muss unwillkürlich daran denken, wie sich vor fast einem Jahr Nessas Wut gegen Fiona richtete, die uns im Stich gelassen hatte. Und wie ich damals diejenige war, die ihr versicherte, dass Nessa sich wieder einkriegen würde.

»Ja.«

»Wir sind einfach ein bisschen erschrocken, das ist alles.«

»Ja.«

»Nessa hatte es sich schlimmer vorgestellt. Aus ihr spricht die Sorge, weißt du?«

»Ja.«

»Und sie hat recht. Wir sollten wirklich in der Lage sein, über alles zu reden. Ich weiß, dass du gern so tust, als wäre alles in Ordnung, damit du es selbst glaubst. Aber manchmal ist es gar nicht so schlecht, wenn man zugibt, dass es nicht in Ordnung ist.«

Damit ihr es glaubt, würde ich am liebsten sagen, doch die Worte bleiben mir im Hals stecken. *Damit ihr nicht ihn in mir seht.*

»Morgen ist die Welt schon wieder eine ganz andere.«

Ich nicke, dann schnalle ich mich ebenfalls ab und steige aus.

»Nessa?«, frage ich.

Sie steht mit dem Rücken zu mir, wartet darauf, endlich das Auto verriegeln zu können. »Hm?«

»Es tut mir wirklich unendlich leid.« Meine Stimme klingt verzweifelt. Beinahe panisch. »Ich mach's wieder gut. Ich versprech's dir.«

»Du sollst es nicht wiedergutmachen«, sagt sie halb erstickt, dreht sich zu mir um und überbrückt die paar Schritte zu mir. Sie zieht mich in eine feste Umarmung. In eine der festesten, sodass mir kurz die Luft wegbleibt. »Du sollst bloß okay sein.«

Das haut mich um. Nessa hat jedes Recht der Welt, sauer auf mich zu sein, weil mein Verhalten bei ihr etwas auslöst. Aber dass es ihr selbst dabei noch um mich geht ... Damit habe ich nicht gerechnet.

»Ich *bin* okay«, sage ich.

»Das bist du nicht, also hör auf, so zu tun. Und ich weiß nicht, was *ich* tun kann. Und das ist echt eine richtige Scheißsituation.«

»Du musst gar nichts tun.« Ein tiefer Schluchzer steigt aus meiner Kehle auf.

»Aber so bin ich, Effie. Ich muss die Dinge in Ordnung bringen. Ich kann nicht zusehen, weißt du? Ich durfte nicht die sein, die nur zusieht, und deswegen kann ich es heute nicht. Also sag mir, was ich tun soll.«

»Sei einfach nur da«, sage ich.

»Ich *bin* doch da.«

»Noch ...« Ich hatte gar nicht vor, es laut auszusprechen, aber da ist es nun.

»Okay, komm mit. Fiona, du auch.« Ihr Befehlston beruhigt mich. Nessa im Macherinnen-Modus ist das Beruhigendste überhaupt.

In der Küche setzt sie den Wasserkocher auf. Fiona und ich gehen schweigend ins Wohnzimmer, und ein paar Minuten später folgt Nessa mit drei dampfenden Teetassen, die sie auf dem Couchtisch abstellt.

»Effie«, sagt sie, »kannst du uns jetzt bitte sagen, wovor du Angst hast?«

Ich nehme mir eine der Tassen, um mich daran festhalten zu können. »Dass ...«, sage ich und atme den Duft des schwarzen Tees. Er löst ein Gefühl von Zuhause in mir aus, sodass ich mir auf die Unterlippe beißen muss, um nicht wieder zu weinen. »Dass ... ich irgendwann ganz allein bin.«

»Okay, und wie soll das aussehen?«, fragt Nessa und nimmt einen Schluck von ihrem Tee.

»Na ja, Fiona heiratet.« Ich schlucke, dann schiebe ich schnell hinterher: »Und ich freu mich so für dich. Von ganzem Herzen. Das ist das Schönste und Beste überhaupt, dass du und Connal, dass ihr, dass ...« Ich schlucke. »Und du und Boyd, ihr seid so glücklich. Und das ist mindestens das Zweitbeste.« Ich versuche mich an einem Lachen, das gründlich misslingt. »Aber ...« Es ist mir schrecklich peinlich, hier so rumzujammern, während meine Schwestern verdientermaßen glücklich sind. Jetzt haben sie wahrscheinlich meinetwegen das Gefühl, etwas falsch zu machen, dabei ist das gar nicht der Fall.

»Boyd und ich sind seit zwei Monaten ein Paar. Weniger, wenn man die Scheiße nicht mitrechnet, die er gebaut hat. Was soll passieren, Effie? Denkst du, ich ziehe in absehbarer Zeit zu den Tullochs?«

Ich zucke mit den Schultern. Ja, klar denke ich das. Warum auch nicht?

»Das ist wirklich so weit weg von allem, worüber ich nachdenke.« Nessa schnaubt. »Boyd und ich, das ist gut, das ist jedoch definitiv noch nicht gut genug, um überhaupt in Erwägung zu ziehen, eines Tages einen nächsten Schritt zu gehen. Und damit meine ich nicht, dass es nie passieren wird, aber ein paar Jahre, in denen wir uns bewährt haben, trennen uns noch von diesem Szenario.«

»Du musst nicht meinetwegen ...«

»Hör jetzt auf damit. Das alles ist vollkommen unnötig. Ich bin hier. Fiona ist hier. Selbst wenn sie Connal heiratet, ist sie noch da. Wenn überhaupt, ist diese Hochzeit eher eine Sicherheit für uns, dass sie nicht wieder abhaut.«

»Hey«, sagt Fiona, die sich bislang völlig rausgehalten hat. »Unfair.«

»Na ja«, gibt Nessa zurück. »Das ist nicht böse gemeint, aber an diesem Schlamassel bist du, ehrlich gesagt, nicht ganz unschuldig.«

»Stimmt wohl.« Fiona rutscht neben mich. »Ich verspreche dir, dass ich nie wieder irgendwohin gehen werde, okay?«

Ich fühle mich so grenzenlos albern. »Ich hab Erwin vertrieben.«

»Das hast du nicht.«

»Er ist ab morgen einfach weg.«

»Ja, aber das war seine Entscheidung.«

»Wenn ich in ihn verliebt wäre ...«

»Was hab ich dir vorhin gesagt? Keiner kann was für Gefühle. Nicht, wenn sie da sind, und nicht, wenn sie es nicht sind.«

»Das klingt wie was, das Marigold sagen würde.«

»Ja, vielleicht hab ich es von ihr«, gibt Nessa zu. Sie lächelt. Es ist das erste Mal, dass sie lächelt, seit sie mich abgeholt haben. »Es ist völlig in Ordnung, traurig zu sein, wenn ein Freund wegzieht. Aber es ist unnötig, davon abzuleiten, dass alle anderen auch gehen werden.«

»Bislang war's immer so«, sage ich.

»Ich weiß.« Nessa beugt sich vor und drückt meine Hand. »Ich weiß das. Und für Fiona und mich ist es genau das Gleiche. Wir gehen nur anders damit um. Aber du bist damit nicht allein, okay?«

Ich blicke von Nessa zu Fiona. Fiona nickt. »Ich weiß, ich bin auch gegangen. Und zwar, weil ich genauso viel Angst davor habe, verlassen zu werden, wie du.«

»Und deswegen muss sich die Sache mit Boyd erst beweisen. Und zwar richtig. Mir ist das Risiko sonst einfach zu groß. Verstehst du? Wir haben alle daran zu knabbern. Keiner versteht dich also so gut wie wir. Weil wir genau den gleichen Scheiß durchgemacht haben wie du.«

Ich nicke. Trinke meinen Tee, Nessa und Fiona ihren.

»Und das sind übrigens Gefühle«, sagt Nessa nach einer

Weile, »für die wir auch nichts können. Wir können uns nur bewusst sein, woher sie kommen, und damit umgehen. Und, nein, das ist nicht von Marigold, das ist meine ganz eigene Weisheit.«

»Dein Tee macht dem von Marigold auch Konkurrenz.« Ich schenke Nessa ein müdes Lächeln. »Sie sollte sich vor dir echt in Acht nehmen.«

»Sobald ich eine grimmige Katze adoptiere, kann sie einpacken.« Nessa lacht.

»Oder ihr teilt euch den Job. Marigold hat im Moment ohnehin genug um die Ohren. Ein alter Mann will sich an ihren Laden ketten«, sagt Fiona, und nun lache auch ich. Nicht laut, nicht befreit. Aber es ist ein Lachen.

»Wahrscheinlich gibt sie den Laden freiwillig auf, einfach nur, damit sie ihn los ist«, sagt Nessa. »So, und jetzt muss ich ins Bett.«

Wir machen uns zu dritt auf den Weg nach oben, putzen zusammen im kleinen Badezimmer Zähne. So wie früher. Den Tanz ums Waschbecken haben wir in all den Jahren perfektioniert.

In meinem Zimmer blickt mich mein unausgepackter Rucksack vorwurfsvoll an, und ich denke an Adair. Kurz entschlossen gehe ich rückwärts wieder raus. In fünf Schritten bin ich an Nessas Tür und klopfe.

»Hm?«, kommt es von drinnen.

»Hey.« Ich strecke meinen Kopf zur Tür rein. »Ich ... ähm ... wollte fragen, ob ich heute Nacht vielleicht hier schlafen kann?«

»Komm«, sagt Nessa und hebt ihre Bettdecke an.

Ich schlüpfe darunter, dann knipst sie die Nachttischlampe aus.

»Jemand hat mal gesagt, keiner kann was für Gefühle.

Nicht, wenn sie da sind, und nicht, wenn sie nicht da sind. Du oder Marigold oder so.«

»Ja?«, fragt sie und legt sich auf die Seite, sodass sie mir in der Dunkelheit zugewandt ist.

»Mir ist was Dummes passiert.« Ich verberge mein Gesicht unter der Decke.

»Noch was?«

»Ich hab mich verliebt.« Mein Herz schlägt schnell. Es vor Nessa laut auszusprechen, ist völlig abgefahren. Völlig abwegig. Und völlig sinnlos. Doch es muss irgendwohin.

»Okay, das ist neu«, sagt Nessa und gluckst.

»Und ... es ist so mächtig. Es fühlt sich so gut an und gleichzeitig so schrecklich.«

»Ich weiß«, sagt sie. »Es macht einem eine Scheißangst.«

Effie mit zehn Jahren

30 Sie klemmt sich das immer noch verpackte Geschenk unter den Arm. Zwei Wochen ist es jetzt her, dass sie mit Nessa, Effie und natürlich Marigold Weihnachten gefeiert hat. Zwei Wochen, in denen dieses blöde Geschenk einsam unter dem Baum lag. Unter dem Baum, der inzwischen nadelt. Staubsaugen hätte sie sollen. Eigentlich hatte sie es Nessa versprochen. Stattdessen spürt sie nun ganz deutlich eine der Tannennadeln in ihrem Schuh durch die Wollsocken piken, während sie durch die nächtlichen Straßen Lerwicks läuft.

Diese Spaziergänge in der Dunkelheit mag sie. Es ist ihr Ding. Ihrs und das ihres Dads. Denn sonst weiß keiner etwas davon. Manchmal kann sie kaum fassen, dass es ihr über all die Jahre gelungen ist, Nessa zu täuschen. Und dann nagt irgendwo in der hintersten Ecke ihres Kopfs das schlechte Gewissen.

Schon von Weitem hört sie die Stimmen aus dem Pub. Davor stehen ein paar Raucher. Sie nicken, als sie Effie erblicken. Es ist schon längst nichts Ungewöhnliches mehr, dass sie kommt. Nicht oft. Nicht regelmäßig. Nur ab und zu, wenn die Vermissung zu groß wird.

»Hi, Dad«, sagt sie, doch gleich weiß sie, dass mit ihrem Dad heute nicht mehr viel anzufangen ist. Dass Nessa aber auch noch so lange lesen musste! Ausgerechnet heute, da sie ihren Dad doch so gern überraschen wollte! Wut macht sich in Effies Bauch breit. Wut über die Schwester, der das alles egal ist. Die Weihnachten wahrscheinlich sogar lieber ohne ihren Vater verbringt. Die immer wieder darüber schimpft, was sie alles machen muss. Seinetwegen. Aber sie, Effie, versteht ihn. Sie ist aus dem gleichen Holz geschnitzt. Und sie hat vor allem auch nicht immer Lust, das zu machen, was Nessa sagt.

»'ffie«, nuschelt ihr Dad. Er sieht sie mit blutunterlaufenen Augen an. Müde ist er.

»Ist der noch frei?«, fragt Effie einen jungen Fischer an einem der hohen Tische.

»Aber sicher«, erwidert er und nickt ihr freundlich zu.

Effie trägt den schweren Barhocker an den Tresen, stellt ihn neben ihren Dad und klettert darauf.

»Ich hab dir dein Geschenk mitgebracht«, sagt sie.

»Geschenk?«

»Dein Weihnachtsgeschenk.« Sie legt das Päckchen vor ihren Dad. Neben das leere Pintglas. »Ich hab's selbst gemacht.«

»Selbst gemacht.« Er nickt. Sieht sie an, aber irgendwie nicht richtig. Irgendwie so, als wäre etwas zwischen ihnen, das Effies Bild verschwimmen lässt. Oder unwirklich erscheinen lässt.

»Noch eins, Jo«, sagt ihr Dad zu Joseph.

»Sicher, George? Willst du nicht mit deiner Tochter nach Hause gehen?« Er zwinkert ihr zu.

»Ich hab gesagt, noch eins.« Die Stimme ihres Dads ist laut, und sie zuckt kurz zusammen.

»Geht mich ja auch nix an«, sagt Joseph. »Magst du eine Limonade, Effie?«

Sie nickt und ist froh, dass Joseph und ihr Dad nicht streiten. Klar wäre es schöner, wenn er nicht immer nur im *Hideout* wäre, aber es geht schon irgendwie. Geht immer irgendwie.

»Willst du's nicht auspacken?«, fragt Effie. Sie versucht hoffnungsvoll zu klingen. Fröhlich. Um ihren Dad auch ein bisschen aufzumuntern. Schließlich war er derjenige, der gesagt hat, sie solle nicht aufhören zu lächeln. Und abgesehen von den Momenten, in denen sie auf einmal schlimm traurig ist, weil sie es zulässt, lächelt sie eigentlich immer. Deswegen nennt Marigold sie ihren »Sonnenschein«.

»Auspacken, ja.« Die Hand ihres Dads zittert leicht, als er die Schleife löst. Effie ist ganz aufgeregt. Sie hat Wochen dafür gebraucht. Monate. Er schiebt das Papier auf, und zum Vorschein kommt ein Pullover. Ihr erster selbst gestrickter Pullover, den sie für ihren Dad gemacht hat. Er ist braun. Ein schönes, warmes, dunkles Braun, das zum Tresen im *Hideout* passt, wie sie jetzt feststellt. Und zum dunklen Stout.

»Was ist es?«, fragt ihr Dad und sieht sie wieder auf diese Weise an, die sie fast daran zweifeln lässt, ob sie wirklich hier ist.

»Ein Pullover.«

»Ein Pullover«, wiederholt er.

»Ich hab ihn selbst gestrickt.«

»Du hast ihn selbst gestrickt.« Seine Zunge ist schwer, das hört man.

»Für dich.«

Er schluckt und nickt. Dann beugt er sich zu ihr und küsst sie aufs Haar. Sie riecht seinen Stout-Atem. Der Geruch ihres Dads.

»Freust du dich?«, fragt sie, versucht wieder Hoffnung in ihre Stimme zu legen.

Doch er sagt nichts. Befühlt nur die Wolle. Betrachtet die etwas ungleichen Maschen. Ja, gut, der Pullover ist nicht perfekt, aber es steckt wirklich viel Mühe drin. Und Liebe.

»Freust du dich, Dad?«, fragt sie noch mal.

»Ich bin so müde.«

Ja, das hatte sie sich ja schon gedacht. »Dann geh doch ins Bett.«

»Gegen meine Art von Müdigkeit hilft kein Bett«, sagt er.

»Was hilft dann?«

Er schweigt. Und sie weiß, dass gegen seine Müdigkeit nichts hilft. Aber manchmal wäre es schön, wenn es anders wäre. An Weihnachten beispielsweise. Oder wenn man ihm was schenkt. Nessa hatte wohl recht, als sie sagte, dass es keinen Sinn hat. Sie und Fiona haben dieses Jahr nichts mehr für ihren Dad unter den Weihnachtsbaum gelegt. Aber Effie, die lächelt, die hofft, konnte nicht anders. Blödes Weihnachten. Blöder Weihnachtsbaum. Blöder Weihnachtsbaum, der auf Socken nadelt. Blödes alles.

»Okay, ich geh dann mal«, sagt sie, da hat sich ihr Dad schon wieder dem Stout zugewendet. So war es auch die letzten Male. Früher hat er sich noch ab und zu gefreut, sie zu sehen. Sie haben ein bisschen geredet. Und manchmal, wenn sie Glück hatte, hat er sie nach Hause gebracht. Aber das ist schon lange nicht mehr passiert.

Sie rutscht von ihrem Barhocker und trägt ihn brav wieder an den Tisch, an dem der Fischer nun nicht mehr allein ist. Eine junge Frau sitzt neben ihm.

»Danke«, sagt sie artig. Nessa wäre stolz auf sie.

»Nichts zu danken«, sagt der Fischer.

Und dann geht sie. Raus in die Nacht. Mit einem Kloß im Hals. Sie zieht ihre Mundwinkel nach oben. Lächelt. Denn das macht alles besser. Aber heute fühlen sich die Mundwinkel schwerer an als sonst. Heute ist auch Effie müde.

31 Der Streit mit Nessa steckt mir auch ein paar Tage später noch in den Knochen. Ich kann einfach nicht glauben, wie leichtsinnig ich war. Außerdem war es vielleicht nicht die klügste Idee, ihr von meiner Verliebtheit zu erzählen, denn jetzt sieht sie mich jedes Mal auf so eine merkwürdige Weise an. Es ist eine Mischung aus Mitleid und Ungeduld. Als warte sie darauf, dass etwas passiert. Aber was soll schon passieren, außer dass mir beim Gedanken an Adair sowohl leicht als auch schwer ums Herz wird?

Fionas und Connals Hochzeitsvorbereitungen sind die perfekte Ablenkung von alldem. Selbst die Sorge um die Stadt und Erwins Abwesenheit werden von dieser aufgeregten Vorfreude, gegen die nicht einmal die grauen Wolken ankommen, in den Hintergrund gedrängt.

Nessa hat To-do-Listen geschrieben. Für jede von uns eine, denn dass wir helfen, steht außer Frage. Jede Menge anderer Leute sind ebenfalls begierig darauf, ihre Unterstützung anzubieten, doch Fiona hat uns eingeschärft, uns unter keinen Umständen, niemals, auf gar keinen Fall von irgendjemandem reinreden zu lassen. Erst musste ich lachen, aber nachdem ich ein paarmal aus dem Nichts auf der Straße angesprochen wurde, verstehe ich nun, was sie meint.

»Wo wird das Fest denn stattfinden?«

»Sind die Einladungen schon raus?«

»Kann ich meine Cousine mitbringen?«

Letztere Frage wird vor allem von Personen gestellt, die ziemlich sicher nicht einmal selbst eingeladen sind, weil sich Fiona und Connal ein kleines Fest wünschen und zufällige Bekanntschaften, die man in der Schlange der Bäckerei schließt, wohl nicht dazugehören.

Die Einladungen sind jedenfalls noch nicht raus. Das weiß ich so genau, weil sie auf meiner To-do-Liste stehen. Henry hat sie designt, und ich habe gestern bei einer Druckerei auf dem Festland die Bestellung aufgegeben, weil ich die Auswahl im Copyshop von Lerwick für den Anlass ein bisschen zu dürftig fand.

Gerade sitze ich in Dr. Beatties Praxis die Zeit ab und stricke an einer muschelschalenweißen Überjacke, die ich Fiona schenken will. Ein elegantes, großmaschiges Lace-Strickjäckchen, das ganz anders ist als alles, was ich bislang gemacht habe. Filigraner, edler.

In der Praxis ist es heute angenehm ruhig. Das Telefon hat den gesamten Vormittag lang nur fünfmal geklingelt. Zweimal war es die Frau von Dr. Beattie, die mich gebeten hat, ihren Mann von einem Urlaub zu überzeugen. Mir hätte die Auszeit schließlich so gutgetan. Das würde man mir schon von ferne ansehen. Ich weiß nicht, wo sie mich in den letzten Tagen gesehen haben will, ob bei der Stadtversammlung oder auf der Straße – oder ob irgendjemand ihr erzählt hat, ich sähe entspannt aus. So richtig überzeugen konnte ich Dr. Beattie jedoch nicht, und wenn ich mich im Spiegel betrachte, finde ich auch nicht, dass ich wie das beste Aushängeschild für Auszeiten aussehe. Eher im Gegenteil. Bedrückt und müde.

»Wo wird der Empfang denn stattfinden?« Miss Lundy, eine ältere Dame, die mich beim Betreten der Praxis schon aushorchen wollte, ist aus dem Behandlungszimmer zurückgekehrt und sieht mich interessiert an.

»Das kommt aufs Wetter an«, sage ich, um vage zu bleiben. Dabei wird es gar keinen richtigen Empfang geben. Erst findet im Rathaus die Trauung statt, dann geht es in den *Drawing Room*, wo das eigentliche Fest steigen soll.

»Na, hier oben ist man besser auf alles vorbereitet.«

»Da haben Sie recht, Miss Lundy.«

»Ich freue mich jedenfalls sehr.«

»Ähm ... es wird ein sehr kleines Fest.« Es gefällt mir ganz und gar nicht, Leute zu enttäuschen. Aber gleichzeitig ist es auch eine ganz schöne Dreistigkeit, anzunehmen, man sei auf die Hochzeit von jemandem eingeladen, mit dem man bisher nicht mehr als Begrüßungen auf der Straße ausgetauscht hat.

»Ach? Mrs Henderson hat erzählt, sie würde sich schon so auf das große Fest freuen.«

Mrs Henderson ist allerdings auch unsere Nachbarin, die Fiona kennt, seit sie geboren wurde. Deswegen wird sie eingeladen. »Das hat sie wohl falsch verstanden. Es wird wirklich nur ein ganz kleines Fest.«

»Na ja, vielleicht habe ich ja Glück.« Sie zwinkert mir auf eine viel zu verbindliche Art zu, als würde es helfen, sich mit mir gut zu stellen.

»Mit Glück hat das gar nicht mal so viel zu tun«, murmle ich, doch das Rascheln ihrer Regenjacke übertönt es.

Eine Woche später aktualisiere ich alle paar Minuten auf meinem Handy den Lieferstatus des Pakets mit den Hochzeitseinladungen. Es soll heute zugestellt werden, und ich freue mich schon so darauf, die Karten zu begutachten. Und außerdem freue ich mich auf einen Abend mit Nessa und Fiona. Denn die Einladungen werden heute noch frankiert, damit ich sie morgen auf dem Weg zur Seenotrettung einwerfen kann.

»Miss Linklater«, sagt ein vorlauter Junge, der in der ersten Reihe sitzt, weil er sonst während der Hausaufgabenbetreuung nur Unsinn anstellt, »Sie sind heute wirklich viel am Handy.«

»Oh, hoppla, ja, da hast du recht, Colm. Ich warte auf ein Paket. Aber das hat hier natürlich nichts zu suchen.« Ertappt, stecke ich das Handy in meine Hosentasche. »Hast du sonst noch eine Frage? Zu deinen Hausaufgaben?«

»Ich nicht, aber Jamielee dahinten sicher.« Er gibt ein vor Stimmbruch krächzendes Lachen von sich.

»Jamie?«, frage ich.

»Nee, ist auch egal.« Sie blickt angestrengt aus dem Fenster. Boyds kleine Schwester ist noch nicht lange nachmittags hier. Weil sie solche Probleme in Mathe hat, schlug Nessa vor, es mit ein bisschen Nachhilfe zu probieren.

»Sie checkt die Gleichungen immer noch nicht.« Colm schnaubt.

»Und warum ist das ein Grund, zu lachen?« Ich mag es nicht, wenn die Kinder fies zueinander sind. Und leider trifft es oft Jamie. Sie ist klein für ihr Alter und damit ein leichtes Opfer.

»Ist halt super einfach.« Er zuckt mit den Schultern.

»Nur weil es für dich einfach ist, heißt das nicht, dass das für alle gilt. Dafür ist Jamie in anderen Fächern besser.«

298

»Ja, aber Gleichungen lösen kann wirklich der größte Idiot.«

»Und das weißt du so genau, weil ...?«, frage ich.

»Weil er der größte Idiot ist«, sagt Jamie von hinten.

»Bin ich nicht!«

»Dann kannst du auch nicht wissen, ob der größte Idiot diese blöden Gleichungen checkt.«

Innerlich applaudiere ich Jamie. An einem mangelnden Sinn für Logik liegt ihr Matheproblem nicht. »Okay, das reicht jetzt, ihr zwei. Colm, du drehst dich nach vorn. Ich will von dir keinen Mucks mehr hören, es sei denn, du hast eine Frage zu den Hausaufgaben. Und Jamie? Wollen wir uns das noch mal ansehen?«

»Lieber nicht«, sagt Jamie, rutscht aber ein bisschen zur Seite, sodass ich mich neben sie setzen kann.

Ich erkläre Jamie zum gefühlt fünfzigsten Mal, wie sie vorgehen muss, und während sie ihrer Aufgabe noch eine Chance gibt, checke ich erneut den Lieferstatus der Hochzeitseinladungen. Und yay! Ein grüner Haken ziert mein Display. Sie wurden zugestellt!

Auf dem Heimweg gehe ich bei Morrisons einkaufen. Seit unserem Streit bemühe ich mich noch mehr als sonst, meinen Anteil zum Haushalt beizusteuern. Nur nicht negativ auffallen. Nur keinen Stress verursachen. Lächeln. In den letzten Wochen habe ich deswegen dreimal das Haus geputzt, für meine Verhältnisse richtig viel gekocht – wenn auch nur wirklich einfache Gerichte, dafür aber ohne größere Unfälle – und die komplette Wäsche für Nessa und Fiona mit erledigt. Alles, um meinen Schwestern so viel Arbeit abzunehmen wie irgend möglich. Um ihnen zu zeigen, dass ich funktioniere. Alles, damit sie sich zu Hause so wohlfühlen wie irgend möglich. Alles, damit wir es zu dritt so schön haben wie irgend möglich.

Zu Hause bereite ich als Erstes den einfachen Pasta-Auflauf vor und schiebe ihn in den Ofen. Dann sammle ich im Wohnzimmer die herumliegenden Zeitschriften und Unterlagen ein und schiebe sie zu einem ordentlichen Stapel zusammen. Und als Nessa nach Hause kommt, findet sie, dass es himmlisch duftet, und lässt sich mit einem genüsslichen Seufzen aufs Sofa fallen. Genauso will ich es immer haben.

»Die Einladungen sind da.«

»Sehr gut. Dann legen wir heute wohl eine Nachtschicht ein, damit das endlich mal abgehakt ist.«

»Ich wusste nicht, dass die Druckerei so lange brauchen würde. Tut mir leid.« Vielleicht wäre der Copyshop doch die bessere Alternative gewesen.

»Ach was. Fiona hat ohnehin schon überall Bescheid gegeben – überall, wo sie Bescheid geben wollte.« Nessa grinst.

»Ja, aber trotzdem.« Keine Ausreden finden. Verantwortung übernehmen. Nessa froh machen. »Hattest du einen guten Tag?«

»Gut, anstrengend.«

»Erzähl.«

»Unsere Abfüllanlage gibt wohl endgültig den Geist auf. Mit dem Preisgeld von der Whiskymeisterschaft können wir uns die neue zwar locker leisten, und ausgerechnet jetzt haben die Lieferschwierigkeiten. Boyd hat angeboten, dass wir bei Tulloch abfüllen können, aber der logistische Aufwand ist einfach viel zu groß. Das kriegen wir nicht gestemmt.«

»Und wie macht ihr es, bis die neue Anlage da ist?«

Sie zuckt mit den Schultern. »Erst mal weiter wie bisher. Henry versucht es jeden Tag mit handwerklichem Geschick und einer Portion Liebe. Und wenn das nicht funktioniert, *tough love.*«

»Henrys *tough love* will ich sehen.« Ich kichere. Ein bisschen heftiger als angemessen, um Leichtigkeit zu suggerieren.

»Und bei dir?«

»Alles gut.«

»Erzähl doch mal.«

»Hatte einen schönen Tag.« Ich stehe auf, um in der Küche nach dem Auflauf zu sehen. Kurz darauf kommt Nessa ebenfalls in die Küche.

»Kann ich was helfen?«

»Nee, ist alles erledigt.«

»Effie?«

»Hm?«

»Du würdest es mir sagen, wenn was wäre, oder?«

Ich nicke. »Natürlich.« Lächle. Dass ich Liebeskummer habe, Erwin mir fehlt, ich Angst um die Stadt habe, behalte ich lieber für mich. Nessa braucht nicht auch noch meine Sorgen, geschweige denn die Sorge, dass ich wieder zusammenbreche.

Wir essen mit Fiona und Connal in trauter Viersamkeit zu Abend. Ich erzähle von Miss Lundy, Fiona verdreht die Augen. Connal lacht und bietet an, einen Türsteher zu organisieren. Dann lege ich das Päckchen mit den Einladungen auf den Tisch.

»Mach auf, Fi.« Ich klatsche in die Hände und hüpfe ungeduldig auf und ab. Leichtigkeit. Sorglosigkeit. Genau das brauchen wir. »Schneller!«

Sie lacht. »Ich mach, so schnell ich kann.« Behutsam öffnet sie die Verpackung.

»Zeiiiiig!«, quietsche ich.

Fiona reicht Connal, Nessa und mir je eine Einladung, und wow! Sie sind wunderschön geworden. Das raue Naturpapier, das Muschelschalenweiß, Henrys Zeichnung ... Er hat Fiona und Connal gemalt. Zwischen ihnen ein Lamm. Ein Kranz aus Gräsern, Wildblumen und Beeren umgibt sie. Die Einladungen sind absolut perfekt. Also hat sich das Warten doch gelohnt. *Fiona & Connal* steht in geschwungener Schrift darauf. Ich klappe die Karte auf und lese den Text, obwohl ich ihn ohnehin auswendig kenne.

»Du musst dich dagegenstemmen, wenn du deine Richtung wieder selbst bestimmen willst.«

Das wollen wir. Unsere Richtung selbst bestimmen. Und da wir gemeinsam in die gleiche Richtung wollen, heiraten wir und würden uns freuen, mit dir zusammen zu feiern.

Das Zitat stammt von Marigold. Als Fiona aus Bristol zurück war, war es diese Weisheit, die sie dazu brachte, zu bleiben und zu kämpfen. Um uns und vor allem um Connal. Und nun sind diese Hochzeitseinladungen der Beweis für ihren Sieg über all die Zweifel, all die Rückschläge, all den Kummer, den sie und Connal hatten.

Die Einzelheiten für die Trauung und das kleine Fest im Anschluss stehen auf der Rückseite. Der einundzwanzigste August kann gar nicht früh genug kommen, so sehr freue ich mich für die beiden. Aus tiefstem Herzen. Mit all der Kapazität, die ich dafür aufbringen kann. Auch wenn es manchmal weniger ist, als ich mir wünschen würde, weil das Herz mit anderen Dingen beschäftigt ist.

Die farblich passenden Umschläge wurden mitgeliefert, und Briefmarken habe ich schon vor Tagen besorgt, sodass Fiona und Connal nur noch die Namen der Eingeladenen und ihre eigenen Namen darauf schreiben müssen, ehe wir die Umschläge mit Adressen versehen und die Einladungen frankieren.

»Auf los geht's los, würde ich sagen.« Nessa legt die Adressliste vor uns auf den Tisch, die sie in weiser Voraussicht schon längst in der Destillerie ausgedruckt hat. Ihr Organisationstalent ist wirklich bewundernswert. Fiona und ich würden zusammen vermutlich die Hälfte vergessen, weil sie zu sehr in ihren Gedanken versunken ist und meine Gedanken wild hin und her springen.

Fiona schreibt in der Reihenfolge der Adressliste *Liebe Irina, lieber Jimmy* über die Einladung und *Fiona &* darunter. Dann gibt sie an Connal weiter, der seinen Namen danebensetzt. Weil ich die mit der unordentlichsten Schrift bin, fällt mir das Eintüten und Frankieren zu, während Nessa die Umschläge adressiert. Schon bald sind Fiona und Connal fertig und helfen Nessa bei den Adressen. Nicht einmal eine Stunde später sind alle Einladungen fertig und bereit, morgen versendet zu werden. Von wegen Nachtschicht.

»Danke für eure Hilfe.« Connal steht auf und streckt seinen Rücken durch. »Aber ich muss mich leider verabschieden und ins Bett. Morgen geht's richtig früh los bei mir.« Er blickt wissend zu Fiona. »Du bleibst heute hier, oder?«

Sie sieht von ihm zu Nessa und mir, dann wieder zurück. In ihren Augen blitzt etwas auf. »Ja. Ich ... äh ... muss noch ... etwas zeigen.«

Connal nickt, dann wendet er sich an mich. »Kann ich kurz was mit dir besprechen, Effie?«

Fiona grinst. Ich habe keine Ahnung, was passiert. »Äh, klar?« Ich folge ihm in die Küche.

»Also ... ähm ...« Connal sieht nervös aus. Er reibt sich über seinen langsam nachwachsenden Bart. »Ich wollte dich was fragen.«

»Schieß los!«

»Es ist völlig in Ordnung, wenn du Nein sagst.«

»Werd ich nicht.«

»Weißt du doch gar nicht.«

»Ich bin mir ziemlich sicher.« Ich lächle ihm aufmunternd zu.

»In den letzten Jahren hatte ich nicht viele Freunde, wie du ja vielleicht mitbekommen hast.«

»Blieb mir nicht verborgen, ja.«

»Und also ... du warst immer da. Hast mich nicht aufgegeben. Hast mich so lange genervt, bis ich mit dir geredet habe. Dafür bin ich dir sehr dankbar, und deswegen wollte ich dich fragen ... ob du ... ob du ... meine Trauzeugin sein willst.«

»Was?« Ich schlage mir die Hände vor den Mund.

»Aber wie gesagt, wenn du lieber Fionas ...«

»Natürlich, Connal. Liebend gern!«

»Echt?«

»Vergiss die olle Fiona!«

»Sag noch nichts, okay?« Connal klingt verschwörerisch. »Fiona fragt Nessa nachher. Soll eine Überraschung sein.«

Mit einem breiten Grinsen im Gesicht umarme ich ihn fest. Sein Rücken ist richtig breit. Viel breiter als Adairs. Wieso nur kriege ich ihn nicht aus meinem Kopf, obwohl es jetzt Wochen her ist?

»Was musst du uns noch zeigen?«, frage ich gespannt, nachdem Connal sich verabschiedet hat.

»Da ist noch etwas angekommen.«

»Was ist es?«

»Wartet kurz.« Sie wackelt verschwörerisch mit den Augenbrauen und geht nach oben. Wenige Minuten später hört man ihre Schritte auf der Treppe. »Seid ihr bereit?«, ruft sie.

»Das können wir schlecht sagen, ohne zu wissen, was du uns zeigen willst. Wenn es ein neues Outfit ist, sind wir's wohl. Wenn es eine Skulptur vom nackten Connal ist, werde ich es für meinen Teil nie sein«, sagt Nessa. Ich gluckse.

»Ich komme.« Fionas Schritte sind langsam. Dann bleibt sie stehen, streckt nur ihren Kopf zur Tür rein. Sie lächelt so schön, dass es beinahe wehtut. Und dann ...

... tut sie einen Schritt und noch einen und noch einen und steht dann in ihrem Brautkleid vor uns.

»O mein Gott!« Meine Stimme ist ganz hoch.

»Wow.« Nessa schluckt.

»Gut? Oder nicht gut?« Fiona dreht sich einmal im Kreis.

Das muschelschalenweiße Kleid ist knielang. Schlicht. Kurze Ärmel, an der Taille etwas enger. Es hat vorne eine Knopfleiste, an der kleine florale Stickereien verlaufen, die ebenfalls am unteren Saum zu finden sind.

»Es ist du!«, entfährt es mir, und Fiona lacht.

»Das ist ... wunder...schön, Fi«, sagt Nessa, die anscheinend Schwierigkeiten hat, Worte zu bilden.

»Ich muss sagen, ich bin auch ziemlich zufrieden.«

»Ziemlich zufrieden? Das ist das tollste Kleid, das ich je gesehen habe!« Ich quietsche immer noch.

»Dazu habe ich dunkelrote Schuhe. Wartet.« Sie läuft wieder aus dem Zimmer.

Diesen Moment nutzt Nessa, um meine Hand zu drücken. »Sie heiratet«, sagt sie, und ich kann sehen, dass meine große Schwester ehrlich gerührt ist. Etwas, das nicht alle Tage vorkommt.

»Stellt euch dazu einen Blumenkranz in meinen Haaren vor. Andrea bindet ihn nach dem Vorbild von Henrys Zeichnung auf den Einladungen«, sagt Fiona, als sie zurück ist. »Aus Gräsern, Wildblumen und getrockneten Beeren.«

»Passend zu deinen Haaren«, sage ich.

»Und zu den Schuhen«, ergänzt Nessa, deren Augen nun tatsächlich ein bisschen feucht geworden sind.

Und dann werden meine Augen ebenfalls feucht. Feuchter als feucht. Sie werden richtig nass. Eine Träne löst sich aus meinen Augen, und ich kann nichts dagegen tun, dass ich einfach anfange, bitterlich zu weinen, sodass das ganze Zusammenreißen der letzten Zeit auf einmal zunichtegemacht wird.

»Oh, Effie!«, sagt Fiona und kommt zu mir, um mich in den Arm zu nehmen.

»Nicht, Fi. Ich mach dein ganzes Kleid nass.« Hektisch wische ich mir über die Augen und verschmiere meinen Kajal.

»Ist mir doch egal«, sagt Fiona.

»Ich mach's auch ein bisschen schwarz.«

Aber Fiona interessiert sich nicht dafür. Sie drückt mich fest an sich. Und dann kommt Nessa hinzu, umarmt uns beide. Eine ganze Weile stehen wir so in unserem Wohnzimmer. Fiona in ihrem Brautkleid, ich schluchzend, Nessa stark wie immer.

»Was ist denn?«, fragt Fiona, als wir uns schniefend voneinander lösen.

»Ich bin nur so gerührt«, sage ich. Das ist zwar nur die halbe Wahrheit, aber wenigstens immerhin das. Eine halbe *Wahrheit.*

Fiona lacht ein bisschen unsicher, Nessa sieht mich skeptisch an. Ich zwinge mich zu einem Lachen, das beide beruhigt. Sehr gut. »Und wenn mich nicht alles täuscht, war das noch nicht alles an Rührung für heute Abend, oder?« Ich sehe Fiona auffordernd an.

»Oh, äh, ja.« Fiona wird etwas rot. »Ich würde dich gern noch etwas fragen, Nessa.«

»Wenn ich dein Handy für eine Weile übernehmen soll, vergiss es. Ich hab jetzt schon keine Zeit für irgendwas. Die nervigen Nachbarn kannst du schön selbst enttäuschen.« Nessa hat ihren kurzen Rührungsanfall offenbar schneller weggesteckt als Fiona und ich.

Ich muss grinsen. Und auch Fiona gluckst.

»Um ehrlich zu sein, wollte ich dich fragen, ob du meine Trauzeugin sein willst. Aber wenn du zu viel zu tun hast, verstehe ich das natürlich. Dann frag ich Cassie oder Irina.«

»Was?« Nessa reißt die Augen auf. »Nein! Ich ... o Mann, Fiona. Ich hab natürlich Zeit, ich hätte nie gedacht, dass du ... nach allem, was zwischen uns war in den letzten Monaten ... ich war mir sicher, du würdest Effie ... und das wäre auch vollkommen in Ordnung ...«

»Ich müsste aber ablehnen. Connal hat zuerst gefragt«, sage ich triumphierend.

»Darum ging es vorhin, als ihr in der Küche verschwunden seid?«, fragt Nessa, und ich habe das Gefühl, dass sie wieder gegen Tränen der Rührung ankämpfen muss.

»Also machst du's nun?«, fragt Fiona.

»Natürlich!« Nessa umarmt Fiona erneut. Ich stehe daneben und fühle mich diesmal nicht fehl am Platz. Nicht ausgeschlossen. Nicht wie das fünfte Rad am Wagen. Diesmal fühle ich mich leicht und froh, weil Harmonie zwischen uns dreien das Schönste ist.

— 23. 7. —

Ob ich mir das gut überlegt habe. Ob ich mir im Klaren bin, was das
bedeutet. Nicht nur für den Job, sondern auch für die Familie. Ob ich
mir sicher bin. Ob ich es für Paisley tue. Ob ich es auch tun würde,
wenn ich wüsste, dass ich sie nie wiedersehen kann. Beth hat mich
so lange gegrillt, bis ich sie überzeugt hatte. Sie war von Anfang an
auf meiner Seite, aber als gute Freundin muss sie wohl sichergehen,
dass ich keine unüberlegten Entscheidungen treffe.
Natürlich tue ich es für Paisley. Ich tue es allerdings auch, weil es
das Richtige ist. Und als ich Elsie angerufen habe, war sie sofort Feuer
und Flamme. Hätte ich noch irgendwelche Zweifel gehabt, wären sie
spätestens durch ihre Begeisterung ausgeräumt gewesen.
Ich entscheide mich also hiermit für das Richtige und gegen meinen
Vater. Was auch immer das für die Zukunft bedeutet, was auch
immer die Implikationen sind. Von was auch immer ich leben werde.
Wo auch immer. Mit wem auch immer. Halt, das Letzte streichen
wir. Denn Hoffnung habe ich seit ein paar Tagen en masse!

32 »Dass du mitten in all dem Stress noch Zeit findest, um vorbeizukommen ...« Marigolds Lächeln ist wie warmer Honig auf meiner engen Brust. »Und die Sachen, meine Güte, wie schön sie wieder sind.« Sie betrachtet den Poncho und die vielen neuen Sockenpaare, die ich in der letzten Zeit fertiggestellt habe. »Da stocken wir gleich mal auf.«

Direkt neben dem Eingang befindet sich die Ecke mit den Wollwaren. Das meiste ist von mir, aber auch andere Shetlanderinnen (und ein paar wenige Shetlander) verkaufen hier ihre Fair-Isle-Pullover, Schals und Socken. Den Poncho hängt Marigold ganz nach vorne, sodass es beinahe das Erste ist, was man sieht, wenn man den Laden betritt.

Meine neuen Produkte waren der Vorwand, um herzukommen, denn in mir nagt etwas. Und wenn es nagt, habe ich gelernt, ist Marigold die beste Adresse, um der Sache auf den Grund zu gehen. Auch wenn ich mir auf einmal nicht mehr sicher bin, ob es eine so gute Idee war. Denn obwohl es kurz vor Ladenschluss ist, befinden sich immer noch ein paar Touristinnen im Geschäft. Vor ihnen kann ich sicher nicht mit Marigold sprechen. Und je länger ich warte, desto größer ist die Wahrscheinlichkeit, dass ich es am Ende einfach lasse. Aber nun geht eine von ihnen schnurstracks auf den Poncho zu. Er ist dunkelrot, gelb und beige gestreift, fein gemustert und mollig warm.

»Das haben Sie gemacht?«, fragt sie an mich gewandt, und ich nicke.

»Unsere Effie hier ist im Moment die schnellste Strickerin der Shetlands«, sagt Marigold, und ich bin mir sicher, dass da Stolz aus ihrer Stimme spricht.

»Ich habe von der Besten gelernt.« Denn es war Marigold, die mir das Stricken beibrachte, weil ich mich als Kind so oft langweilte und nichts mit mir anzufangen wusste.

»Aber inzwischen hast du mich völlig abgehängt. Was die Geschwindigkeit und was die Qualität angeht.« Sie befühlt noch einmal den Poncho.

»Kann ich den bis morgen zurücklegen lassen?«, fragt die Frau. »Ich habe meinen Geldbeutel im Hotel vergessen.«

»Natürlich«, sagt Marigold, nimmt den Poncho wieder von der Kleiderstange und hängt ihn stattdessen hinter die Kasse.

Red Leg Greaves hat sich prominent in die Mitte des Ladens gesetzt. Ungeduldig peitscht sein Schwanz hin und her – das untrügliche Zeichen dafür, dass es jetzt Zeit ist, Feierabend zu machen. Tagsüber duldet er die Kunden in seinem Reich, doch um Punkt achtzehn Uhr reicht es ihm, wie sich unschwer erkennen lässt.

»Ja, Kater, du hast recht«, sagt Marigold. »Wir machen jetzt zu.« Sie schenkt den beiden Damen, die noch immer die Regale durchstöbern, ein entschuldigendes Lächeln und eskortiert sie hinaus, während sie ihnen einen schönen Abend wünscht und sie einlädt, morgen wiederzukommen. Höflich, bestimmt, und dabei so gastfreundlich, wie es nur Marigold sein kann.

»Ich sollte dann wohl auch mal.« Obwohl ich eigentlich nicht nur wegen meiner neuen Strickwaren gekommen bin. Aber ob es wirklich eine gute Idee war?

»Oder wir trinken noch einen Tee?«, schlägt Marigold vor und öffnet die Tür noch einmal, um Greaves hinauszulassen, damit er sich beim Metzger auf der anderen Straßenseite nun sein Abendessen erbetteln kann.

»Hm. Ich weiß nicht. Gut. Ja.« Warum bin ich so zögerlich? Warum kann ich nicht einfach locker sein? Wenigstens nach außen? Aber Marigold hat es mir noch nie leicht gemacht, sie zu täuschen. Sie sieht einfach in die Menschen hinein.

Sie schenkt uns aus ihrer bauchigen Teekanne, in der sie immer frischen Schwarztee hat, gluckernd ein, und wir setzen uns auf die beiden gemütlichen Sessel neben dem Kassentresen.

Ich nehme einen Schluck, der mir Mut machen soll. Marigold sitzt einfach nur da, sieht sich in ihrem Laden um, streift mich mit ihrem Blick. Ich weiß genau, dass sie mir Zeit gibt.

»Hast du Angst?«, platzt es auf einmal aus mir heraus.

»Ich? Nein. Wovor denn?«

»Na ja, dass sich alles verändert.«

»Aber das tut es doch andauernd.« Marigold runzelt die Stirn.

»Eigentlich nicht, oder?« Wenn ich mich umsehe, ist alles wie immer.

»Das kommt dir nur so vor, Effie. Die ganze Welt verändert sich jede Sekunde.« Sie lächelt, sodass sich Lachfältchen um ihre klugen Augen bilden.

»Ich meine *meine* Welt. *Unsere* Welt. Die bleibt gleich.« So, wie ich es haben will. So, wie ich es brauche.

Marigold lacht. »Aber nicht doch. Schau zum Beispiel mal dich an, Effie-Kind. Im einen Moment bist du ein kleines Mädchen, das zum ersten Mal in seinem Leben Stricknadeln in der Hand hat, und im nächsten« – sie schnippst – »bist du eine erwachsene Frau. Im einen Moment ist man ein schüchternes Ding von einem Bauernhof auf Unst und im nächsten« – wieder schnippst sie – »eine junge Braut in Lerwick. Und kurz darauf ist man ganz allein. Und dann wieder nicht, weil es so viele Menschen gibt, die sich um einen scharen. Die kommen und gehen. Manche bleiben, jedoch bleiben auch sie nicht stehen.«

Ich blicke sie fragend an. »Eine junge Braut in Lerwick?«

»Das war ich, ja.« Ihr Lächeln wird ein bisschen schwerer, so scheint es. Aber ich bin nicht sie und nicht einmal halb so gut darin, Menschen zu lesen.

»Du?«

»Glaubt man heute gar nicht mehr, oder? Ja, ich war mit einem jungen, schneidigen Fischer verlobt.« Ihr Gesicht nimmt einen verträumten Ausdruck an. »Gegen den Willen meiner Eltern, die von mir forderten, ihnen zu helfen, während mein Bruder in Edinburgh studieren durfte. Doch kurz vor der Hochzeit kam er bei einem Unwetter auf hoher See ums Leben.« Sie seufzt. »Deswegen hat mein Bruder dieses Haus gekauft. Ich glaube, er hatte ein schlechtes Gewissen, weil er alles durfte und ich auf einmal vollkommen allein war.«

»Das wusste ich gar nicht.« Und das schmerzt. Dass ich einen so großen Teil aus Marigolds Leben nicht kannte, während sie mich in- und auswendig kennt, ohne dass ich etwas sagen muss.

»Ich behalte ihn gern für mich.« Sie greift sich an ihre Brust, genau dort, wo das Herz sitzt.

Völlig unbewusst ahme ich ihre Geste nach. Mit Adairs Gesicht vor Augen. »Wie konntest du weitermachen? Ohne ihn?«

»Weißt du, es geht immer irgendwie. Wie bei euch. Als eure Mutter starb, da ging es ja auch. Und als euer Dad ging. Und als Fiona nach Bristol zog.«

Aber so ganz stimmt es nicht. Ich schlucke. »Für unseren Dad ging es nicht«, sage ich und erinnere mich an das, was er gesagt hat. Was Nessa gesagt hat. Und wenn er es nicht konnte, wie soll dann ich ...

»Euer Dad ist zerbrochen, das stimmt.«

»Was, wenn ich auch zerbreche?« Meine Stimme ist ganz dünn geworden. Unter meiner Hand spüre ich, wie mein Herz pocht. Schnell. Nervös. Furchtsam.

»Du bist nicht dein Dad, Effie.« Sie klingt so sicher. Selbstsicher. Ihrer selbst und meiner selbst, als wäre es das Selbstverständlichste der Welt.

»Natürlich nicht.« Ich bin ja nicht bescheuert. »Aber ... ich bin *wie* er.«

»Du bist ihm sehr ähnlich, ja. Du hast viele seiner tollen Eigenschaften.«

Es ist komisch, Marigold etwas Nettes über ihn sagen zu hören. Das hat lange niemand mehr gemacht. »Und welche sollen das gewesen sein?«, frage ich, weil mit der Vermissung auch gleich die Wut wiederkommt. »Dass er andere hat hängen lassen? Dass er sich hat volllaufen lassen? Dass er immer nur geträumt und nie gemacht hat?«

»Dass er mit allem, was er hatte, geliebt hat.«

Für einen Moment kann ich darauf nichts erwidern. Denn genau das ist das Problem. Es trifft mich. So heftig. So hart.

Weil ich nichts sage, spricht Marigold einfach weiter. »Wer so sehr liebt, der geht große Risiken ein. Aber ich bin mir sicher, wäre dein Dad noch am Leben und hätte heute noch mal die Wahl, er würde es wieder tun. Ebenso wie ich. Weil die Trauer zwar schmerzhaft ist – für manche unerträglich schmerzhaft –, doch das Glück, Effie, das Glück, das wir erleben, ist tiefer als alles. Aber es geht nicht um deinen Dad, hab ich recht?« Ihr Blick ist wissend. Vermutlich allwissend.

Ich schlucke. Schlucke erneut. Räuspere mich gegen den Kloß in meiner Kehle an und nicke. Er würde es wieder tun, weil wir ihm egal waren. Das ist die Wahrheit. Er würde es wieder tun, weil er nur an sich gedacht hat. Aber ich ... ich denke an Nessa und Fiona. Sehe sie vor mir, wie erschüttert sie an dem Abend waren, als sie mich aus dem *Hideout* abgeholt haben. Wie erschüttert sie wären, wenn das zur Gewohnheit würde. Ich bin nicht er, weil ich mir meiner Verantwortung bewusst bin.

»Er hat nach dir gefragt.« Sie lächelt. »An dem Morgen, an dem du zurückgekommen bist. Er war hier und hat nach dir gefragt.« Sie spricht nun nicht mehr über meinen Dad, sondern über Adair. Er hat nach mir gefragt. Es fühlt sich an, als würde in mir etwas anfangen zu blühen. Das Glück ist tief. Und gefährlich. »Als ich ihm eröffnet habe, dass ich ihm nicht sagen kann, wer du bist, hat er genickt und traurig gelacht. Er war wohl darauf vorbereitet.«

»Du hast gesagt, er sei ein guter Junge. Woher weißt du das?« Irgendwas in mir will mehr über ihn wissen. Drängt mich zu dieser Frage, obwohl es die Sache nicht einfacher macht. Im Gegenteil.

Sie lächelt. »Er ist sein eigener Mensch. Frei von diesem familiären Dünkel. Gott sei Dank.«

Ich verstehe nicht, was das bedeuten soll. Also kennt Marigold seine Familie?

»Deswegen nimmt ihn die ganze Sache auch so mit. Er hat kein Interesse daran, uns das Leben schwer zu machen.«

»Was?« Was redet sie denn auf einmal?

»Aber wenn er sich weigert, schicken sie einfach jemand anderen. Jemand, der nicht einmal nett ist, wenn er schlechte Nachrichten überbringt.« In ihrer Stimme höre ich Bedauern, das ich beim besten Willen nicht zuordnen kann.

»Marigold? Was redest du denn da?«

»Wusstest du das denn nicht?« Sie sieht ein wenig erschrocken aus, als hätte sie sich verplappert. »Er ist mein Großneffe. Arbeitet in der Firma meines Bruders. Oder besser gesagt, seines Vaters. Er ist für die Immobilien auf Shetland verantwortlich.«

Was auch immer für einen Moment in mir erblüht war, vertrocknet augenblicklich zu etwas Braunem, Hässlichem. *Immobilienkram,* schießt es mir durch den Kopf. Adair hat gesagt, das sei sein Job. Aber dass er ausgerechnet derjenige sein soll, der ... Nein, das ist zu absurd, um wahr zu sein. Doch Marigold sieht nicht aus, als würde sie Witze machen. Sie sieht ernst aus.

»Mach ihm das nicht zum Vorwurf. Es ist nicht seine Schuld. Nichts von alledem ist seine Schuld. Und er hat sich so schlecht gefühlt. So elend. Er hat mir sogar seine Hilfe angeboten. Bei der Suche nach einer neuen Bleibe für mich und meinen Laden. Hat mir sein Erspartes angeboten. Der gute Junge. Und wie gesagt, sie würden sonst einfach jemand anderen schicken. Jemanden, der nicht so viel Herz hat wie ... Adair.«

33 Sein Name. Er schlägt so heftig ein, dass ich die Hände in meine Oberschenkel kralle. Sein Name. Adair. Das ist sein Name. Er heißt Adair. In Wirklichkeit.

Es kostet mich eine ungeheure Anstrengung, die Teetasse auf den kleinen Beistelltisch zu stellen, ohne dass meine Hand zittert. Marigold sieht mich mit sorgenvoller Miene an, aber ich kann nichts sagen. Kann nur immer wieder das Gleiche denken. Sein Name ist Adair. Er hat sich nicht an die Regeln gehalten. Er hat gelogen. Er hat ... Adair.

»Soll ich dir seine Nummer geben?«, fragt Marigold, als ich mich langsam erhebe. Es ist eine mühsame Bewegung, weil es so viel Kraft verlangt, nicht einfach hier auf der Stelle zusammenzubrechen. Adair.

Ich zwinge meine Mundwinkel, sich ein bisschen zu heben. So weit, wie sie eben können. Mit dieser schlechten Kopie eines Lächelns, mit rasendem Herzen, mit zitternden Beinen schüttle ich den Kopf. »Vielen Dank, Marigold. Auch für den Tee.« Ich habe keine Ahnung, warum ich diese Banalität auch noch erwähne. Höflich sein. Gefasst sein. Meine Stimme klingt, als wäre sie ganz weit weg. »Aber das ist nicht nötig.« Oder wie durch Watte. Und definitiv bin das nicht ich. Es ist mein Geist. Mein Geist, der sich aus dem Sessel erhoben hat, mein Geist, der spricht, mein Geist, der lächelt. Ich bin ganz woanders. Oder vielleicht bin ich genau hier, nur eben völlig in mir drin. Dort, wo mein Herzschlag wummert, dort, wo der Name Adair wie eine Neonschrift blinkt.

»Effie?« Marigold eilt mir nach.

Ich ziehe die Tür auf, und kühle, frische Meeresluft kommt mir entgegen. Greaves witscht an mir vorbei nach drinnen, aber auch das nehme ich wie durch einen Schleier wahr. »Effie, warte doch mal. Was ist denn plötzlich los mit dir?«

»Es ist alles in Ordnung«, sagt die Geist-Stimme. »Ehrlich, Marigold. Ich muss nur ...« Doch die Geist-Stimme hat wenig Fantasie und kann sich keine Ausreden ausdenken.

»Marigold, gut, dass ich Sie sehe.«

Ich höre Marigold seufzen. »Mr Reed, gerade ist es nicht so gut«, sagt sie.

»Ich wollte auch gar nicht lange stören, sondern nur fragen, was Sie von einem Sitzstreik halten.«

»Einem Sitzstreik?«

Ich nutze den Moment von Marigolds Überraschung, um den Laden zu verlassen. Mein Fahrrad lehnt an der grauen Hauswand, und ich weiß zwar nicht, wie, aber es gelingt mir, aufzusteigen und loszuradeln. Zwischen parkenden Autos hindurch auf die Straße.

Jemand hupt laut, Bremsen quietschen, ich bremse, oder Geist-Effie bremst. So heftig, dass ich ins Straucheln gerate und hinfalle.

»Um Himmels willen, Effie!« Ich kenne die Stimme, doch ich liege einfach hier mit geschlossenen Lidern. Liege auf dem Asphalt. Mit brennenden Knien. Brennenden Handflächen. Brennenden Augen.

»Was ist passiert?«, fragt Marigolds Stimme von ganz weit weg.

Eine Hand hilft mir auf. Ich blinzle. Es ist Mr Reed.

»Geht's dir gut?«, fragt er. »Kannst du stehen?«

Geist-Effie nickt.

»Menschenskinder, hast du mir einen Schrecken eingejagt.« Starke Arme stützen mich. »Ich fahr dich nach Hause.«

»Oder erst mal zu Dr. Beattie.« Das ist wieder Marigold.

»Mir geht's gut.« Das ist meine Geist-Stimme.

»Dann schicke ich ihn in die Bruce Crescent.«

»Na komm.« Die starken Arme bugsieren mich in das Auto. In Boyds Auto. Ah. Also gehören die Arme zu Boyd. Ja, das macht Sinn mit der Stimme.

Es dauert einen Moment, bis er einsteigt. Durch die Fensterscheibe dringen Gespräche, aber ich mache mir nicht die Mühe, sie zu verstehen. In meinem Kopf überschlagen sich die Gedanken, während es in meinem Knie heftig pocht.

»Okay, dann mal los. Bist du angeschnallt?« Boyd setzt sich auf den Fahrersitz. Dann greift er über mich, zieht am Gurt, lässt ihn einrasten. »Effie?«, fragt er.

Ich blinzle, und eine einzelne Träne löst sich aus meinem Augenwinkel.

»Effie.« Er ist lauter jetzt. »Schau mich an.«

»Hm?« Ich bin so müde. Drehe meinen Kopf. Öffne leicht meine Augen. Wieso sind die Gedanken laut und still gleichzeitig?

»Effie. Bist du okay?«

»Ja.«

»Du blutest. Hier.« Er reicht mir ein Taschentuch, das ich wohl auf die Stelle drücken soll, aus der ich blute. Aber ich weiß nicht, wo das ist. Also nimmt Boyd das Taschentuch, presst es auf mein Knie und legt dann meine Hand darauf.

Seine Berührung ist warm. Warm wie Adairs. Adair. Sein Name.

»Ich fahr dich nach Hause. Marigold hat Dr. Beattie angerufen. Er kommt gleich vorbei.«

Ich nicke.

»Warum bist du einfach auf die Straße gefahren? Da hätte wer weiß was passieren können.«

»Er heißt Adair«, sage ich.

»Wer?«

»Er hat gesagt, er gibt sich einen anderen Namen. Stattdessen macht er die Stadt kaputt und heißt Adair.«

»Ich kann dir wirklich nicht folgen.« Das ist nachvollziehbar, denn nicht mal ich kann dieser Sache so richtig folgen.

»Er ist Marigolds Großneffe. Wusstest du das?«

»Nein, das wusste ich nicht.«

»Ich auch nicht.« Er hat es nicht erzählt. Er hat sich keinen falschen Namen gegeben, wie er es gesagt hatte. Als er hätte lügen sollen, hat er die Wahrheit erzählt. Und als er die Wahrheit hätte erzählen sollen, hat er gelogen. Und jetzt verkauft er meine Stadt.

Boyd lässt den Wagen an und fährt los. Er setzt den Blinker und biegt dort, wo die Commercial Road zur Fußgängerzone wird, auf die Straße am Hafen ab.

»Mein Fahrrad?« Denn das lag da noch, oder?

»Das hat Mr Reed in Marigolds Laden getragen. Da lassen wir es erst einmal, okay?«

»Ist es kaputt?«

»Nein, ich glaube nicht.«

»Nur ich.« Ich schlucke, schließe wieder die Augen und lasse sie geschlossen, bis Boyd vor der Nummer 12 hält.

»Was ist passiert?« Nessa ist nach Hause gekommen. Boyd hat sie angerufen, obwohl ich ihm gesagt habe, dass es mir gut geht. Eine kleine Notlüge, um niemanden zu beunruhigen.

Ich liege auf dem Sofa. Mein Kopf pocht. Mein Knie pocht. Meine Hände brennen wie Feuer.

»Sie hat nicht geschaut. Ist plötzlich zwischen zwei Autos auf die Straße gefahren. Sie kam einfach aus dem Nichts.« Boyd hat sicher nichts falsch gemacht.

»Es war meine Schuld.« Die Worte sind schwer. Meine Zunge ist schwer. »Ich hab nicht geschaut.«

»Es hätte wirklich übel ausgehen können.«

Da ist eine Hand auf meinem Rücken. Nessas Hand. Ich würde ihre Berührung unter Hunderten erkennen. Es ist genau der richtige Druck. Genau die richtige Streichelgeschwindigkeit. Tröstlich. Adairs Berührung würde ich auch unter Hunderten erkennen. Verflucht.

»Sie hat seltsames Zeug geredet. Über Marigolds Großneffen. Vielleicht hat sie eine Gehirnerschütterung. Aber Dr. Beattie müsste jeden Moment hier sein.«

Im nächsten ist er es und desinfiziert meine Knie und meine Hände. Er verarztet die blutende Wunde, auf die Schrammen klebt er einfach ein Pflaster. Ich muss daran denken, wie ich Adairs Fuß verbunden habe, und ziehe mich noch ein bisschen weiter in mich selbst zurück.

»Weißt du, was passiert ist, Effie?«, fragt Dr. Beattie, und ich nicke.

»Ich hab nicht geschaut.« Geist-Effie hat nicht geschaut. »Boyd hat gebremst. Ich hab gebremst.« Geist-Effie hat gebremst. »Ich bin hingefallen.« Das mit dem Hinfallen war ich tatsächlich selbst.

»Hast du Kopfschmerzen? Ist dir schwindelig?«

Ich schüttle den Kopf.

»Ist dir übel?«

Wieder schüttle ich den Kopf. Also doch, schon, mir ist übel, aber das hat ganz andere Gründe. »Dr. Beattie«, sage ich, weil ich weiß, was ihm Sorgen bereitet. »Ich kann keine Gehirnerschütterung haben. Ich bin nicht auf den Kopf gefallen.«

»Bist du sicher?«

»Ja. Ich hab mich mit den Händen und den Knien abgefangen.«

»Stimmt das?«, fragt Nessa an Boyd gewandt.

»Ich hab den Sturz leider nicht gesehen«, sagt er. »Aber sie hat wirres Zeug geredet.«

»Hab ich?«, frage ich.

»Behaltet sie in den nächsten Stunden im Auge. Übelkeit, Schwindel, all das sind Anzeichen für …«

»Ich hab keine Gehirnerschütterung.« Höchstens eine emotionale. Denn wer weiß, wenn es visuelle Ohrwürmer mit Adairs Gesicht gibt, gibt es vielleicht auch emotionale Gehirnerschütterungen.

»Das wissen wir.« Nessa streicht mir wieder über den Arm, sie klingt jedoch nicht, als würde sie mir glauben.

Als Dr. Beattie gegangen ist, macht Boyd in der Küche Tee. Nessa sitzt bei mir, was schön ist. Aber …

»Es geht mir gut, Nessa. Du musst nicht hier sein. Du hast genug zu tun.« Ich versuche mich aufzurichten, doch sie lässt mich nicht.

»Ich *will* hier sein, okay? Darf ich das?« Sanft drückt sie mich zurück in die Kissen.

»Klar, ist ja auch dein Haus.«

»Was ist mit Marigolds Großneffen?«

»Er heißt Adair.«

»Der Arme.« Ich höre, dass sie lächelt. »Mit so einem Strebernamen ...«

That's what I said. »Hab ich auch gesagt.« Aber das war vor Wochen und fühlt sich an, als wäre es in einem anderen Leben gewesen. Ein Leben, in dem man sich an Regeln hält. In dem es der Stadt gut geht. In dem Erwin noch da ist.

»Also hast du dich in Marigolds Großneffen verliebt?«

Ich nicke. Meine Lippe bebt. »Ja«, piepse ich. »Und er arbeitet für diese beschissene Immobilienfirma.«

Während ich hier liege und langsam wieder zu mir komme, nimmt der Schmerz in meinem Knie zu. Ich betrachte meine Hände, die ich mir ordentlich aufgeschürft habe. Und das führt dazu, dass ich nur noch mehr Mitleid mit mir selbst habe. Und das Mitleid führt dazu, dass ich weinen muss. Schon wieder. Und schon wieder vor Nessa.

»Ach, Effie«, sagt sie, hält mich, wiegt mich.

»Es tut mir leid«, bringe ich hervor. »Ich bin bald wieder die Alte. Es ist nur ... alles etwas viel gerade.«

»Das muss dir doch nicht leidtun!«

In diesem Moment geht die Eingangstür auf, und Fiona kommt herein. »Ist alles in Ordnung? Was ist passiert? Ich musste eine Lieferung vom Hafen abholen und konnte nicht früher weg.«

»Mein Knie tut weh«, sage ich. »Und ein bisschen auch das Herz.« Und dann schluchze ich auf.

Fiona und Nessa bleiben einfach bei mir sitzen. Ich weine, sie sind da. Trinken Tee. Boyd geht wohl irgendwann, auch wenn ich es kaum mitbekomme. Ich trinke auch ein bisschen Tee, aber mein Kopf ist so müde, dass ich dann lieber einen Moment schlafe. Als ich aufwache, sind meine Schwestern immer noch da. Unterhalten sich leise.

»Boyd stand ein bisschen unter Schock, glaube ich. Es ist

ja Gott sei Dank nichts Schlimmeres passiert.« Das ist Nessa.
»Ich hab ihn nach Hause geschickt.«

»Ist wohl besser so.«

»Hey, du bist ja wach!«

Ich nicke.

»Wie geht's dir?«, fragt Fiona. »Ist dir schwindelig?
Schlecht?«

»Ich hab wirklich keine Gehirnerschütterung.« Wie zum
Beweis setze ich mich auf. »Ich bin nur ... etwas durch den
Wind.«

»Nur«, sagt Fiona und malt mit den Fingern Anführungszeichen in die Luft. »Etwas.«

»Erzählst du uns, warum?«

»Ähm ...«

»Du musst nicht«, schiebt Fiona nach.

Nessa sagt allerdings: »Ehrlich gesagt, doch. Du musst. In
deinem Tempo, aber ich will wissen, was los ist, damit ich
weiß, wie ich dir helfen kann. Damit ich mir nicht von morgens bis abends Sorgen mache.«

»Du musst dir keine Sorgen machen.« Meine Stimme
klingt schwach, wenig überzeugend. Denn selbst ich sehe,
dass wir uns im Kreis drehen.

»Es ist keine Frage von Müssen. Es ist eine Frage von Lieben. Und deswegen ...«

Ich verstehe sie. Also gebe ich mir einen Ruck. »Er heißt
Adair. Und er ist Marigolds Neffe. Und seinem Dad gehört
die Immobilienfirma, die Lerwick aushöhlen will. Und er ist
dafür verantwortlich.«

»Shit«, sagt Fiona.

Und dann erzähle ich alles. Dass ich eigentlich bei Marigold war, um sie nach seiner Nummer zu fragen, weil dieses
Gefühl einfach nicht weggehen will. Weil ich es nicht mehr

aushalte ohne ihn, obwohl der Plan war, es ohne ihn auszuhalten und von der Erinnerung zu zehren, damit alles bleibt, wie es ist. Und wie offen wir miteinander sein konnten, *weil* der Plan war, wie er war. Ich erzähle ihnen von Paisley und Adair und von unseren Küssen und davon, dass er mit mir geschlafen hat. Und dann schluchze ich laut auf, weil aus Paisley und Adair jetzt eben nicht Effie und Adair werden wird. Ich lasse alles raus. All die Traurigkeit, all die Unsicherheit, all die Sehnsucht. Fiona und Nessa sind einfach da. Sie nicken. Sie hören zu. Sie halten mich fest. In keinem einzigen Moment geben sie mir das Gefühl, ihnen zu viel zu sein. Und zu meiner grenzenlosen Verblüffung habe ich in keinem einzigen Moment das Gefühl, meine Traurigkeit hinter einer Fassade verstecken zu müssen.

»Und die ganze Zeit hat er mich angelogen.«

»Wegen der Immobiliensache?«, fragt Fiona.

»Ich hab ein echt unschönes Déjà-vu.« Denn Nessas Beziehung mit Boyd ging beinahe auch wegen so einer Immobiliensache in die Brüche. Wegen einer Immobiliensache, für die vermutlich auch Adair verantwortlich war, schießt es mir jetzt durch den Kopf.

»Na ja.« Ich zucke mit den Schultern. »Also es ist nicht so, dass er es verschwiegen hätte. Das nicht. Er hat nur nicht jedes scheußliche Detail erzählt.«

»Was ist es dann?«, fragt Nessa.

»Die Tatsache, dass er ...« Ich muss abbrechen, um zu schlucken. »Die Tatsache, dass er die ganze Zeit er selbst war. Er hat gar keinen Fake-Namen verwendet. Er hat einfach ...«

»Okay, warte«, sagt Fiona sanft. »Du bist sauer auf einen Kerl, weil er dir seinen echten Namen genannt hat?«

Ich nicke.

»Du weißt aber schon, dass es normalerweise andersherum läuft, oder?« Die Bestürzung ist ihr anzuhören. Bestürzung und Ungläubigkeit. Sie blickt von mir zu Nessa. »Also, ich meine ... weißt du noch, als wir neulich dieses alberne Gespräch über *Shetland Love* hatten? In Band 1 ging es um mich und Connal, in Band 2 um Nessa und Boyd ...«

»Whisky Love«, sage ich müde. Denn ja, natürlich erinnere ich mich an Band 2. Und Band 3? Effie. Effie und ihr würdiges Finale. Oder eben auch nicht.

»... also in der Logik dieser Buchreihe müsstest du sauer sein, weil der Kerl dir einen *falschen* Namen nennt. So funktioniert das nun mal in dem Genre. Er lügt, du bist sauer.«

Fiona kichert. Nessas Mundwinkel zucken nach oben.

»Oh, Effie.« Nessa schlingt ihre Arme um mich. »Du bist wirklich der seltsamste Mensch, den ich kenne.«

»Dann solltest du mal Adair sehen«, sage ich und weine. Und weine. Und weine.

— 7. 8. —

Wir sind beinahe fertig! In den letzten Wochen haben Elsie und ich
in jeder freien Minute gearbeitet. Haben an den Wochenenden, nach
Feierabend, wann immer wir Zeit fanden, Bücher gewälzt, online
recherchiert, mit wichtigen Leuten telefoniert. Das Letzte, was nun
noch fehlt, sind Fotos, die wir vor Ort schießen, um ihr Gutachten zu
vervollständigen. Sie sagt, es besteht kein Zweifel daran, dass wir
Erfolg haben werden.

Das Gebrüll meines Vaters habe ich immer noch im Ohr. „Das wirst
du bereuen. Du machst einen Fehler. Du warst schon immer eine
Enttäuschung." Bla, bla, bla. Es tut ein bisschen weh. Auch wenn es
mich nicht überrascht.

Aber es gibt einen Gedanken, der jeden Schmerz in Watte packt.
Der Gedanke an Paisley.

34 In den nächsten Wochen geht es auf und ab. Und dann meistens noch mal ab, ohne auf zu gehen. Selten geht es zweimal nacheinander auf, sodass es sich vielleicht ungefähr die Waage hält, aber es ist eine Waage mit Abwärtstendenz.

Normalerweise bin ich nur kurz vor meinem Geburtstag emotional so ausgelaugt. Normalerweise gehe ich dann in Marigolds Cottage, suhle mich, stelle mich wieder her. Wenn ich jetzt an das Cottage denke, sehe ich Adair. Und dann denke ich daran, dass seine Anwesenheit dort untrennbar mit dem Untergang der Stadt verwoben ist. Dass mein Happy End mit ihm vermutlich ein Unhappy End für alle bedeutet. Und dann fällt mir wieder ein, dass mein Happy End mit ihm auf der bescheuertsten Lüge der Welt basiert.

Und das ist der Moment, in dem es wieder ab geht und ich mich echt am Riemen reißen muss.

Nach meiner Schicht bei Dr. Beattie bin ich mit Fiona und Nessa im *Drawing Room* verabredet, um Hochzeitstorte zu probieren. Die Bäckerei, die das Café auch sonst beliefert, hat Samples dorthin gebracht, damit wir es so gemütlich wie möglich haben. Eigentlich hätte Connal dabei sein sollen, aber heute kann er sich offenbar nicht von seinen Schafen losreißen, sodass uns die ehrenvolle Aufgabe der Auswahl zufällt.

Seit meinem Beinaheunfall mit Boyd, der glücklicherweise glimpflich ausgegangen ist, bin ich übervorsichtig mit meinem Rad und steige ab, bevor ich die Commercial Road auf Höhe der Metzgerei gegenüber von Marigolds Laden überquere. Ich schiebe es gerade zwischen den Autos hindurch, um auf die andere Straßenseite zu gelangen, als die Tür von Marigolds Laden geöffnet wird, erst Greaves herausspaziert, dicht gefolgt von einer jungen Frau, der von innen die Tür aufgehalten wird. Und dann ...

Ich bleibe wie angewurzelt stehen. Starre. Auf die andere Straßenseite. Mein Herzschlag beschleunigt sich, und ich kriege am ganzen Körper Gänsehaut. Sogar innerlich. Innerliche Gänsehaut. Aber dort, nur ungefähr zehn Meter von mir entfernt, steht er. Adair. Er hat der jungen Frau die Tür aufgehalten. Er ist derjenige, der nun die Stufen hinunterkommt. In einem blauen Nadelstreifenanzug, der an ihm auf eine sehr seltsame Art förmlich wirkt.

Mr Reed sitzt in Ermangelung von etwas, womit und woran er sich festketten kann, vor Marigolds Laden an einem kleinen Tisch und nickt ihm zu, als würden sie sich kennen.

Er hat mich noch nicht gesehen, und beinahe bin ich versucht, mich zwischen den Autos zu verstecken. Heute war ein Tag, an dem es bislang nur auf gegangen ist. Bis zu diesem Moment. Und ich habe wirklich keinen Nerv dafür, dass Adair nun zu einem monumentalen Ab wird. Aber gleichzeitig flattert alles in mir. Vor Wut, natürlich. Flattert vor Wut gegen die innere Gänsehaut. Es zerrt und zieht. Und alles, was bitte einfach mal still sein soll in mir, ist gleichzeitig auf Achse. Vor Wut. Von wegen.

Also bleibe ich stehen und starre weiter. Starre auf die beiden. Starre Adairs Bewegungen an, die so ausladend sind. So übertrieben und so er. Starre auf die junge Frau, die lächelt. Starre auf die junge Frau und frage mich, was sie hier überhaupt will. Verflucht noch eins, sie ist hübsch und strahlt, und Adair grinst sie an. Ich erinnere mich an das Gefühl, das man hat, wenn Adair einen angrinst. Und ich will nicht, dass sie das fühlt. Ich will, dass ich das fühle. Vor Wut.

Sie sagt etwas, er nickt. Mr Reed sagt etwas, sie lacht. Und ich schnaube. Vor Wut. Was bildet er sich ein? Meine Stadt kaputt machen? Mich anlügen? Und dann mit einer anderen hier auftauchen? In mir sticht es vor wütendster Wut, und ich will am liebsten gegen das Auto treten, das mir am nächsten steht. Aber es gehört Mr Haggan vom Zeitschriftenstand, deswegen lasse ich es lieber und balle stattdessen die Hände zu Fäusten.

Sie deutet auf etwas. Auf die Metzgerei. O shit! Sofort ducke ich mich, doch es hat überhaupt keinen Sinn, weil ich nun wie eine Idiotin zwischen zwei Autos kauere und mein Fahrrad festhalte, damit es nicht umfällt, vor den Blicken von der anderen Straßenseite aber ebenso gut geschützt bin wie vor dem Nieselregen, der schon den ganzen Tag auf Lerwick niedergeht.

Er sieht mich. Sieht mich an und erstarrt ebenso wie ich vor ein paar Augenblicken, nur anders. Denn er erstarrt nicht vor Wut. Die Frau blickt ihn an, wundert sich offenbar, sieht mich nun auch. Mr Reed winkt mir. Und ich stehe wieder auf, weil das Kauern noch bescheuerter ist als alles andere.

»Paisley!«, ruft Adair. Er ruft es laut. Ruft es über die Straße, sodass alle es hören können. Er läuft auf die Straße, ohne nach links und rechts zu schauen. Als jemand, der weiß, wie gefährlich das ist, halte ich die Luft an. Vor Wut.

»Hi!« Er ist viel zu begeistert. Er weiß genau, was er getan hat, und tut jetzt so, als sei es nichts, oder wie?

Ich verenge meine Augen zu Schlitzen, meine Nasenflügel beben. Und immerhin bleibt er stehen.

»Schön, dich zu sehen«, sagt er. Mitten auf der Straße. Hat er den Verstand verloren?

»Für dich vielleicht.«

Er strahlt breit. Noch breiter als seine Freundin, die sich zu Mr Reed gestellt hat und uns beobachtet. Aber das kann er sich gleich abschminken. Für ihn gibt es hier überhaupt nichts zu strahlen.

»Du hast mich angelogen«, sage ich. Ich höre, wie die Tür zur Metzgerei aufgeht. Sie geht auf, schließt sich jedoch nicht wieder. Na toll! Mit seinem Herumkrakeel hat er Zuschauer auf uns aufmerksam gemacht. Vor Mr Haggans Zeitschriftenstand blicken zwei Kundinnen ebenfalls auf.

»Hab ich?«, fragt er allen Ernstes.

»Adair, oder?« Ich versuche, meine Stimme so wütend klingen zu lassen, wie ich kann.

Er zuckt mit den Schultern. »Ja.«

»Du hast Nerven. Mir einen falschen falschen Namen zu nennen.«

»Hä?«, macht er. »Ist das dein Ernst? Das ist doch keine große Sache.« Sein Grinsen wird noch breiter. Und auch das macht mich wütend.

»Ich entscheide immer noch selbst, was für mich eine große Sache ist.«

»Okay?« Er hebt abwehrend die Hände, hört einfach nicht auf mit diesem blöden Gegrinse.

»Und dass du in Lerwick bist, weil du die ganze Stadt verkaufst, hast du auch nicht erwähnt. Du hast mich angelogen und mir was echt Krasses verschwiegen. Schlimm genug, dass ich deinetwegen diese bescheuerte Traurigkeit habe, jetzt hab ich auch noch Wut deinetwegen.« Ich rede mich richtig in Rage.»Und das, obwohl von Anfang an klar war, was das Ende sein würde. Und dass es happy sein würde. Du hast das Happy End ruiniert.« Den letzten Satz brülle ich ihm entgegen.

Und wieder wird sein Strahlen noch breiter. Und meine Wut bekommt neue Nahrung.

»Das ist das Allerletzte. Ich hab dir alles von mir erzählt. Und alles von mir gegeben. Und du hast gelogen und betrogen und ...« Wieso grinst er so?

»Paisley.« Er sagt einfach so meinen falschen Namen. Meinen echten falschen Namen. Und nicht mal den soll er sagen.

»Was?«, gifte ich.

»Es ist nur ... Ich bin so verblüffend verliebt in dich. Du kannst schimpfen und fluchen. Auch über mich. Aber, ehrlich gesagt, ist es das Schönste, was ich seit Wochen gehört habe.«

Wie vom Donner gerührt stehe ich da. Unfähig, etwas darauf zu erwidern.

»Die letzten Wochen waren richtig beschissen. Allgemein beschissen, und besonders, weil du nicht Teil von ihnen warst. Und dich jetzt hier zu sehen ist das Schönste. Auch wenn du mich vielleicht nicht sehen willst. Aber solange du da stehst, bin ich schon wunschlos glücklich.«

»Und was sagt sie dazu?« Ich nicke in die Richtung der jungen Frau.

»Oh, warte, ich frag sie.« Er dreht sich um. »Elsie, das ist Paisley. Die Liebe meines Lebens. Was sagst du dazu?«

»Freut mich«, sagt die Frau, die Elsie heißt. »Ich bin Elsie. Ich bin vom National Trust.«

»Ich helfe Elsie dabei, die Häuser in der Innenstadt von Lerwick unter Denkmalschutz stellen zu lassen«, sagt Adair. »Sie ist eine absolute Löwin, wenn's um den Schutz von Gebäuden geht.«

»Na ja ...« Elsie wiegelt ab.

»Denkmalschutz?«, frage ich.

»Ist das nicht toll?« Marigold ist aus ihrem Laden herausgetreten. »Es war Adairs Idee. Und Elsie hat einfach wirklich der Himmel geschickt. Sie hat ein Gutachten geschrieben, das es in Zukunft unmöglich macht, auch nur die Wandfarbe von einem der Häuser in der Innenstadt zu verändern. Die Luxussanierungen sind vom Tisch, und ein Verkauf ist damit vollkommen uninteressant.«

»Mr Reed hat mich auf die Idee gebracht«, sagt Adair. »Als er mir erzählt hat, wie alt die Häuser in Lerwick teilweise sind.«

»Die Leute sollten echt mehr von diesen Gedenktafeln lesen.« Mr Reed schüttelt den Kopf. »Die hängen ja nicht ohne Grund hier herum.«

»Äh ...« Mir bleibt der Mund offen stehen.

»Ich weiß, wir haben gesagt, dass wir uns nie wiedersehen, aber genau genommen wolltest nur du das. Und deswegen möchte ich dich fragen, ob du vielleicht mal mit mir ausgehst. So richtig in den *Hideout*. Oder wohin auch immer.«

»Ich würd's machen«, sagt Mr Reed.

»Ich ... ähm ...« Ich weiß nicht, was ich sagen soll. Eben war ich noch so wütend, aber Adair hat mir völlig den Wind aus den Segeln genommen. So sehr, wie mir noch nie jemand den Wind aus den Segeln genommen hat. Alle Wolken wurden für den Moment weggeweht – so plötzlich, wie sie gekommen sind. Und die Segel – die Wut-Segel – hängen schlaff hinunter.

»Sie braucht ein Date für eine Hochzeit.« Fiona ist aus dem *Drawing Room* gekommen. Vermutlich wurden sie drinnen auf den Menschenauflauf aufmerksam, der sich nach und nach versammelt hat, um sich dieses merkwürdige Schauspiel anzusehen. Nessa steht neben ihr.

Adair wendet sich um, und Fionas und Nessas Augen weiten sich.

»Du?«, sagt Fiona.

»Du?«, sagt auch Nessa.

Und Adair sagt: »Du?« und »Du?«

»*That's what she said*«, murmle ich, weil ich nicht verstehe, was das soll. Aber niemand nimmt Notiz von mir.

»Du bist der ...«

»Du bist die ...«

»... aus dem Flugzeug!«, rufen Adair und Fiona im Chor.

»Und dich kenn ich aus der Bäckerei!«

Nessa nickt und grinst, und auf einmal bin ich diejenige, die bloße Zuschauerin ist.

Fiona sieht von Adair zu Nessa, die sieht von Adair zu mir und dann zu Fiona. Adair dreht sich zu mir um, zeigt dann auf Nessa und Fiona, blickt wieder zu mir, als warte er auf eine Bestätigung. Mr Reed nickt anerkennend, als wäre dies das Spektakel, auf das er die ganze Zeit gewartet hat, und Elsie wirft einen Blick auf ihre Armbanduhr.

»Das sind deine Schwestern?«, fragt Adair, und ich nicke.

»Dann gibt's keine Ausreden mehr. Dann ist es Schicksal.«

»Ich glaub nicht an Schicksal«, erwidere ich.

»Lass es mich anders sagen. Dann bin ich dein Happy End.«

Ich kann nichts dagegen tun, dass sich meine Mundwinkel heben.

»Hundertundsechsundzwanzig«, sagt Adair.

»Was?«

»Ich habe dich hundertundsechsundzwanzig Mal zum Lachen oder Lächeln gebracht. Und das innerhalb einer Woche und eines Gesprächs. Noch so ein Grund, der für mich spricht. Es sei denn, du lachst nicht gern.«

»Doch, das tut sie«, antwortet Nessa an meiner Stelle.

Adair geht einen Schritt auf mich zu. Und noch einen. Und noch einen. Und ich weiche nicht zurück. Stehe hier, halte mich am Lenker meines Fahrrads fest und beobachte, wie er immer näher kommt. Dann steht er vor mir, sodass er nun leiser sprechen kann.

»Ich bin im Cottage untergekommen. Können wir dort reden? Ohne Zuschauer? Ohne die krampfige Stimmung? Nur wir beide?«

»Okay«, sage ich, aber es kommt nicht wirklich ein Geräusch aus meinem Mund, sodass ich nicke und mich räuspere, falls ich noch mal etwas gefragt werde. Bilder von unserer gemeinsamen Zeit, als alles noch im Lot war, flimmern im Zeitraffer vor meinem inneren Auge vorbei. Die Unbeschwertheit. Die Zweisamkeit. Die Vertrautheit. Die Körperlichkeit.

»Okay«, sage ich wieder, diesmal mit Stimme.

»Verrätst du mir dann vielleicht noch deinen falschen falschen Namen?«

»Sie heißt Effie.« Diesmal ist es Fiona, die antwortet, weil ich zu lange zögere.

Ich habe mir so oft vorgestellt, wie Adair meinen echten Namen ausspricht. Und jetzt sieht er mich an und sagt: »Effie.« Als wäre mein Name ein Bonbon, das er genießen will. Als wäre er eine Praline, die auf seiner Zunge schmilzt. Als wäre seine Stimme Watte, die sich um mich legt. Ein Wattebausch. Eine Wattewolke. In Rosa. »Effie.« Er grinst. Immer weiter. Immer mehr. »Ja, das passt.«

Effie. Sie heißt Effie. Effie. Effie. Effie. Effie. Effie die Real-Life-Elfe. Und sie kommt. Hierher. Ins Cottage. Wir reden. Wir werden zusammen sein. Effie. Effie. Effie. EFFIE. EFFIE!! Es hat funktioniert, und ich kann mein Glück nicht fassen!

35 »Auf meinem Flug von Bristol auf die Shetlands saß er neben mir. Hat mir Champagner angeboten und lustige Dinge gesagt, die ich alle nicht so richtig wertschätzen konnte, weil ich viel zu nervös war«, erzählt Fiona und schiebt sich eine Gabel Kuchen in den Mund.

»Verrückt«, sagt Nessa. »Dieser hier. Der ist richtig gut. Salted Caramel Buttercream. Wow.«

»Und wo hast du ihn kennengelernt?«, fragt Marigold an Nessa gewandt und probiert ihren Favoriten.

»Das war in Edinburgh. In dieser kleinen Bäckerei, aus der die hübschen Cupcakes kamen. Erinnert ihr euch? Wir wollten beide den Red Velvet Cupcake und haben uns schlussendlich alle Sorten geteilt. Dann musste er plötzlich weg und hat mich mit den Cupcake-Hälften alleingelassen.«

Die Cupcake-Hälften, die sie uns mitgebracht hat, schießt es mir durch den Kopf. Ich habe Adairs Red-Velvet-Cupcake-Hälfte gegessen. Mein Herz hüpft, aber in meinem Kopf ist alles verknotet. Das funktioniert nicht. Das geht nicht. Und dann zucken wieder Cottage-Bilder durch meinen Verstand, bei denen alles zieht. In Richtung Cottage.

Meine Schwestern sind absolut euphorisch – eine Mischung aus Zucker- und Adair-Schock vermutlich. Und Marigold sieht mich schon die ganze Zeit so an, als wäre ich ein Lämmchen, das seine ersten Schritte tut.

»Und ihr trefft euch im Cottage? Das ist so romantisch!«, sagt Fiona.

Ja, wohl schon, will ich sagen. Denn es ist romantisch. Und ich sehne mich danach. Nach dem Cottage, nach uns. Aber der Angstknoten geht nicht weg. Angst, dass es schiefgeht. Und dass der Kummer, der dann bleibt, größer ist als der Kummer, den ich jetzt habe. Dass er so groß ist, dass ich ...

Adair wiederzusehen war das Schönste! Es war das Schmerzhafteste und Schönste zugleich. Es war so, wie wenn man sich viel zu viel von dieser Salted-Caramel-Buttercream in den Mund schiebt. So süß nämlich, dass sich alles in einem zusammenzieht. Aber eben auch so süß, dass es kaum auszuhalten ist.

»Bist du noch sauer auf ihn?«, fragt Nessa, und ich zucke mit den Schultern, deute auf meinen vollen Mund, der mit Kauen beschäftigt ist.

Doch statt über etwas anderes zu sprechen, sehen Fiona und Nessa mich an, warten geduldig darauf, dass ich runterschlucke.

»Ganz ehrlich?«, beginne ich. »Ich *will* sauer sein.«

»Ich weiß«, sagt Nessa.

»Das macht es nämlich deutlich einfacher.«

»Ich weiß«, sagt nun auch Marigold. Dann nimmt sie meine Hand. »Niemand sagt, dass es einfach ist, Effie. Aber dass es das Risiko wert ist, darin sind wir uns alle einig.« Sie blickt von Fiona zu Nessa und zurück zu mir.

Ich schlucke. Ich will nicht zerbrechen wie er. Und mein Zusammenbruch, nachdem ich erfahren habe, wer Adair wirklich ist, hat wieder einmal gezeigt, dass er und ich aus demselben Holz geschnitzt sind.

»Manchmal, Effie, muss man springen. Und manchmal bedeutet das Springen, einen netten Mann auf eine Hochzeit mitzunehmen.«

»Ist das eine Einladung?«, fragt eine Stimme hinter uns. »Ich gehe liebend gern mit dir zu einer Hochzeit, Marigold.« Es ist Mr Reed.

»Es ist *keine* Einladung«, erwidert Marigold spitz und erhebt sich, um vor Mr Reed in ihren Laden zu fliehen.

»Denkt ihr, sie hat was dagegen, wenn ich die Einladung ausspreche?«, fragt er, als sie gegangen ist. »Ach, sei's drum, das Risiko ist es wert, darin sind wir uns wohl alle einig.«

Ich lehne mein Fahrrad an den Zaun, öffne das Gartentor und gehe den Weg zum Cottage entlang. Ein Blick nach oben verrät mir, dass die Turtelmöwen inzwischen das Nest verlassen haben. Doch nächstes Jahr werden sie wiederkommen. Eine Konstante, auf die ich mich verlassen kann, bis ... Ja, bis sie eines Tages nicht mehr kommen, schießt es mir durch den Kopf.

Noch ehe ich klopfen kann, wird die Tür von innen geöffnet. Vor mir steht Adair. Barfuß, seine Ukulele in der Hand, in diesem blauen Nadelstreifenanzug, den er schon heute Nachmittag in der Commercial Road vor Marigolds Laden getragen hat.

»Effie«, sagt er mit einem Lächeln auf den Lippen. »Ich habe geübt. Hatte Sorge, dass ich sonst deinen falschen Namen sage. Dabei gefällt mir der richtige viel besser. Passt besser.«

»Adair.« Sein falscher falscher Name. Und kurz durchzuckt es mich, und die Wut flammt ein kleines bisschen auf. »Warum hast du mich angelogen?«

»Du nimmst keine Gefangenen.« Er lacht. »Komm doch erst mal rein. Willst du einen Tee? Eine Wärmflasche?«

Er hält mir die Tür auf, und ich trete hinein. Der Geruch im Innern des Cottage, der früher für mich gleichbedeutend war mit Kindheitserinnerungen und heilsamer Einsamkeit, beschwört nun Adair-Bilder und Gefühlstrunkenheit herauf. Hier scheint alles möglich. Aber die letzte Zeit hat mir viel zu deutlich gezeigt, wo ich eine Grenze ziehen muss.

»Wohnst du jetzt hier?«, frage ich einigermaßen überrascht. Denn im Wohnzimmer sieht es nach Adair aus. Es herrscht geordnetes Chaos, sein Tagebuch liegt auf dem Couchtisch, daneben ein Bücherstapel. *The End of the Affair* von Graham Greene, *À rebours* von jemandem mit einem langen Namen, den ich auf die Schnelle nicht erkennen kann, im Kamin brennt ein Feuer, und ein Blick in die Küche verrät mir, dass das Geschirr eindeutig in Benutzung ist.

»Jemand musste ja den Handwerker reinlassen, der den Boden repariert hat. Marigold hat gefragt, ob ich das machen kann, weil ich ohnehin da war. Und dann bin ich gleich geblieben.«

»Warum?«

»Weil …« Er hält inne. Dann grinst er verschmitzt. »Freut mich sehr, dich kennenzulernen, Paisley. Ich bin …« Er sieht sich um. Sein Blick fällt auf ein Buch auf der Sofalehne. Kurzgeschichten von Ambrose Bierce. Mehr Adair-Chaos. »… Ambrose.«

Ich ahne, was er vorhat. Aber ich habe keine Ahnung, ob es funktionieren kann. »Hi.« Ich hebe meine Hand. Dann: »Du kannst dir jeden Namen der Welt aussuchen und nimmst ausgerechnet einen, der noch bescheuerter klingt als Adair?«

Doch er geht nicht darauf ein. »Ich bin hiergeblieben, weil ich gehofft habe, dass wir uns über den Weg laufen. Und bevor du jetzt sagst, dass das gegen die Regeln ist: Ich scheiß auf die Regeln. Ich mag sie nicht. Und ja, vielleicht macht mich das zu einem sehr, sehr schlechten Mitspieler. Aber ich will kein Mitspieler sein. Ich will dein Freund sein. Denn dich, Paisley, mag ich umso mehr.« Er sieht mich ganz ernst an. »Ich will mit dir die Nacht zum Tag machen. Und den Regen zur Sonne. Und Pub-Food zu Gourmet-Essen. Und schlechten Sex zu bombastischem Sex. Und alles, was kein Kuss ist, zu Küssen.«

Ich merke, wie sich in mir etwas lösen will. Etwas, das ich versuche zu halten. Aber es wird stärker. Wehrt sich. Deswegen sage ich: »Du hättest fast meine ganze Stadt verkauft.«

»Und ich hab es gehasst. Das war ja überhaupt erst der Grund, warum ich mich in diesem Cottage verschanzt habe. Weil ich den Druck und die Vorwürfe und dieses gesamte Geschäftsleben nicht mehr ausgehalten habe. Und dann habe ich dich getroffen und wusste: Ich kann das nicht. Nicht nur deinetwegen, sondern auch, weil ich gesehen habe, wie wundervoll diese bescheuerte Insel ist. Und wie wundervoll die Menschen sein können. Bei deiner Schwester werde ich mich auch noch entschuldigen. Denn ich fürchte, ich habe ihre Halle an diesen großkotzigen Boyd Tulloch verkauft.«

»Die haben sich geeinigt«, sage ich. »Und ich glaube nicht, dass sie dir grollt. Oder ihm, wenn wir schon dabei sind.« Ich schlucke und sehe ihn nun direkt an. »Warum hast du mir deinen echten Namen genannt?«

»Hast du schon mal versucht, dir einen kreativen Namen auszudenken, während du absolut hingerissen bist? Das ist gar nicht mal so leicht. Du warst hier. Und ich ... und du ... und Alter Falter, Paisley, du hast keine Ahnung, was deine Anwesenheit von der ersten Sekunde an mit meinem Kopf gemacht hat.«

»Was denn?«, frage ich vorsichtig, obwohl ich das nicht wissen sollte. Denn das macht alles nur noch viel schwieriger.

»Sie hat ihn ausgeschaltet. Zumindest alle normalen Funktionen. Aber andere Funktionen, die man sonst nicht unbedingt für den Alltag braucht, waren da und haben wild geblinkt.«

»Geblinkt?«

»Ja, die haben schrecklich verliebt geblinkt.«

»Wie blinkt man denn verliebt?«

Er zuckt mit den Schultern. »Ich weiß, ehrlich gesagt, nicht mehr, wie man unverliebt blinkt.«

»Weil du ...«

»Weil ich verliebt in dich bin, ja.«

Verdammt. »Und jetzt?« Er weiß doch, dass das nicht geht.

»Jetzt hoffe ich, dass du sagst, dass du auch verliebt in mich bist. Und dass wir dann bis ans Ende unserer Tage verliebt ineinander sein können.«

Ich beiße mir auf die Unterlippe, spiele mit meinem Piercing. Ich bin auch verliebt in ihn. So sehr. Doch es spielt keine Rolle.

»Du kannst mir alles sagen. Paisley und Ambrose, weißt du noch?«

»Ich ...« Ich zögere. »Ich bin auch verliebt in dich. Aber ...« Wieso will er nicht begreifen, dass es nicht geht?

»Dann würd ich das, was kein Kuss ist, vielleicht jetzt zu einem machen?«, fragt er ein bisschen unsicher.

Ich will das Aber rausschreien. Die Sorgen. Die Ängste. Doch Adair will mich küssen, und ich will das auch! Unbedingt! Im Cottage, so scheint es, kann es gehen. So wie es schon einmal ging. Das hier ist nicht das normale Leben. Das hier ist das Spiel. Ambrose und Paisley. Oder?

Er kommt auf mich zu, und ich weiche nicht zurück.

Dann ist er da, und im nächsten Moment explodieren wir einfach an unseren Lippen in Kuss und Gefühl. Ich spüre, wie er zittert und wie ich zittere. Wir zittern so sehr, dass wir uns aneinander festhalten müssen. Weil alles zu viel ist, aber weniger würde bedeuten zu sterben, und zu viel ist immer noch nicht einmal ansatzweise genug. Weil wir alles, was kein Kuss ist, zu Küssen machen wollen.

36 »Stopp!« Ich trete einen Schritt zurück. Das ist falsch. Nein, es ist richtig, aber es ist das Falsche für mich. Für alle um mich herum. Ich kann sie nicht im Stich lassen. Weder für Ambrose noch für Adair. Nicht für die verliebteste Verliebtheit.

»Was denn?«, fragt Adair und sieht mich mit diesem Gesichtsausdruck an, der Glück und Frieden und Liebe bedeutet. Ich höre mein Herz seufzen.

»Das weißt du, Adair.«

»Für dich immer noch Ambrose«, sagt er und lacht. Aber das Lachen erstirbt, als er meinen ernsten Blick bemerkt.

»Das funktioniert nicht. Ich habe es dir schon einmal gesagt. Und an der Situation hat sich nichts geändert. Das Risiko ist zu groß.« Ich will nichts mehr, als einfach neben ihm zu liegen. Den Cottage-Kokon für immer um mich zu haben. Den Kokon und ihn. Aber es ist zu gefährlich.

»Jetzt redest du Unsinn«, sagt er.

»Ich weiß, du wünschst dir das. Und ich wünsche es mir auch. Ich bin allerdings noch ich. Daran hat sich nichts geändert.« *The End of the Affair.*

»Aber das ist etwas Gutes!« Er hebt den Zeigefinger.

»Ist es nicht«, erwidere ich und merke, wie meine Stimme dünner wird. Ich stehe mit dem Rücken zu ihm, weil ich ihm nicht in die Augen sehen kann.

»Doch, es ist das Allerbeste!«, beharrt er, und es rührt mich, dass er es mit so viel Überzeugung und Nachdruck sagt. Er glaubt das wirklich, schießt es mir durch den Kopf. Und das ist beinahe noch schwerer zu ertragen als der ganze Rest.

Ich schüttle den Kopf.

»Paisley.«

»Ich sollte gehen.« Hätte gar nicht kommen dürfen. Doch wie hätte ich nicht kommen können? Ich versuche ja schon stark genug für uns beide zu sein. Aber als er vor mir stand mit diesem Adair-Grinsen, dieser Adair-Art ... Und als er mir die Tür öffnete wie vor einigen Wochen ... Wie hätte ich da ...?

»Was? Nein! Halt!«

Ich drehe mich zu ihm um und sehe ihn nun doch an. Es sinkt langsam bei ihm ein, und das ist einfach furchtbar mit anzusehen.

»Nein, Paisley, das kannst du nicht machen. Nicht noch mal!«

»Aber ich hab es dir doch gesagt. Von Anfang an. Ich hab dir nichts vorgemacht. Es war klar, was das hier ist. Und worauf es hinauslaufen würde. Und ...« Stimmt das denn? Mir war schließlich auch nicht klar, dass ich mich so schlimm in ihn verlieben würde. Dass das Spiel auf einmal Ernst werden würde. Doch gerade *weil* es so ernst ist, muss es aufhören.

»Aber ich dachte, wenn du jetzt hierherkommst ... ich dachte, das bedeutet was. Ich dachte ...«

Er sieht mich an. Hilflos. Verzweifelt. Ein Spiegel meiner Emotionen.

»Dann erklär es mir. Erklär es mir so, dass ich es verstehe.«
Er verschränkt die Arme vor der Brust. »Und wenn du es mir
nicht erklären kannst, erklär es Ambrose.«

Ich stehe vor ihm und spiele an meinem Piercing herum.
Ziehe die Unterlippe zwischen meine Zähne. Kaue unentschlossen darauf herum. Aber ja, wenn es ihm hilft, soll er
wissen, was Sache ist. Das ist wohl das Mindeste. Denn hier
geht es nicht nur um meinen Kummer, der so gering wie
möglich gehalten werden muss. Hier geht es auch um seinen.

»Ich hab dir doch von meinem Dad erzählt«, beginne ich.
Ich setze mich aufs Sofa. Neben ihn, lasse jedoch genug Ab-
stand. Ich ziehe die Knie an meine Brust, stütze mein Kinn
darauf.

»Ja.«

»Er ... hat mit allem geliebt, was er hatte. Meine Mum. Er
hat sie so sehr geliebt. So sehr, dass er es nicht ertragen hat,
dass sie gestorben ist. Sein Leben hat keinen Sinn mehr gehabt. Es war einfach vorbei. Er hat nur noch vegetiert. Hat
nichts Schönes mehr gesehen. Er hat uns völlig alleingelassen. Seinetwegen ist Nessa so ... und Fiona ... Seinetwegen ist
alles, wie es ist. Und es ist nicht schlecht oder so. Im Gegenteil. Es darf eben nur nicht noch mal passieren. Sie können
da nicht wieder durch.«

»Aber warum ...«

Ich lasse ihn nicht aussprechen, denn wenn ich einmal
aufhöre, darüber zu reden, fange ich nicht wieder an. »Seinetwegen ist Nessa so vorsichtig, wie sie ist. Sie liebt vorsichtig. Weil sie sich selbst schützt. Seinetwegen musste Fiona
die Insel für drei Jahre verlassen, weil sie zu große Angst
hatte, verlassen zu werden. Und es darf nicht noch mal passieren. Nicht *meinetwegen.*«

»Was hat das eine mit ...«

»Weißt du, wer noch mit allem liebt, was sie hat? Ich.« Ich schlucke. »Ich liebe mit allem, was ich habe. Marigold weiß es. Nessa weiß es. Dad wusste es. Wir sind aus demselben Holz geschnitzt, er und ich. Früher dachte ich, das ist etwas Gutes. Weil es mich ihm nähergebracht hat, ohne dass ich ihm je nah sein konnte. Aber ...« Ich halte inne, beiße mir wieder auf die Lippe. »Ein Unhappy End ist für mich nicht einfach nur ein Unhappy End. Sondern das Ende. Er konnte nicht damit umgehen. Ich könnte nicht damit umgehen. Es ist zu gefährlich.«

»Paisley! Effie!« Mein echter Name aus seinem Mund macht, dass ich gleichzeitig weinen und jubeln will. Doch die Tatsache, dass er ihn sagt, lässt mich zusammenzucken. Das hier sollte er nicht wissen.

»Wenn ich nachgebe«, fahre ich fort, um das beklemmende Gefühl abzuschütteln, »wenn ich das, was ich mir am meisten wünsche, zulasse, zerbreche ich. Dabei bin ich doch so gerne fröhlich! Wenn es nur um mich ginge, wäre das eine Sache.« Ich sehe auf. »Aber es geht auch um Nessa und Fiona. Und wenn ich zerbreche, zerbreche ich sie.«

Seine Augen sind weit aufgerissen. Ich höre seinen Atem, den er laut ausstößt. Dann atmet er zitternd wieder ein. Er greift nach meiner Hand. »Effie!«

»Verstehst du jetzt?«, frage ich.

Er nickt langsam. »Ich verstehe das Konstrukt«, sagt er. »Ich verstehe deine Angst. Aber ...«

Doch es kann kein Aber geben. Keins, das groß genug ist. Keins, das wirklich Relevanz hat. Es ist, wie es ist. Ich weiß es. Marigold weiß es. Nessa weiß es. Dad wusste es. Er hat es von Anfang an gewusst. Ich schüttle den Kopf und lege einen Finger auf seine warmen Lippen. »Bitte nicht.«

Er schluckt. »Aber was sollen wir denn jetzt machen?«,

fragt er so schnell, dass ich ihn nicht unterbrechen kann. »Was macht man denn mit so viel Liebe?«

»Wir erinnern uns dran«, sage ich.

»*Eines Tages wird es nicht mehr wehtun, und dann wird die Erinnerung an all das das Allerschönste sein.*« Es ist das, was ich als Abschied in Adairs Tagebuch geschrieben habe. Er kennt die Worte auswendig, und mein Herz zieht sich zusammen.

»Ja«, bringe ich erstickt hervor. »Damit nicht noch mehr zerbricht als ohnehin schon. Deswegen muss es zu Ende sein. Deswegen muss es« – ich deute auf das Buch – »*the End of the Affair* sein.«

»Okay, aber ...« Da ist schon wieder ein Aber. Wie viele sollen denn da noch kommen? »... dieser Abschied ist kein Kuss.« Und er wollte schließlich alles, was kein Kuss war, zu einem machen. »Ich finde, wir haben wenigstens einen Abschiedskuss verdient. Als Paisley und Ambrose. Denn ich glaube, das ist der einzige Kuss, den wir bislang noch nicht ausprobiert haben.« Er versucht sich an einem Grinsen, doch diesmal ist es kein Adair-Grinsen. Diesmal ist es ein zitterndes.

Er zieht mich hoch, und ich lasse ihn. Weil ich auch einen Abschiedskuss haben will. Weil ich, ehrlich gesagt, noch ungefähr eine Million Abschiedsküsse haben will, jeder so lang wie eine Ewigkeit.

Er drückt mich so fest an sich, dass ich loslasse. Alles. Ich lasse mich einfach gegen ihn sinken. Und als ich aufblicke, presst er seine Lippen auf meine. Er bewegt sie nicht. Ich bewege sie nicht. Sie liegen einfach aneinander, während seine Hände fest meinen Rücken, meinen Nacken, meinen Kopf entlangstreichen und ich mich an ihn klammere, als gäbe es kein Morgen. Und wie gut wäre das. Wenn diese Nacht einfach für immer dauern könnte. Denn wenn ein Kuss eine

Ewigkeit dauert, braucht man gar keine Million. Dann reicht einer. Und ich nehme ihn.

»Ich glaub nicht, dass es *the End of the Affair* ist«, flüstert er, als er sich von mir löst. »Es war ein Abschiedskuss, aber nur für den Moment.«

Ich schüttle den Kopf. »Mach es nicht schwieriger, als es ist, bitte.«

»Das mach ich nicht.« Beinahe klingt er triumphierend. »Ich mache es einfacher.«

Und wenn es das ist, was er braucht, um weniger Kummer zu haben, wer bin ich dann, dass ich es ihm verwehre?

— 10. 8. —

Es gibt Dinge, die sind zu groß, um sie mit sich allein auszumachen.
Und hier geht es nicht einmal um mich oder um ein Uns, das es vielleicht
nicht geben wird. Oder sage ich mir das nur, um mein Gewissen zu
beruhigen? Nein. Doch? Nein. Nein.
Marigold wird Rat wissen.

37 Adair ist immer noch auf der Insel, was es schwieriger macht, Normalität zurückzuerlangen. Alles macht es schwieriger. Denn überall meine ich ihn zu sehen. Doch dann ist es meistens ein Tourist oder jemand, den ich entfernt kenne. Es zeigt aber, wie präsent er in meinen Gedanken ist. Ich weiß, dass es richtig war, eine Grenze zu ziehen. Um mich zu schützen, um die, die ich liebe, zu schützen. Das bedeutet jedoch nicht, dass es einfach ist. Und es bedeutet schon gar nicht, dass ich es nicht bereue. Nicht jede richtige Entscheidung fühlt sich gut an. Ich bereue allerdings in der Gewissheit, dass die Reue gehen wird und keine immerwährende Traurigkeit bleibt.

Daran klammere ich mich. Jeden Tag. Jede Sekunde. Ich klammere mich daran, während ich bei der Seenotrettung an Fionas Jacke stricke. Während ich bei der Hausaufgabenbetreuung die Streithähne Colm und Jamie nebeneinandersetze, einfach, damit sie beide gleichermaßen angepisst schmollen, statt durch den ganzen Unterrichtsraum zu keifen. Während ich in der Praxis den nächsten Termin mit Miss Lundy vereinbare. Sie ist eigentlich bei bester Gesundheit, aber die Einsamkeit macht ihr zu schaffen, weswegen Dr. Beattie sie regelmäßig untersucht, um ihr zu zeigen, dass ihr Wohlbefinden eine Rolle spielt.

»Nächste Woche Mittwoch? Gegen elf Uhr?«

»Und wenn wir davor noch einen Termin wegen meines Sodbrennens machen könnten ...«

»Das sieht sich Dr. Beattie dann direkt mit an.«

»Bist du sicher? Das geht nun schon eine ganze Weile so ...«

Es geht, ehrlich gesagt, schon immer so, weil Miss Lundy sich gesünder ernähren müsste, aber immun gegen Ratschläge ist und hofft, für jedes Zipperlein Medikamente zu bekommen. »Wenn ein Termin frei wird, rufe ich an, dann können Sie früher kommen.«

»Du bist und bleibst ein Engel, kleine Effie.«

Ich schenke ihr ein leicht gequältes Lächeln, trage sie für Mittwoch in den Kalender ein und bin ein bisschen froh, dass ich vormittags bei der Seenotrettung bin.

Dr. Beattie ruft Mr Colman, den letzten Patienten für heute, ins Besprechungszimmer, und ich beginne schon einmal, klar Schiff zu machen. Die Geräte müssen runtergefahren, die Patientenakten für morgen Vormittag rausgesucht und in die richtige Reihenfolge gebracht werden. Und wenig später verabschiedet Dr. Beattie Mr Colman und tauscht seinen Arztkittel gegen seine Regenjacke.

»Es wird dich freuen zu hören, dass Muriel uns einen Urlaub gebucht hat«, sagt er, als er schon beinahe bei der Tür ist. »Zwei Wochen. Lanzarote.«

»Sie sind eingeknickt?«, frage ich lächelnd.

»Ich habe verhandelt. Ich mache Urlaub, und dafür entscheide ich, wann ich die Praxis übergebe. Der erste Schritt war jedenfalls, eine Vertretung vom Festland zu organisieren. Wer hätte gedacht, dass Lerwick gar nicht mal so hoch im Kurs steht.« Er lacht, und ich muss daran denken, dass Lerwick auch bei Adair nicht sonderlich hoch im Kurs stand. Und trotzdem ist er noch hier.

»Und wann geht's los?«

»Am Tag nach der Hochzeit. Denn das wollen wir uns nicht entgehen lassen.«

Ich mache einen kurzen Umweg über den *Drawing Room*, um Fiona zu besuchen, doch Edith erklärt mir, dass sie schon vor einiger Zeit nach Hause gegangen ist. Irgendetwas Spontanes.

Das ist genau, was ich brauche. Ablenkung durch Hochzeitskram. Muss Tischschmuck gebastelt werden? Kleine Geschenke für die Gäste? Was auch immer es ist, mit Fiona an unserem großen Esstisch zu sitzen und einfach beschäftigt zu sein ist die beste Medizin. Gegen Liebeskummer, gegen Gedanken, die in falsche Richtungen abzweigen, gegen Sorgen.

Ich trete fest gegen den starken Wind in die Pedale. Wolken rasen über mich hinweg, ab und zu gelingt es der Sonne, hindurchzublitzen. Einige Fischerboote kehren gerade heim, umkreist von Möwen, die auf alles lauern, was zurück ins Meer geworfen wird.

Als ich in die Bruce Crescent einbiege, hat die Sonne den Kampf gegen die Wolken endgültig verloren, und erste Regentropfen verfärben den Asphalt dunkel. Gerade noch rechtzeitig schließe ich die Tür auf, denn im nächsten Moment beginnt es, wie aus Eimern zu schütten.

»Was basteln wir?«, rufe ich noch von der Garderobe im Flur, doch ich erhalte keine Antwort. »Fi?« Ging es vielleicht gar nicht um die Hochzeit? Ist sie bei Connal? Dann setze ich mich eben ans Spinnrad. Oder färbe die Wolle, die Connal mir neulich mitgebracht hat.

Ich gehe ins Wohnzimmer und ...

»Hi.« Nessa sitzt auf dem Sofa und sieht mich ernst an.

Ich blicke von ihr zu Fiona zu ... Marigold? Sie sitzen zu dritt auf den Sofas vor dem Kamin. Eine Kanne Tee auf dem Tisch, vier Tassen. Eine davon leer.

»Setz dich«, sagt Nessa.

»O-okay?« Was ist das hier?

Nessa rutscht ein Stück zur Seite, sodass ich neben ihr Platz finde.

»Ist was passiert?«

»Nein, mein Kind«, sagt Marigold in ihrem beruhigenden, sanften Ton.

»Tee?«, fragt Fiona, und ohne meine Antwort abzuwarten, gießt sie mir ein.

»Danke.« Ich nehme die Tasse – es ist eine von Fionas, auf der kleine Schafe auf einer Wiese grasen – und umklammere sie mit meinen Händen. Die Stimmung ist so merkwürdig, dass ich mich an irgendwas festhalten muss.

»Effie.« Nessa sieht mich an. Sie legt ihre Hände auf den Schoß, schluckt.

»Nessa.« Ich versuche ihren ernsten Tonfall nachzuahmen, kann mich aber eines Glucksens nicht erwehren. Was soll die Beerdigungsstimmung?

»Das hier ist eine Intervention.«

Jetzt lache ich. »Was?«

»Wir machen uns Sorgen«, sagt Fiona.

Ich blicke von einer Schwester zur anderen und dann zu Marigold, die mich mit einem milden Lächeln ansieht.

»Ihr seid so süß«, sage ich. »Wirklich. Und ich weiß, dass ich in letzter Zeit nicht ganz auf der Höhe war. Aber das geht vorbei. Ich verspreche es euch.«

»Das ist es nicht«, sagt Marigold.

»Sondern?« So langsam verstehe ich gar nichts mehr. Verflogen ist meine vorsichtige Euphorie über die vermeintliche Ablenkung. Das hier ist einfach nur schräg. Einfach nur belastend.

»Adair war bei mir«, sagt Marigold, und mir bleibt der Mund offen stehen. »Und bevor du gleich wütend wirst« – sie deutet meinen Gesichtsausdruck absolut richtig – »ich musste ihm alles aus der Nase ziehen, weil er nicht wusste, wie viel er mir erzählen durfte. Aber das, was ich herausgehört habe, hat gereicht, um mit Nessa und Fiona zu sprechen.«

»Und worüber?«, frage ich.

»Na ja, erst mal darüber, dass wir vielleicht zu viel mit unserem eigenen Kram beschäftigt waren.« Nessa nimmt einen Schluck Tee.

»Hä? Nein!«, beeile ich mich zu sagen. Das Letzte, was ich brauche, ist, dass Nessa sich meinetwegen schlecht fühlt.

»Doch.« Fionas Stimme ist überraschend streng. »Ich war zu lange weg und hab es deswegen nicht gleich gesehen.«

»Und ich hab gedacht, dass du schon kommen wirst, wenn du reden willst. Ich wusste allerdings auch immer, dass das eine leichte Ausrede war.« Nessa nimmt meine Hand. »Schau, ich habe vielleicht den Anspruch, perfekt zu sein, aber ich bin es nicht. Weit davon entfernt, um ehrlich zu sein. Und die letzten Jahre waren so anstrengend, dass ich dachte, solange es bei dir läuft, kann ich mich zurückziehen.«

»Es läuft ja auch.« Meine Kehle wird immer enger. »Das ist nur eine Phase. Wir kriegen schließlich alles immer hin. Ich kriege alles hin.« Sie soll sich keine Sorgen machen.

»Natürlich kriegst du alles hin. Aber es könnte leichter sein, weißt du? Du könntest mit mir sprechen, wenn es dir nicht gut geht.«

»Mit uns«, meldet sich Fiona.

»Was auch immer Adair dir erzählt hat, er hatte nicht das Recht ...«, beginne ich, doch Marigold unterbricht mich.

»Es gibt Dinge, die sind zu groß, um sie mit sich auszumachen.«

»Du, Effie, bist nicht Dad«, sagt Nessa bestimmt und haut mich damit vollkommen um. »Ich kann mich nicht einmal mehr daran erinnern, dass ich dir das vorgeworfen habe. Ich habe es aus Wut gesagt damals. Und ich hatte keine Ahnung, was das in dir ausgelöst hat. Es tut mir so leid.«

Mein Herz schlägt schnell. Die Hitze in meinem Gesicht ist unerträglich.

»Du bist nicht wie er. Ich weiß das, weil ich dich kenne. Auch wenn ich vielleicht nicht genau genug hingesehen habe, aber du würdest niemals die Menschen, die dir etwas bedeuten, im Stich lassen.«

»Ich ...« Ich denke an das, was Marigold gesagt hat. »Ich liebe auch mit allem, was ich habe. Glaube ich.«

»Ja, und das ist etwas Gutes!«, sagt Nessa. »Das ist bewundernswert und mutig, und bitte, bitte, Effie, hör niemals damit auf!«

»Aber was, wenn ...«

»Niemand weiß das«, unterbricht mich Fiona, die sich neben Marigold gesetzt hat. »Niemand weiß, was passiert. Sicher ist nur, dass man zusammen sehr glücklich sein kann. Schau Connal und mich an.«

»Oder dass man zusammen eine gute Zeit haben kann. Wie Boyd und ich.«

»Als ich dir gesagt habe, dass du liebst wie dein Vater, Effie, habe ich nicht die ganze Wahrheit gesagt. Und das war falsch.« Marigold sieht mich bekümmert an.

»Was meinst du damit?«, frage ich.

»Du bist die Tochter deines Vaters. Aber eben nicht nur. Du bist auch die Tochter deiner Mutter.« Ich halte die Luft an. Niemand spricht je über sie. »Ich dachte, vielleicht wäre es zu schmerzhaft, über Helen zu sprechen, weil ihr nie gefragt habt.«

»Das haben wir von Dad so übernommen«, murmelt Nessa.

»Ich verstehe. Aber ... Effie.« Marigold sieht mich direkt an. »Du liebst wie dein Vater, das stimmt. Doch du lebst wie deine Mutter. Ausgelassen. Fröhlich. Jede Sekunde so intensiv wie möglich. Du, mein Kind, vereinst die beste Eigenschaft deines Vaters mit der bewundernswertesten Fähigkeit deiner Mutter.«

Ich schlucke. Tränen brennen hinter meinen Augen. Noch nie hat jemand über unsere Mum geredet. Unser Dad nicht, weil er den Schmerz nicht aushalten konnte, wir nicht, um ihn nicht noch trauriger zu machen – und weil wir ohnehin nicht wussten, wo wir hätten anfangen sollen.

»Was mit deinem Dad passiert ist, war tragisch. Das bedeutet allerdings nicht, dass dir das auch passiert.«

»Aber was, wenn doch?«, frage ich piepsig, weil ich so sehr gegen die Tränen ankämpfe.

»Dann helfen wir dir raus«, sagt Fiona, als wäre es das Selbstverständlichste auf der Welt.

Ich sehe sie völlig entgeistert an. Denn war es nicht Nessas und ihre größte Angst, dass ich wie Dad werde? Trauere wie er? Im Pub sitze wie er?

»Effie, du hast jedes Glück verdient«, sagt Nessa nun. »Und wenn es in Unglück umschlägt, sind wir da. Du darfst es nur nicht aus falscher Rücksichtnahme oder aus Angst in dich hineinfressen.«

»Denn dann kannst du, ehrlich gesagt, genauso gut drei

Jahre nach Bristol gehen. Und wie gut das allen bekommt, haben wir ja gesehen«, sagt Fiona und lächelt gequält.

»Und Effie, du hast es verdient, dass wir deinen Geburtstag feiern. Ob es nun schmerzhaft ist oder nicht. Du bist die tollste kleine Schwester, die man sich wünschen kann. Und alles, was du tust, gehört gefeiert.«

»Aber ich tu doch gar nichts.« Eine Träne rinnt meine Wange hinab. All das, was Marigold, was Nessa und Fiona sagen, klingt so überzeugt. Sie klingen überzeugt. Sie sind sich sicher.

»Es reicht, dass du existierst, du Nuss«, sagt Fiona.

Und in diesem Moment kann ich nicht mehr an mich halten. Das gerade eben war nur die Vorhut. Nun kullern dicke Tränen meine Wangen hinunter.

»Hey, ist doch alles gut!« Nessa zieht mich an sich und hält mich fest. »Wir wollten dich nicht überfordern. Aber weißt du, wir alle drei sind auf die eine oder andere Weise falsch verdrahtet. Weil wir zu jung waren, als das alles anfing. Und du als die Jüngste hattest die wenigste Zeit, dich richtig zu verdrahten. Deswegen musstest du dir dein eigenes Weltbild selbst stricken, und deswegen mussten wir dich heute vor vollendete Tatsachen stellen, um dich aus deinem Kopf zu holen. Denn Überzeugungen sind hartnäckig. Du hättest weiter darauf beharrt, damit wir uns keine Sorgen machen. Aber Effie, jede von uns darf mal Sorgen machen. Das ist okay! Wir drei zusammen, hörst du? Egal, wie viele Sorgen es gibt.«

Es ist so verblüffend, wie selbstverständlich es klingt. Sowohl Fionas *Es reicht, dass du existierst* als auch Nessas *Wir sind alle falsch verdrahtet* und *Wir drei zusammen, egal, wie viele Sorgen es gibt*. Es ist, als würde sich ein Knoten entwirren. Als würde sich etwas auflösen. Oder neu zusammensetzen. Es sind nur zwei Sätze, zwei Sätze, die nicht mein Leben verändern, aber zwei Sätze, die meine Seele genau dort berühren, wo sie es braucht. Sie tippen etwas an. Einen Knopf oder so, und der setzt etwas in Gang. Und am Anfang dieser Kette von Sätzen, die gesagt werden, von Worten, die etwas auslösen, steht Adair.

38 Und er steht am Ende der Kette.

»Ich glaube, du solltest vielleicht zu ihm gehen, was meinst du?«, fragt Marigold und lächelt mich an.

Mein Innerstes zieht sich zusammen. Vor ... Nervosität. Denn das kam nie vor in meinen Plänen. In meinen Träumen vielleicht. Manchmal schlich es sich in meine Gedanken, und dann wurde ich ein wenig traurig. Aber es war nie Teil dieses größeren Bildes, das man vom eigenen Leben hat. Jetzt fällt es mir schwer, das Bild anzupassen. Zuzulassen, dass diese Möglichkeit eine wirkliche Möglichkeit ist und nicht einfach nur Fantasie, während ich mit meinem summenden Vibrator, den ich in einem Versuch, Adairs alberne Witze zu verstehen, Motörhead genannt habe, allein im Bett liege.

»Ich weiß nicht, ob ich bereit bin«, murmle ich. Der Schritt ist gigantisch. Der Gedankenschritt, der tatsächliche. Aber wenn ich an Adair denke, an die Möglichkeit der wirklichen Möglichkeit, flattert trotzdem etwas in mir. So wie es schon vorher flatterte. Nur dass der Kloß in meinem Hals, den ich dabei spürte, ein bisschen kleiner ist vielleicht. Ein bisschen weniger schmerzhaft.

»Du entscheidest«, sagt Nessa, die noch immer meine Hand hält. »Du gehst in deinem Tempo in die Richtung, in die du willst. Stöpselst die Drähte in deinem Tempo um.«

Ich nicke.

»Manchmal reicht es auch erst mal, jemanden als plus one auf eine Hochzeit mitzunehmen. Da spreche ich zufällig aus Erfahrung«, sagt Marigold. Sie gluckst leise, aber unüberhörbar, und sofort richten sich unsere Blicke auf sie. Sie zuckt mit den Schultern. »Mr Reed ... Hugo ... ist unterhaltsam. Ist lustig. Seine Gesellschaft, so unendlich nervig sie ist, tut mir offensichtlich gut.«

Sie lacht. Erst leise, dann immer heftiger, und ich lache mit. Und Fiona und Nessa brechen ebenfalls in ungläubiges Gelächter aus. Es ist eine Erleichterung, für einen Moment nicht im Zentrum zu stehen.

Als wir uns alle einigermaßen beruhigt haben, wischt sich Marigold eine Lachträne aus dem Augenwinkel. Dann sieht sie mich wieder an. Der Ernst ist zurück. »Wenn er dich glücklich macht, Effie, gibt es keinen Grund, ihn nicht auch glücklich zu machen.«

»Okay«, sage ich. Ganz leise. Immer noch unsicher. Immer noch ein bisschen erschüttert von der letzten halben Stunde, in der sich alles einmal um sich selbst gedreht hat. Und dann noch mal in die andere Richtung. Bis ich nun an diesem Punkt bin und so verwirrt, dass ich gerne einmal all die Drähte vor mir ausbreiten würde, um sie zu sortieren. Aber vielleicht passiert das mit der Zeit von ganz allein? Vielleicht fügt es sich mit jedem Tag ein bisschen mehr? Vielleicht kann ich wirklich ... zulassen ... dass ... Huch?

Ich bin so überrascht von meinen Gedanken, dass ich schnell den Kopf schüttle. Soll ich wirklich einfach lospreschen und Adair auf Fionas Hochzeit einladen?

»Gäbe es denn ... noch einen Platz für ihn?«, frage ich.

»Wir rutschen einfach enger zusammen.« Fiona grinst.

»Lass das nicht Miss Lundy wissen.« Jetzt muss ich noch mal lachen. Und es ist auf eine ganz besondere Art freier. Das Lachen. Mein Kopf. Meine Brust. »Aber vielleicht frage ich ihn dann wirklich?«

»Ja!«, rufen Fiona, Nessa und Marigold wie aus einem Mund.

»Okay, okay.« Wieder dieses Lachen.

»Worauf wartest du noch!«, sagt Nessa und gibt mir einen leichten Schubs. »Nicht dass er sonst was anderes vorhat!«

»Weil es in Lerwick so viele Underground-Boho-Partys gibt?«, frage ich.

»Weil er vielleicht nicht für immer hier ist, um darauf zu warten, dass eine Real-Life-Elfe beschließt, ihn um ein Date zu bitten.« Als Fiona meinen Blick bemerkt, sagt sie: »Hat Marigold erzählt.«

Ich schüttle den Kopf. Der Kerl ist echt unmöglich. Unmöglich. Aber doch ... möglich. Mein Herzschlag beschleunigt sich, und auf einmal werden meine Hände feucht. Ich erhebe mich langsam, merke, wie mir Hitze den Hals hinauf- und auf meine Wangen kriecht. Kurz schlage ich mir die Hände vors Gesicht, weil das alles so unglaublich ist. So nervenaufreibend. So aufregend. So ... möglich eben. Daran kann ich mich nicht gewöhnen.

Ich klopfe. Erst zögerlich. Dann mit der ganzen Faust. Viermal. Fest. Und dann noch mal, weil es nicht schnell genug geht. UND DANN NOCH MAL! Ist er weg? Bin ich zu spät? Das hätte Marigold gewusst, oder? Er hätte den Cottage-Schlüssel zurückbringen müssen. Aber Marigold war bei uns in der Bruce Crescent. Hat Adair innerhalb der letzten zwei Stunden beschlossen, die Insel zu verlassen? Das ist doch Quatsch. Das kann nicht sein. Wieder hämmere ich mit der Faust gegen die Tür.

»Adair?«, rufe ich. »Wenn du da bist, mach auf!«

Ich erhalte keine Antwort. Ich rüttle an der Tür, aber sie ist verschlossen. Also gehe ich einmal um das Haus herum in den Garten. Dort, wo ich ihn das erste Mal nackt gesehen habe und er mich. Ich kriege eine Gänsehaut, als ich an diesen magischen Moment denke. Vielleicht können wir ab jetzt immer nackt sein. Zusammen. Immer, abgesehen von Fionas Hochzeit vielleicht. Aber immer, wenn wir nur zu zweit sind. Zumindest, wenn er noch da ist.

Die Hintertür ist ebenfalls abgesperrt, und ich blicke angestrengt durch das kleine Fenster, um auszumachen, ob seine Sachen noch da sind. Obwohl ich mich auf die Zehenspitzen stelle, sehe ich nichts.

Vorne sind die Vorhänge zugezogen, sodass ich mich wieder damit begnüge, gegen die Tür zu hämmern. Blöde Tür. Blöder Adair, der erst bei Marigold petzt und dann nicht zu Hause ist. Verdammt, wo ist er?

»Verdammt, wo bist du?« Frustriert stampfe ich mit dem Fuß auf, springe wütend ein paarmal auf der Stelle und stoße einen kleinen Schrei aus. Dann rüttle ich erneut an der Tür. Vielleicht, wenn ich mich fest genug dagegenstemme. Aber nein, natürlich bleibt sie verschlossen. Ich balle die Hände zu Fäusten. Und weil ich schon mal dabei bin, trommle ich erneut gegen die Tür, obwohl es völlig aussichtslos ist.

»Vielleicht ist wirklich niemand da?«

Ich wirble herum. Da ist er! Adair! Er schiebt das quietschende Gartentor auf, er lächelt. ER LÄCHELT! Dieses Lächeln, das mich innerlich berührt. Das mich kitzelt. Das mich selbst zum Lächeln bringt.

»Na komm, ich schau mir das mal an.« Sein Lächeln wird breiter. Er stellt sich neben mich, klopft nun ebenfalls an die Tür. »Hallo?«, ruft er. »Jemand zu Hause?«

Was machst du da?, will ich fragen, aber ich kann ihn nur ansehen. Er klopft erneut.

»Hm. Ich glaub, wir haben Pech. Ausgeflogen.«

»Wie bescheuert bist du?«, frage ich. Es ist das Erste, was mir in den Sinn kommt, doch es klingt liebevoll. Ich klinge liebevoll, und Adair hört es sofort.

Er zuckt mit den Schultern. »Ausreichend bescheuert, würde ich sagen. Aber nicht übertrieben.«

»Ist das die gängige Meinung?«

»Es ist jedenfalls meine Meinung, und das ist die einzige, die zählt.«

»Und meine?«, frage ich.

»Nah.«

»Nah?«

»Du magst mich eh.«

Ich lache. »Ganz schön eingebildet dafür, dass ich dich schon zweimal hier hab sitzen lassen.«

»Du bist ganz schön anwesend dafür, dass du nicht mit mir zusammen sein willst.« Er steckt den alten Eisenschlüssel ins Schloss, und mit einem befriedigenden Klacken öffnet sich die Tür.

»Ich ... ähm ...«

»Ja?« Adair schiebt sich an mir vorbei nach drinnen.

»Kann ich reinkommen?«

»Ich weiß nicht.« Er tut so, als würde er überlegen. »Brichst du mir das Herz? Dann lieber nicht. Davon hatte ich in letzter Zeit genug. Einmal im Monat ist das ganz gut, um wieder runterzukommen. Nichts geht über diese brutalen innerlichen Schmerzen, als würde einem das Herz rausgerissen, um den Kopf nicht *die ganze* Zeit in den Wolken zu haben. Das ist ja auch nicht gesund. Aber dreimal? Puh, das ist dann selbst mir zu viel.«

»Adair«, sage ich, klinge einigermaßen frustriert dabei. Obwohl er natürlich recht hat. Ich *habe* ihn zweimal verlassen. Die Schmerzen, die hatte ich jedoch ganz genauso.

»Das ist mein Name.«

»Stimmt.«

»Okay, cool, dann packen wir das auf die Haben-Seite.«

»Wäre eine Hochzeit auch was für die Haben-Seite?«, frage ich.

»Äh, also ... das geht ein bisschen schnell, meinst du nicht? Zwei Zurückweisungen und eine Hochzeit? Das funktioniert als Rom-Com-Happy-End, im echten Leben allerdings? Hmmm ...«

Er weiß ganz genau, was ich meine. Aber ich schätze, ich habe es verdient, ein bisschen geärgert zu werden.

»Also, dann steht es jetzt zwei zu eins bezüglich der Zurückweisungen. Wenn du mich noch einmal zurückweist, gehst du dann als mein Date mit mir auf Fionas Hochzeit?«

»Nein.«

»Nein?«

Er grinst. Und dann verstehe ich.

»Adair? Gehst du als mein Date mit mir auf Fionas Hochzeit?«

»Ja.«

Wir sitzen eng umschlungen auf dem Sofa. Adair hält mich, ich halte Adair.

»Etwas sauer bin ich schon«, sage ich.

»Bisschen frech, oder?«

»Du hast Marigold alles erzählt.«

»Oh, bitte verzeih, dass ich nicht allein damit umgehen konnte, dass du mich aufgrund von riesigen Hirngespinsten nie wiedersehen wolltest. Das hätte ich natürlich einfach runterschlucken können. Klar. Hätte ich dran denken sollen.« Er schlägt sich mit der flachen Hand gegen die Stirn. »Bitte vergib mir.«

»Es ist nur, ich hab dir das erzählt, als wir uns alles sagen konnten, weil wir nicht mal unsere Namen kannten.«

Aus seiner Stimme höre ich heraus, dass er grinst. »Ja, aber du kanntest meinen Namen schließlich von Anfang an. Offenbar ist mir nicht zu trauen.« Er presst einen Kuss auf mein Haar.

»Das merke ich mir«, sage ich.

»Das hoffe ich. Denn mein größter Horror ist, nicht in Erinnerung zu bleiben.«

»Ich glaube, die Sorge ist unbegründet«, sage ich und schließe die Augen, um seine Nähe noch stärker zu spüren. Dann: »Danke.«

»Wofür?«

»Dass du mit Marigold geredet hast.«

»Ich dachte, du bist wütend?«

»Wenn die Nacht Tag sein kann und der Regen Sonnenschein, kann wohl Wut auch Dankbarkeit sein.«

»Fair point«, sagt Adair und ahmt ziemlich schlecht einen Shetland-Akzent nach.

»Das üben wir noch.«

»Hab ja jetzt Zeit.«

»Wie meinst du das?«

»Eventuell hat es mit meinem Vater ziemlich geknallt, als ich ihm das Gutachten vom National Trust vorgelegt habe. Kann sein, dass ich ein bisschen zu breit gegrinst habe.« Er lacht leise. »Wir haben einvernehmlich im Streit beschlossen, dass es besser ist, getrennte Wege zu gehen. Beruflich zumindest. Aber ich muss dir ganz ehrlich sagen, so ein bisschen räumliche Trennung tut uns sicher auch ganz gut.«

»Und das bedeutet?« Mein Herz schlägt ganz aufgeregt.

»Marigold hat mir angeboten, eine Weile im Cottage zu bleiben. Bis ich eine ungefähre Ahnung davon habe, was ich machen will.«

»Also bleibst du?«

»Erst mal.«

Erst mal reicht. Erst mal ist genau das Tempo, das wir brauchen.

»Allerdings habe ich schon eine Idee für meine Zukunft«, sagt er, und mein Herz sinkt spürbar.

»Okay?«

»Ich würde gern Erfinder sein.«

»Erfinder?«

»Erfinder von Küssen.«

»Was?« Ich lache auf.

»Ja, ich würde mir gern jeden Tag einen neuen Kuss für dich ausdenken. Damit jeder Tag ein Happy End hat.«

Adair überwältigt mich. Mit allem, was er sagt. Ich bin so bewegt, dass ich nichts tun kann. Keine Worte, keine Gesten werden Adair in diesem Moment gerecht.

»Den ersten nenne ich den *Occurrence at Marigold's Cottage*, und es ist der Kuss, bevor man sich für immer trennt und nur noch von den Erinnerungen zehrt, mit dem Unterschied, dass wir die Geschichte danach einfach abbrechen und einen neuen, eigenen Erzählstrang verfolgen. Einen, bei dem wir zusammen auf die Hochzeit deiner Schwester gehen.« Und dann beugt er sich über mich und streift meine Lippen mit seinen Lippen. Ganz vorsichtig.

Ich recke mich ihm entgegen, um mehr von ihm zu spüren, um ihn zu schmecken. Denn auch wenn ich inzwischen weiß, wie er schmeckt, will ich mich vergewissern, dass es noch genauso gut ist wie vor all dem Drama. Vor dem Herzschmerz. Ich muss fühlen, dass wir zusammen ganz sein können. Und wir können es. Denn unsere Zungen sehnen sich so sehr nacheinander, dass sie nicht zu stoppen sind. Unsere Lippen sind so verrückt aufeinander, dass sie einfach eins werden. Eins bleiben.

Ich bin in diesem Moment so glücklich, dass jede graue Wolke, die mich je umgeben hat, vollkommen weggeblasen ist. Es ist Glück ohne Traurigkeit. Es ist einfach nur Glück. Und es macht, dass ich lachen muss. So sehr. So befreit. Und Adair lacht ebenfalls. In unserem Kuss lachen wir, und ich schmiege mich an ihn, presse mich an ihn, immer hungriger, während wir weiterlachen.

»Okay«, sagt Adair, als wir uns voneinander lösen, atemlos vom Küssen und Lachen. »Der eine Erzählstrang geht so.« Er nimmt mich an der Hand und zieht mich hoch. »Sag: *Ich kann das nicht, Adair.*«

Ich sehe ihn ungläubig an. »Ich will das nicht sagen.«

»Doch, doch, das ist wichtig, damit wir wissen, welchen Strang wir nicht gehen wollen.«

»Ich kann das nicht, Adair«, sage ich leise und ein bisschen so, als wäre es mir peinlich. Was es vielleicht auch ist.

»Was? Nein! Paisley! Tu mir das nicht an!« Er schiebt mich sanft Richtung Tür. »Das kann nicht dein Ernst sein, ich liebe dich doch! So sehr!« Flüsternd sagt er: »Du musst jetzt einfach gehen.« Lauter: »Tu mir das nicht an!« Flüsternd: »Komm schon, geh!«

Völlig verdattert sehe ich, wie er die Tür öffnet. Er nickt mir auffordernd zu. Will er wirklich, dass ich gehe?

Mit einem Blick in den Vorgarten sage ich: »Es regnet!«

»Hätte dich das vor einer Woche aufgehalten?«, fragt er.

»Nein, aber ...«

»Ab mit dir!«

Er ist offensichtlich nicht zu bremsen, also trete ich hinaus. Ich habe nicht einmal Schuhe an. Stehe einfach in meinen Stricksocken auf der Türschwelle im Regen. Und er – schließt die Tür von innen! Was?

»Neiiiiiiiiiin!«, hört man von drinnen, und nun muss ich beinahe lachen, weil das hier so albern ist. Im nächsten Moment geht die Tür wieder auf. »Okay, das war die eigentliche Handlung. Aber weil wir ein Happy End wollen, schlagen wir einen anderen Weg ein. Komm, komm, was stehst du denn hier so rum? Es regnet. Du wirst ja ganz nass.«

»Ach«, sage ich in einer Mischung aus Verblüffung und leichter Genervtheit.

Adair nimmt mich an der Hand und zieht mich zurück vors Sofa. »Also?«

»Was also?«

»Was sagst du in unserem Erzählstrang?«

»Äääääh ...«

Er sieht mich an. Wartet.

»Ich kann das, Adair. Ich hab ein bisschen Angst, aber die Leute sagen, das Risiko ist es wert. Und ... also ... langsam glaube ich es auch.«

»Du musst keine Angst haben. Nicht vor mir.«

»Rational weiß ich es. Aber ... emotional muss es erst noch ankommen.« Das sind die Drähte, von denen Nessa gesprochen hat.

»Dann warten wir gemeinsam drauf.« Er setzt sich aufs Sofa, klopft neben sich. Also lasse ich mich neben ihm nieder. Er nimmt meine Hand.

»Was machen wir?«, flüstere ich laut.

»Wir warten«, flüstert er zurück.

»Das ist der schrägste Erzählstrang, in dem ich je war.«

»Schräger als Megadeth?«

»Deutlich.«

»Schräger als dass ich weiß, dass ich dich hunderteinunddreißig Mal zum Lachen gebracht habe?«

»Deutlich.«

»Schräger als Angst vor Skorbut?«

Ich lache. »Ja.«

»Schräger als ... mir gehen die Ideen aus. Schräger als ich?«

»Schräger als du.«

»Na ja, du hast es ja in der Hand, ne? Also, wenn du emotional so weit bist, können wir ja was anderes machen.«

Aber es wird noch ein bisschen dauern. Das weiß ich. Und deswegen sitzen wir einfach hier. Nebeneinander. Hand in Hand. Blicken uns im Wohnzimmer um. Sehen uns ab und zu an. Ich fühle mich sicher. Fühle mich wohl mit Adair. So wohl. Wonnig wohl. Rosa-Wattewolken-wohl.

»Weißt du«, sagt er irgendwann, »Liebe ist so viel besser, wenn sie nicht wehtut wie die Hölle.«

Mein Herz verkrampft sich schmerzhaft, weil es meine Schuld war. Und dann atme ich tief ein. »Es tut mir leid.«

»Mir tut's leid.«

»Dir?«

»Ja, für all die armen Kerle vor mir, die nicht das Glück hatten, im richtigen Moment in diesem Cottage zu sein. Das muss doch richtig scheiße sein, dich nicht küssen zu können.«

Ich denke an Erwin auf seiner Weltreise. Er wird ein anderes Glück finden. Denn wenn die Nacht zum Tag, der Regen zu Sonnenschein und ich zu diesem Glückspilz werden kann ... dann ist einfach alles möglich.

»Willst du meine Schwestern kennenlernen?«, frage ich, denn ich bin bereit für den nächsten Schritt.

»Die sind ein alter Hut.«

»Haha, ja, okay, aber willst du sie wirklich kennenlernen?«

»Ja, ich will«, sagt er. »Jetzt ist ein für alle Mal Schluss mit dem Abweisen.«

Effie mit elf Jahren

39 Effie ist wütend. Sie kocht. Sie ist fuchsteufelswild. Heute ist etwas passiert. Etwas Grundfalsches. Deswegen wird sie jetzt ihrem Dad davon erzählen. Das kann nicht einmal ihm gleichgültig sein. Er wird auch wütend sein. Er wird sie an der Hand nehmen, und gemeinsam werden sie nach Hause stapfen. Sie imitiert das Stapfen. Nimmt es gewissermaßen vorweg. Aber ja, genauso wird es sein. Und zu Hause kann Nessa dann was erleben! Sie hat es ihr gesagt. Sie hat ihr genau gesagt, was sie davon hält. Und dass es nicht geht. Weil es falsch ist. Ausgerechnet jetzt, wo alles anders werden soll! Wo ihr Dad sie zum Essen eingeladen hat, ihnen erzählt hat, dass er sich jetzt am Riemen reißt. Das wird ihr Dad ihr auch noch mal sagen. Und dass das, was Nessa gemacht hat, falsch ist. Auch das soll er ihr sagen, denn offensichtlich zählt Effies Meinung gar nichts. Aber irgendwann ist eine Grenze erreicht. Für Effie ist es heute. Nessa behauptet, ihre Grenze sei schon vor Monaten erreicht gewesen, doch Effie versteht nicht, welche Grenze das bitte gewesen sein soll. Denn sie, Nessa, tut ohnehin nichts anderes, als sie, Effie, von morgens bis abends herumzukommandieren.

Effie erblickt ihren Dad sofort. Er hat den Kopf auf seine Arme gebettet, um sich einen Moment auszuruhen. Weil er immer so müde ist und nicht einmal Schlaf hilft.

»Guten Abend, Effie.« Joseph tänzelt um sie herum, ein Tablett mit leeren Gläsern auf dem Arm. Kurz muss Effie lachen, weil Joseph lustig ist. Er ist immer nett. Manchmal streng zu ihrem Dad, dann mag sie ihn ein bisschen weniger. Aber zu ihr ist er immer nett. »Weck den alten Suffkopp ruhig auf.« Er nickt zu ihrem Dad, und ja, das hat sie vor.

»Dad?«

Sie tippt ihm auf die Schulter.

»Dad?«

Klopft mit der flachen Hand auf seinen Arm.

»Dad?«

Er grunzt.

»Dad!«

»Hm?«

»Wach auf, Dad!«

»Wasislos?« Er reibt sich mit den Händen übers Gesicht, erblickt sein Stout und nimmt einen tiefen Schluck.

»Du musst mitkommen!«

»Wieso?«

»Nessa hat ... sie hat ...« Effie ist so wütend, dass sie kaum aussprechen kann, was ihre Schwester getan hat. »Sie ist in dein Zimmer gezogen!« Da ist es. Der Verrat an ihrem Dad.

»Na und?«

»Komm mit und sag ihr, dass das dein Zimmer ist! Dass du zurückkommst. Dass alles anders wird. Wie du's gesagt hast, Dad. Wie du's versprochen hast!«

Er sieht sie an, als hätte er keine Ahnung, wovon sie spricht.

»Du hast es gesagt, Dad. Du hast uns zum Essen eingeladen, weißt du noch? Und du hast gesagt, dass du einen Traum hast. Und dass du ...«

»Ich kann das nicht.«

»Aber du hast es gesagt!« Effies Stimme wird schrill.

»Effie, mein Mädchen«, sagt er. »Es tut mir so leid.«

»Nein!« Sie stampft auf. »Du hast es versprochen!«

»Es geht nicht.«

»Doch, es geht! Du kannst einfach mitkommen. Jetzt.«

»Halte dich an Nessa, Effie. Damit machst du nichts falsch.«

»Ich will mich aber nicht an Nessa ... Nein! Ich will, dass du nach Hause kommst!« Sie ist außer sich. Er hat es versprochen.

»Nessa kümmert sich um dich.«

Sie braucht keine Nessa, die sich kümmert. Sie braucht einen Dad! Sie *will* ihren Dad!

»Geh nach Hause, kleine Effie.« Er klingt nicht böse. Nicht von oben herab. Er klingt einfach nur müde.

»Wenn du jetzt nicht mitkommst, dann ... dann ...« Sie würde gerne etwas richtig Gemeines sagen. So was wie ... *dann will ich dich nie wiedersehen* oder ... *dann bist du für mich gestorben* oder ... *ich wünschte, du wärst tot und nicht Mum.* Aber Mum hat sie schon lange nicht mehr erwähnt. Außerdem weiß sie, dass es ohnehin keinen Sinn macht. Es ist, wie Nessa gesagt hat. Und das ist vielleicht das Bitterste. Dass Nessa recht hatte.

Sie verlässt den Pub. Sie verspricht sich hier und heute, dass sie nicht mehr herkommen wird. Sie stapft. Wie sie es vorhatte. Wütend. Aber jetzt ist sie nicht mehr wütend auf Nessa – oder zumindest nicht mehr ganz so. Jetzt ist sie wütend auf die ganze verdammte Welt, die so hässlich ist und ungerecht.

»Effie, warte!«

Sie bleibt stehen und wendet sich um. Joseph kommt hinter ihr her.

»Ich bring dich.«

»Ich kann allein nach Hause gehen.« Sie klingt giftig, obwohl Joseph nichts dafürkann.

»Das weiß ich. Du kommst ja auch allein her. Aber mir isses heute Abend lieber, wenn dich jemand begleitet.«

»Okay?«

Eine Weile gehen sie schweigend nebeneinander her.

»Ich werd nicht mehr kommen«, sagt sie dann.

»Ich glaube, das ist eine gute Entscheidung, auch wenn du mir fehlen wirst, kleine Effie.«

»Du mir auch.« Sie schluckt.

Dann schweigen sie wieder. Erst als sie in der Bruce Crescent angekommen sind, räuspert sich Joseph.

»Dein Dad«, beginnt er, »kann dir nicht zeigen, dass er dich liebt. Aber ich weiß, er tut's.«

»Ist mir doch egal.« Doch es ist ihr nicht egal, denn sonst würden Josephs Worte wohl kaum dafür sorgen, dass ihre Kehle eng wird.

»Er ist ein grottenschlechter Vater, aber er ist kein schlechter Mensch. Vielleicht hilft dir das.«

Das hilft kein bisschen. Oder vielleicht ein ganz kleines bisschen.

»Und ich will, dass du weißt, du und deine Schwestern, dass ihr hier nie allein seid. Wir sind alle für euch da, ja?«

Effie nickt. Das ist so nett von Joseph, auch wenn es nicht das ist, was sie sich wünscht.

»Wenn du was brauchst, kannst du immer in den Pub kommen. Jetzt und in Zukunft.«

Sie nickt wieder.

»Dann jetzt mal ab ins Bett.«

Sie öffnet die Tür, schleicht sich ins obere Stockwerk. Es ist die erste Nacht, in der sie ganz allein in einem Zimmer schlafen wird. Sie betrachtet das leere Bett, das vom Mondschein erhellt wird, und ein leichter Schauder überkommt sie. Deswegen geht sie zurück in den Flur. Einen Moment steht sie vor der Schlafzimmertür ihres Dads, die jetzt Nessas ist. Dann dreht sie den Knauf.

»Nessa?«, fragt sie ganz leise. »Darf ich heute Nacht bei dir schlafen?«

Nessas Atem geht weiterhin regelmäßig, was bedeutet, dass sie nicht Nein gesagt hat. Deswegen kriecht Effie einfach zu ihr ins Bett und unter die Decke.

»Warum bist du so kalt?«, murmelt Nessa.

»Damit du mich wärmen musst«, erwidert Effie und kuschelt sich an ihre große Schwester.

40 »Bist du nervös?«, fragt Adair.

Hm. Ja. Ein bisschen zumindest. So nervös, wie man eben vor ersten Malen ist. »Es ist das erste Mal, dass ich jemanden mit nach Hause bringe.«

»Schwestern lieben mich«, sagt er völlig überzeugt. Und ich bin mir sogar sicher, dass das stimmt.

Meine Nervosität gilt nicht so sehr der Reaktion von Nessa und Fiona auf ihn. Eher ... ihrer Reaktion auf mich mit jemandem. Und wenn ich ganz ehrlich bin, gilt sie eher mir mit jemandem als einer Reaktion. Aber je ehrlicher ich bin, desto nervöser werde ich, also lasse ich es für den Moment gut sein.

Ich öffne die Tür. Sie ist ohnehin nie abgesperrt. In Lerwick passiert nie etwas, und irgendwie haben wir es uns einfach so angewöhnt. Spätestens ab dem Moment, da ich eine Nacht frierend draußen verbrachte, weil ich mal wieder abgehauen war, um Dad zu besuchen, und meinen Schlüssel vergessen hatte. Meine Angst, Nessa zu wecken, war größer als die Angst, allein draußen zu bleiben, und so kauerte ich mich auf die Türschwelle und döste vor mich hin, bis Nessa mich am nächsten Morgen fand und es ein Donnerwetter gab, das ich nie vergessen habe. Zu Recht. Ich wusste es damals, und ich weiß es heute. Obwohl ich versprechen musste, mich nicht mehr heimlich aus dem Haus zu stehlen, ließen wir die Tür ab dem Moment einfach offen.

»Hallo?«, rufe ich nach drinnen. »Jemand zu Hause?«

»Effie?« Gut, Fiona ist schon mal da.

»Ja?«

»Wie ist es ge...« Und Nessa ebenfalls. »Hallo, hallo.« Sie grinst. »Kommt rein. Es gibt frischen Hufsie, wenn ihr mögt.«

Wir treten ins Haus, das erfüllt ist vom Duft des frischen Früchtebrots.

»Nessa, das ist ...«

»Adair.« Er streckt ihr seine Hand hin. »Und die hier« – er reicht ihr einen überdimensionalen Blumenstrauß, den wir auf dem Weg noch im Blossom House besorgt haben – »sind für dich.«

Die verdatterte Nessa verschwindet völlig hinter den Blumen. »Oh, wie ... aufmerksam. Danke. Das wäre doch nicht nötig gewesen.« Ich höre, dass sie sich gegen ein Lachen wehrt.

»Na ja, normalerweise hätte ich einen Strauß in gewöhnlicher Größe mitgebracht. Aber dieser hier ist Entschuldigung und Aufmerksamkeit in einem.«

»Entschuldigung?«, fragt Nessa.

»Wegen der Halle.«

Jetzt lacht sie tatsächlich. »Du warst der Typ am Telefon! Du hast mir am Telefon gesagt, dass Boyd sie gekauft hat!«

»Schuldig im Sinne der Anklage.«

»Und du hast außerdem gesagt, wenn du mir verrätst, wer die Halle verkauft hat, werde ich deinen Namen nie erfahren.« Wieder lacht sie.

»Sagte ich eben, mein Name sei Adair? Das war gelogen. Ambrose. Mein Name ist natürlich Ambrose.« Er räuspert sich hektisch, grinst. »Ist völlig egal, ich arbeite dort nicht mehr. Kannst mich also ruhig verpfeifen.«

»Das hatte ich ohnehin nicht vor.«

Sie dreht sich um und touchiert mit dem Blumenstrauß eins der Bilder im Flur. Adair hält es gerade noch fest, damit es nicht auf den Boden fällt. Es zeigt uns drei Schwestern. Unserem Alter nach nebeneinander aufgestellt. Nessa, Fiona und ich. Marigold hat es geschossen. Am Strand beim Cottage.

»Ich mach mich mal auf die Suche nach einer Vase. Oder einem Fass.«

Als Nessa in die Küche abbiegt, sehe ich, dass Fiona in der Wohnzimmertür steht und ebenfalls breit lächelt.

»Ambrose mein Name«, sagt Adair. »Äääh, ich meine Adair. Gott, ist das kompliziert!«

»Fiona.«

»Die Heimkehrerin.«

»Ebendie.«

Wir machen Anstalten, ins Wohnzimmer zu gehen, doch als ich an der Küche vorbeikomme, zieht Nessa mich am Arm hinein.

»Ich liebe ihn«, sagt sie.

»Ich auch«, erwidere ich, und im nächsten Moment steigt mir Hitze in den Kopf. »Also, äh ...« Aber Nessa strahlt nur und umarmt mich.

Wenig später sitzen wir im Wohnzimmer. Auf den dicken Hufsie-Scheiben zerläuft Butter. In unseren Tassen dampft heißer Tee.

»Ich hab keine Ahnung, wie das läuft«, sagt Fiona. »Stellen wir Fragen? Schon, oder?«

»Ich bin ein offenes Buch«, erwidert Adair. Wir sitzen nebeneinander, und die ganze Zeit über lasse ich seine Hand nicht los. »Und ich kann euch versichern, meine Absichten bezüglich eurer Schwester sind absolut ehrenwert. Von vorne bis hinten.«

That's what he said«, sage ich, um die verkrampfte Stimmung aufzulockern. Aber dann fällt mir auf, dass ich die Einzige bin, die hier verkrampft ist. Und die fragenden Blicke, die nun alle auf mich gerichtet sind, helfen nicht. Also beschließe ich, erst mal die anderen machen zu lassen.

»Das ist alles, was wir wissen müssen, glaube ich«, sagt Nessa. »Aber wenn du willst, kannst du ein bisschen was über dich erzählen. Wo du herkommst, wie lange du bleibst ...«

Adair erzählt von Edinburgh, von seinem Job, den er gehasst hat, von seinem Vater, mit dem das Verhältnis angespannt ist, wie er es ausdrückt. Dass er im Moment nicht weiß, wohin das alles führen soll. »Bislang weiß ich nur, dass es mich hierher geführt hat, und das war wohl die verflucht beste Führung, die man sich vorstellen kann.« Er sieht mich an und lächelt. »Ich bleibe erst mal in Marigolds Cottage.«

»Hier bist du jedenfalls auch immer herzlich willkommen«, sagt Nessa, und ich forme mit den Lippen ein lautloses »Danke«.

Wir essen warmen Hufsie, und Adair überschlägt sich fast vor Begeisterung. Er überschlägt sich ebenfalls fast, als Nessa und Fiona sich verabschieden, weil die eine zu ihrem Bräutigam und die andere noch in den Pub geht und ich ihn frage, ob er die Nacht hier verbringen will. Bei jedem anderen wäre so viel Begeisterung vielleicht zu viel. Aber bei Adair ist es so natürlich, dass man sich einfach nur mit ihm freut.

»Und?«, fragt er. »War das so schlimm?«

»Es war überhaupt nicht schlimm.« Er sitzt auf meinem Bett, während ich um ihn herum das gröbste Chaos beseitige, indem ich es einfach in meinen Schrank stopfe.

»Und ich hab mir nicht mal meinen Kopf gestoßen. Das war nämlich meine größte Angst.«

»Was meinst du?«

»Ich dachte, vielleicht ist das bei unseren ersten Malen so.«

Ich muss lachen, als ich daran denke, wie absolut misslungen unser erstes Mal Sex war. Und wie egal es war. Schon in dem Moment.

»Apropos ...«, sage ich. »Hast du an Verhütung gedacht?« Den letzten Satz flüstere ich, weil es sich komisch anfühlt, in meinem Zimmer darüber zu sprechen.

Adair schüttelt den Kopf. »Das stand irgendwie nicht auf der Liste der Dinge, die ich zu einem Kennenlernen mit deiner Familie mitbringen wollte.«

»Warte kurz.«

Ich gehe in den dunklen Flur. Vorsichtig öffne ich Nessas Zimmertür. Auf dem Nachttisch steht ein kleines Kästchen. Ich öffne es und hole eine Kondompackung heraus. Gerade will ich es wieder schließen, da nehme ich noch eine. Für morgen früh.

Adair sitzt immer noch auf meinem Bett. Es ist ein ungewohnter Anblick. Aber ein schöner. Ich gehe auf ihn zu, stelle mich vor ihn, zwischen seine Beine, und nehme seinen Kopf in meine Hände. Ich neige ihn sanft, sodass er zu mir aufschauen muss.

»Ich hab nicht erwartet, dass es auf der Welt jemanden gibt, der so gut zu mir passt«, flüstere ich, fahre ihm durch die Haare, küsse seinen Mund.

»Ich hab nichts von alledem erwartet.« Er schlingt seine

Arme um meine Mitte, schiebt meinen Pullover ein Stück nach oben und küsst meinen Bauch. Dann öffnet er den Knopf meiner Jeans, den Reißverschluss. Er zieht sie sanft ein Stück nach unten und küsst meinen Slip. Und dann noch einmal. Er schiebt ihn etwas zur Seite, damit kein Stoff mehr zwischen seinem Kuss und mir ist, und meine Beine knicken kurz weg, weil das Gefühl seiner Lippen auf mir umwerfend ist.

Manchmal gibt es Momente, die so schön sind, dass ich weinen muss, weil ich bereits währenddessen daran denke, wie traurig es sein wird, wenn sie vorbei sind. Und auch jetzt könnte ich auf der Stelle losweinen. Während meine Hände in Adairs Haaren wühlen. Während er leise Küsse auf meine Haut haucht. Doch dann fällt mir auf, dass der Moment vorbei sein darf. Weil es nicht der letzte sein wird.

Adair streicht mit seinem Finger sanft über mich. Meine Schamlippen entlang. Und dann schiebt er ihn langsam in mich. Ich neige seinen Kopf wieder nach oben, damit er sehen kann, wie schön ich es finde. Er sieht es, lächelt, bewegt seinen Finger, und ich stöhne leise.

»Darf ich deinen Vibrator kennenlernen?«, fragt er leise, und ich muss kichern.

»Echt?«, frage ich. »Du willst Motörhead kennenlernen?«

»Motörhead?« Er lacht leise.

»*That's what you said.* Also dass die Witze so funktionieren.«

»Ich bin mir nicht sicher, ob ich das wirklich so gesagt habe.«

»Es ergibt jedenfalls keinen Sinn.«

Er küsst mich noch mal, doch dann löse ich mich etwas widerwillig von ihm und hole die schwarze Box unter meinem Bett hervor. Ich reiche sie Adair und setze mich neben ihn. Er öffnet den Deckel, und zum Vorschein kommt der weiße Silikon-Vibrator.

»Hi, Motörhead«, sagt Adair und streicht mit seiner Hand über das weiche Material. »Ist er aufgeladen?«

»Immer.«

»Danke, dass du dich um Effie gekümmert hast. Ich will, dass du weißt, dass in dieser Beziehung genug Platz für uns beide ist. Du musst dir keine Sorgen machen, dass du ersetzt wirst.« Dann schaltet er die Vibration ein. »Nice.« Er schaltet ihn wieder aus, legt ihn auf meine Bettdecke. »Ich glaube, das wird gut.«

Ich glaube es auch, aber in mir flattert es so sehr, dass ich für einen Moment nichts sagen kann.

»Und ich will, dass *du* weißt, Effie, dass du jeden Wunsch, den du mal haben solltest, aussprechen kannst. Nicht nur die sexuellen, aber auch die.«

»Okay.«

»Egal, wie abgefahren.«

»Okay.«

»Und ich hoffe, es ist okay, wenn ich das auch mache.«

»Ja.«

»Aber sobald einer von uns sich mit etwas unwohl fühlt, sagen wir es ganz genauso.«

Ich nicke.

»Und dann gibt's kein Drängen.« Er streicht mir meine Haare hinter die Ohren.

Ich bin mir im Moment nicht sicher, was mich mehr erregt, die Tatsache, dass er gerade darüber redet, dass er Dinge mit mir ausprobieren will, oder die Aussicht auf das, was kommt.

Wir küssen uns. Langsam, um den anderen voll auszukosten. Alles zu fühlen, alles zu schmecken.

Adair schiebt meinen Pullover wieder nach oben, und für einen Moment lösen wir uns voneinander, während er ihn über meinen Kopf zieht. Dann mache ich mich daran, die Knöpfe seines kunterbunten Hemdes zu öffnen. Einen nach dem anderen, während immer mehr von seinem Oberkörper sichtbar wird. Ich beuge mich vor, um einen kleinen Kuss auf seine Haut zu drücken.

Ohne dass jemand den Befehl gegeben hätte, erheben wir uns. Ich öffne seine Hose wie er vorhin schon meine. Er schiebt meine nach unten, ich seine. Dann folgt mein Slip und seine Boxershorts. Meinen BH öffne ich selbst und lasse ihn zu Boden fallen.

Wir stehen uns gegenüber, in meinem Zimmer, meinem Mädchenzimmer, das inzwischen das Zimmer einer Frau ist. Wir streichen über unsere Körper, ich berühre seine Erektion, lasse mich auf die Knie hinunter, sodass ich nun so zu ihm aufsehe wie er vorhin zu mir. Ich küsse seinen Schaft entlang, die Innenseite seiner Oberschenkel. Adair sinkt ebenfalls auf den Boden, stellt die Augenhöhe wieder her. Er verwebt unsere Hände miteinander, und erneut verlieren wir uns in einem tiefen, sehnsüchtigen, hungrigen Kuss.

Mit seiner linken Hand tastet er auf meinem Bett nach dem Vibrator. Er schaltet ihn erneut ein, und für einen Augenblick ist das warme Summen beinahe ein Störgeräusch. Doch schnell habe ich mich daran gewöhnt. Er nähert sich meinem Körper damit, lässt ihn mit der Spitze langsam über meine Brüste fahren. Die Vibration ist gut. Ist schön. Ist erregend. Er lässt ihn weiter nach unten wandern, zwischen meine Schamlippen, wo er für einen Moment verharrt. Genau an der Stelle, die macht, dass ich mich einfach nach hinten sinken lasse, weil mich meine Beine nicht mehr halten.

Adair lacht leise, beugt sich über mich, um erst meine Lippen, dann meine Brüste zu küssen, während er den Vibrator nun einführt. In mich. Nur ein bisschen. Doch ich komme ihm entgegen, nehme ihn auf.

Er legt meine Hand um seine Erektion, und ich beginne, in einem regelmäßigen Rhythmus auf und ab zu fahren. Sein leises Stöhnen macht, dass sich mein Inneres zusammenzieht. Die Vibration in mir schaltet meinen Verstand aus. Ich denke nicht mehr. Ich fühle nur noch.

Ich spreize die Beine ein bisschen weiter, und er presst den Vibrator noch weiter in mich, sodass ich ein tiefes, wohliges Seufzen von mir gebe, das wieder dazu führt, dass er lacht. Vor Freude. Vor Freude, mir dabei zuzusehen, wie ich vollkommen erfüllt, vollkommen entspannt, vollkommen erregt bin.

Er in meiner Hand, der Vibrator in mir, seine Lippen auf mir, das kommt dem Himmel auf Erden schon sehr nahe. Aber eigentlich will ich viel lieber ihn in mir spüren. Will seine Bewegungen spüren, seine Erregung.

»Ich will jetzt dich«, flüstere ich.

»Es ist kein Entweder-oder«, sagt er.

Und dann schlafen wir miteinander. Langsam. Lange. Heftig. Adair ist in mir, lässt gleichzeitig meinen Vibrator über meine empfindlichsten Stellen wandern. Es ist ein unbeschreibliches Gefühl. Unbeschreiblich intensiv und intim. Ich komme. Mehrfach. Und beim letzten Mal kommt er mit. Und ich so sehr wie noch nie. Ich stöhne es heraus. Alles. Sekundenlang. Es hört nicht auf. Es ist unglaublich. Ich platze einfach vor lauter Orgasmus, der nicht endet, und so schön und intensiv und überfordernd und alles ist.

Dann liegen wir nebeneinander auf dem Boden, halten uns. Ich zittere. Und er ... zittert auch. Wir zittern zusammen, halten zusammen.

»Krass«, ist das Erste, was ich sage, und als Antwort bekomme ich einen Kuss auf meine Schläfe. Und ich beschließe, mir Gedanken darüber zu machen, was ich alles mit ihm ausprobieren will. Denn ein bisschen kinky, wie Adair es ausgedrückt hat, darf es schon werden.

— 13. 8. —

Sie ist hier. Ich bin hier. Wir sind zusammen. Zusammen eins.
Sie liegt in meinem Arm, schlafend. Atmet regelmäßig. Und ich kann
mir kein schöneres Geräusch vorstellen als ihr leises, sanftes Schnarchen.
Vergiss die Musik. Vergiss das Meeresrauschen. Vergiss Engelschöre
(falls es so was gibt). Effies Schnarchen ist pure Perfektion. Alles an ihr.
Für mich.

41 »Heute heiratest du!« Mit einem begeisterten Quietschen springe ich auf Fionas Bett, sodass die Matratze auf und ab wippt.

»Hm?« Sie reibt sich verschlafen die Augen.

»Es ist der Einundzwanzigste! Du! Heiratest!«

»Ja.« Ihre Stimme ist noch ganz heiser.

»Wie aufregend ist das!«

»Sehr. Sogar so aufregend, dass ich erst um halb vier eingeschlafen bin.« Sie gähnt. »Wie spät ist es?«

»Sieben.«

»Warum bist du schon wach?«

»Weil du heute heiratest!«

»Aber das geht den ganzen Tag.« Fiona zieht sich die Decke über den Kopf. »Da muss man doch nicht schon um sieben ...«

»Guten Morgen!« Nessa steckt den Kopf zur Tür rein. »Dachte ich mir, dass ich was gehört habe. Frühstück ist fertig. Hochzeitsfrühstück«, schiebt sie noch hinterher.

»Wieso bist du so fit?«, fragt Fiona. »Wieso seid ihr beide so fit?«

»Na ja, wir sind halt nicht erst um halb vier eingeschlafen.« Ich zucke grinsend mit den Schultern. »Aber wo du jetzt schon mal wach bist, kannst du es ja eigentlich auch gleich bleiben, oder?«

»Tee«, murmelt sie. »Die Braut braucht einen starken Tee.«

»Kommt sofort.«

Nessa geht nach unten. Man hört sie in der Küche hantieren, und wenig später kehrt sie mit einem Tablett, auf dem drei Tassen stehen, zurück.

Fiona setzt sich auf. Ihre Haare sind vom Schlaf wirr, ihre Augen noch ganz schmal. »Danke.«

»Gut, dass ich dich geweckt habe.« Ich hebe eine ihrer Haarsträhnen. »Das hier wird dauern.«

»Finger weg«, sagt Fiona mit einem Lächeln. »Die werden einmal gebürstet und fertig.«

»Du bist die Braut. Du kannst aussehen, wie du willst. Meine Hochsteckfrisur wird allerdings ein bisschen aufwendiger, deswegen ist es trotzdem gut.«

»Muss ich denn für deine Frisur wach sein?«, fragt sie, aber inzwischen klingt sie gar nicht mehr genervt oder müde, sondern einfach wie sie.

Nessa setzt sich ebenfalls aufs Bett, und zu dritt trinken wir unseren Tee, besprechen, wie wir am besten vorgehen. Glücklicherweise lehnte Connal mein Angebot, ihm heute Vormittag zu helfen, ab, sodass ich mich ganz auf Fiona konzentrieren kann.

Nach dem Frühstück verschwindet sie ins Bad, und Nessa und ich beginnen mit den Vorbereitungen. Ins Wohnzimmer stellen wir einen Ganzkörperspiegel, denn hier wird Fiona sich fertig machen. Wir beginnen, Taschen mit allen möglichen lebensnotwendigen Dingen zu packen. Taschentücher, Ersatzstrumpfhosen, Blasenpflaster.

»Denkst du an deinen Pass?«, ruft Nessa ein paar Stunden später.

»Schon eingesteckt. Weißt du, wo die Haarspangen sind?« Um mehr nach Best Man auszusehen, brauche ich jede Menge Spangen.

»Kann mir jemand einen Lidstrich malen? Meine Hand zittert zu sehr.« Das ist Fiona.

»Komme!«, rufe ich und vertage die Suche nach den Haarspangen.

Unten herrscht das absolute Chaos. Um sicherzugehen, checke ich in meiner Handtasche noch mal, ob ich meinen Pass wirklich eingesteckt habe. Und ja, dort ist es, das kleine blaue Heftchen.

»Hier wurde ein Lidstrich verlangt?«, frage ich, als ich ins Wohnzimmer komme.

Fiona hält ihre Hand hoch, die tatsächlich zittert.

»Bist du so nervös?«

»Ja und nein«, sagt sie. »Ich bin nicht nervös, Connal zu heiraten. Aber du hast schon recht, das Heiraten an sich ist so eine große Sache, dass es doch ein bisschen aufregend ist.«

Ich setze mich neben sie und begutachte die Make-up-Auswahl, die vor uns auf dem Tisch liegt. Dann nehme ich den flüssigen Eyeliner. »Schau nach unten«, weise ich sie an und male ganz vorsichtig einen dünnen Strich auf ihre Lider.

»Hier sind die Haarspangen«, sagt Nessa, die ebenfalls ins Wohnzimmer kommt. »Hatte sie schon weggepackt, sorry.«

Ich nehme sie ihr aus der Hand.

»Du kannst den Spiegel benutzen«, sagt Fiona, die sich gerade ihre Wimpern tuscht. »Mit dem Make-up bin ich dann fertig.« Sie dreht sich um und grinst.

»Wow«, sagt Nessa. »Du siehst so schön aus!«

Und ich gebe ihr recht. Fiona trägt nicht viel Make-up.

Und das, was sie trägt, unterstreicht einfach nur ihre natürliche Schönheit. Die Lippen ein bisschen dunkler und röter als sonst. Die Augen ein bisschen betont. Die Wangen mit einem Hauch Rouge belebt.

Kurz darauf trägt Nessa drei Sektflöten ins Wohnzimmer. »Auf dich, Fiona«, sagt sie.

»Und auf euch. Danke für alles.« Sie schluckt.

»Ach.« Nessa macht eine wegwerfende Handbewegung.

»Ich meine es ernst, Nessa. Ihr beide. Ihr habt mich wieder zurückgenommen, obwohl das, was ich getan habe, schlimm war. Einfach zu gehen. Euch allein zu lassen. Dass ihr mir das verziehen habt, ist so groß ...«

»Hör auf«, sage ich. »Das war selbstverständlich. Und schau dich an! Wer könnte diesem Gesicht lange böse sein?«

»Ich hab euch so lieb«, sagt sie, und ehe sie anfängt zu weinen und ich ihren Lidstrich neu malen muss, nimmt sie einen Schluck Sekt.

»Und wir dich erst.« Ich gehe auf sie zu und schließe sie in meine Arme. Gleich darauf ist auch Nessa bei uns, und für einen langen, schönen Moment sind es einfach nur wir drei in unserem Wohnzimmer in einer innigen Dreierumarmung.

»Hat hier jemand Blumenschmuck bestellt?«, fragt eine Stimme von der Tür. Es ist Henry, der im Blossom House Fionas Brautstrauß und Haarkranz abgeholt hat. Hinter ihm betritt – etwas schüchtern – ein junger Mann das Wohnzimmer. Charlie, Henrys fester Freund. Henry bemerkt mein freudiges Lächeln, erwidert es. Dann gehe ich auf Charlie zu.

»Herzlich willkommen bei den Linklater-Schwestern.« Ich umarme ihn einfach kurzerhand, weil die Stimmung es irgendwie mit sich bringt.

Henry stellt uns offiziell vor, und Charlie nimmt dankbar ein Sektglas von Nessa. Vermutlich ist es ein bisschen viel, uns alle auf einmal und dann auch noch bei einer Hochzeit kennenzulernen.

»Henry hat mir schon viel von euch erzählt«, sagt Charlie.

»Und hat er dir auch erzählt, dass du aufpassen musst? Dass wir nämlich die Leute, die wir mögen, sozusagen schwesterlich adoptieren und sie nicht mehr loslassen? Dass man dann auf einmal für immer hier festhockt, ohne dass man so richtig wüsste, warum?«, frage ich.

»Das nicht direkt.« Charlie grinst schüchtern.

»Es ist aber leider wahr«, sagt Henry und berührt Charlie wie beiläufig sanft am Arm.

»Na ja«, erwidert Charlie. »Ist vielleicht nicht das Schlechteste.«

Und das Lächeln, das sich daraufhin erst auf Henrys und dann auf Nessas Gesicht ausbreitet, ist fast noch schöner als Fiona.

Henry öffnet die kleine Pappschachtel, die er mitgebracht hat. Brautstrauß und Haarkranz sind genauso geworden, wie ich es mir vorgestellt hatte. Grün- und dunkle Rottöne, Gräser, Beeren.

So langsam ist die Stimmung richtig aufgeladen vor Aufregung, vor Vorfreude. Die gut gelaunte Hektik steigert das Bewusstsein für diesen besonderen Tag nur noch.

Während ich mir meine Haare hochstecke, macht Nessa sich neben mir Wellen in ihre kinnlangen Haare. Sie hat sich für den heutigen Anlass endlich mal ein neues Kleid aufschwatzen lassen, weil wir einstimmig der Meinung waren, als Fionas Trauzeugin könne sie nicht in ihrem schwarzen Beerdigungskleid erscheinen. Es ist dunkelgrün mit großen Blumen darauf, die den gleichen Rotton haben wie ihre Haare.

Wir trinken Sekt, sind auf diese kribbelige Weise ausgelassen. Ich schließe den Reißverschluss von Nessas Kleid, Fiona setzt sich den Blumenkranz auf den Kopf. Viel zu spät fällt mir auf, dass ich längst losmüsste, um Connal zu treffen.

»Bis gleich«, sage ich mit einem letzten Blick auf meine Schwestern. Nessa, die Starke, Besonnene, Fiona, die Braut, die so schön ist, dass es einem den Atem verschlägt. Innerlich wie äußerlich schön. Auf ihre ganz eigene Weise. Oder vielleicht auf unsere Weise. Auf die Linklater-Weise.

Von Weitem sehe ich ihn bereits. Er steht vor dem Rathaus, blickt immer wieder kritisch gen Himmel. Es ist nur eine Frage der Zeit, bis der Regen kommt. Und er trägt einen ... Nein!

»Ist das dein Ernst?« Ich pruste.

Connal hat die Arme vor der Brust verschränkt und sieht absolut nicht aus, als würde er sich in seiner Haut wohlfühlen. Geschweige denn in seinem – ich muss schon wieder lachen – Kilt.

»Frag nicht.« Sein Lächeln ist gequält.

»Ich wusste nicht mal, dass du einen besitzt.«

»Hab ich auch nicht. Bis mein Dad diesen hier ausgegraben hat. Ich dachte erst, er würde einen Witz machen. Aber offenbar lag ich damit falsch.«

»Du siehst aus wie ... wie ...«

»William Wallace?«, fragt er.

Ich lache. »Hast du ... was drunter?«

»Ich habe gehört, so was fragt man nicht.«

»Hast du?«

»Ja. Aber verrate es niemandem. Offenbar gehört sich das nicht.«

»Meine Lippen sind versiegelt.« Immer noch lachend umarme ich ihn. »Bist du bereit, Mr Halcrow?«

»So was von bereit.«

Im Foyer des Rathauses sind immer noch Fionas Keramikfiguren ausgestellt. Dazwischen hängen Spruchbänder mit Zitaten von den Frauen aus Lerwick, die ihr die Rückkehr erleichterten. Durch die Gestalten aus der griechischen Mythologie – allesamt Frauen – wirkt dieser Ort beinahe surreal. Auf eine wunderbare Weise.

»Das ist eine ziemlich tolle Frau, die du da heiratest«, sage ich, weil mich auf einmal dieser immense Stolz überkommt. Stolz, Fionas Schwester zu sein. Und Nessas. Und auch ein bisschen Stolz, ich zu sein. Die dritte im Bunde.

»Das weiß ich.«

»Und sie heiratet auch einen ziemlich tollen Mann.«

»Man tut, was man kann.« Dieses Understatement ist typisch Connal. »Hast du die Ringe?«

Ich nicke, greife mir in die Innentasche meines Jacketts und gebe ihm die kleine, schwarze Schachtel mit den Weißgoldringen, die eine Goldschmiedin auf Fetlar angefertigt hat. Als er sie entgegennimmt, sehe ich, dass seine Hand leicht zittert.

Er bemerkt meinen Blick und grinst. »Es ist aufregend, die Liebe seines Lebens zu heiraten. Da kann man sagen, was man will.«

»Noch dazu in einem Kilt.«

Connal lacht. »Noch dazu in einem Kilt.« Er biegt um eine Ecke, um Bescheid zu sagen, dass wir da sind, und ich gehe wieder nach draußen. Einer muss schließlich die Gäste empfangen.

»Mr und Mrs Babe«, jubelt Fionas Freundin Irina, die gemeinsam mit ihrem Freund als eine der Ersten kommt. »Wer hätte das gedacht.«

Connals Eltern treffen ein, Graeme in einem ebenso leuchtenden Kilt wie Connal.

Danach Lulu und Tonya, Fionas Mitbewohnerin aus Bristol und ihre Freundin. Sie haben noch ein paar andere Studienfreunde im Schlepptau, die ich nicht kenne.

Drinnen füllt es sich, doch weil der Regen nicht stärker wird, bleibe ich hier. Und bald stellt sich Connal neben mich.

»Alles erledigt. Es kann losgehen.«

Als Nächstes kommen Edith, Marigold und Mr Reed, der sich verblüffend schick gemacht hat für den Anlass. Und hinter ihnen ... Adair. Er trägt seinen fliederfarbenen Anzug und die dazu passende Fliege. Und mein Herz hüpft, als ich ihn sehe.

Er schüttelt Connal die Hand, dann hebt er mich hoch und küsst mich auf den Mund.

»Dein Anzug ist ein bisschen schöner als meiner«, sage ich und zupfe an meinem taillierten Jackett. Doch Adair schüttelt den Kopf.

»Es kommt auf die inneren Werte an. Da gewinnt deiner um Längen.« Er grinst und bleibt bei Connal und mir. Wir halten uns an den Händen, was verrückt ist, weil es bedeutet, dass ich einen Freund habe. Einen bunten, lustigen, schlauen Freund.

Und dann biegt unser Auto in die Straße ein. Ich spüre, dass Connal sich neben mir aufrechter hinstellt. Das ist der Moment. Oder einer der Momente, denn dieser Tag wird noch einige bedeutende bereithalten.

Sie parken auf der anderen Straßenseite, und ein paar Sekunden passiert nichts. Mein Herz pocht laut, obwohl ich genau weiß, wie Fiona aussieht. Aber es ist trotzdem aufregend. Alles heute ist aufregend.

Und dann öffnet sich erst die Fahrertür, und Henry steigt aus. Er geht um das Auto herum. Währenddessen treten Nessa und Charlie auf die Straße. Sie lächelt und winkt uns.

Doch mit einem Blick auf Connal weiß ich, dass er nichts wahrnimmt. Nichts als die Autotür, die in diesem Moment von Henry geöffnet wird. Und dann steigt Fiona aus. Sie lacht, schüttelt den Kopf, offenbar amüsiert über Henrys Geste. Sie sieht so umwerfend aus, dass mir ein Quietschen entfährt.

»Hossa, ist die schön«, sagt Adair und bringt mich zum Lachen. Wie immer.

Wieder sehe ich zu Connal. Er lächelt, doch sein Lächeln ist so ernst. Es ist so ernst, dass er sich über den Nacken streicht und ein Geräusch ausstößt, das ein Stöhnen oder Seufzen oder Schluchzen sein kann. Er weint nicht, aber seine Augen werden etwas glasig.

Das muschelschalenweiße, knielange Kleid mit der Knopfleiste und den Blumenstickereien, die roten Schuhe, die so gut zu ihren offenen roten Haaren passen. Der Blumenschmuck in ihrem Haar, der Brautstrauß in ihrer Hand. Die Jacke, die ich ihr gestrickt habe. Sie ist so perfekt, dass es wehtut.

»Wow«, entfährt es Connal, als sie vor ihm steht.

»Ebenfalls wow«, sagt sie amüsiert und blickt an ihm herunter. »Ich wusste nicht, dass ich den Highlander heiraten würde. Aber mir ist alles recht.«

Er bringt sie mit einem Kuss zum Schweigen, und sofort kramt Nessa in ihrer Handtasche nach dem Lippenstift.

»Also dann«, sagt Henry mit einem Blick in den Himmel. »Bevor es richtig losplästert, sollten wir vielleicht …«

»… heiraten«, vervollständigt Fiona seinen Satz. »Ja bitte!«

42 »Connal und Fiona.« Bürgermeister Scolley blickt von seinen Karteikarten auf und bedenkt jeden von den beiden mit einem Lächeln. »Fiona und Connal. Dass wir das noch erleben!«

Der kleine Raum im ersten Stock des Rathauses ist so voll, dass nicht alle einen Sitzplatz gefunden haben. Ganz hinten stehen Fionas Freunde aus Bristol. In den hinteren Reihen sitzen einige der Bewohnerinnen und Bewohner Lerwicks, die nicht zu unseren engsten Freunden zählen. Dr. Beattie und Muriel, Mrs Henderson, Andrea, die ihren Enkelsohn auf dem Schoß hat, Cassie. Dann folgen bunt gemischt ein paar Verwandte von Connal. Und vorne sitzen Connals Eltern zusammen mit Marigold, Mr Reed, Boyd und Adair. Immer wieder flackert mein Blick zu ihm, während Munro Scolley sehr merkwürdige Dinge erzählt.

»Es war ein langer Weg. Es war ein steiniger Weg. Er fing als Märchen an, endete beinahe viel zu früh. Doch dann – der Paukenschlag! Und ebendieser ist es, der uns heute hier zusammenbringt, um eure Liebe zu zelebrieren.«

Aus dem Augenwinkel sehe ich, wie Fionas Mund zuckt.

»Eure Beharrlichkeit ist es, auf der dieses Bündnis fußt. Es wird für die Ewigkeit geschlossen – durch mich.«

Ich höre, wie Edith sich räuspert, und wende mich noch mal kurz um, um Adairs Blick zu suchen. Seiner ist auf mich gerichtet. Mit den Lippen formt er lautlos das Wort »Beharrlichkeit« und deutet auf sich.

»Lasst mich euch eins sagen. Die Liebe. Sie ist wie ...« Ich habe das ungute Gefühl, dass Munro nun improvisiert, und das kann eigentlich nur noch unangenehmer werden. »... wie ein Kräutergarten.«

Fiona gibt ein hohes Fiepen von sich, in dem Versuch, nicht zu lachen.

»Man muss sie hegen und pflegen, sonst geht sie ein.«

Connals Schultern beben. Auch er reißt sich sichtlich zusammen. Nessas Augen sind geschlossen, und ich kann erkennen, dass sie sich auf ihre Atmung konzentriert.

»Worte der Zuneigung sind der Dünger, der den Boden der Liebe fruchtbar hält. Gegenseitiger Respekt die Harke, mit der die Erde aufgelockert wird. Zärtlichkeit ist das Wasser aus der Gießkanne eurer Ehe.«

»Mit Dünger und Erde kenne ich mich aus«, hört man Mr Reed flüstern, woraufhin Marigold ihn mit einem lauten »Schhhh« zum Schweigen bringt.

»Mr Scolley?«, fragt nun Connal unter enormer Anstrengung, um nicht laut loszuprusten. »Können wir dann?«

»Oh, ja, natürlich, mein Junge. Du hast es eilig.« Munro Scolley zwinkert ihm zu. »Willst nicht, dass sie es sich noch mal anders überlegt, hm?«

»Will, ehrlich gesagt, nicht, dass wir vor Lachen das Jawort verpassen«, murmelt er so leise, dass nur ich es hören kann.

»Connal Urquhart Halcrow ...«

»Urquhart?«, entfährt es mir, und es klingt wie eine Mischung aus Schluchzen und Lachen.

»Halt die Klappe«, flüstert er mit einem Glucksen, und ich höre, wie Fiona leise neben ihm prustet.

»... willst du die hier anwesende Fiona Linklater ...«

»Na, das ist nach Urquhart jetzt ein bisschen enttäuschend«, hört man Mr Reed.

»... zu deiner Ehefrau nehmen, sie lieben und ehren, in guten wie in schlechten Zeiten, bis dass der Tod euch scheidet? Dann antworte bitte mit Ja.«

»Ja«, sagt Connal laut und fest, und mir entfährt ein Quietschen.

»Und du, Fiona Linklater, willst du den hier anwesenden Connal Urquhart Halcrow zu deinem Ehemann nehmen, ihn lieben und ehren, in guten wie in schlechten Zeiten, bis dass der Tod euch scheidet ...«

»Ja!«, ruft Fiona.

Munro Scolley räuspert sich. »... dann antworte bitte mit Ja.«

»Ups. Ja!«, sagt Fiona noch einmal, und alle lachen, während sie sich mit Taschentüchern die Tränen aus den Augenwinkeln tupfen.

»Dann erkläre ich euch hiermit zu Mann und Frau«, sagt Munro Scolley, und der gesamte Saal beginnt zu jubeln.

Fiona zieht Connal an sich und küsst ihn. Lange. Und fest. Und ich sehe zu Adair und weiß, dass wir es nicht erwarten können, uns ebenfalls zu küssen. Noch länger. Noch fester. Ungefähr für immer.

Vor dem Rathaus hat sich eine Menschenmenge versammelt. Für den Augenblick ist es wieder trocken, und Joseph Garrioch schenkt an einem Stehtisch Sekt aus, den er an die Leute verteilt. Unsicher blicke ich zu Nessa, doch die nickt und grinst.

»Lass sie teilhaben an diesem Moment«, sagt sie. »Sie gehören eben einfach dazu.«

Und damit hat sie recht. Alle hier. Joseph, seine beiden Stammgäste, Miss Lundy, Colm und seine Mum, Mrs Tulloch, die in diesem Moment den Arm um ihre Tochter legt, Mr Haggan vom Zeitungsstand, der Postbote Magnus Tait und all die anderen gehören dazu, so wie wir zu ihnen gehören.

Und dann treten Fiona und Connal hinaus. Hand in Hand. Wie das glücklichste Paar, das die Welt je gesehen hat. Nach Adair und mir natürlich. Die Menge jubelt und wirft Konfetti, obwohl auf einem großen Schild steht, dass es eigentlich verboten ist. Mehr als einmal höre ich die Frage, ob Connal etwas unter seinem Kilt trägt. Doch er lächelt nur und zuckt mit den Schultern.

»Jetzt gehört er offiziell zu uns«, sagt Nessa und drückt meine Hand. Und ja, es stimmt. Wir verlieren keine Schwester, wir gewinnen einen Bruder. Und auch wenn das wohl ein Klischee ist, ist es eben doch wahr.

Ich sehe Boyd an, der genau gehört hat, was Nessa gesagt hat, und er grinst. Ja, ihn kann ich mir auch als Teil unserer schrägen Familie vorstellen. Komisch, aber perfekt. Und wenn ich schon bei komisch, aber perfekt bin, Adair soll auch dazugehören. Weil es einfach passt mit uns.

Der *Drawing Room* ist wunderhübsch geschmückt. Marigold und Edith haben sich selbst übertroffen. Die Tische sind zu langen Tafeln zusammengeschoben. Auf den weißen Tischdecken stehen die wunderhübschen kleinen Gestecke, die Andrea aus den gleichen Gräsern, Blumen und Beeren wie Fionas Haarkranz und Brautstrauß gezaubert hat.

Auf dem Tresen ist ein Büfett aufgebaut. Fiona und Connal hatten beide keine Lust darauf, dass es steif werden könnte, und fanden, die Leute sollten einfach dann essen, wenn sie Hunger hätten. Eine feste Tischordnung gibt es auch nicht, weil sich hier einfach alle mögen. Und weil man laut Nessa aber gleichzeitig niemanden so gern mögen kann, dass man den ganzen Abend zusammen verbringt. Boyd räusperte sich lautstark, und sie ruderte unter unserem Lachen zurück.

Der Koch des *Hideout* hat ganze Arbeit geleistet. Es gibt kleine Burger, Miniportionen Scampi oder Fish & Chips, klitzekleine Steak and Ale Pies, Haggis, Neeps and Tatties, einfach alles, was das Herz begehrt. Und an der Seite stehen kleine Nachtische, ein Hufsie, der verdächtig nach Nessas aussieht, und die dreistöckige Hochzeitstorte. Fiona kam sie fast ein bisschen zu opulent vor. Aber irgendwas darf bei so einem Fest auch opulent sein, finde ich.

Nachdem ich ein paarmal die Runde gemacht habe, sehe ich Adair am Büfett.

»Pub Food statt Austern ist ein Schwesternding, oder?«, fragt er, als ich mich neben ihn stelle und mir noch einen Löffel Coleslaw neben meinen Miniburger klatsche.

»Ich werde mit dir demnächst mal ein paar Austern schlürfen«, sage ich. »Um diese Leere in dir zu füllen.«

Grinsend suchen wir uns einen Platz an einem der Tische.

In diesem Moment ertönt das Klingen von einer Messerspitze an einem Weinglas, und die Gespräche verstummen. Fiona und Connal stehen in der Mitte des *Drawing Room*. Connal räuspert sich.

»Vielen Dank, dass ihr heute hier seid«, sagt er. »Fiona und ich würden gern noch ein paar Worte sagen.« Er strahlt in den Raum. »Auf unserem Weg hierher haben uns viele

Menschen begleitet. Fast alle von ihnen sind heute da, und wir könnten uns kaum glücklicher schätzen, euch alle in unserem Leben zu wissen.«

»Ihr seid die Sonnenstrahlen, die die Fotosynthese in unserem Kräutergarten der Liebe überhaupt erst möglich machen«, sagt Fiona, und der gesamte *Drawing Room* bricht in schallendes Gelächter aus.

»Für mich ist das Schönste an diesem Tag, abgesehen davon, dass Fiona und ich jetzt ein Ehepaar sind – wow, wie erwachsen das klingt –, dass ich endlich Fionas Freunde aus Bristol alle kennenlernen konnte. Die letzten Leerstellen sind damit endlich gefüllt.«

»Und dass du mich *noch besser* kennenlernen kannst«, sagt Irina, und Connal nickt und grinst.

»Neue Freunde treffen, die alten wiedersehen, das macht diesen Tag unvergesslich. Danke, dass ihr mit uns feiert. Danke, dass ihr immer für uns da wart. Danke.«

»Ich würde gerne Connals Familie danken«, sagt nun Fiona. »Ihr wart schon immer auch meine Familie. Ihr habt mich in euren Kreis aufgenommen, als würde ich dazugehören. Und dann habt ihr die Kraft aufgebracht, es noch einmal zu tun, obwohl ich euch so enttäuscht habe. Dafür danke ich euch noch viel mehr.«

»Ach Blödsinn«, sagt Graeme ein bisschen erstickt, und Alice, Connals Mum, wischt sich eine Träne aus dem Auge und eilt auf Fiona zu, um sie in die Arme zu schließen.

»Effie, Nessa, ihr seid nicht nur meine Schwestern und die wichtigsten Menschen auf der Welt für mich – sorry, Connal, du hattest leider nie auch nur den Hauch einer Chance«, fügt sie hinzu. »Ihr seid heute auch unsere Trauzeuginnen. Das ist das schönste Geschenk, das Connal mir hätte machen können, und es ist das schönste Geschenk, das ihr mir hättet machen können, denn das zeigt, wie sehr ihr zu uns steht. Und wie sehr Connal zu uns steht. Und dass wir jetzt einfach ein großes Uns sind. Zu diesem Uns gehören aber auch alle anderen, die heute da sind, und deswegen trinken wir heute nicht auf Connal und mich, sondern auf uns alle. Auf uns«, ruft sie, und wir erheben unsere Gläser. Dann spricht sie weiter. »Normalerweise ist ein fester Bestandteil von Hochzeiten, dass der Brautstrauß geworfen wird. Aber ... ähm ... Lulu würde es mir nie verzeihen, wenn sie sich mit allen anderen ledigen Frauen in eine Ecke stellen müsste, um dieses unwürdige Spektakel mitzumachen.«

»Ich auch nicht«, sagt eine von Fionas Freundinnen aus Bristol. Annie heißt sie.

»Und ich, ehrlich gesagt, auch nicht«, sagt Nessa.

»Und ich mir auch nicht«, fährt Fiona fort. »Und deswegen habe ich beschlossen, dass ich diesen wunderschönen Strauß einfach verschenken werde. Und zwar an dich, Marigold.«

»Na, das ist mal eine interessante Wendung des Schicksals«, sagt Mr Reed, und Marigold bringt ihn mit einem erneuten »Schhhh« zum Schweigen.

»Als Zeichen meiner Dankbarkeit. Für alles, was du für mich getan hast. Und nicht nur für mich, sondern für uns drei Schwestern. Ich kann nur für mich sprechen, aber du hast mir schon immer genau die Sicherheit gegeben, die ansonsten gefehlt hat. Du hast uns beigebracht, was es heißt, zu vertrauen. Und das ist wohl auch in einer Ehe das Wichtigste. Deswegen von ganzem Herzen Danke.« Fiona geht auf Marigold zu, umarmt sie fest und gibt ihr ihren Brautstrauß. Marigold lacht und weint gleichzeitig, und Mr Reed steht etwas unsicher daneben und kichert.

»Wenn noch jemand was sagen will, jetzt weinen eh schon

alle. Würde sich also anbieten.« Connal macht eine einladende Geste.

»Wir wollen vor allem wissen, ob du was drunter trägst«, sagt Irina.

»Ein Gentleman schweigt und ... schweigt«, erwidert Connal, und ich sehe, dass Nessa mir zunickt.

Ich erhebe mich von meinem Platz, jedoch nicht ohne Adair einmal durch seine weichen, schönen Haare zu fahren.

»Wir haben gehört, dass Trauzeuginnen auch Reden halten.« Nessa nimmt meine Hand.

»Oh-oh«, macht Fiona und greift dankbar nach der Taschentuchpackung, die Marigold ihr hinhält.

»Keine Sorge, du kennst mich. Ich bin ein bisschen zu pragmatisch für rührende Worte«, sagt Nessa, aber ich bin mir da, ehrlich gesagt, gar nicht so sicher. »Meine Schwestern hatten von Anfang an keine Mum. Sie hatten auch nicht so richtig einen Dad. Sie hatten dich, Marigold, vor allem hatten sie, hattet ihr allerdings eine Nessa. Und ich weiß, dass das zu wenig war. Dass es völlig egal ist, wie viel Mühe ich mir gegeben habe, denn dafür gibt es einfach keinen Ersatz. Und deswegen ist alles, was du bist, Fiona, du. Zu hundert Prozent. Du hast alles, was du kannst, alles, was dich ausmacht, selbst geschaffen und selbst geschafft. Ich bin so unmäßig stolz auf dich, kleine Schwester, das kannst du dir nicht vorstellen. Und heute bin ich außerdem stolz drauf, dass du mit Connal einen Mann an deiner Seite hast, der all das weiß. Der dich so gut kennt wie nur du selbst. Der uns kennt. Der fast von Anfang an dabei war. Dem man nichts erklären muss. So wie die Halcrows dich adoptiert haben, so haben wir Connal adoptiert. Vom ersten Moment an hat er dazugehört. Und nicht nur, weil wir absolut ausgehungert waren, was Menschen anbelangt, die zu uns gehören könnten, sondern weil wir dich, Connal, einfach brutal lieben. Und wie ich sehe, war es wohl eine Lüge, als ich gesagt habe, ich sei zu pragmatisch für rührende Worte. Aber wann, wenn nicht auf einer Hochzeit, darf es mal aus einem rausbrechen?« Nessa lacht unter Tränen.

»Na danke«, sage ich. »*Ich spreche zuerst, meine Rede wird kurz und sachlich.* Von wegen!« Ich lache, schluchze, und Nessa und Fiona – und Connal – tun es mir nach. »Das kann für mich eigentlich keinen guten Ausgang haben. Und wer mich kennt, weiß, dass ich auf Happy Ends stehe. Deswegen werfe ich das hier jetzt einfach über Bord.« Ich wedle mit dem Zettel, auf dem ich Stichpunkte zu meiner Rede notiert hatte. Die Worte werden dieser Angelegenheit ohnehin nicht gerecht. »Ein schlauer Mann hat mich mal gefragt, woher ich weiß, ob es ein Happy End ist. Woran ich es festmachen würde. Und im ersten Moment dachte ich, na ja, ich entscheide, wann das Ende ist. So laufe ich nicht Gefahr, sehenden Auges in ein Unhappy End zu rauschen. Denn Unhappy Ends will ja wohl niemand. Aber heute sehe ich euch beide. Und ich weiß, auch wenn es vielleicht das Happy End von *Shetland Love* ist – diese wunderbare Buchreihe haben Fiona, Nessa, Henry und ich uns vor ein paar Monaten ausgedacht, als Nessa gerade mitten in ihrer Enemies-to-Lovers-Romanze steckte ...«

»Mit Tendenz zu Enemies-to-Lovers-to-Enemies«, sagt Fiona lachend, und Boyd stöhnt irgendwo im Hintergrund auf.

»Jedenfalls, auch wenn es vielleicht das Happy End von *Shetland Love* ist, ist es eben längst nicht euer Happy End. Es ist einfach nur eine Station auf eurem Weg. Der Weg ist das Ziel, sagen manche, aber wenn ich mir euch beide ansehe, glaube ich, dass der Weg das Happy End ist. Ihr seid mein absolutes Happy-End-Vorbild, und falls es irgendwann mal einen *Shetland-Love*-Band mit Effie gibt, dann habe ich das euch zu verdanken.«

»Falls?« Adair ist in gespielter Empörung aufgestanden.

Ich lache. Denn ja, er hat natürlich recht. Ich bin schon mittendrin. Ganz und gar. Head over Heels.

Nachdem Fiona und Connal unter lautem Gejohle die Hochzeitstorte angeschnitten haben und jeder so viel davon gegessen hat wie irgend möglich – besonders Adair und ich, denn es stellte sich heraus, dass das unterste Stockwerk innen Red Velvet Cake war –, werden die Tische beiseitegeschoben, um Platz für eine Tanzfläche zu schaffen. Die Musik wird aufgedreht, und irgendjemand ruft: »Zum ersten Mal als Ehemann und Ehefrau, Ladies and Gentlemen, Fiona Linklater und Connal Halcrow!«

Wir applaudieren, und in diesem Moment erklingen die ersten Takte von *I can't Help Falling in Love With You*. Connal streckt seine Hand aus, zieht Fiona an sich, und gemeinsam wiegen sie sich zu ihrem Lied. Connal dreht Fiona langsam, sie lacht. Lacht so laut und so schön und so befreit. Sie ist glücklich, das sieht man. Und Connal ist es auch. Und ich bin es auch und sogar noch ein bisschen mehr, als nun weitere Paare sich anschließen und Adair mich zum Tanzen auffordert.

Während alle anderen sich sehr klassisch bewegen, ist Adairs und mein Tanz etwas verrückter. So verrückt, wie es eben geht zu einem so langsamen Lied. Aber wir bewegen uns wie in Zeitlupe, werfen unsere Arme in die Luft, hüpfen, wackeln mit unseren Hüften, alles genauso langsam, dass es zum Takt passt. Adair hebt mich hoch, dreht sich einmal um die eigene Achse, lässt mich dann wieder hinunter. Es ist der seltsamste und gleichzeitig der schönste Tanz, den ich mir vorstellen kann. Nessa und Boyd müssen es natürlich übertreiben. Sie wissen genau, was sie tun, und sehen toll zusammen aus. Aber ein Paar hat so viel Spaß wie sonst niemand auf diesem Fest. Und das sind Marigold und Mr Reed. Ich weiß nicht, ob Mr Reed tanzen kann, jedenfalls versucht er es, während Marigold konzentriert seinen Füßen ausweicht, damit er ihr nicht auf die Zehen tritt. Sie lachen ausgelassen, lauter noch als Fiona und Connal, lauter als Adair und ich. Und das will wirklich etwas heißen.

43 Es ist kurz vor Mitternacht, als ich völlig erschöpft und verschwitzt vom Tanzen kurz an die frische Luft gehe. Sanft rollt die Brandung heran. Es duftet nach Nachtfrische und salzigem Ozean.

Erst als sich meine Augen an die Dunkelheit gewöhnt haben, erkenne ich, dass vorne an der Kaimauer jemand steht. Und auf den dritten Blick sehe ich, dass es Adair ist.

»Hey«, sage ich und stelle mich neben ihn. »Alles okay?«

»Alles mehr als okay«, sagt er mit einem Adair-Lächeln, mit einem Ganzkörperlächeln, und setzt sich auf die kühlen Steine.

Ich tue es ihm nach, und einen Moment sind wir einfach nur so da, nebeneinander, in einträchtigem Schweigen und baumeln mit den Beinen.

»Schöne Hochzeit.« Mit einem Lächeln im Gesicht durchbricht er die Stille.

»Ja, sehr. Sehr passend. Für beide.«

»Meine wird allerdings pompöser ausfallen«, sagt er und lacht. »Ohne dass ich Druck ausüben will oder so. Versteh mich nicht falsch.«

»Tu ich nicht«, sage ich, weiß aber, dass ich ihn etwas fragen muss. »Du, Adair?«

»Hm?«

»Wie stellst du dir die Zukunft vor?«

»Der Planet geht zugrunde, und alle werden schreien, dass man damit wirklich nicht hat rechnen können.«

Ich lache. »Ja, gut. Ich meine eher so in der nächsten Zeit. Und eher so mit uns.«

»Aaaah«, macht er und nimmt meine kalte Hand in seine warme. »Eine weise Frau hat mal gesagt, der Weg ist das Happy End.«

»Ja, ich weiß. Aber was, wenn ich ein bisschen mehr brauche? Was, wenn ich wenigstens ein bisschen Sicherheit brauche?«

»Dann geb ich sie dir.« Er zuckt mit den Schultern.

»Okay, also eine richtige Antwort auf meine Frage würde mir Sicherheit geben.«

»Ich weiß nicht, was die nächste Zeit bringt. Ganz ehrlich. Keine Ahnung. Ich weiß, dass ich lesen will. Und dass ich die Augen offen halten will nach Dingen, die ich gut finde. Die mich interessieren. Und ich weiß, dass ich so viel Zeit wie irgend möglich mit dir verbringen will und davon so viel Zeit wie möglich so wenig bekleidet wie möglich.«

»Das will ich auch«, sage ich. Und dann das, was mir wirklich auf der Seele brennt: »Ich glaube, ich mache mir Sorgen, dass dir Lerwick zu eng wird. Dass du hier unglücklich wirst auf die Dauer. Dass du mehr Leben, mehr Spaß, mehr Unterhaltung brauchst. Ich will nicht, dass du unglücklich bist. Keiner von uns beiden soll unglücklich sein, okay?«

»Okay«, erwidert er. »Das ist ein Deal, mit dem ich mich anfreunden kann.«

Wieder schweigen wir eine Weile, lauschen den sanften Wellen. Und wieder ist Adair derjenige, der als Erster spricht.

»Ich kann dir nicht versprechen, dass ich für immer hierbleiben will. Aber ich kann dir versprechen, dass das kein Grund ist, nicht mit dir zusammen zu sein, wenn du das auch möchtest. Ich habe es schon mal gesagt, und es gilt immer noch. Ich finde auch Fernbeziehungen gar nicht mal schlecht. Ich bin wirklich ziemlich gut darin, immerzu anzurufen und sausüße Nachrichten zu schicken und all so was.«

»Ich glaub, ich kann das auch.«

»Wenn man sich genug mag, gibt es für alles eine Lösung. So sehe ich das. Und dass ich dich genug mag, steht fest.«

»Und ich dich«, sage ich und küsse ihn auf die Schulter. Er duftet gut nach Parfum, ein bisschen Schweiß vom Tanzen und ihm selbst.

»Reicht dir das? Sonst lege ich noch eine Schippe drauf.«

»Für den Moment«, sage ich und fühle mich so leicht, so glücklich, dass ich fast weinen muss.

»Sag mir rechtzeitig Bescheid, wenn der Moment vorbei ist, damit ich weitere Sorgen zerstreuen kann.«

»Das werde ich.«

»Solange wir miteinander sprechen, kann wenig schiefgehen.«

Und das glaube ich auch. Solange wir miteinander sprechen und den anderen als die Person akzeptieren, die er nun mal ist.

»Kommunikation und gegenseitiger Respekt trotz und für die Seltsamkeiten des anderen«, sagt Adair.

»In meinem Fall ist es *für*.«

»In meinem auch.«

»Weißt du noch, als du gesagt hast, dir würde ein Wort fehlen für das, was es wird, wenn wir uns küssen?«, frage ich.

»Ja.«

»Ich glaub, ich hab eins. Wattewolken-Rosa. Es wird Wattewolken-Rosa.«

»Und wir fangen ja gerade erst an«, sagt er und küsst mich auf die Schläfe. »Was meinst du, wie schrill pink das noch wird.«

»Wir fangen gerade erst an«, wiederhole ich, und das gibt mir so viel Sicherheit wie fast noch nie etwas in meinem Leben.

»Und du hast behauptet, es wäre *The End of the Affair*«, sagt er. »Dabei ist das hier *The Beginning of the Effair*. Aber mit E. Für Effie und Adair.«

Ich lache. »Die Fortsetzung von *An Occurrence at Marigold's Cottage.*« Und mein würdiges Finale, wie Nessa es damals gesagt hat. Beim Gedanken daran werde ich wieder ganz kribbelig. »Darf ich dich nächste Woche ins *Esplanade* ausführen?«

»Bittest du mich um ein Date, Miss Linklater?«

»Sagst du Ja, Mr Moncrieff?«

»Aber Hallo. Und singst du dann mit mir bei der nächsten Karaoke-Night im *Hideout* ein Duett?«

»Aber Hallo«, antworte ich ebenso überzeugt wie er. »Einen Disney-Song. *A Whole New World?*«

»Ich bitte darum. Und wann machen wir was Kleiderloseres?«

»Wenn die Hochzeit vorbei ist.«

»So lange kann ich warten.« Er beugt sich zu mir und küsst mich auf die Wange. Und dann auf die Schläfe. Und dann auf die Lippen.

»Ich glaube, diese weise Frau hatte recht, als sie gesagt hat, dass der Weg das Happy End ist«, sage ich. »Und der weise Mann, der sie dazu inspiriert hat.«

»Und wenn die beiden nur halb so weise sind wie Marigold und Hugo – und nur halb so cute als Paar –, kann auf dem Weg eigentlich echt nichts schiefgehen.«

Sehr viel später, als die meisten Gäste schon gegangen sind, räumen wir Übriggebliebenen noch ein bisschen auf. Marigold hat uns zwar das Versprechen abgenommen, alles so zu lassen, wie es ist, und uns keinen Stress zu machen, aber gemeinsam sind wir ziemlich schnell, und so ist schon bald das Gröbste beseitigt. Fionas Augenlider werden immer schwerer, doch bislang weigert sie sich, nach Hause zu gehen. »Denn dann ist die Hochzeit vorbei, und das will ich nicht.«

Aber als auch Nessa ein paarmal zu oft gegähnt hat, beschließen wir, dass es nun an der Zeit ist. Die Sonne geht bald auf, ein paar Stunden Schlaf sind sicher nicht die schlechteste Idee.

Wir umarmen uns zum Abschied. Fiona und Connal lassen sich von einem Taxi zur Halcrow Farm bringen, und Adair kramt in seiner Hosentasche nach dem Schlüssel für die Tür des *Drawing Room*, den Marigold ihm anvertraut hat.

»Ist es dieser?«, fragt er und kneift die Augen zusammen.

»Der ist viel zu groß. Das sieht man doch auf Anhieb, dass der da nicht reinpasst«, sagt Irina.

Und in diesem Augenblick verstehe ich etwas. Noch etwas. So viel habe ich in den letzten Tagen begriffen, nur nicht diese eine Sache, die mir seit meinen Kindertagen ein Rätsel war. In diesem Augenblick, in diesem seltsamen Dämmerlicht zwischen Nacht und Tag, in der sanften, salzigen Meeresbrise, wird etwas neu verdrahtet. Es ist einer dieser großen Aha-Momente, die das Leben verändern, auch wenn es nur eine Kleinigkeit ist.

Ich blicke von Irina zu Adair. Er sieht mich an, sein Mundwinkel zuckt leicht. Meine Schwestern grinsen ebenfalls beide breit. Connal nickt kaum merklich, als würde er mich auffordern.

Noch ehe ich anfange zu sprechen, beginnen sie alle zu lachen und zu jubeln, weil sie wissen, was jetzt kommt.

»Na endlich«, gluckst Nessa.

Und unter größter Anstrengung, um mich nicht an meinem eigenen Lachen zu verschlucken, sage ich: *»That's what she said.«*

ENDE

Danksagung

Nach drei Bänden Shetland fällt diese Danksagung ein bisschen kürzer aus als sonst, weil alle Worte und alle Gefühle in Effie und Adair geflossen sind, sodass jetzt nicht mehr viel übrig ist. Mein Kopf fühlt sich an, als hätte ich ihn ausgewrungen bis auf den letzten Tropfen.

Aber trotzdem will ich Danke sagen. Danke an alle, die mich unterstützen, in welcher Form auch immer. Leser*innen, Blogger*innen, Käufer*innen ... Danke.

Danke an meine phänomenalen Testleserinnen Sabine, Isi, Ina, Becca, Ramona, Laura.

Danke an meinen wunderbaren Verlag und an all die noch wunderbareren Menschen, die dort arbeiten.

Danke, liebe Greta. Danke, liebe Michelle. Danke, lieber Niclas. Und wow, wie unzulänglich und mickrig das Wort »Danke« auf einmal ist. Aber vermutlich gibt's eh keins, das groß genug ist. *That's what she said.*

Danke an meine Freundinnen innerhalb der Buchwelt. Sophie, Julia, Kyra, Leonie. Danke, liebe Kira, fürs Blurben unter Extrembedingungen.

Danke an mein Umfeld. An meine Freundinnen und Freunde, an meine Familie.

Danke an Maxi.

Und jetzt geh ich meine Gefühle wieder aufladen.

Triggerwarnung

Achtung, Spoiler!

»Where the Clouds Move Faster« enthält potenziell triggernde Inhalte. Diese sind: Tod, Trauerbewältigung und Alkoholismus.
Bitte lest dieses Buch nur, wenn ihr euch momentan dazu in der Lage fühlt. Falls es euch mit diesen genannten oder auch anderen Themen nicht gut geht, findet ihr unter der Nummer der Telefonseelsorge rund um die Uhr kostenlose und anonyme Hilfe.

0800/111 0 111 oder **0800/111 0 222**
https://www.telefonseelsorge.de/

Ruhm bei Youtube,
Gefühlschaos im Real Life

*Cover- und Preisänderungen vorbehalten

Kim Leopold

**The Colors
of Your Soul**

Roman

Piper Taschenbuch, 400 Seiten
€ 12,99 [D], € 13,40 [A]*
ISBN 978-3-492-06301-2

Sie könnten unterschiedlicher nicht sein: Do-it-yourself-You-tuberin Holly liebt es bunt und kann von Bastelprojekten gar nicht genug bekommen. Ihre Wohnung in L.A. ist bunt und voll. Vlogger Pax hingegen beschränkt sich auf das Wesentliche. Er reist mit seinem Van durch Kalifornien, sucht die Stille der Natur und lebt Minimalismus. Als sie für eine Challenge ihren Alltag tauschen, haben sie mit einer Herausforderung nicht gerechnet: ihren wachsenden Gefühlen füreinander. Doch Holly hat nicht ohne Grund Mauern um ihr Herz errichtet. Kann Pax sie Stein für Stein einreißen?

PIPER

Leseproben, E-Books und mehr unter **www.piper.de**

Die Ballsaison ist eröffnet!

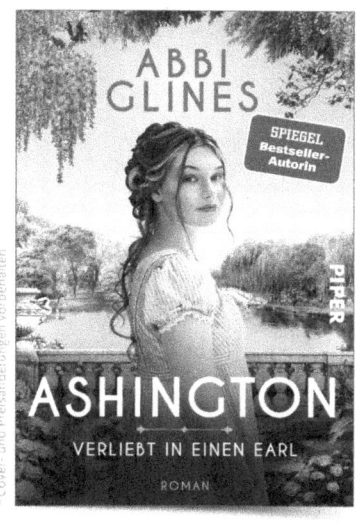

Abbi Glines

Ashington –
Verliebt in einen Earl

Roman

Aus dem amerikanischen Englisch
von Heidi Lichtblau
Piper Taschenbuch, 288 Seiten
€ 12,99 [D], € 13,40 [A]*
ISBN 978-3-492-06330-2

London 1815: Es gibt keinen anderen Weg. Miriam muss einen wohlhabenden Ehemann finden, um für ihre Mutter und ihre kleine Schwester sorgen zu können. Also verlässt sie die Ruhe und Geborgenheit ihrer geliebten Bücher und begibt sich in das aufregende Leben der Londoner High Society mit all den mondänen Bällen und glitzernden Abendgarderoben. Dort trifft sie auf den arroganten Earl of Ashington, der Miriam nicht aus den Augen lässt. Doch auch das Interesse seines charismatischen Bruders Nathaniel ist geweckt, dessen Absichten allerdings ganz andere sind …

Leseproben, E-Books und mehr unter **www.piper.de**